BODY DOUBLE

莫拉的雙生

泰絲・格里森——著　陳宗琛——譯

TESS GERRITSEN

媒體名人盛讚

如果說《紫色姐妹花》展現了人類心靈的美好極致，以及精神意志的無遠弗屆，那麼《莫拉的雙生》則是讓我們見識到，潛伏在人性深處的邪惡是多麼的深不可測。

——Bookreporter（美國權威書評網站）

大師風範……泰絲．格里森的巔峰之作。

——柯克斯評論

假如你從來沒看過泰絲．格里森的小說，那麼，當你決定買下第一本的時候，最好把電費也算進去，因爲，一旦你翻開它，沒到天亮你是停不下來的……

——史蒂芬．金

《莫拉的雙生》劇情曲折懸疑……抽絲剝繭後最後呈現出來的動機竟是如此「人性」……這是泰絲．格里森截至目前爲止最好看的一本小說。

——出版者週刊（重點推薦書評）

不看到最後一頁停不下來，眞正能夠達到這種境界的小說實在找不到幾本。《莫拉的雙生》正是其中的佼佼者。

——NoHo>LA雜誌

極度懸疑，泰絲．格里森令人喘不過氣來的最新鉅作。

——費城詢問報

見識泰絲．格里森營造懸疑的大師功力。

——班哥爾日報

懸疑曲折，令人沉迷，你根本猜不透下一頁會出現什麼。

——聖荷西水星報

泰絲．格里森具有獨到的眼力，一眼就看透人性最隱晦扭曲的黑暗角落，營造出強烈的感情張力。

——英國亞馬遜書店

節奏緊湊一氣呵成，情節之曲折堪稱出神入化。

——娛樂週刊

獻給亞當和丹尼爾

1

那男孩子又在看她了。

十四歲的艾莉絲．羅絲是中學一年級的學生。此刻，她面前的桌上有一張英文考卷。她拚命集中精神想對付考卷上的十個題目，可是卻根本沒辦法專心，因爲她滿腦子想的全是伊利亞。她感覺得到那男孩在看她，感覺得到他的目光猶如一道光束照在她臉上，感覺得到臉頰上目光的熱力。她知道自己一定是滿臉通紅。

專心點吧，艾莉絲！

考卷是用油印機印的，而下一道題目沒印好，字跡有點模糊。她瞇起眼睛，努力辨認題目寫了些什麼。

查爾斯．狄更斯通常都會根據角色的特質爲書中的人物命名。請試舉例，並說明某些名字爲什麼適合某些特定的人物。

艾莉絲猛咬鉛筆，絞盡腦汁想答案，可是，偏偏他就坐在她隔壁那張桌子，坐得那麼近，她甚至聞得到他身上那種松香皀的氣味，還有燒木頭的煙味。那就是男人味。在這種情況下，她怎麼還有辦法思考呢？狄更斯，狄更斯，狄更斯。有那個迷人的伊利亞．蘭克在旁邊盯著她看，誰還管什麼查爾斯．狄更斯，什麼尼可拉斯．尼克貝[1]，什麼中學一年級英文？老天，他眞是帥呆了。看那頭黑髮，看那雙藍眼睛，老天，那是大明星東尼．寇蒂斯[2]的眼睛。第一次見到伊利亞那一剎那，她就有那種感覺：他簡直就是東尼．寇蒂斯的翻版。東尼．寇蒂斯的照片是她在最喜歡的電影雜誌裡看到的，例如《當代電影》和《巨星畫報》。

她低下頭，滿頭金髮劃過臉滑到前面，那一剎那，她從髮絲的隙縫中偷瞄了旁邊一眼，沒想到正好對上他的目光。他眞的在看她。那一剎那，她的心臟差點就從嘴裡跳出來。他看她的那種眼神不像學校裡別的男生那樣充滿輕蔑。那些壞男生老是會讓她覺得自己又笨又遲鈍。他們老是聚在一起說一些荒腔走板的悄悄話，說得很小聲，她老是聽不清楚。她知道他們一定是在說她的壞話，因爲他們交頭接耳的時候，眼睛一直看著她。就是那些臭男生在她的置物櫃上貼了一張母牛的照片。偶爾她在走廊上和他們擦身而過，他們就會怪聲怪氣地學牛叫。然而，伊利亞——他看她的那種眼神眞的很不一樣。他眼中彷彿有火焰在緩緩燃燒。那是電影明星才有的眼神。

接著，她慢慢抬起頭來注視他。這次，她已經不是從頭髮的隙縫間偷看他了，而是光明正大的和他四目相對。他的考卷已經寫完了，反過來蓋在桌面上，鉛筆已經收到桌子裡面去了。他目不轉睛地看著她。她被他那充滿魔力的目光盯得喘不過氣來。

他喜歡我。我知道。他喜歡我。

她抬起手摸摸喉嚨，然後再往下摸摸衣服最上面的釦子。她的手指劃過皮膚，有一種溫溫熱熱的感覺。她想到電影裡，東尼．寇蒂斯凝視著拉娜．透納，那種灼灼的眼神眞的足以將人融化，足以令女孩子舌頭打結，兩腿癱軟。她知道，當他露出那種眼神之後，接下來必然就是熱吻。每次電影演到這裡，畫面就開始變模糊了。爲什麼老是這樣呢？爲什麼就在你迫切想看的時

❶ 狄更斯第三本小說《尼可拉斯．尼克貝》中的主角。
❷ 二十世紀五～六〇年代好萊塢當紅影星，曾榮獲第三十一屆奧斯卡金像獎最佳男主角提名。

候，畫面一定會變模糊呢……？

「時間到了，各位同學！請把考卷交過來。」

這時候，艾莉絲才猛然回神。她看看桌上那張字跡模糊的考卷，上面的題目還有一半還沒作答。噢，慘了。時間怎麼過那麼快？那些題目她都會寫，只要再多給她幾分鐘就行了……

「艾莉絲，艾莉絲！」

她猛一抬頭，看到梅莉維瑟老師站在她面前，朝她伸出手。

「妳沒聽到我剛剛說什麼嗎？時間到了，交卷了。」

「可是我——」

「可是什麼？艾莉絲，妳的耳朵壞掉了，聽不清楚嗎？」梅莉維瑟老師一把搶走艾莉絲的考卷，然後沿著走道往後面去了。雖然艾莉絲聽不清楚後面那幾個女生在嘀咕什麼，不過她知道她們一定是在說她壞話。她轉頭一看，看到她們幾個湊在一起低著頭，手掩在嘴上，嘰嘰喳喳個沒完，聲音悶悶的。艾莉絲心裡想：她們一定是在說：艾莉絲會讀唇語，所以千萬別讓她「看到」我們在說她壞話。

這時候，有幾個男生忽然指著她笑起來。到底有什麼好笑？

艾莉絲低頭一看，嚇了一大跳。她看到最上面那顆鈕釦掉了，領口敞開著，露出一條大縫。

那一剎那，學校的鐘聲響起。下課時間到了。

艾莉絲一把抓起書包，抱在胸前，匆匆忙忙跑出教室。她根本不敢看任何人，不敢接觸別人的目光，只是低著頭拚命往前走，眼裡噙著淚水，暗暗哽咽。她飛快衝進化妝室，把自己鎖在一間隔間裡。後來，有幾個女生也進了化妝室，站在鏡子前面嘻哈笑鬧，梳妝打扮。艾莉絲躲在門後面不敢出去。她聞得到五花八門爭奇鬥豔的香水味，而且，每次一有人開門，她就感覺得到瞬間的空氣流動。那都是些穿著全新套裝毛衣的天之驕女。她們衣服上的鈕釦絕對不會掉，她們絕不會穿姊姊留下來的舊裙子，絕不會拿硬紙板當作鞋子的襯底。

趕快走，拜託妳們通通走開。

後來，化妝室的大門終於不再開來開去了。

艾莉絲把臉貼在隔間門上，豎起耳朵聆聽外面的動靜，看看化妝室裡還有沒有人。接著，她從門縫裡偷瞄，發現鏡子前面已經沒有人了，這時候，她才偷偷溜出化妝室。

走廊空蕩蕩的。大家都放學回家了。再也不會有人來煩她。她走著走著，聳起肩膀，一副自我防衛的模樣。長長的走廊，兩邊是整排破破爛爛的置物櫃，牆上貼著海報。那是萬聖節舞會的宣傳海報，時間就在兩個禮拜後。當然，她是絕對不會去的，因為，就在上個禮拜，她參加了一場舞會，結果卻丟臉丟到家了，到現在都還心有餘悸。也許，那將是她一輩子的夢魘。當時，她站在牆邊當壁花，站了整整兩個鐘頭，心裡滿懷期待，巴望著有哪個男生會來邀她下舞池。後來，好不容易有個男生過來了，可是，他並不是過來邀她跳舞的，而是突然彎腰吐在她鞋子上。這輩子她再也不會參加舞會了。她搬到這個小鎮來才不過兩個月，可是，她卻已經巴不得媽媽趕快把所有的家當打包起來，帶全家離開這個鬼地方。

去一個可以重新開始的地方，一個不受白眼和歧視的地方。

然而，她們始終找不到那個地方。

她走出學校大門。秋天的陽光溫煦宜人。她走到腳踏車前面，彎腰想把鎖打開。她全神貫注地開鎖，根本沒有留意到後面有腳步聲。後來，她感覺到一團陰影從臉上閃過，這才注意到伊利亞已經站在她旁邊了。

「嗨，艾莉絲。」

她立刻像彈簧一樣彈起來，那一剎那，腳踏車應聲翻倒在地上。噢，老天，她簡直像個白癡。她怎麼會笨手笨腳到這種地步？

「考試題目很難吧？」他說得很慢，一字一句講得很清楚。這是伊利亞另一個討人喜歡的地方。他和另外那些男生不一樣，他講話總是咬字清晰，從來不會含混。而且，他跟她講話的時候，一定會讓她看到他的嘴唇。她心裡想：他知道我的祕密。不過，他還是願意跟我交朋友。

「結果題目妳都寫完了嗎？」他問。

她彎下腰去把腳踏車扶起來。「題目我會寫，只可惜時間不夠。」接著，她扶著腳踏車站起來的時候，發覺他正盯著她的衣服。他正盯著她衣服領口掉了鈕釦的地方。她立刻漲紅了臉，兩手立刻抱住胸前。

「我身上有別針。」他說。

「你說什麼？」

他把手伸進口袋裡，掏出一根別針。「我也常常掉鈕釦，滿糗的。來，我幫妳把別針扣上去。」

他伸出手去碰她的衣服，那一剎那，她簡直不敢呼吸。當他把手指伸進她衣服裡，幫她扣上別針的時候，她不由自主地發起抖來。她心裡想：不知道他有沒有感覺到我的心跳？不知道他有沒有發現，他碰觸到我身上的時候，我忽然感到一陣暈眩？

後來，他往後退了一步，這時候，她憋了好久的氣終於吐出來了。她低頭看看衣服，發現領口已經被別針緊緊扣住了。

「怎麼樣，好一點了吧？」他問。

「噢，是啊！」說著，她停了一下，讓自己恢復平靜。接著，她刻意用一種高貴優雅的口氣說：「謝謝你，伊利亞。你眞的好體貼。」

過了一會兒，忽然聽到幾隻烏鴉呱呱叫了幾聲。頭頂上的樹枝點綴著片片黃葉，秋天的黃葉，乍看之下彷彿樹枝著火了。

「對了，艾莉絲，妳可以幫我一個忙嗎？」他問。

「什麼事？」

噢，妳這個笨蛋，怎麼會有這種豬頭反應呢？妳應該告訴他，可以！當然可以，伊利亞．蘭克，爲了你，做什麼我都願意。

「我要做一個生物實驗，需要找個幫手，可是我又不知道能找誰幫忙。」

「什麼樣的實驗？」

「我帶妳去看，不過，我們得先上山，先到我家那邊去。」

他家。她從來沒去過男生家。

他把腳踏車從停車架上拉出來。他的車看起來幾乎和她的一樣破爛，輪子的擋泥板都生鏽了，坐墊上的塑膠皮也剝落了。看到他那輛舊腳踏車，她又更喜歡他了。她心裡想：我們才是天造地設的一對。東尼．寇蒂斯和我。

他們先騎車到她家去。她並沒有請他進去，因爲，萬一讓他看到家裡那些破爛寒酸的家具，看到油漆剝落的牆壁，那實在太難爲情了。於是她一個人跑進去，把書包丟在廚房的餐桌上，然後就跑出來了。

很不幸的是，她弟弟的狗「巴迪」也跟在她後面跑出來了。她才一跨出門，就看到一團黑白相間的模糊影子也跟著竄出來了。

「巴迪！」她叱喝了一聲。「給我進去！」

「牠看起來好像不會那麼乖乖聽話吧？」伊利亞說。

「因爲牠是條笨狗。巴迪！」

那隻土狗回頭瞄了一眼，搖了幾下尾巴，然後就一溜煙沿著馬路跑掉了。

「噢，不管牠了。」她說。「玩夠了牠自己就會回家。」說著，她跨上腳踏車。「那麼，你家住哪裡？」

「在山上的史凱林路那邊，妳去過嗎？」

「沒有。」

「騎到山上那邊還滿遠的。妳行嗎？」

她點點頭。爲了你，做什麼我都願意。

於是，他們騎著腳踏車從她家出發。她好渴望他等一下會在曼因街右轉，然後從「麥芽坊冷飲店」前面經過。學校裡的小鬼放學之後總是喜歡在那裡鬼混，一邊啜著飲料，一邊在點唱機上點歌。她心裡想：只要經過店門口，他們就會看到我們一起騎腳踏車。這樣一來，那些女生可有得扯了，不是嗎？鐵定會傳得滿城風雨。艾莉絲和那個藍眼睛的伊利亞在一起耶！

只可惜，他並沒有在曼因街右轉，而是轉向羅克斯路。那條路上人煙稀少，幾乎沒有半棟房子，只有幾家公司的後圍牆，還有「海神魚罐頭工廠」的員工停車場。噢，想那麼多幹嘛？現在她不是和他一起在騎腳踏車了嗎？兩個人離得好近，她甚至看得到他的大腿一伸一縮，看得到他的屁股在坐墊上扭來扭去。

他回頭瞄了她一眼，一頭黑髮迎風飄揚。「妳還可以吧，艾莉絲？」

「沒問題。」但事實上，她已經快要喘不過氣來了，因爲他們已經離開村鎮，開始騎上坡了。伊利亞一定是因爲每天都要爬坡騎上史凱林街，所以他已經習慣了。他兩條腿運轉自如，簡直就像強力引擎活塞。但她可就沒那麼輕鬆了。她拚了命猛踩踏板，氣喘如牛。這時候，她猛然瞥見一團毛茸茸的東西。她轉頭一看，看到巴迪竟然跟在他們後面跑過來了。牠一路追趕他們，好像也跑累了，舌頭垂掛在嘴巴外面。

「回去！」

「妳說什麼？」伊利亞回頭瞥了一眼。

「又是那隻笨狗。」她喘著氣說。「牠就是死纏著我們不放。牠會——會迷路的。」

她狠狠瞪了巴迪一眼，但牠還是高高興興地跟在她旁邊跑。傻呼呼的笨狗。她心裡想：算了，隨便你吧，不怕累死你就跑吧，不管你了。

他們沿著蜿蜒的山路繼續騎車往上爬，道路兩旁的樹向後飛逝。她偶爾會從兩樹之間的空隙往下一瞥，山下的法克斯港一覽無遺，在午後的陽光照耀下，遠處的水面宛如一片凹凸不平的銅鏡。後來，兩旁的樹越來越濃密了，放眼望去只見一片森林，紅澄澄的楓葉燦爛如火，蜿蜒的路面上落葉遍佈。

後來，伊利亞的腳踏車終於停下來了。這時候，艾莉絲已經兩腿癱軟，一直發抖，快要站不住了，而巴迪已經不見蹤影。她心裡暗暗祈禱，希望牠找得到路回家，因爲她並沒有打算要去找牠。至少現在不會去。現在，有伊利亞在她身邊，面帶微笑看著她，眼中閃爍著光芒。此刻，她哪裡也不想去。伊利亞把腳踏車靠在一棵樹旁邊，把書包甩到肩上。

「你家在哪裡？」她問。

「看到那條車道沒有？就在那裡。」他指著前面路邊柱子上那個生鏽的信箱。

「我們不是要去你家嗎？」

「沒有。我表妹生病了，昨天晚上吐了一整晚，今天窩在家裡。所以，我們還是別進去的好。而且，反正我做實驗的地方也不是在家裡，而是在森林裡。所以囉，妳就把腳踏車停在這裡吧。我們用走的進去。」

於是，她把腳踏車靠在他的腳踏車旁邊，然後跟在他後面。剛剛騎車爬坡爬得太吃力，兩腿發軟，走起路來還是有點搖搖晃晃。沒多久，他們已經走進森林裡了。森林裡的樹密密麻麻的，地面上堆積了厚厚一層落葉。她打起精神跟在他後面，邊走邊揮手趕蚊子。「所以，你和你表妹住在一起囉？」她問。

「是啊，她去年跑來住在我們家。我想，她可能會一直住下去，因爲她也沒別的地方可以去。」

「你爸媽都無所謂嗎？」

「家裡只有我爸。我媽已經死了。」

「噢。」她忽然不知道該說些什麼。後來，她終於囁囁嚅嚅地說了一句：「對不起。」不過，他好像沒聽到。

四周的矮樹叢越來越濃密了，荊棘劃過她裸露的雙腿。她越走越慢，已經快要跟不上他了。

她的裙子被黑莓叢的刺藤勾住了，而他卻已經在前面走得老遠。

「伊利亞！」

他沒回答。他好像在蠻荒裡探險似地，書包掛在肩上，自顧自往前衝。

「伊利亞，等我一下！」

「妳到底想不想看？」

「我想看，可是——」

「那就走啊。」他的口氣已經開始有點不耐煩了，嚇了她一跳。他站在她前面幾公尺的地方，轉頭看著她。她注意到他握著拳頭。

「好吧。」她囁囁嚅嚅地說。「我過來了。」

往前走了幾公尺之後，眼前突然豁然開朗，森林不見了，變成一片空地。她看到一座很老舊的石頭地基。看得出來這裡從前是一座農舍，不過，屋子很久以前已經不見了，現在只剩一座地基。伊利亞回頭瞥了她一眼。午後的陽光在他臉上映照出斑駁的光影。

「到了，就在這裡。」他說。

「那是什麼？」

他彎腰拉開兩片木板，地上忽然出現一個洞。「妳看看裡面。」他說。「我花了整整三個禮拜才挖好的。」

她慢慢靠近洞口，然後探頭往裡面看。午後的陽光已經被森林遮住了，洞底籠罩在陰影中。她勉強看得到洞底堆積了一層枯葉，旁邊有一團彎曲纏繞的繩子。

「這是捕熊用的陷阱嗎？還是什麼？」

「可以算是。如果我在上面鋪一些樹枝蓋住洞口，那麼，很多東西都抓得到。就連鹿也抓得到。」說著，他伸手指著洞穴。「妳看，看到那個了嗎？」

她又往前再靠近一點。黝黑的洞底好像有什麼東西微微發亮。樹葉底下好像有某種白色的碎片凸出來。

「那是什麼？」

「那就是我的實驗品。」他伸手去抓繩子，然後開始往上拉。

這時候，洞穴底下的葉子開始隆起來，發出一陣窸窸窣窣的聲響。艾莉絲瞪大眼睛一直看。伊利亞不斷把繩子往上拉，後來繩子拉直了，有個東西開始從那團陰影中浮現出來了。那是一個籃子。伊利亞把籃子拉出洞口，放在地上，然後把覆蓋在上面的葉子撥開，露出籃底那堆白白亮亮的東西。

那是一具小骨骸。

伊利亞撥開樹葉的時候，她看到一塊塊的黑色皮毛，一具細細長長的肋骨，一條長長的脊椎骨，還有像樹枝一樣細長的腿骨。

「怎麼樣，了不起吧？已經完全沒味道了。」他說。「已經在底下放了整整七個月了。上次我跑來檢查的時候，上面還黏著一些肉。現在肉都不見了，看起來還是很棒。還記得五月的時候，天氣開始熱了，屍體腐爛的速度就開始變得非常快。」

「那究竟是什麼東西？」

「妳還看不出來嗎？」

「看不出來。」

伊利亞把地上的頭骨撿起來，稍微扯了一下，扯掉頭骨後面的脊椎骨。然後，他把那個頭骨丟給艾莉絲。艾莉絲嚇得往後一縮。

「不要！」她尖叫起來。

「喵！」

「伊利亞！」

「嗯，妳剛剛不是在問我那是什麼嗎？」

她瞪大眼睛看著頭骨上空洞洞的眼眶。「是貓嗎？」

他從書包裡掏出一個小麻布袋，然後開始把那堆骨頭裝進袋子裡。

「這堆骨頭你到底要幹什麼用的？」

「這是我的科學實驗作業。實驗的主題是，一隻小貓從完整的軀體到徹底腐爛成一堆骨骸，總共要花費七個月。」

「那隻貓是哪兒來的？」

「我找到的。」

「你連死貓都找得到？」

這時候，他忽然抬起頭來看她。他那雙藍眼睛依然泛著笑意，然而，那已經不再是東尼・寇蒂斯的眼神。那種眼神令她感到害怕。「誰說那是死貓？」

這時候，她的心臟開始怦怦狂跳。她往後倒退了一步。「呃……我想，我該回家了。」

「爲什麼？」

「功課。我還有功課要做。」

這時候，他忽然整個人彈起來，站在她面前。他臉上的笑容消失了，露出一種默默期待的神情。

「我……我們明天學校見了。」她一邊說，一邊往後退。她轉頭看看兩邊，發現四周全是一模一樣的樹林。她心裡想：剛剛他們是從哪個方向進來的？她該從哪個方向走？

「可是，艾莉絲，妳不是才剛來嗎？」他說話的時候，手上好像拿著什麼東西。接著，他忽然把那個東西高舉在頭上，那一剎那，她才看到那是什麼東西。

一大塊石頭。

她被石頭打得跪倒在地上。她伏在泥地上，感覺眼前一片漆黑，手腳麻木。她感覺不到痛，而是整個人呆掉了。她不敢相信他竟然會拿石頭打她。她開始往前爬，可是卻看不見自己往哪裡爬。接著，他抓住她的腳踝，把她往後拉。他拖著她的腳往前走，她的臉就一直在地面上摩擦。他拖著她往洞口走過去。她拚命踢，拚命想掙脫，拚命想大聲尖叫，可是臉在地上拖，泥巴和樹枝塞進嘴裡，根本喊不出聲音。後來，她的腳已經被拖到洞口邊緣了，這時候，她忽然抓住洞口旁邊的小樹枝，兩條腿懸在洞口。

「艾莉絲，放手！」他說。

「拉我上去！拉我上去！」

「我叫妳放手！」說著，他又舉起一顆石頭，往她的手砸下去。

她慘叫了一聲，手鬆開了，整個人往洞裡滑下去。她腳先著地，落在洞底的樹葉上。

「艾莉絲。艾莉絲。」

她跌下去之後，愣了好一會兒。接著，她抬頭一看，看到頭頂上的天空被圍在一個圓圈裡，而他頭部的黑影輪廓探進那個圓圈裡，正低頭看著她。

「你爲什麼要這樣對付我？」她啜泣著問。「爲什麼？」

「我不是針對妳。我只是想看看需要多久的時間。小貓花了七個月的時間才徹底腐爛，變成白骨，所以，我很想知道，妳需要多久。」

「你怎麼可以對我做這種事？」

「再見了，艾莉絲。」

接著，她看到洞口被那兩塊木板蓋起來了，遮住了那個光的圓圈。天空消失了。那是她最後一次看天空，最後的一瞥。她簡直不敢相信這是眞的。*他一定是在開玩笑，他只是想嚇嚇我。他只會把我丟在下面幾分鐘，很快就會放我出去了。等一下他就會回來了。*

接著，她聽到上面的蓋子發出咚咚的聲音。*那是石頭。他在蓋子上堆石頭。*

她立刻站起來，拚命想從洞裡爬出去。她看到一條藤蔓，就立刻伸手去抓，沒想到藤蔓一抓就斷了。她用手指猛抓泥土，可是卻抓不住，爬不上去，爬不到幾公分就往下滑。她的尖叫聲劃破了黑夜。

「伊利亞！」她大聲尖叫。

聽不到他的聲音，只聽到咚──咚──咚的聲音。那是石頭堆在蓋子上的聲音。

1

每天早晨，你都要提醒自己，你可能活不過這一天。
每天黃昏，你都要提醒自己，你可能活不過這一晚。

——「巴黎地下墓穴」碑文

那整面牆都是用人的股骨和脛骨堆成的，堆得密密麻麻，最上面是整排的骷髏頭，黑洞洞的眼眶彷彿死盯著你。儘管現在是六月，儘管頭頂上方距離六十英尺的地方就是巴黎的街道，陽光燦爛的街道，可是，走在這條陰森幽暗的甬道裡，看著那一整面由人體骨骸堆成的牆，一路堆到天花板，莫拉．艾爾思依然感到不寒而慄。她很熟悉死亡，甚至可以說和死亡非常親近，而且，她曾經無數次在解剖檯上和死亡正面對決。然而，在巴黎這座「光之城」的地底下，在這有如蜘蛛網般錯綜複雜的地下甬道，面對數量如此龐大的人類骨骸，她依然感到震驚。這條一公里長的甬道只不過是整個地下墓穴的一小部分。在這座龐大的地下結構裡，還有無數上了鎖的門。在那些充滿誘惑的門後面，是更多數不清的分支通道，還有堆滿了骨骸的墓室。只可惜，那些地方是禁止遊客入內的。這整座地下墓穴總共埋葬著六百萬個巴黎市民的遺骸。很久很久以前，他們也曾經是活生生的人，有血有肉有愛有慾望的人。他們也曾經呼吸著同樣的空氣，他們的心臟也曾經在胸腔裡面充滿活力地搏動著。他們原本長眠在墓園裡，他們做夢也想不到，有一天，他們的骨骸會被人挖出來，移動到城市底下這座巨大的靈骨堂裡。

他們做夢也想不到，有一天，他們的骨骸會被人赤裸裸地公開展示，供無數成群結隊目瞪口呆的遊客瞻仰。

大約一百五十年前，巴黎的墓園已經人滿為患，於是，為了讓每天源源不斷的往生者能夠有一個安身之所，他們把墓園裡的骨骸挖出來，移置到城市地下深處的巨大墓穴。古時候，那裡曾經是石灰岩礦坑。那些負責移置的工人並沒有漫不經心地任意堆放那些骨骸。相反的，他們發揮無比的巧思來執行這項令人毛骨悚然的任務。他們小心翼翼地堆疊那些骨骸，把那些骨骸變成了一種奇異的藝術品。他們彷彿是一群吹毛求疵的石匠，把長型的骨頭和頭骨分開，分層堆疊，以鬼斧神工的技藝化腐朽為神奇，用那些骨骸砌成了一道巨大的牆。他們甚至在墓穴裡掛了許多小石碑，上面刻了一些令人望而生畏的名言，提醒所有來此參觀的遊客，死神無所不在。

莫拉本來跟著一大群遊客魚貫前進，後來，她被其中一面石碑吸引住了，於是就停住腳步仔細看。她的法文程度還停留在高中階段，破破爛爛，所以，石碑上那些文字她讀得很吃力。這時候，她忽然聽到一群小孩的笑聲在陰森森的甬道裡迴盪著，感覺很不協調。她旁邊有一個遊客，講起話來有一種鼻音濃濃的德州腔。莫拉聽到他正在他老婆耳邊嘀咕著：「雪莉，妳相信天底下竟然有這種地方嗎？眞他媽的令人毛骨悚然……」

那對德州來的夫妻繼續往前走，聲音感覺越來越遙遠，最後終於消失了。有那麼一會兒，整間墓室裡只剩下莫拉一個人了。墓室裡，空氣中飄散著百年的塵埃，燈光昏暗，隱隱約約看得到那些骷髏頭上長滿了黴菌，看起來一片綠油油的。其中一顆骷髏頭上有一個彈孔，乍看之下彷彿第三隻眼睛。

我知道你是怎麼死的。

那一剎那，甬道裡的寒氣彷彿滲進了她體內。不過，她還是站著沒有動，因爲她決定要把那片石碑上的文字讀懂，把心思放在這種無謂的解謎遊戲上，藉此驅散內心的恐懼。算了吧，莫拉，妳也只不過是在高中念過三年法文，就憑這種程度，妳也想讀得懂？不過，不管怎麼樣，此刻她正在挑戰自己的心智，所以，那些可怕的死亡的思緒就只好暫退一邊了。後來，她好不容易讀懂了那片石碑上的文字，那一剎那，她感覺自己全身的血液彷彿瞬間凍結了……

如果有人始終籠罩在死亡的陰影下
每天都在等待死亡降臨，那麼
他一定很快樂。

這時候，她猛然發覺四下一片死寂，聽不到半點聲音，也聽不到腳步聲的回音。於是，她立刻轉身走出昏暗的墓室。其他那些遊客呢？她怎麼會脫隊了呢？此刻，靜悄悄的甬道裡只剩下她一個人了，而四面八方都是死人。她忽然想到，萬一突然停電怎麼辦？萬一在伸手不見五指的黑暗中迷路了，怎麼辦？她聽說過，一百多年前，曾經有幾個巴黎的工人在墓穴裡迷了路，最後餓死了。這時候，她越走越快，拚命想追趕前面的遊客，追上那些活生生的人。在這些甬道裡，她感覺死亡逼得好近好近。那些骷髏頭彷彿用一種怨怒的眼神死盯著她。彷彿有六百萬個死人同時在譴責她，沒事幹嘛這麼好奇？

我們也曾經和妳一樣，曾經是活生生的人。而此刻妳所看到的，就是妳自己的未來。妳以爲妳躲得過嗎？

後來，她好不容易走到墓穴的大門，走到外面陽光燦爛的雷米杜蒙賽街。她深深吸了一口氣。她第一次發現，嘈雜的車聲聽起來如此悅耳，擁擠的人群感覺這麼舒服，那種感覺彷彿她重獲新生。外面的世界，所有的顏色似乎變得更亮麗了，每個人的表情看起來都變得更友善。她心裡想：這是我在巴黎的最後一天了，而我竟然到現在才眞正領略到這個城市的美好。過去這整個禮拜，她每天都關在會議室裡，參加「國際法醫病理學研討會」，根本沒什麼時間到外面看看風景。雖然研討會的工作人員規劃了一些行程，可是那些參觀地點都脫離不了死亡跟疾病，比如說醫學博物館，比如說老式的手術室。

還有巴黎地下墓穴。

這趟巴黎之旅留下了許多記憶，其中最諷刺的，令她印象最深刻的，竟然是人類的骨骸。此刻，她坐在露天咖啡座，品嚐她在巴黎的最後一杯Espresso，最後一塊藍莓餡餅。她心裡想：這實在不怎麼健康。再過兩天，她就會回到解剖室，關在不鏽鋼的密閉空間裡，不見天日，而呼吸的空氣，是空調系統送出來的過濾冷空氣。到那個時候，記憶中的今天就會像是置身天堂。

她慢慢品嚐，把眼前的一切烙印在腦海中。咖啡的香醇濃郁，奶油酥皮的甜美滋味。她看到好幾個衣著光鮮的生意人拿著手機貼在耳朵上。她看到有些女人脖子上圍著領巾，細緻的蝴蝶結隨風飄揚。每一個到過巴黎的美國人，腦海中都不免迴盪著一種夢幻遐想：要是班機誤點了，該有多好？如果下半輩子能夠永遠在這個露天咖啡座閒晃，永遠生活在這個燦爛耀眼的城市，該有多好？此刻，她也沉湎在這種夢幻中。

後來，她終於還是站起來了。她揮手招了一輛計程車，準備去機場。到頭來，她還是得告別夢幻，離開巴黎，不過，那是因爲她對自己承諾，有一天她一定會回來。只不過，不知什麼時候。

回國的班機誤點了三個鐘頭。此刻，她坐在戴高樂國際機場的候機室，心裡想：這三個鐘頭，我本來可以徜徉在塞納河畔，可以去猶太人聚集的瑪黑區逛一逛，可以到Les Halles去享受美食。結果，她卻被困在擠得水泄不通的機場，連坐的地方都找不到。後來，等到她好不容易登機了，坐上法國航空的班機，她已經疲憊不堪，筋疲力盡了。吃過機上的餐點，配一杯紅酒之後，她很快就睡得不省人事。

後來，一直到飛機降落在波士頓機場，她才醒過來。她頭好痛，而眼前的夕陽餘暉感覺好刺眼。後來，她來到行李提領區，看著旋轉台上的行李一件接一件從眼前晃過，可是卻看不到她的行李。她的頭痛已經變成持續不斷的抽痛。後來，她終於提著隨身行李袋坐上了計程車，這時候，她已經開始覺得眼前發黑了。此刻，她最渴望的，就是好好泡個熱水澡，吞幾顆普拿疼。她整個人往座椅上一靠，很快又睡著了。

突然間，她被一陣緊急煞車的聲音驚醒。

「這裡怎麼回事？」她聽到司機說。

她打起精神，睡眼惺忪地看著那道閃爍的藍光，好一會兒才認出那是什麼光。接著，她發現車子已經轉到她住的那條街了。這時候，她發覺眼前的景象看起來不太對勁，心裡一陣緊張，整個人坐直起來。前面停著四輛布魯克萊恩警察的巡邏車，車頂上的警燈劃破了四周的黑暗。

「好像發生了什麼緊急事故。」司機說。「妳就是住這條街，沒錯吧？」

「我家就是前面那一棟。那一排中間那一棟。」

「就是警車停的那邊嗎?他們大概不會讓我們過去吧。」

這時候,彷彿在印證計程車司機說對了似的,有個警察走了過來,揮揮手叫他們把車子掉頭。

司機探頭到車窗外。「我車上有乘客,她要在這裡下車。她住在這條街上。」

「抱歉,老兄。這條街封閉了。」

莫拉湊向前對司機說:「這樣吧,我在這裡下車好了。」說著,她把車資遞給司機,然後就拿起手提行李跨出車門。不久之前,她本來還覺得昏昏沉沉,四肢發軟,現在,她忽然覺得自己整個人像充了電似的。也許,六月溫熱的夜晚是會發電的。她沿著人行道往前走,逐漸靠近那堆圍觀的人群,看到好幾輛警車停在她家門口,這時候,她心頭的不安越來越強烈了。是鄰居家裡有人出事了嗎?她腦海中閃過好幾個恐怖的念頭。自殺?兇殺?她忽然想到隔壁那位泰洛斯金先生,那位未婚的機器人工程師。上次見到他的時候,他看起來有顯得特別憂鬱嗎?接著,她又想到住在另一頭隔壁的莉莉和蘇珊,那兩位同性戀律師。她們強烈主張同性戀人權,說不定會導致她們成爲某些人的頭號目標。接著,她忽然瞥見莉莉和蘇珊就站在群衆外圍,兩個都活得好好的。那一剎那,她忽然開始擔心起泰洛斯金先生,因爲圍觀的群衆裡看不到他的身影。

莉莉朝旁邊瞥了一眼,沒想到居然瞥見莫拉正朝她走過來。她並沒有揮手跟莫拉打招呼,而是目瞪口呆地看著她,說不出話來。接著,她用手肘用力頂了一下蘇珊。蘇珊立刻轉過來看著莫拉,那一剎那,她下巴忽然掉下來。這時候,另外那些鄰居也都瞪大眼睛看著她,每個人都是一臉驚訝。

他們幹嘛這樣看我?莫拉覺得很奇怪。我做了什麼?

「艾爾思醫師？」有一位布魯克萊恩的警察楞楞地站在那裡，目瞪口呆地看著她。「是——是妳嗎？」他問。

她心裡想：這是什麼豬頭問題。「那棟房子就是我家。究竟出了什麼事，警察先生？」

那警察猛吁了一大口氣。「呃——妳還是先跟我進去好了。」

他攙著她的手臂，扶著她穿過人群。那些鄰居個個面色凝重，他們自動讓開一條路，彷彿讓路給一個死刑犯。他們個個悶不吭聲，四周忽然陷入一片死寂，只聽得到警察無線電的吱吱聲，感覺十分怪異。接著，他們逐漸靠近那條警方的黃色封鎖帶。封鎖帶固定在幾根柱子上，有幾根柱子甚至擺到泰洛斯金家的院子裡去了。那一剎那，她腦海中忽然浮現出一堆莫名其妙的胡思亂想。*他家的草坪是他最引以爲傲的，看到草坪這樣被人糟蹋，他鐵定不會高興的。*那位警察把封鎖帶拉高，讓她從底下鑽過去。那一剎那，她心裡明白，此刻，封鎖帶範圍內已經成爲犯罪現場了。

爲什麼她知道那裡已經是犯罪現場了呢？因爲她看到一個熟悉身影站在現場正中央。就算遠遠隔著草坪，莫拉還是一眼就認出來了。那是珍．瑞卓利，重案組警探。個子嬌小的珍已經懷孕八個月了，身上穿著那套孕婦褲裝，整個人看起來像是一顆熟透的梨子。可是，她怎麼會出現在這裡呢？這是令莫拉感到困惑的另一件事。波士頓的警探離開自己的轄區，跑到布魯克萊恩來做什麼？瑞卓利沒有發覺莫拉正朝她走過來。她目不轉睛地看著一輛停在泰洛斯金家門口路邊的車，邊看邊搖頭，顯然很不高興。她那頭捲髮還是跟平常一樣亂。

結果是巴瑞．佛斯特警官先看到她了。他是瑞卓利的搭檔。他無意間瞥了她一眼，然後轉頭看看旁邊，接著，他突然把頭轉回來，瞪大眼睛看著她，臉色發白。他不發一語，扯了一下搭檔的手臂。

那一剎那，瑞卓利忽然呆若木雞，一動也不動。警車車頂上的警燈閃著藍光，照在她臉上。她一臉不敢置信的表情。然後，她開始朝莫拉走過去，一副失魂落魄的模樣。

「醫生？」瑞卓利輕輕叫了一聲。「是妳嗎？」

「不是我是誰？爲什麼大家都在問這種奇怪的問題？還有，妳爲什麼要那樣看我？好像看到鬼。」

「因爲……」話說到一半，瑞卓利突然停住了。她搖搖頭，一頭亂髮甩來甩去。「老天，剛剛我眞的以爲自己看到鬼了。」

「妳說什麼？」

這時候，瑞卓利忽然轉身大喊了一聲：「布洛菲神父！」

莫拉沒有留意到神父自己一個人站在最邊邊。這時候，他忽然從一團陰影中冒出來，脖子上有一圈白色領圈。他平常看起來很帥氣，但此刻忽然顯得有點憔悴。他也是一臉震驚的表情。莫拉心裡暗暗奇怪，丹尼爾怎麼會跑到這裡來？通常，除非被害人的家屬提出要求，否則警方不會把神職人員請到犯罪現場來。奇怪的是，她的鄰居泰洛斯金先生並不是天主教徒，而是猶太教徒。他根本不可能會找神父來。

「神父，能不能麻煩你帶她進屋裡去？」瑞卓利問。

莫拉問：「拜託一下，有誰能告訴我，這裡究竟是怎麼回事？」

「麻煩妳，醫生，我們先進去吧，等一下再跟妳解釋。」

莫拉感覺到布洛菲用手攬住她的腰，摟得很緊，那種姿態顯然是在暗示她，現在不要找麻煩。現在最好乖乖聽警官的吩咐。於是，她也就乖乖讓他扶著走進家門口。緊貼著神父溫暖的身體，那種親密的接觸忽然令她感到一種莫名的興奮。她把鑰匙插進前門的鑰匙孔時，感覺到他緊貼著她，手的動作忽然變得笨拙起來。雖然他們成爲朋友已經有好幾個月了，但她從來沒有邀請丹尼爾·布洛菲進她家裡。此刻，她發覺自己對他居然會有這樣的反應，這才回想到，爲什麼她一直小心翼翼讓兩個人之間保持一點距離。接著，他們進了門，走進客廳。客廳的燈是自動計時器控制的，此刻正亮著。走到沙發前面的時候，她突然楞了一下，不知道接下來該做什麼。

結果是布洛菲神父主動說話了。

「坐下吧。」他指著沙發說。「我去倒點東西來給妳喝。」

「在我家就不用客氣了，倒是我應該去倒點東西給你喝。」她說。

「在目前這種情況下，妳不應該去。」

「問題是我甚至連目前是什麼狀況都搞不清楚。」

「瑞卓利警官會跟妳說明。」說著，他走到客廳外面去，回來的時候手上端著一杯水——雖然那並不是現在她最想喝的東西，不過，請神父去幫你拿一瓶伏特加，好像不太恰當。她啜著水，發覺神父一直盯著她看，忽然覺得很不自在。這時候，他也坐下來了，坐在她對面的沙發上。他一直盯著她，那副模樣彷彿很怕她會突然消失。

後來，她終於聽到瑞卓利和佛斯特走進來了，聽到他們好像在門廳那邊跟另一個人悄悄說了幾句話。莫拉聽不出那是誰的聲音。她覺得很奇怪，爲什麼大家好像都在隱瞞她什麼？究竟有什麼事情他們不想讓她知道？

這時候，兩位警探走進客廳了。她抬頭看他們。另外那個人自我介紹說他是布魯克萊恩的警探艾克特。像這種名字，她通常五分鐘就會忘得一乾二淨。此刻，她的心思全在瑞卓利身上。她從前和瑞卓利合作過，那個女人令她又敬又愛。

那三位警探也都坐下來了。瑞卓利和佛斯特隔著茶几坐在她對面。每個人都盯著她。四個對一個，她忽然覺得有點人單勢孤。這時候，佛斯特忽然掏出他的小筆記本和筆。爲什麼他要做筆記？爲什麼她忽然覺得自己好像即將接受偵訊了？

「最近還好嗎，醫生？」瑞卓利問。她的聲音聽起來很輕柔，充滿關切。

聽到這種客套話，莫拉忽然笑起來。「要是搞得清楚究竟出了什麼事，我應該會更好。」

「能不能請問，今天晚上妳去了什麼地方？」

「我剛從機場回來。」

「妳爲什麼要去機場？」

「我剛從巴黎飛回來。從戴高樂機場。我坐了很久的飛機，現在實在沒心情回答那麼多問題。」

「妳在巴黎待了多久？」

「一個星期。我是上個禮拜三飛到那邊去的。」莫拉忽然覺得，瑞卓利那種唐突的問話中似乎有一種指控的意味。她本來只是有點不高興，現在她開始發火了。「要是你們不相信，可以去問我的祕書露易絲。機票是她幫我訂的，我是去那邊參加一場會議——」

「法醫病理學國際研討會，對不對？」

莫拉嚇了一跳。「你們已經知道了？」

「露易絲告訴我們的。」

他們在調查我的資料。我甚至還沒回到家，他們就已經跟我的祕書談過話了。

「她告訴我們，妳的班機預定下午五點在羅根機場降落。」瑞卓利說。「現在已經快要晚上十點了，這段時間妳跑到哪裡去了？」

「我們的班機晚了三個鐘頭才從戴高樂機場起飛。好像是爲了額外的安全檢查。航空公司根本就是偏執狂。只誤點三個鐘頭就起飛，已經算是走運了。」

「所以妳的班機誤點三個鐘頭。」

「我剛剛已經說了。」

「班機是幾點降落的？」

「我也搞不清楚，應該是八點三十分吧。」

「從羅根機場回到家，花了一個半鐘頭？」

「因爲我的行李不見了，於是我就跑到法國航空公司的櫃檯去塡申訴表。」說到這裡，莫拉停住了。她已經按捺不住了。「好了，我他媽的受夠了，你們究竟在搞什麼鬼？要是你們還想繼續問我問題，那就先回答我的問題。你們是打算起訴我嗎？」

「不是，醫生。我們並沒有要起訴妳。我們只是想把整個時間流程釐清楚。」

「什麼東西的時間流程？」

佛斯特說：「艾爾思醫師，最近有人威脅妳嗎？」

她一臉困惑地看著他。「你說什麼？」

「妳知不知道有誰可能會意圖傷害妳嗎？」

「不知道。」

「妳確定嗎？」

莫拉無奈地笑了笑。「呃，又有誰敢百分之百確定呢？」

「妳常常上法庭作證。想必有不少案例，妳的證詞把某些人搞得很火大。」瑞卓利說。

「我說的都是實話。如果說實話也會惹火他們，我也沒辦法。」

「妳在法庭上大概樹敵不少。說不定妳還害不少人被定罪。」

「珍，就妳的工作來說，我相信妳也差不多。」

「妳最近有受到某種威脅嗎？比如說，妳有收到什麼信件，或是接到什麼電話嗎？」

「我的電話號碼沒有登記在黃頁上。而且，露易絲從來沒有把我的地址告訴過任何人。」

「那麼，有沒有人把信寄到法醫辦公室去給妳？」

「確實偶爾會收到一些奇怪的信件，大家都會。」

「奇怪的信件？」

「有人老是愛扯什麼外星人，或是陰謀論之類的。也有人寫信來指控我們隱瞞解剖的結果。像這類信件，通常都被我們放到神經病檔案去。如果有明顯的威脅，我們會通報警方。」

莫拉看到佛斯特在筆記本上振筆疾書，心裡很好奇，不知道他究竟寫了些什麼。此刻她已經快氣炸了，她忽然有一股衝動想伸手到茶几對面去，把他手上那本筆記本搶過來。

「醫生。」瑞卓利口氣平靜地說。「妳有沒有姊姊或妹妹？」

這個問題實在太奇怪了，完全令人意想不到。莫拉嚇了一跳，瞪大眼睛看著瑞卓利。她一肚子火忽然煙消雲散了。「不好意思，妳剛剛問什麼？」

「妳有沒有姊姊或妹妹？」

「妳爲什麼要問這個？」

「我必須知道。」

莫拉猛然吁了一大口氣。「沒有。我根本就沒有姊妹。而且，妳明知道我是被人收養的。好了，妳究竟什麼時候才要告訴我，這到底是怎麼一回事？」

瑞卓利和佛斯特互相對望了一眼。

佛斯特把手上的筆記本闔起來。「時候差不多了，可以讓她看看了。」

瑞卓利帶莫拉走到前門。莫拉走到門外。在警車閃燈的照耀下，溫熱的夏夜忽然瀰漫著一種嘉年華般的浮誇氣息。她的生理時鐘還停留在巴黎的時間，時差還沒有調整回來。此刻，巴黎的時間是凌晨四點。她已經筋疲力盡，睡眼惺忪，眼前看到的東西都是一片朦朧。今夜感覺如此虛幻，有如一場夢魘。她一走出大門，所有人的目光立刻集中在她身上。她看到鄰居聚集在馬路對面，她從封鎖帶下面鑽過去的時候，大家都在看著她。身爲法醫，她早就習慣那種衆目睽睽的感覺。她的一舉一動都是衆人目光和媒體追逐的焦點，可是，今天晚上的感覺卻有點不同。她有一種被冒犯的感覺，甚至感到恐懼。她忽然很高興有瑞卓利和佛斯特在兩邊護著她。那種感覺就像是，他們兩個幫她擋住了衆人好奇的眼光。他們沿著人行道走向泰洛斯金家門口的路邊，走向那輛深色的福特Taurus。

莫拉並沒有認出那輛車，不過，她倒是認出了站在車子旁邊那個滿臉絡腮鬍的男人。他那雙又厚又大的手上戴著乳膠手套。他是艾比·布里斯托醫師，她的法醫同事。艾比的食量非常驚人，而且，他對美食的熱愛也反映在他的腰圍上。他皮帶上方擠出了一團肥肉。他瞪大眼睛看著莫拉，然後說：「老天，這實在太詭異了，連我都沒辦法分辨。」他朝著車子點點頭。「莫拉，妳要有心理準備。」

心理準備？為什麼？

她看看那輛停在路邊的Taurus。此刻，她正對著警車閃燈的光線，感覺很刺眼，看不清楚前面的東西。她隱約看到駕駛座上有一個人形的黑影輪廓，趴在方向盤上。擋風玻璃上有一些黑色的斑點。那是血。

瑞卓利用手電筒照著乘客座的車門。一開始，莫拉搞不清楚他們究竟要讓她看什麼東西。她的注意力集中在那片濺滿血的擋風玻璃上，還有駕駛座上那個黑漆漆的人影。接著，她看向瑞卓利手電筒光束照射的地方。就在車門把手底下有三條平行的刮痕，刮得很深，把車門上的烤漆都刮掉了。

「看起來很像抓痕。」瑞卓利說。她彎著手指，彷彿在模擬那個抓的動作。

莫拉仔細盯著那個抓痕。這時候，她腦海中忽然閃過一個念頭，背後立刻竄起一股涼意。那不是抓痕，那簡直就是迅猛龍的爪子。

「來，到駕駛座這邊來。」瑞卓利說。

她乖乖遵照瑞卓利的指示，跟在她後面繞過Taurus的車尾，沒有多問。

瑞卓利用手電筒照著後保險桿，然後告訴她：「這是麻薩諸塞州的車牌。」不過，她只是經過的時候附帶提一下。那並不是重點。

瑞卓利繼續繞過車尾，走到駕駛座車門旁邊。這時候，她忽然停住腳步，看著莫拉。

「這就是令我們感到震驚的東西。」她說。接著，她把手電筒的光束照進車子裡。

光束照在那個女人臉上。她右邊的臉頰貼在方向盤上，臉正對著車窗，眼睛瞪得大大的。

那一剎那，莫拉忽然說不出話來。她目瞪口呆的看著那張慘白的臉，看著那一頭烏黑的頭髮，看著那豐滿的嘴唇。那個女人嘴唇微張著，彷彿受到什麼驚嚇。她倒退了好幾步，忽然感覺四肢一陣癱軟，感覺腦袋一陣暈眩，感覺自己彷彿快要飄起來了，感覺雙腳彷彿已經飛離了地面。這時候，忽然有人抓住她的手臂，把她扶住，是布洛菲神父。此刻，他就站在她身後。她不知道他是什麼時候走到她後面的。

現在，她終於明白了，爲什麼剛剛她抵達現場的時候，大家看到她都嚇了一大跳。此刻，她凝視著車裡那具屍體，凝視著瑞卓利手電筒照著的那張臉。

那是我。那個女人就是我。

2

她坐在沙發上，手上端著一杯伏特加加汽水，一口一口啜飲著。杯子裡的冰塊叮噹作響。去他的白開水。受到這種驚嚇，她需要更強效的藥方。布洛菲神父還算善體人意，他去調了一杯強勁有力的飲料，然後默默遞給她。人不是每天都有機會親眼目睹自己的死亡。人不是每天都有機會來到犯罪現場，親眼目睹自己死去的「分身」。

「那只是巧合。」她囁囁嚅嚅地說。「那女人只是看起來像我，如此而已。很多女人都有黑頭髮。另外，她的臉——車子裡那麼暗，說不定我根本就沒有看清楚。」

「我也不知道，醫生。」瑞卓利說。「她跟妳真的好像，滿嚇人的。」她跌坐在那張安樂椅上，懷孕的笨重身軀整個陷進坐墊裡，那一剎那，她不由得呻吟了一聲。莫拉心裡想：可憐的瑞卓利。實在不應該把懷孕八個月的女人拖到犯罪現場來，叫她們調查兇殺案。

「她的髮型和我不一樣。」莫拉說。

「她的頭髮只是比妳長一點而已。」

「我有劉海，她沒有。」

「妳不覺得這是枝微末節嗎？看看她的臉，說不定她是妳的姊妹。」

「等到光線亮一點的時候，我們再去看一次。說不定到時候她看起來跟我完全不同。」

布洛菲神父說：「莫拉，她跟妳真的很像。我們都親眼看到了，她看起來和妳長得一模一樣。」

「更何況，她開的那輛車就停在妳家附近。」瑞卓利又補充說。「還特別停在妳家門口。而且，她車子的後座還有這個東西。」瑞卓利把一個證物袋舉起來。隔著透明塑膠袋，莫拉看到裡面有一張《波士頓環球報》的剪報。隔著茶几，她甚至看得到那個斗大的標題。

法醫證實，羅林斯家的幼兒慘遭凌虐

「醫生，那是妳的照片。」瑞卓利說。「照片底下的文字寫著『法醫莫拉醫師爲羅林斯案出庭作證之後，正要離開法院。』」說著，她看看莫拉。「這是在被害人車上找到的東西。」

莫拉搖搖頭說：「爲什麼？」

「這就是我們想不透的地方。」

「羅林斯案——那幾乎是兩個禮拜前的事了。」

「妳有沒有在法庭上見過那個女人？還記得嗎？」

「沒有。我從來沒有見過她。」

「可是她顯然見過妳。或者說，至少在報紙上看到過妳。接著，她跑到這裡來。她是來找妳的嗎？還是想偷偷跟蹤妳？」

莫拉楞楞地盯著手上的杯子。喝了伏特加之後，她的腦袋感覺有點飄飄然。她心裡想：不到二十四個鐘頭之前，我還在巴黎的街頭徜徉，享受燦爛陽光，品味著飄散在空氣中那種露天咖啡座的香醇。而現在，我怎麼會一百八十度大轉彎，一頭栽進眼前的夢魘裡呢？

「醫生，妳家裡有武器嗎？」瑞卓利問。

莫拉整個人僵住了。「這是哪門子問題？」

「別誤會，我不是在指控妳什麼。我只是在想，不知道妳有沒有辦法保護自己。」

「我家裡沒有槍。槍對人體造成的傷害，我平常已經看得太多了，所以，我不想讓那種東西出現在我家裡。」

「好吧，我只是隨便問問。」

這時候，莫拉又啜了一口伏特加。她需要酒精來補充一點勇氣，才有辦法開口問下一個問題。「你們有查到被害人的身分嗎？」

佛斯特又掏出他的筆記本，快速翻動，那副模樣看起來很像是那種吹毛求疵的小職員。在某些方面，巴瑞．佛斯特總是讓莫拉聯想到那種彬彬有禮的官僚，手上隨時拿著筆。「我們在她的皮包裡找到駕駛執照，她的名字叫做安娜．潔絲普，今年四十歲，住在布萊登。登記的車主也是她。」

這時候，莫拉抬起頭來。「距離這裡只有幾公里。」

「那個地址是一座公寓大樓。她的鄰居對她所知有限。我們還在設法聯絡房東，讓她帶我們進她的公寓。」

「潔絲普這個名字妳有印象嗎？」瑞卓利問。

她搖搖頭說：「我根本不認識姓潔絲普的人。」

「妳認識的人當中，有人住在緬因州嗎？」

「妳爲什麼問這個？」

「她的皮包裡有一張超速罰單。兩天前，她在緬因州敦百克高速公路的南向車道上被警察攔下來。」

「我根本不認識緬因州的人。」接著，莫拉深深吸一口氣，然後問：「是誰發現她的？」

「是妳的鄰居泰洛斯金先生打電話報警的。」瑞卓利說。「當時他正在屋外遛狗，結果看到那輛Taurus停在路邊。」

「那是什麼時候？」

「大約晚上八點。」

莫拉心裡想：那就對了。泰洛斯金先生每天晚上都是在那個時間遛狗。工程師都是那樣，凡事講究精確，行爲模式都是可以預料的。不過，今天晚上他碰到的卻是一件完全無法預料的事。

「他都沒有聽到什麼奇怪的聲音嗎？」莫拉問。

「他說，就在他發現那輛車的十分鐘之前，他好像聽到一個聲音，不過當時他以爲那是引擎逆火的氣爆聲。然而，沒有人親眼看到。後來，他看到那輛Taurus之後，就馬上打了911報警，說他的鄰居艾爾思醫師被人槍殺了。艾克特警官帶著布魯克萊恩警方率先趕到現場，而我和佛斯特則是九點左右才趕到的。」

「爲什麼？」莫拉問。不久之前，她看到瑞卓利站在她家門口的草坪上，當時她腦海中第一個想到的問題就是這個。現在，她終於開口問了。「你們怎麼會跑到布魯克萊恩來呢？這裡並不是你們的地盤。」

這時候，瑞卓利瞥了艾克特警官一眼。

他有點不好意思地說：「是這樣的，去年一整年，我們布魯克萊恩這邊只發生過一件兇殺案。我想，在這種情況下，我們應該打電話請波士頓來支援。」

沒錯，莫拉心想，確實應該。布魯克萊恩只是波士頓市邊陲郊區的一個小社區，而去年波士頓警局偵辦了六十件兇殺案。天底下的事都差不多，偵辦兇殺案也是一樣熟能生巧的。

「反正到最後我們還是一樣要來的。」瑞卓利說。「因為後來我們知道被害人是誰了。或者應該說，以為是誰。」說到這裡，她遲疑了一下。「坦白說，我根本連想沒想過，被害人有可能是別人。光是看那個被害人一眼，我就以為……」

「大家都一樣。」佛斯特說。

這時候，客廳裡忽然陷入一陣沉默。

「我們知道今天晚上妳會從巴黎搭飛機回來。」瑞卓利說。「那是妳的祕書告訴我們的。我們唯一想不透的是那輛車。妳開的怎麼會是另一個女人的車呢？」

莫拉把杯子裡的酒喝乾，然後把杯子放在茶几上。今天晚上她的酒量恐怕只有一杯了。她已經開始覺得手腳發麻，視力無法集中了。眼前的客廳開始變得一片模糊，在燈光的映照下，所有的東西都泛著一層柔柔的光暈。她心裡吶喊著：這不是真的。我現在還坐在飛機上，還在大西洋上空，還在睡覺。等一下我醒過來的時候，就會發現飛機已經降落了，而剛剛這一切都只是在做夢，都沒有真的發生。

「關於安娜．潔絲普這個人，我們目前還沒有查到任何線索。」瑞卓利說。「醫生，目前就我們所知——也就是說，目前我們眼睛所看到的一切——雖然我們還無法確認她的身分，不過，她一定是妳的雙胞胎姊妹。也許她的頭髮比妳長一點，也許妳們之間還有一些大大小小的差異，不過重點是，我們都沒辦法分辨。所有的人都無法分辨。而且，我們都認識妳。」說著，她遲疑了一下。「說到這裡，妳應該知道我的推論是什麼了吧？」

沒錯，莫拉確實心裡有數，可是她並不想說出口。她只是坐在那裡，楞楞地盯著茶几上的玻璃杯，盯著杯子裡漸漸融化的冰塊。

「要是我們無法分辨，其他任何人也可能一樣無法分辨。」瑞卓利說。「包括那個開槍射穿她腦袋的人。妳的鄰居說，他聽到一聲很像引擎逆火氣爆的聲音，當時已經快要晚上八點了，天色已經暗了，而她就坐在車子裡，停在妳家車道附近。不管是誰，看到坐在車子裡的她，一定會誤以爲是妳。」

「所以說，妳認爲我才是目標。」莫拉說。

「妳不覺得很有道理嗎？」

莫拉搖搖頭說：「在我看來全是一團亂。」

「妳的工作是很公開化的。兇殺案的審判，妳常常要出庭作證。妳是新聞人物，妳是『死亡女王』。」

「不要那樣叫我。」

「警察都這麼說。媒體也都是這麼說。妳自己心裡有數，不是嗎？」

「那並不代表我喜歡這種頭銜。事實上，我很受不了。」

「不過那代表妳是很引人注目的。而且，那不只是因爲妳的工作，也是因爲妳的外表。男人都會多看妳一眼，這一點，妳自己心裡明白，不是嗎？要是妳自己沒有注意到，那妳鐵定是瞎了眼。漂亮的女人一向是男人目光的焦點，我說得對不對，佛斯特？」

佛斯特好像嚇了一跳，顯然他沒想到自己會被拖下水。他臉都紅了。可憐的佛斯特，他眞的好容易害臊。「那只是人的天性。」他倒很老實。

這時候，莫拉看著布洛菲神父。不過，他並沒有在看她。她有點好奇，不知道這種「吸引力法則」是不是也可以套用在他身上。她寧願這樣想，她寧願相信，丹尼爾也一樣無法抗拒漂亮女人的吸引力。

瑞卓利又繼續說：「社會大衆眼中的美女被人跟蹤，在自家住宅門口慘遭殺害。這種事以前也曾經發生過。洛杉磯那個女明星叫什麼名字來著？被殺的那一個。」

「蕾貝卡．雪佛。」佛斯特說。

「沒錯。還有本地的蘿莉．黃那個案子。妳還記得吧，醫生？」

沒錯，莫拉還記得，因爲那位「第六頻道」新聞主播的屍體就是由她執刀解剖的。蘿莉．黃是在電視公司門口遭到槍殺的，當時她已經播報了一年的新聞。她一直都不知道自己已經被盯上了。那個殺手一直在看她的節目，而且寫過好幾封充滿愛慕的粉絲信給她。後來有一天，他跑到電視公司門口等她，當蘿莉跨出大門走向車子的時候，他忽然朝她頭上開了一槍。

「在社會大衆眼中，那是生活中無所不在的災難。」瑞卓利說。「你永遠猜不到，誰正盯著電視螢幕上的你。你永遠不知道，下班開車回家的路上，坐在後面那輛車子裡的是什麼人。我們平常不會去想這種事——說不定有人把我們當成某種幻想的對象，說不定有人在跟蹤我們。」說到這裡，瑞卓利遲疑了一下，然後又繼續說，口氣忽然變得很平靜。「我自己也有過這樣的經驗。我知道，被某個人瘋狂迷戀，那是什麼樣的感覺。雖然我覺得自己長得實在不怎麼樣，可是，我也有過那樣的經驗。」這時候，她忽然伸出雙手，露出掌心的傷痕。那個傢伙差點就要了她的命，兩次。那個傷痕就是她和他纏鬥時所留下的永遠的記憶。那個人現在還活著，可是已經全身癱瘓了。

「這就是爲什麼我要問妳，妳有沒有收到什麼奇怪的信件。」瑞卓利說。「我剛剛忽然想到她。蘿莉．黃。」

「可是那個兇手不是已經抓到了嗎？」布洛菲神父問。

「沒錯。」

「那麼，妳暗示的該不是同一個人吧？」

「不是。我說的是同樣的模式。額頭上開一槍。女性公眾人物。我只是希望你們也能夠思考一下。」瑞卓利掙扎著站起來。她得費不少力氣才有辦法從那張安樂椅上站起來。佛斯特立刻就伸出手想去扶她，可是她不理他。雖然已經懷孕八個月了，瑞卓利還是老樣子，不喜歡有人幫忙。她把手提包揹在肩上，然後用一種詢問的眼神看了莫拉一眼。「今天晚上妳想住別的地方嗎？」

「這裡是我家。我幹嘛到別的地方去？」

「我只是問一下。我想，應該不需要我提醒妳把門鎖好吧？」

「我平常都會鎖門。」

瑞卓利看看艾克特。「布魯克萊恩警局能不能派幾個人監視這棟房子？」

他點點頭。「我一定會派警車經常過來這邊巡視一下。」

「感激不盡。」莫拉說。「謝謝你。」

莫拉陪那三個警官走到門口，看著他們朝車子那邊走過去。時間已經是半夜了，外頭的街道已經恢復到平日她所熟悉的寂靜。布魯克萊恩警局的巡邏車已經走了，而那輛Taurus已經被拖吊到鑑識科去了，甚至連那條封鎖帶也拆掉了。她心裡想：等明天早上我一覺醒來，一定會發現這整件事都只是一場噩夢。

接著，她轉身看著布洛菲神父。他還站在門廳那邊。此刻，房子裡只剩下他們兩個人了。她從前也和他單獨相處過，但從來沒有像此刻這樣，感到如此不自在。兩個人腦海中當然都有某種想像。這只是我在一廂情願嗎？丹尼爾，每當夜深人靜，當你一個人躺在床上的時候，難道你從來沒有想到過我嗎？就像我也會想到你一樣。

「自己一個人待在家裡，妳眞的安心嗎？」他問。

「沒問題。」你有別的建議嗎？你會留下來陪我過夜嗎？你是這個意思嗎？

這時候，他轉身朝門口走過去。

「丹尼爾，是誰打電話叫你來的？」她問。「你是怎麼知道的？」

他回頭看看她。「是瑞卓利警官打電話找我的。她說……」說著，他遲疑了一下。「妳應該也知道，我常常會接到警察打來的這種電話。家裡有人過世了，要找神父。我一向很願意安慰亡者的靈魂。可是這一次……」他又遲疑了一下。「莫拉，記得把門鎖好。」他說。「今天晚上很難熬，我希望再也不要有下一次。」

她看著他走出大門，坐上車。他並沒有馬上發動引擎。他坐在車上，等了一會兒，彷彿他要確定她自己一個人在家裡平安無事。

她關上門，然後把門鎖起來。

她隔著客廳的窗戶，看著丹尼爾的車逐漸遠去。有那麼一會兒，她楞楞地望著空蕩蕩的路邊，內心突然感到一陣失落。那一剎那，她忽然很想叫他回來。可是，就算叫回來了，接下來會怎麼樣？他們兩個人又能怎麼樣？她心裡想，有些誘惑，還是保持一點距離比較好。接著，她又看看外頭黑漆漆的街道，瞄了最後一眼，然後就從窗戶旁邊走開了。這時候，她忽然意識到，客廳裡的燈光會暴露她的一舉一動。於是，她把窗簾拉上，然後輪流到每一間房間去，檢查門鎖和窗戶。六月的夜晚，天氣有點溫熱，平常她睡覺的時候都會把窗戶打開。可是今天晚上，她把窗戶關起來，打開冷氣。

第二天一大早，她醒過來的時候，冷氣口的涼風吹在她身上，她不由自主地打了個哆嗦。她夢見了巴黎。天空碧藍如洗，花圃裡開滿了玫瑰花與葵百合，徜徉其間，渾然忘我，幾乎忘了自己置身何處。但此刻，夢醒了，巴黎消失了，她發覺自己躺在床上。而且，她又想起昨天發生了很可怕的事。

現在才早上五點，可是她卻已經完全醒了。她忽然想到，巴黎現在是早上十一點。假如現在我還在那裡，陽光必定很燦爛，而且，我一定已經開始喝第二杯咖啡了。她知道，今天她還是擺脫不了時差的干擾，等一下就會開始了。而且一到下午，早上這種精力充沛的感覺就會消失了。可是，她就是沒辦法逼自己再睡一下。

於是，她起床穿上衣服。

從窗口看出去，門前的街道看起來還是像平常一樣。天際已經浮現出第一道晨曦，而隔壁泰洛斯金先生家裡的燈光已經開始點亮了。他一向都起得很早，而且通常都比她早一個小時出門去上班。不過，今天早上有點不一樣。今天早上，她是起得最早的人，因此，她看到了社區另一種截然不同的風貌。她看到馬路對面的自動灑水器開始噴水，水花在半空中揮灑出一個圓，散落在草坪上。她看到送報的小男生反戴著棒球帽，騎著腳踏車從門前飛掠而過。她聽到《波士頓環球報》咚的一聲落在門廊上。她心裡想：表面上看起來，一切似乎都和平常一樣，但實際上一切都變了。死神曾經降臨過我們這個社區，而每一個住在這裡的人永遠都忘不了。他們每天都會從前面的窗戶看看外面，看看Taurus曾經停過的路邊，然後不由自主地打個哆嗦，心裡暗暗驚訝，原來死神曾經如此貼近每一個人。

接著，她看到一道車燈掃過街角，然後看到一輛車沿著馬路開過來，快到她家門口的時候，車子開始減速。那是一輛布魯克萊恩警局的巡邏車。

她看著那輛警車從門前開過去，心裡想：不一樣了，一切都變了。

一切都變了。

她抵達辦公室的時候，祕書還沒來。還不到六點，莫拉已經坐在辦公桌前面，整理堆積如山的文件。她到巴黎去參加會議這段期間，收件盒裡已經累積了無數口述錄音的聽寫稿和實驗報告。後來，就在她整理到三分之一的時候，她忽然聽到腳步聲。她抬頭一看，看到露易絲站在門口。

「妳回來了。」露易絲輕輕說了一聲。

莫拉朝她笑了一下，算是道早安。「Bonjour[3]！我是想，早點來可以利用時間整理這些文件。」

露易絲楞楞地看著她，看了好一會兒，然後才走進辦公室，跌坐在莫拉辦公桌對面那張椅子上，那副模樣彷彿她突然累壞了，站不起來了。露易絲雖然已經五十歲了，可是她永遠精力充沛，彷彿她的體力是莫拉的兩倍，而且比莫拉年輕十歲。可是今天早上，露易絲整個人像洩了氣的皮球一樣，在日光燈的照耀下顯得臉色灰黃，神情憔悴。

---

❸ 法語「早安」的意思。

「妳還好嗎，艾爾思醫師？」露易絲輕聲問。

「我沒事。只是時差在作怪。」

「我的意思是——昨天晚上出了那種事。佛斯特警官打電話來的時候，他的口氣聽起來好像很確定，那就是妳，車子裡……」

莫拉點點頭，臉上的笑容消失了。「露易絲，那就像電視影集『陰陽魔界』一樣，回到家的時候發現門口停滿了警車。」

「好可怕。我們都以爲……」露易絲嚥了一口唾液，低頭看著自己的腿。「後來，昨天晚上布里斯托醫師打電話給我，跟我說那是一場誤會，我眞的大大鬆了一口氣。」

這時候，兩個人忽然陷入一陣沉默。露易絲的口氣彷彿有點在責備莫拉，氣氛有點凝重。莫拉忽然想到，昨天晚上應該是她要打電話給自己的祕書。她應該想得到，露易絲受到多大的驚嚇，她一定會很想聽到自己的聲音。她心裡想：我一直都是自己一個人住，而且一直是小姑獨處。這樣的日子已經過太久了，所以，她很難想像，在這個世界上居然會有人關心她，擔心她會出事。

這時候，露易絲站起來準備要離開了。「艾爾思醫師，我眞的好高興妳回來了。這是我的眞心話，我只是希望能夠親口告訴妳。」

「露易絲？」

「怎麼了？」

「我從巴黎帶了一樣東西回來，那是要給妳的。東西放在行李箱裡，可是航空公司把行李搞丟了。這種藉口聽起來實在很爛。」

「噢。」露易絲笑了起來。「嗯，如果是巧克力的話，我恐怕無福消受，因為我的屁股不准我吃。」

「我保證不是什麼巧克力。」說著，她瞥了辦公桌上的時鐘一眼。「布里斯托醫師來了嗎？」

「他剛到。我剛剛在停車場看到他。」

「那妳知不知道他什麼時候要開始解剖？」

「妳說的是哪一個？他今天有兩個Case。」

「昨天晚上被槍殺的那個。那個女人。」

露易絲意味深長地看著她，看了好久。「我想那個應該是排第二。」

「妳那邊有她的背景資料嗎？」

「沒有。這個妳恐怕要問布里斯托醫師。」

3

雖然那天她自己沒有輪值解剖的工作，不過，下午兩點的時候，莫拉還是跑到樓下去，換上手術袍。女性更衣室裡只有她一個人，所以，她慢條斯理地脫掉身上的衣服，把上衣和長褲摺好，整整齊齊地疊在置物櫃裡。手術袍貼在皮膚上，感覺很清爽，很像剛漿洗過的床單。她把手術褲上的細繩子綁緊，把頭髮塞進手術帽裡。做著這些熟悉的例行動作，她忽然感覺很舒服。那種熨燙過的棉質衣料穿在身上，想到這身衣服所賦予她的角色，她忽然覺得很自在，很有安全感。她瞥了鏡子一眼，看到鏡中的自己那種冷冷的模樣，彷彿所有凡塵俗世的七情六慾都被掩蓋住了，那種感覺就像看著一個陌生人。她走出更衣室，沿著走廊往前走，然後推開門走進實驗室。

瑞卓利和佛斯特已經等在那裡了。他們站在解剖檯旁邊，背對著莫拉，兩個人身上都穿著手術袍，戴著手套。他們的背影遮住了解剖檯上的屍體。最先看到莫拉走進來的是布里斯托醫師。他站的位置正好面向她，特大號的手術袍依然掩不住他那壯觀的腰圍。莫拉走進解剖室的時候，他眼睛看著布里斯托，而布里斯托正好抬起頭來看她。那一剎那，他露在口罩外面的眉頭忽然皺起來。她注意到他露出一種詢問的眼神。

「我只是想過來看看你解剖這個人。」她說。

這時候，瑞卓利轉過來看著她。她也皺起眉頭。「妳確定妳真的想看嗎？」

「妳都不會好奇嗎？」

「可是，如果我是妳的話，考慮到自己目前的狀況，我不確定自己是不是眞的會想看。」

「艾比，如果你不反對的話，我想站在旁邊看看。」

布里斯托聳聳肩。「管他的。要是我的話，我應該也會好奇吧。」他說。「歡迎參觀。」

她繞過解剖檯，走到艾比那邊。這時候，她終於第一次清清楚楚看到那具屍體了。那一剎那，她忽然覺得喉頭好乾。在這間實驗室裡，她也曾經有過恐怖的經驗，看過各種腐爛程度不同的屍體，看過被火燒得殘缺不全的屍體，看過受到嚴重外傷不成人形的屍體。然而，此刻，看著解剖檯上那個女人，那種感覺卻是異乎尋常，前所未有的。屍體上的血跡都已經洗乾淨了，而左邊頭皮上那個彈孔被黑頭髮遮住了。她的臉部沒有任何傷口，而軀體上也只有一些零零星星的天然斑。脖子和鼠蹊的部位有一些新的針孔，那應該是實驗室助理吉間在屍體上抽血，準備做檢驗時所留下的。除此之外，整個軀體是完好無缺的。這時候，艾比連一刀都還沒切。假如這時候胸部已經切開了，露出胸腔，那麼，或許那種視覺上的衝擊就比較不會那麼強烈。屍體開膛破肚之後，感覺上就比較不像是有血有肉的人了。心臟、肺臟、脾臟……這些都只不過是一個個的器官，而不再是一個活生生的人。器官可以移植到另一個人身上，就像汽車零件一樣。然而，眼前躺在解剖檯上的這個女人還是一個完整的人。她的五官表情依然清晰可辨。昨天晚上莫拉看到這具屍體的時候，屍體身上還穿著衣服，而且是在暗處，現場只有瑞卓利手電筒的光線。此刻，在解剖燈的照耀下，屍體的五官清晰可見。而且，衣服都已經被脫掉了，整個軀體是裸露的。而且，屍體的臉孔實在太熟悉了。

老天，解剖檯上那個人。那是我的臉，我的身體。

只有她才知道，那個身體跟她自己有多像。此刻，在這間實驗室裡，沒有人看過莫拉裸露的胸部，大腿的曲線。他們都只看過該看的地方，比如她的臉，她的頭髮。他們根本無法想像，這具屍體和她相像到什麼程度。就連那個最私密的部位，陰毛上那種紅棕色的小斑點，都一模一樣。

接著，莫拉看著那個女人的手。那種纖細修長的手指和她一模一樣。那是鋼琴家的手。指紋已經採好了，頭骨和牙齒的X光片也都拍好了。牙齒的X光片此刻正擺在燈箱上。兩排白的牙齒看起來很像卡通貓在微笑。她很好奇：如果我的牙齒去拍X光片，看起來是不是就像那樣？我們兩個是不是像到連牙齒上的琺瑯質都一模一樣？

這時候，她忽然開口問了一個問題。她的口氣好平靜，連自己都覺得不可思議。「你們有沒有查到她其他的什麼資料？」

「我們還在查那個名字。安娜．潔絲普。」瑞卓利說。「到目前爲止，我們只知道，她的駕駛執照是麻薩諸塞州發的，而且是四個月前才發的。根據駕照上的資料，她今年四十歲。身高五呎七吋，黑髮，綠眼。體重一百二十磅。」說著，瑞卓利瞄了一眼解剖檯上的屍體。「看起來，這具屍體完全符合這些特徵。」

莫拉心裡想：我也符合。我今年四十歲，身高五呎七吋，唯一的小差別是體重。我的體重是一百二十五磅。不過，話說回來，女人考駕照的時候，哪個不會在體重上偷斤減兩？

艾比進行體表檢查的過程中，她默默站在旁邊看。先前他已經預先印好了一張女性解剖圖。檢查的過程中，他偶爾會在那張圖上做註記，比如說，彈孔是在左太陽穴上。軀幹下端和大腿上有天然斑。還有盲腸手術留下的疤痕。接著，他把寫字板放下來，走到解剖檯尾端，用棉花棒採取陰道黏液。他和助理吉間翻轉屍體的大腿，露出會陰部，這時候，屍體的腹部正好面向莫拉。

她仔細看看腹部，凝視著那條盲腸手術疤痕。那看起來像一條細細的白線劃過雪白的皮膚。

我也有。

艾比把棉花棒抽出來之後，走到手術用具盤前面，拿起一把手術刀。

第一刀實在不忍卒睹。莫拉不由自主地伸手按住胸口，感覺刀刃彷彿是劃在自己身上。接著，當艾比開始劃開Y字形切口時，莫拉已經開始想：我錯了，我根本沒有認眞想過自己能不能看得下去。不過，她還是站在原地沒動。後來，艾比開始翻開胸廓上的皮膚，然後彷彿像是參加剝皮比賽似的，飛快地掀開皮膚。那一刹那，莫拉被眼前那種奇異的景象震懾住了。艾比工作的時候，根本沒去留意莫拉會不會害怕。他只是全神貫注在工作上，把屍體切開。厲害的病理學家可以在一個小時之內完成一般解剖。這種類型的驗屍，艾比根本不會浪費時間做太精密的切割。莫拉一直都覺得艾比是個討人喜歡的男人，因爲他食量驚人，因爲他喜歡喝兩杯，因爲他熱愛歌劇。然而，此刻，看著他水桶般的肚子，看著他那公牛般肥碩的脖子，看著他用刀子割開皮肉，她忽然覺得他看起來好像屠夫。

現在，胸口的皮膚已經撕開了，乳房被翻開的皮膚遮住了，露出底下的肋骨和肌肉。吉間拿著骨骼剪，彎腰剪開肋骨。每剪斷一根肋骨，那種喀嚓的聲音都會令莫拉皺一次眉頭。她心裡想：人類的骨骼是多麼脆弱啊。我們還以爲我們的心臟被一個堅固的骨架保護著，然而，光是用手擠壓，光是剪刀的利刃，就足以把骨頭剪斷。於是，一根接一根，肋骨在不鏽鋼的威力下屈服了。人體構造是多麼脆弱啊。

吉間剪斷最後一根肋骨之後，艾比切開最後一條軟骨和肌肉。接著，他們合力把胸骨板拿開，彷彿掀開盒蓋似的。

胸廓內部，心臟和肺臟閃閃發亮。那一剎那，莫拉腦海中閃過的第一個念頭是，那是多麼年輕有活力的器官。可是她轉念一想，忽然想到，不對，四十歲已經不能算年輕了，不是嗎？四十歲，她已經來到人生的中點了，就像解剖檯上這個女人一樣，再也不能算年輕了。不過，要認清這個事實，可沒那麼容易。

剖開的胸腔裡，那些器官看起來都很正常，沒有疾病的跡象。艾比飛快地劃了幾刀，肺臟和心臟就被他切取下來，放在一個金屬盆裡。在強光的照耀下，他從肺臟上取下一些切片，觀察肺臟組織。

「她沒有抽菸。」他對那兩個警探說。「沒有腫瘤。器官組織很健康。」

然而，器官已經死亡了。

他把肺臟丟回金屬盆裡。肺臟在盆子裡看起來像一堆粉紅色的小山。接著，他把心臟拿起來。他的手掌很大，輕而易舉就把心臟捧在手掌心。那一剎那，莫拉忽然感覺到自己的心臟正在胸膛裡怦怦跳著。原來她的心臟就像那個女人的心臟一樣，可以讓艾比一手捧著。此刻，艾比手上抓著那顆心臟，在手上轉來轉去，檢查冠狀動脈，那一剎那，她忽然感覺那彷彿是自己的心臟，忽然感到一陣噁心。雖然從機械結構上來看，心臟只不過像是一具幫浦，然而，它卻是人體的核心。此刻，看著那顆赤裸裸的心臟，她忽然覺得自己的胸腔彷彿變空了。她深深吸了一口氣，可是那股血腥味反而令她更噁心。她轉身走開，離開那具屍體。這時候，她發現瑞卓利正盯著她看。瑞卓利似乎也看夠了。她們兩個已經認識兩年了，合作過很多案子，對彼此的專業能力都有極高的評價。不過，也正因爲她們對彼此的能力評價很高，以致於兩個人在相處上卻反而更小心翼翼，互相提防。莫拉知道瑞卓利的直覺有多可怕，所以，此刻，當她們隔著解剖檯互相對望，她知道瑞卓利一定心裡有數，知道她已經忍不住快要奪門而出了。面對瑞卓利那種無言的、詢問的眼神，莫拉立刻牙根一咬，揚起下巴。「死亡女王」豈能示弱。

接著，她又回頭仔細看著屍體。

剛剛實驗室裡一陣暗流洶湧，兩個女人互相較勁，艾比卻渾然無覺。他切開心臟的心室心房。「瓣膜看起來很正常。」他說。「冠狀動脈摸起來很軟，沒有阻塞。嘖嘖，眞希望我的心臟看起來也這麼健康。」

莫拉看看他那個水桶般的肚子，想到他嗜肥鵝肝醬如命，又喜歡奶油調味醬，對他的心臟實在沒什麼信心。艾比的人生哲學就是及時行樂。隨時隨地讓我們的腸胃盡情享受，因爲早晚有一天，我們都會和解剖檯上那位朋友一樣。要是人生的樂趣都被剝奪光了，冠狀動脈就算再乾淨又怎麼樣？

他把心臟放回盆子裡，然後繼續處理腹部的器官。他的手術刀深深切進腹部，劃破腹膜，於是，胃、肝臟、脾臟、胰臟全都露出來了。冷冰冰的器官，死亡的氣味，這一切本來是莫拉最熟悉的，可是這一次，這一切卻令她很不舒服。那種感覺彷佛她是第一次進解剖室。此刻，看著艾比揮舞著剪刀和刀子，她忽然覺得自己不再是那個經驗老到的病理學家，反而被那種殘忍血腥的過程嚇壞了。老天，這是我每天都在做的事，只不過，當我下刀的時候，切開的是我不認識的、陌生人的血肉。

然而，這個女人感覺不像陌生人。

那一剎那，她忽然覺得自己彷彿隔著遠遠的距離看著艾比操刀，感覺自己陷入一種麻木的狀態。昨天晚上很不平靜，再加上時差作怪，她已經筋疲力盡。眼前解剖檯上的景象忽然變得越來越模糊。她彷彿退到一個比較安全的位置，麻痺自己的感情，冷眼旁觀。解剖檯上那個人只是一具屍體，跟她不再有關聯，她不認識。艾比很快就切除了小腸，丟進盆子裡。他用剪刀和料理刀，很快就把腹部的器官全部掏出來，留下空洞洞的腹腔。現在盆子裡裝滿了內臟，變得很重。接著，他把盆子端到不鏽鋼流理台上去，然後把裡面的器官一樣一樣拿起來看，仔細檢查。

他把胃放在砧板上，用刀子割開，把裡面的東西倒進一個比較小的盆子裡。那種未消化食物的臭味逼得瑞卓利和佛斯特趕快撇開頭。他們皺起眉頭，一臉噁心的表情。

「看起來很像是還沒消化完的晚餐。」艾比說。「她吃的好像是海鮮沙拉。有萵苣和番茄，好像還有蝦子……」

「她吃晚餐的時間距離死亡的時間有多接近？」瑞卓利問。她手掩著臉，遮住那種味道，說話的聲音有點鼻音，聽起來怪怪的。

「一個鐘頭，也許更長一點。我猜她是在外面吃的，因爲我自己不會在家裡弄海鮮沙拉。」說著，艾比瞥了瑞卓利一眼。「她的皮包裡說不定有餐廳的簽帳單，妳找過了嗎？」

「沒看到。她有可能是付現金。我們還在等銀行把她信用卡的資料傳過來。」

「老天。」佛斯特嘀咕了一聲。他眼睛還是不敢去看那些東西。「這輩子我大概不敢再吃蝦子了。」

「喂，你怎麼可以因噎廢食呢？」艾比一邊切掉胰腺，嘴裡一邊嘀咕著。「仔細想想，我們人體不都一樣是這些東西構成的嗎？脂肪、碳水化合物、蛋白質。你吃掉一塊香嫩可口的牛排，就等於是吃掉一塊肌肉。那麼，你以爲我會因爲每天都在切除這種人體組織，所以就會發誓這輩子再也不吃牛排了嗎？任何一種肌肉，生化成分都是相同的，差別在於，在不同的時間地點，味道聞起來不一樣。」說著，他手伸向腎臟，飛快地劃了幾刀，分別從兩顆腎臟上取下一些組織切片，然後丟進福馬林罐裡。「到目前爲止，所有的器官看起來都很正常。」說著，他瞥了莫拉一眼。「妳覺得呢？」

她本能地點點頭，沒有說話。這時候，助理吉間正把一組新的X光片掛到燈箱上。莫拉立刻被那些片子吸引住了。那是頭骨的X光片，側照，看得到軟組織的輪廓，感覺很像從側面看著一個鬼魂半透明的臉。莫拉走到燈箱前面去，盯著那一片星星形狀的區塊。X光片上，頭骨區比較暗，看起來比較柔和，而腦組織上那片星形區塊鑲嵌在整片頭骨區上，相形之下看起來特別亮，特別顯眼。頭骨上的彈孔很小，光看彈孔，你絕對想像不到，那顆子彈對人腦組織所造成的殺傷力竟然這麼可怕。

「老天！」她喃喃嘀咕著。「那是Black Talon。『黑魔爪彈』！」

艾比本來低頭看著那個裝滿器官的盆子，一聽到莫拉的聲音，立刻抬起頭來看她。「我已經很久沒碰過那種子彈了。等一下要很小心，那顆子彈的金屬破片尖端比剃刀還利，會刺破手套。」他說話的時候，眼睛看著吉間。吉間已經在法醫部工作很多年了，比現任的任何一位法醫都要來得久。他等於是他們這個部門的記憶資料庫。「從前送來解剖的被害人，也曾經有被黑魔爪彈打死的。你還記不記得上一次是什麼時候的事？」

「大概是兩年前吧。」吉間說。

「那沒多久嘛。」

「我記得是泰爾尼醫師負責解剖的。」

「能不能麻煩你請史黛拉查一下資料？看看那個案子結案了沒有。這種子彈實在太不尋常了，很容易就會讓人聯想到，會不會和其他案子有關聯。」

吉間脫掉手套，走到對講機前面，按鈴呼叫艾比的祕書。「喂，史黛拉嗎？布里斯托醫師想查一個案子的資料，跟『黑魔爪彈』有關。應該是泰爾尼醫師負責的……」

「我聽說過那種子彈。」佛斯特走到燈箱前面，仔細看著那張X光片。他說：「不過，被害人被這種子彈打死的案子，這我還是第一次碰到。」

「那是彈頭中空型子彈，溫徹斯特兵工廠製造的。」艾比說。「這種設計，是爲了要讓彈頭裂開，拉扯人體組織。當子彈射入人體的肌肉組織，彈頭的銅片會裂開，變成六角星的形狀，每個角的尖端就像爪子一樣銳利。」說著，他走到屍體頭部旁邊。「有一年，舊金山發生大屠殺案，有個瘋子用這種子彈打死了九個人，於是，一九九三年以後，這種子彈就被禁止販賣。溫徹斯特兵工廠的形象嚴重受損，於是，他們決定停產這種子彈。不過，市面上還是有一些漏網之魚。偶爾還是會有人被這種子彈打死，不過，非常少見就是了。」

莫拉還是一直盯著那張X光片，盯著那片致命的星形區塊，腦海裡迴盪著艾比剛剛說的話：每個角的尖端就像爪子一樣銳利。這時候，她忽然想到被害人的車子。左邊的車門上有三道抓痕。看起來就像是迅猛龍的爪痕。

她轉身走回解剖檯旁邊。這時候，艾比已經完成了所有的頭皮切割，正要把頭皮撕開，那一剎那，莫拉不由自主地看著那個女人的臉。死者的嘴唇已經變成暗藍色，眼睛張得大大的，暴露出來的角膜乾乾的，而且因爲暴露在空氣中，變得霧霧的。那雙眼睛閃爍著光芒，看起來栩栩如生，不過，那只是因爲霧化的角膜反射出實驗室的燈光。當你不再眨眼睛，當你的角膜失去了體液的滋潤，你的眼睛就會變乾，眼神就會變得呆滯。死者的眼睛之所以會失去生命的神采，並不是因為靈魂離開了軀殼，而只是因為沒辦法眨眼睛。莫拉低頭盯著那兩團霧濛濛的角膜，那一剎那，她忽然不由自主地想像著，那個女人活著的時候，角膜是什麼模樣。那種感覺令人驚駭，就像瞥見鏡中的自己。那一剎那間，她腦海中突然浮現出一個怪異的念頭，感覺此刻躺在解剖檯上的人，就是她自己。她彷彿正在看著自己的屍體被人解剖。鬼魂總是飄蕩在他們生前常去的地方，不是嗎？她心裡想：這裡就是我常來的地方。解剖實驗室。我這輩子就是注定要耗在這裡。

這時候，艾比把頭皮往前拉，整張臉立刻就像橡皮面具一樣被扯掉了。

莫拉不由自主地打了個哆嗦，撇開頭。這時候，她發現瑞卓利又在看她了。*她是在看我嗎？還是看我的鬼魂？*

聽到電動骨鋸吱吱作響，莫拉忽然覺得那把骨鋸彷彿是在割她自己的骨頭。艾比用骨鋸切進頭蓋骨，避開了子彈貫穿的區域。然後，他輕輕的撬開頭蓋骨，把頭蓋骨拿起來。吉間捧著一個盆子在頭蓋骨下方等著。那顆黑魔爪彈從頭蓋骨上掉下來，叮噹一聲掉進那個盆子裡。子彈閃閃發亮，裂開的尖角乍看之下彷彿致命的花瓣。

整團腦子全是黑黑的血。

「嚴重出血，兩邊的腦半球都一樣。跟X光片上顯示的一模一樣。」艾比說。「子彈是從這邊打進去的，左顳骨。不過，子彈並沒有貫穿出去。你們看，X光片上看得出來。」他指著燈箱。那顆裂開的彈頭附著在左枕骨內側彎彎的地方，看起來好像一顆光芒四射的星星。

佛斯特說：「很奇怪，子彈竟然會停留在射入的那一邊。」

「可能是反彈作用。子彈射穿頭蓋骨之後，在裡面彈來彈去，劃過大腦，對柔軟的腦組織造成最大程度的傷害。就像把攪拌器伸進人的腦子裡。」

「布里斯托醫師？」對講機裡傳來史黛拉的聲音。他的祕書。

「怎麼樣？」

「我查到那個案子的資料了。黑魔爪彈。被害人叫做瓦西里．迪托夫，負責解剖的是泰爾尼醫師。」

「誰負責偵辦那個案子？」

「呃……有了，是范恩警官和鄧利維警官。」

「我會去找他們打聽一下。」瑞卓利說。「看看他們還記得些什麼。」

「謝了，史黛拉。」布里斯托喊了一聲。接著，他看看吉間。吉間已經準備好相機了。「好了，開始拍吧。」

吉間開始拍攝腦部的照片。他必須先把腦部的外觀拍成照片，永久存檔，然後布里斯托才可以把大腦從腦殼裡取出來。莫拉凝視著那一團灰灰亮亮的東西，忽然想到，人一生的記憶都儲存在那裡。幼兒時代的牙牙學語，四乘四等於十六，初吻，初戀情人，第一次失戀。這一切都儲存在那個複雜的神經元組織裡，儲存在無數傳遞訊息的RNA裡。記憶雖然只是一種生化作用，然而，每個人的生命之所以會有獨特的意義，正是記憶所賦予的。

艾比拿起手術刀輕輕割了幾下，把腦子取出來，然後像捧著什麼寶貝似的，用雙手捧到流理台上。今天他不打算解剖那顆腦子了。他要先把它浸泡在那盆定色劑裡，晚一點再做切片。其實，根本用不著做細部檢驗，他就能夠證明這顆腦子的創傷類型。就在那裡，從變色的大腦表面就可以看得出來了。

「這麼說來，射入彈孔就在這裡，在左顳骨上。」瑞卓利說。

「沒錯。而且，表皮上的彈孔和頭蓋骨上的彈孔位置成一直線。」艾比說。

「意思就是，子彈是從頭部正左方打進去的。」

艾比點點頭。「兇手可能把槍口正對著駕駛座的窗戶，而車窗是開著的，所以彈道裡沒有玻璃屑。」

「所以說，當時她就坐在駕駛座上。」瑞卓利說。「那天晚上有點熱，車窗開著，時間是晚上八點，天色已經暗了。而兇手就這麼對準她的腦袋開槍了。」瑞卓利搖搖頭。「為什麼？」

「她的皮包沒有被拿走。」艾比說。

「所以那並不是搶劫。」佛斯特說。

「所以，那有可能是性犯罪，或是暗殺。」說著瑞卓利又瞄了莫拉一眼。又來了——很可能是暗殺目標對象。

可是，這次找對目標了嗎？

艾比把腦子浸泡在一桶福馬林裡。「到目前為止沒什麼異常。」他一邊說，一邊轉身走回解剖檯旁邊，準備進行頸部切割。

「你有打算要做毒物篩檢嗎？」瑞卓利問。

艾比聳聳肩。「是可以送去篩檢，不過，我很懷疑是不是有這個必要。死因已經很明顯了。」他朝燈箱那邊努努下巴。深暗的頭蓋骨影像上，那個星形的彈痕看起來特別顯眼。「有什麼特別的理由需要做毒物篩檢嗎？是不是鑑識科的人在那輛車上找到了什麼藥物或隨身用品？」

「沒有。車上很乾淨。我的意思是，除了血跡，別的都沒有。」

「都是被害人的血嗎？」

「血型都是 B 型陽性。」

艾比瞥了吉間一眼。「妳幫她驗過血型了嗎？」

吉間點點頭。「沒錯。她就是 B 型陽性。」

現場沒有人注意到莫拉。沒有人注意到她忽然揚起下巴，猛吸了一口氣。她猛然轉身，不讓別人看到她的臉。她拉開口罩上的鬆緊帶，用力扯掉。

接著，她朝垃圾桶走過去，這時候，艾比喊了她一聲：「莫拉，妳開始覺得無聊了嗎？」

「時差開始作怪了。」她縮起肩膀脫掉手術袍。「我想早點回家了。艾比，明天見了。」

說完，她飛也似地衝出實驗室，頭也不回。

開車回家的路上，她腦子裡迷迷糊糊的。後來，車子開到布魯克萊恩外圍那一剎那，她才猛然清醒過來。這時候，她才終於從滿腦子纏繞的思緒中掙脫出來。*不要再去想解剖了。把那些都拋到腦後吧。想想晚餐要吃什麼就好了。想什麼都可以，就是不要再去想今天看到的那些東西。*

車子經過超級市場，她停車下來買東西。冰箱幾乎已經空了，只剩下鮪魚和冷凍豌豆。除非晚上眞要吃那個，否則她得要補點貨了。腦子裡終於可以想點別的事情，感覺輕鬆多。她發了瘋似的，迫不及待把東西一樣樣丟進推車裡。想像吃的東西，想想晚上要煮什麼，或是接下來這整個禮拜要吃什麼。想這些比較有安全感。*別再去想那些四散飛濺的血跡，別再去想盆子裡那個女人的器官。我想吃葡萄和蘋果。那些茄子看起來好像滿好吃的。*她拿了一把新鮮的羅勒，迫不及待拿到鼻子上聞一聞。有那麼短短的一剎那，那股辛辣刺鼻的氣味彷彿把解剖實驗室那些味道都掃除掉了。吃了一整個禮拜清淡的法國菜，她忽然好渴望吃點辣的。她心裡想：今天晚上，我要弄一鍋泰式綠咖哩，吃到嘴巴著火。

一回到家，她立刻換上短褲和T恤，開始動手準備晚餐。她一邊啜飲著冰涼的波爾多白酒，一邊切雞肉，切洋蔥，切大蒜。廚房裡瀰漫著泰國茉莉香米蒸煮的香味。懶得再去想什麼B型陽性，什麼黑頭髮的女人了。鍋子裡的油已經開始在冒煙了，可以開始煎嫩雞肉了，可以把咖哩醬放進去了。還有，把那罐椰奶也倒進去。她把鍋子蓋起來，讓它慢慢燉。她抬頭看看廚房窗外，猛然瞥見玻璃窗上自己的倒影。

我看起來很像她。一模一樣。

那一剎那，她背後忽然竄起一股涼意，彷彿玻璃窗上那個女人不是倒影，而是一個鬼影。那個鬼影正死盯著她。鍋蓋被蒸氣衝得匡啷作響。鬼魂拚命想衝出來，想引起她的注意。

她關掉爐火，走到電話機旁邊，撥了那個她熟得不能再熟的呼叫器號碼。

過了一會兒，珍・瑞卓利回電話了。電話裡，莫拉聽得到電話鈴聲在響。看起來，瑞卓利還沒有回家。說不定此刻她還坐在波士頓警察局的辦公桌前面。

「不好意思吵到妳了。」莫拉說。「不過，有些事我得問妳一下。」

「妳還好嗎？」

「我沒事。我只是想多知道一點她的背景資料。」

「安娜・潔絲普？」

「沒錯。妳說她的駕駛執照是麻薩諸塞州發的，對不對？」

「沒錯。」

「那麼，她駕照上的出生年月日是哪一天？」

「妳說什麼？」

「今天在解剖實驗室裡，妳說她今年四十歲。那麼，她是哪一天生的？」

「問這個幹嘛？」

「拜託，我就是想知道一下。」

「好吧，妳等一下。」

莫拉聽到一陣翻頁的聲音，過了一會兒，瑞卓利又回到線上了。「駕駛執照上的生日是十一月二十五日。」

好一會兒，莫拉都沒有說話。

「妳還在線上嗎？」瑞卓利問。

「我還在。」

「怎麼了，醫生？出了什麼事？」

莫拉嚥了一口唾液。「珍，我得請妳幫個忙。妳大概會以爲我瘋了。」

「說說看吧。」

「我想請鑑識科比對我和她的DNA。」

這時候，莫拉聽到電話裡那個鈴聲終於消失了。瑞卓利說：「妳再說一次，我剛剛好像沒聽清楚妳說什麼。」

「我想知道我的DNA是不是和安娜·潔絲普一樣。」

「好了，我知道妳和她有很多地方很像——」

「還不只這樣。」

「妳到底在說什麼？還有別的嗎？」

「我們兩個血型都是 B 型陽性。」

瑞卓利一副理所當然的口氣說：「血型是B型陽性的人可多了。好像是，多少？全球百分之十的人口都是吧？」

「還有她的生日。妳剛剛說她的生日是十一月二十五日。珍，我也是。」

聽到這句話，瑞卓利忽然沒聲音了。接著，她輕聲細語地說：「好了，我已經被妳搞得全身都起雞皮疙瘩了。」

「現在妳懂了吧？從各方面來看，她的長相，她的血型，她的生日……」說到這裡，莫拉遲疑了一下。「她根本就是我。我想知道她是從什麼地方來的。我想知道那個女人究竟是誰。」

瑞卓利很久都沒再說話。後來，她終於開口說：「想查出她的來歷，顯然比我們想像中要難得多。」

「爲什麼？」

「今天下午我們已經收到信用卡銀行的報告。她的萬事達卡帳戶是六個月前才核准的。」

「還有呢？」

「她的駕照是四個月前才發的。她的車牌是三個月前才發的。」

「她的住址呢？她不是住在布萊登嗎？妳應該去找她的鄰居打聽過了吧？」

「昨天晚上我們終於找到她的房東了。她說，那間公寓三個月前租給一個叫做安娜．潔絲普的女人。她還帶我們進去看了一下。」

「然後呢？」

「醫生，那間公寓根本就是空的。什麼家具都沒有，沒有鍋子，沒有牙刷。有線電視的帳單和電話費都有人付，可是根本沒人住在那裡。」

「鄰居怎麼說？」

「根本沒人看過她。他們開玩笑說她是『鬼』。」

「應該查得到她從前的地址吧。也許她還有另一個銀行帳戶——」

「我們已經查過了。根本找不到那個女人從前的資料。」

「那是什麼意思？」

「意思是，」瑞卓利說。「安娜．潔絲普是六個月前才出現的。在那之前，那個女人根本不存在。」

4

瑞卓利走進「道爾保安官」酒吧，看到吧檯那邊聚集著幾張熟悉的老面孔。多半是警察。他們一邊灌啤酒配花生，一邊互相分享今天出生入死的戰績。「道爾保安官」酒吧可能是整個波士頓城裡最安全的酒吧，因爲沿著這條街再過去不遠，就是波士頓警局牙買加平原分局。要是你敢在這裡撒野鬧事，至少會有十二個警察一擁而上，一股腦全部壓在你身上，就像電視上美式足球賽那種畫面。她認識那些傢伙，而他們也都認識她。他們自動散開，讓這位大腹便便的女士通過。她從那群人中間經過的時候，注意到有人朝著她笑，齜牙咧嘴笑得好難看。她的大肚子挺在前面，活像一艘大輪船挺著船頭進港。

「老天，瑞卓利。」有人大叫了一聲。「妳是怎麼吃的，怎麼肥成那樣？」

「是啊。」她笑著說。「不過，一到八月我就會恢復苗條，但你恐怕就沒這種本事。」

她朝范恩和鄧利維警官走過去。他們正坐在吧檯那邊跟她揮手。大夥兒給他們倆取了個綽號，叫做「山姆和佛羅多」。那是電影《魔戒》裡的主角，兩個哈比人，一個肥肥的，一個瘦瘦的。他們兩個已經搭檔很久很久了，一舉一動活像一對老夫老妻。他們兩個在一起的時間，搞不好比他們和老婆在一起時間還長。瑞卓利很少看到他們兩個分開過。瑞卓利有時候會突發奇想，想像有一天搞不好會看到他們兩個穿著情人裝。那是早晚的事。

看到她，他們咧開嘴笑得好開心，兩人同時舉起一模一樣的Guinness啤酒，朝她做了一個敬酒的動作。

「嗨，瑞卓利。」范恩說。

「——妳來晚了。」鄧利維說。

「我們第二回合已經開戰了——」

「——怎麼樣，要不要來一杯？」

老天，他們兩個簡直像在唱雙簧。「這裡吵死了。」她說。「我們到別的地方去吧。」

於是，他們朝用餐區走過去。那裡有一間小雅座，上頭正好懸掛著一面愛爾蘭國旗。那是她的老地盤。鄧利維和范恩兩人擠到同一條椅子上，坐在她對面。這時候，她忽然想到她的搭檔巴瑞．佛斯特。他人很不錯，甚至可以算得上是個大好人。只不過，她和他兩個人的調調截然不同，幾乎是南轅北轍。下了班之後，他走他的陽關道，她過她的獨木橋。他們都還滿喜歡對方，只不過，她並不覺得自己受得了下班之後還要和那個人在一起。當然，他們不可能會像眼前這兩個傢伙一樣。

「聽說妳的被害人是被一顆『黑魔爪彈』打死的，對吧？」鄧利維問。

「昨天晚上，就在布魯克萊恩。」她說。「自從你們上次辦的案子之後，這是第一次出現黑魔爪彈。多久了，兩年了吧？」

「是啊，差不多。」

「那個案子結案了嗎？」

鄧利維大笑起來。「應該可以說是蓋棺論定了。」

「兇手是誰？」

「一個叫安東尼．列昂諾夫的傢伙，烏克蘭移民，一個不入流的小角色，拚命想當大人物。

要不是因爲我們先逮住了他，他早晚也會被俄羅斯黑手黨幹掉的。」

「白癡得可以。」范恩嗤之以鼻。「他根本就搞不清楚我們已經盯上他了。」

「你們爲什麼會盯上他？」她問。

「我們接到密報，中亞的塔吉克斯坦有一批貨要過來，他準備要接貨。」鄧利維說。「海洛因，一票大的。我們盯他的梢已經盯了一整個禮拜了，而他根本就毫無知覺。我們跟蹤他，一路跟到他同夥瓦西里．迪托夫家裡。迪托夫大概很火大吧，好像對列昂諾夫大發脾氣還是怎麼的。列昂諾夫走進迪托夫家的時候，我們一直在監視。後來我們聽到槍聲，看到列昂諾夫衝出來。」

「我們在外面等著甕中捉鱉，逮個正著。」范恩說。「就說嘛，他根本就是個白癡。」

說著，鄧利維又端起他的Guinness，做了個敬酒的動作。「乾淨俐落，當場人槍俱獲，而且兩個警察當場目睹他行兇殺人。眞搞不懂，後來他居然還大聲嚷嚷說他是冤枉的。陪審團不到一個鐘頭就一致裁定他有罪。」

「他有沒有告訴你，他是怎麼弄到那些黑魔爪彈的？」她問。

「想得美。」范恩說。「他連個屁也不肯放。他不太會講英語，不過很妙的是，我們在對他宣讀嫌犯權利的時候，他倒是聽得懂。」

「我們帶了一整隊人馬到他家和辦公室去搜索。」鄧利維說。「結果，妳一定不敢相信，我們在倉庫裡找到了，呃，大概有八盒黑魔爪彈。眞不知道他怎麼有辦法搞到這麼多，不過，眞的就是那麼多。」鄧利維聳聳肩。「好啦，列昂諾夫這案子就這麼回事，不過，我還眞看不出來，這案子跟妳那個案子有什麼關聯。」

「過去這五年來，總共只發生過兩起黑魔爪彈兇殺案。」她說。「一件是你們辦的，一件是我現在要辦的。」

「是沒錯，呃，也許黑市裡還有一些黑魔爪彈在流竄。他媽的，上eBay搞不好就找得到。不過，不管怎麼樣，反正我們逮住了列昂諾夫，案子了了。」說著，鄧利維灌了一大口啤酒。

「妳要找的兇手另有其人。」

這倒是跟她推測的差不多，兩年前那個案子，只不過是兩個俄羅斯幫派的小混混起內鬨，看起來跟安娜．潔絲普這個案子好像沒什麼關聯。黑魔爪彈這條線索斷了。

「列昂諾夫的檔案可以借我看看嗎？」她問。「我還是想再過濾一次。」

「明天我會擺在妳辦公桌上。」

「謝了，夥計。」她挪挪屁股，滑到座椅外側，然後撐著桌椅站起來。

「那麼，妳肚子裡的蛋什麼時候會孵出來呢？」范恩朝她的肚子點點頭。

「大概沒那麼快吧。」

「知道嗎？大夥兒已經開賭了，賭妳肚子裡是男的還是女的。」

「少扯了。」

「眞的。賭女的，賭注已經累積到七十塊了，賭男的有四十塊。」

這時候，范恩忽然咯咯笑起來。「另外還有二十塊。」他說。「賭另一種可能性。」

一進家門，瑞卓利忽然感覺到肚子裡的小傢伙踢了她一下。她心裡想：小傢伙，你把我的肚子當成沙袋練拳擊，已經練了一整天了，我已經快受不了了，難道晚上你還不放過我嗎？肚子裡的小傢伙究竟是男的，是女的，還是另一種可能性？她眞的不知道。她只知道，那小傢伙已經迫不及待想出來了。

我只求你，要出來的時候，千萬不要邊爬邊練功夫，好不好？

她把鑰匙和皮包丟在廚房的流理台上，踢掉腳上的鞋子丟在門邊，把上衣丟在餐桌旁邊的椅子上。兩天前，她老公嘉柏瑞到蒙大拿州出差去了，跟著FBI的小組去一座準軍事等級的軍火庫進行調查。現在，這間小公寓又暫時恢復到他們結婚前的狀態了，一種自由自在的無政府狀態。自從嘉柏瑞搬進來之後，某種紀律也跟著他一起滲透進來。這位前海軍陸戰隊員連杯子盤子都不放過，必須按照大小排列。

她走進房間，忽然瞥見鏡中的自己。她簡直認不出鏡中的人就是自己。臉頰浮腫，彎腰駝背，圓滾滾的肚子把孕婦褲頂得鼓鼓的。她心裡想：從前的我跑到哪裡去了？那具腫脹扭曲的身軀的某個角落裡，是否還隱藏著從前的我？她凝視著鏡中那陌生的身影，忽然回想起她的小腹曾經是多麼平坦。她不喜歡看到自己的臉腫成那個樣子，不喜歡看到自己的臉像小孩子一樣紅通通的。嘉柏瑞拚命想安慰自己的老婆。他安慰她說，那是懷孕母親的光輝，而且他還說，她看起來一點都不像一頭鼻頭發亮的鯨魚。鏡子裡那個女人並不是眞的我，不是那個會開槍轟死壞蛋的警察。

她往床上一倒，攤開手腳，那種姿勢看起來很像小鳥在飛。她依稀聞得到床單上有嘉柏瑞的味道。她心裡想：今晚我好想念你。婚姻生活好像不應該是這樣。兩個人各自打拚事業，兩個工作狂。嘉柏瑞出門在外，而她卻一個人獨守空閨。如今，身在其中，她終於知道這種生活並不好受。未來，他一定還會出差，而她也一定會在夜間執勤，未來，還會有無數個像這樣的夜晚，他們必須分開兩地。她忽然想再打個電話給他，可是今天早上她已經打過兩次了。她的薪水已經被電信公司咬掉一大塊了。

唉，管他的。

她翻了個身，用力一撐坐起來，準備伸手要拿床頭櫃上的電話，那一剎那，電話鈴聲忽然響起。她嚇了一跳，低頭看來電顯示。沒見過那個號碼——不是嘉柏瑞打來的。

她拿起話筒。「喂？」

「請問是瑞卓利警官嗎？」有個男人的聲音問。

「我就是。」

「很抱歉這麼晚打擾妳。今天晚上我剛回到城裡，而且——」

「請問你是哪位？」

「我是紐頓警察局的探員，我叫巴拉德。昨天晚上布魯克萊恩發生一起兇殺案，被害人叫做安娜．潔絲普。據我所知，那個案件是由妳負責偵辦的。」

「沒錯，就是我。」

「去年我經手過一個案子，涉案的那個女人就叫做安娜．潔絲普。我不確定那是不是同一個人，不過——」

「你剛剛說你在紐頓警察局工作？」

「是的。」

「那麼，如果請你過來認屍，你認得出那位潔絲普小姐嗎？」

電話裡那個人遲疑了一下。「我恐怕是非去不可了。我必須確定是不是她。」

「如果是呢？」

「如果是她，那麼，我知道是誰殺了她。」

不用等理察・巴拉德把證件掏出來，瑞卓利就已經感覺得到那個人是警察。她才剛走進法醫大樓的會客室，他立刻就站起來了，那種姿態彷彿軍人看到長官蒞臨，趕快立正站好。他那雙湛藍的眼睛有如水晶般晶瑩剔透，一頭棕髮剪成老式的髮型，襯衫燙得像阿兵哥一樣筆挺。他和嘉柏瑞很像，有一種指揮若定的味道，眼神堅毅，彷彿在告訴你：不用怕，天塌下來有我在。有那麼一瞬間，她忽然好渴望自己的腰還是像從前一樣苗條，一樣有魅力。她和他握握手，然後看了他的證件一眼，那剎那，她感覺得到他在打量她的臉。

她心裡想：這人絕對是警察。

「你準備好了嗎？」她問。他點點頭。於是，她轉頭看看那個櫃檯服務員。

「布里斯托醫師在樓下嗎？」

「他現在正在解剖。他說妳可以到樓下去找他。」

於是，他們搭電梯到地下室去，走進停屍間的接待室。接待室裡有一些櫃子，裡面擺著給訪客使用的鞋套、口罩和紙帽，透過寬大的玻璃可以看到解剖室裡面的情形。他們看到布里斯托醫師和吉間正在工作，忙著解剖一具骨瘦如柴、灰頭髮的男性屍體。布里斯托一看到他們，立刻揮揮手跟他們打招呼。

「再十分鐘就好了！」他說。

瑞卓利點點頭。「慢慢來沒關係。」

布里斯托剛切開頭皮，現在他正沿著頭蓋骨把頭皮往前掀開，蓋住了屍體的臉。

「每次他們一開始搞屍體的臉，我就會很受不了。」瑞卓利說。「其他部分倒是還可以忍受。」

巴拉德沒說話。她看看他，發現他整個背脊都僵直起來，整張臉繃得緊緊的，好像在拚命忍耐。他不是重案組的警探，大概很少有機會到停屍間來，此刻玻璃另一邊的解剖程序想必會讓他怵目驚心。她忽然回想起自己第一次來到停屍間的情景。當年，她還在念警校，到停屍間來見習。那時到這裡來的六個警校實習生當中，只有她一個是女生，其他都是男生，個個都是孔武有力的肌肉男，而且個個都比她高大。他們都認定這個女生到時候一定會當場嘔吐，一定會當場轉頭不敢看。沒想到她絲毫不爲所動，從頭看到尾，臉上毫無懼色。結果反而是最高大的那個男生當場臉色發白，跌坐在旁邊的一張椅子上。此刻她心裡想：這位巴拉德不知道會不會也跟他一樣。在日光燈的照射下，他臉色看起來很蒼白。

此刻，實驗室裡，吉間正開始要把頭蓋骨鋸開。鋸齒刮在骨頭上的聲音似乎已超過了巴拉德所能夠忍耐的極限，他瞥開視線不再看窗戶裡面，轉頭看著旁邊架子上那些大大小小的手套。瑞卓利忽然有點同情他。對巴拉德這種硬漢型的男人來說，在女孩子面前表現得像個軟腳蝦，一定是奇恥大辱。

她推了一條板凳過去給他，然後自己也拉了一條板凳坐下。「這陣子我沒辦法站太久。」

他也坐下來了，看起來好像鬆了一口氣，終於可以轉移自己的注意力，暫時忘掉那種恐怖的鋸骨聲。「是第一胎嗎？」他指著她的肚子問。

「是啊。」

「男的還是女的？」

「我不知道。男孩女孩我們都喜歡。」

「我女兒出生的時候，我的感覺就像妳現在一樣。有手有腳，健康寶寶，這樣我就滿足了……」這時候，他忽然沒聲音了，乾嚥了一下喉嚨，因為鋸骨頭的聲音又開始了。

「那你女兒現在怎麼樣？」瑞卓利問。她試著想引開他的注意力。

「噢，今年十四歲了，不過明年可能就變成三十歲了。她開始像個小大人，已經不再是開心果了。」

「沒辦法，女孩子的尷尬年齡。」

「我白頭髮都冒出來了，看到沒有？」

瑞卓利笑了起來。「我媽從前也老是這麼說。她老是指著自己的頭對我說：『妳看，這些白頭髮都是妳害的。』我不得不承認，當年十四歲的時候，我確實很麻煩。」

「嗯，我們家也出了點問題。去年我和我太太分居，凱蒂夾在中間，一邊是爸爸，一邊是媽媽，兩個人都要工作，而她要同時應付兩個家，整個人被扯成兩半。」

「對小孩子來說，那一定很難熬。」

這時鋸骨頭的聲音終於停了。瑞卓利看看窗戶裡面，看到吉間把頭蓋骨掀起來，看到布里斯托在腦子旁邊輕輕劃了幾刀，然後雙手把腦子從顱腔裡捧出來。巴拉德始終不肯去看窗戶裡面。他一直把注意力集中在瑞卓利身上。

「一定很辛苦吧？」他說。

「什麼辛苦？」

「幹警察。以妳目前的狀況。」

「至少這陣子不會有人指望我去攻堅踹門。」

「當年我老婆懷孕的時候，還是個菜鳥。」

「她也在紐頓警察局嗎？」

「波士頓。當時他們本來想立刻就不准她出外勤。可是她說，懷孕反而有意想不到的好處，因爲罪犯看到她會禮讓三分。」

「罪犯？他們從來沒有對我客氣過。」

這時候，隔壁實驗室裡，吉間已經開始在縫合屍體上的切口了，彷彿一個詭異的裁縫師，縫合的不是布料，而是皮肉。布里斯托脫掉手套，洗了手，然後拖著笨重的腳步走到來訪者面前。

「不好意思讓你們等這麼久。我沒想到會花這麼多時間。那傢伙肚子裡全是腫瘤，而他竟然沒有去看過醫生。結果他碰上的竟然是我這種醫生。」他伸出一隻肥嘟嘟的手，要跟巴拉德握手，可是他的手還濕濕的。「你好，警官。聽說你是要來看那具腦袋開花的屍體，對吧？」

瑞卓利注意到，巴拉德整個臉都僵了。「瑞卓利警官要我來看看。」

布里斯托點點頭。「呃，那我們就走吧。她在冷藏庫。」他帶著他們穿越實驗室，從另一邊的門走出去，走進那間很大的冷藏庫。這裡看起來很像一間肉類冷凍庫，裡頭有控溫轉盤，還有巨大的不鏽鋼門。門邊的牆上掛著一張寫字板，上面記錄著屍體送達的時間日期。布里斯托剛剛解剖的那個老人，名字也在上面。他是昨天晚上十一點送到的。大概不會有人希望自己的名字列在上面。

布里斯托一開門，一股冷氣立刻迎面襲來。他們一走進門，立刻就聞到一股冰凍的肉味，瑞卓利差一點就吐出來。自從懷孕之後，她已經完全沒辦法忍受那種腐臭味，甚至只要聞到一點點餿味，她都會吐出來。不過這一次，她毅然決然地死盯著冷冰冰的房間裡那一排輪床，好不容易忍住了那股想吐的衝動。停屍間裡總共有五具屍體，裹在白色的塑膠屍袋裡。

布里斯托走到那排輪床旁邊，逐一檢視上面的標籤。後來，走到第四個屍袋旁邊時，他忽然停下來。「這個就是她。」他一邊說，一邊把袋子的拉鏈往下拉，拉到一半的位置，剛好露出屍體的上半身。屍體身上那個Y字形的切口已經被專用的縫屍線縫起來了。這多半是吉間的傑作。屍袋拉開的時候，瑞卓利並沒有在看屍體，而是看著理察·巴拉德。他低頭看屍體的時候，沒有出聲音。一看到安娜·潔絲普，他整個人楞住了。

「怎麼樣？」布里斯托問。

巴拉德眨了幾下眼睛，彷彿猛然從催眠狀態中甦醒過來。他吁了一大口氣。

「是她。」他嘴裡喃喃說著。

「百分之百確定嗎？」

「確定。」巴拉德嚥了一口唾液。「怎麼回事？檢驗的結果是什麼？」

布里斯托瞥了瑞卓利一眼，用動作詢問她可不可以說。她點點頭。

「一槍斃命，在左太陽穴上。」布里斯托指著頭皮上的彈孔。「子彈在顱內反彈，導致左顳葉和左右腦的頂葉都嚴重受創。嚴重的顱內出血。」

「這是唯一的傷處嗎？」

「沒錯。迅速致命。」

這時候，巴拉德的視線忽然轉移到死者的身體上。他在看她的胸部。男人一看到年輕女性的屍體，自然而然都會出現這種反應。然而，瑞卓利看到他這種舉動，心裡還是不太舒服。安娜·

潔絲普應該要受到尊重，不論是死是活。這時候，布里斯托醫師下意識地拉上拉鏈。屍體終於保有了她的隱私，瑞卓利鬆了一口氣。

他們走出那間冷冰冰的冷藏庫，布里斯托就把那扇巨大厚重的門關起來。「你知道她有什麼親屬嗎？」他問。「我們需不需要通知什麼人？」

「她沒有親屬。」巴拉德說。

「你確定嗎？」

「她沒有活著的……」說到這裡，他忽然沒聲音了，整個人楞在那裡一動也不動，瞪大眼睛看著窗戶外面，看著解剖實驗室。

瑞卓利轉頭朝他看的方向看過去，忽然明白他看到什麼了。莫拉正好走進實驗室，手上拿著一袋X光片。她走到燈箱前面，把X光片夾在上面，然後打開燈。她站在那裡，盯著X光片上那幾根斷裂的手骨和腿骨，根本沒有察覺到有人正在看她。此刻，有六隻眼睛正隔著窗戶凝視著她。

「她是誰？」巴拉德囁囁嚅嚅地問。

「我們部門的另一位法醫。」布里斯托說。「莫拉．艾爾思醫師。」

「相像得可怕，是吧？」瑞卓利問。

巴拉德搖搖頭，一副驚嚇過度的樣子。「我剛剛還以爲……」

「我們第一次看到死者的時候反應也跟你一樣。」

此刻在隔壁實驗室，莫拉把X光片放進紙袋，然後走出實驗室。她從頭到尾都沒有發覺有人在看她。這時候，瑞卓利忽然想到，要偷偷跟蹤一個人還眞不難。天底下沒有所謂的第六感這種東西。有人盯著你看的時候，你還是渾然無覺。你根本感覺不到有人在背後盯著你，要等到那個人採取行動的時候，你才會發覺。但那已經太遲了。

瑞卓利轉身看著巴拉德。「好了，你說你認識安娜・潔絲普，而現在你也已經看過她了。那麼，她究竟是誰？可以告訴我了嗎？」

5

「車中極品」。廣告上都是這麼說的，杜恩也是這麼說的。瑪蒂達．普維斯此刻就是開著一輛「車中極品」，沿著中央西街橫衝直撞。她一路猛眨眼睛，不讓眼淚掉下來，心裡想著：老天保佑，但願你現在人就在辦公室裡，杜恩，但願你在。可是，她心裡實在沒什麼把握。這陣子，她的丈夫實在越來越難以捉摸，彷彿整個人被某種東西附身。他彷彿變成一個陌生人，連看都不看她一眼。我要把我丈夫的心找回來，可是我連自己是怎麼失去他的都搞不清楚。

「普維斯汽車」的巨大招牌就在前面了。她把車子轉進停車場，經過一整排閃閃發亮的「車中極品」。沒多久，她看到杜恩的車了。他的車就停在展示廳門口。

她把車子停進車位裡，停在他的車旁邊，然後關掉引擎。她在車子裡坐了一會兒，深呼吸了幾下。這是「拉梅茲」親子課程教的方法，「淨化」呼吸。大概一個月前，杜恩就不肯再跟她一起去上課了。他說那根本就是在浪費他寶貴的時間。小孩在妳的肚子裡，又不是在我肚子裡。我幹嘛去那裡上課？

喔——喔，深呼吸太多次了，她忽然有點頭暈。她身體往前傾，頭往方向盤上一靠，不小心碰到喇叭鈕，發出一聲巨響，嚇了她一大跳。她轉頭看看窗外，發現那些修車師傅都在看她。他們一定是在看杜恩那個白癡老婆，看她莫名其妙按喇叭。她臉都紅了，立刻打開車門，很費力地把大肚子從方向盤後面移出來，然後下車走進BMW展示廳。

整間展示廳裡全是真皮座椅和汽車蠟的味道。杜恩常常說，那種味道是男人的春藥。可是現在，那種味道卻讓瑪蒂達覺得有點想吐。展示廳裡停著好幾輛漂亮寶貝。瑪蒂達從她們中間經過的時候，忽然停住腳步，心裡想：今年的新款式曲線玲瓏，在強光燈的照耀下煥發著耀眼的金光。男人一走進這間展示廳，很容易就會迷失靈魂。當男人用手輕撫過那散發著藍色光澤的金屬側翼，站在擋風玻璃前面凝視著自己的倒影，時間一久，他就會開始沉湎在夢幻裡。他會開始想像，要是能夠擁有這樣的一部車，他會變成什麼樣的男人。

「普維斯太太嗎？」

瑪蒂達猛一轉身，看到巴特．泰耶正在跟她揮手。他是她丈夫手下的業務員。「噢，嗨。」她招呼了一聲。

「妳要找杜恩嗎？」

「對，他在哪裡？」

「好像，呃……」這時候，巴特瞄了後面的辦公室一眼。「我去看看。」

「沒關係，我自己去找他。」

「不要！呃，我是說，我去叫他來，好不好？妳最好還是坐下來休息一下，以妳目前的狀況，妳實在不應該站太久。」這話從他嘴裡說出來，實在有點好笑，因爲他的肚子比她還大。

她勉強笑了一下。「巴特，我只不過是懷孕，不是殘障。」

「對了，哪天要生呢？」

「再兩個星期。反正應該差不多就是那個時候。誰也說不準的。」

「妳說得眞對。像我們家老大，當年他就是不肯出來，比預產期晚了三個禮拜才出生。從此以後，他做什麼都比人家慢。」說到這裡，他朝她使了個眼色。「我去幫妳把杜恩找來。」

她看著他朝後面的辦公室走過去，她也跟在他後面走過去。看著他在敲杜恩辦公室的門。他敲了門之後，裡頭沒有反應，於是他又敲了一次。最後門終於開了，杜恩探出頭來。他看到瑪蒂達在展示廳那邊跟他揮手，嚇了一大跳。

「我有幾句話想跟你說，可以嗎？」她朝他大喊。

杜恩立刻跨出辦公室，把門關上。「妳跑來這裡幹什麼？」他大吼了一聲。

巴特轉頭看著他們兩個，一下看看他，一下又看看她，接著，他開始悄悄往太平門那邊溜過去。「呃，杜恩，我可以到外面去休息幾分鐘嗎？」

「可以，可以。」杜恩嘴裡嘀咕著。「沒關係。」

於是，他飛快的溜出展示廳，現場只剩下那對夫妻大眼瞪小眼。

「我一直在等你。」瑪蒂達說。

「什麼？」

「杜恩，我們不是約好了要去婦產科嗎？你不是說你會去嗎？費雪曼醫師等你等了二十分鐘，後來我們實在等不下去了。你錯過了超音波掃描。」

「噢，噢，老天，我忘了。」杜恩伸手摸摸頭，把他那頭黑髮撫平。他沒事就會摸摸頭髮，扯扯襯衫，拉拉領帶。杜恩老是說，如果你接觸的客戶都是那種上流人士，那你自己也得有那個樣。「不好意思。」

她把手伸進皮包，掏出一張拍立得照片。「你想看看照片嗎？」

「那是什麼？」

「那是我們的女兒。超音波的照片。」

他瞥了照片一眼，聳聳肩。「看不太出來是什麼東西。」

「你看，看得到她的手臂，還有她的腿。如果你再看仔細一點，甚至還可以看到她的臉。」

「是啊，好酷。」他把照片拿還給她。「對了，今天晚上我會晚一點回家，知道嗎？有個傢伙六點要來試車。晚餐我會自己解決。」

她把那張拍立得照片放回皮包裡，嘆了口氣。「杜恩——」

他匆匆在她額頭上親了一下。「來吧，我送妳出去。」

「我們去外面喝杯咖啡好不好？」

「可是我這裡有客人。」

「可是展示廳那邊根本沒半個人。」

「瑪蒂達，拜託妳。我有工作要忙，好不好？」

這時候，杜恩辦公室的門忽然開了。瑪蒂達轉頭一看，看到一個女人走出來，飛也似地跑到走廊對面，跑進另外一間辦公室。那是一個高䠷修長的金髮女郎。

「那是誰？」瑪蒂達問。

「妳說什麼？」

「剛剛在你辦公室裡那個女人是誰？」

「哦，妳說她呀。」他清了清喉嚨。「那是新來的業務員。我是覺得也該是時候了，該請個女業務員了。妳了解嗎，這樣可以讓整個銷售團隊更多元化。事實證明，我挖到寶了。上個月她賣掉的車子比巴特還多。那可眞的有點名堂了。」

瑪蒂達盯著杜恩辦公室那扇緊閉的門，心裡想：難怪，就是從那時候開始的。就在上個月。

就從那時候起，我們兩個人之間，一切都走樣了。杜恩整個人彷彿被什麼東西附身了。

「她叫什麼名字？」她問。

「好了，我眞的還有工作要做。」

「我只是想知道，她叫什麼名字。」她轉身看著她丈夫，那一刹那，她看到他眼中閃過一絲罪惡的神色，像霓虹燈一樣閃亮。

「噢，老天。」他撇開頭說。「我眞的沒時間扯這個。」

「呃，普維斯太太？」她忽然聽到巴特的聲音。他在展示廳門口叫她。「妳的輪胎破了，妳知道嗎？師傅剛剛叫我去看的。」

她忽然感到一陣暈眩，轉頭看著他。「不知道，我……我不知道。」

「車子爆胎了，妳竟然不知道？」杜恩說。

「可能是——呃，剛剛方向盤好像有點遲鈍，可是——」

「我簡直不敢相信。」杜恩已經朝門那邊走過去了。她心裡想：他總是這樣離我而去。而現在他竟然在生氣，爲什麼突然間全都變成是我的錯了？

她和巴特跟在他後面，走到車子那邊。杜恩走到右後輪旁邊蹲下來，搖搖頭。

「你敢相信嗎？她竟然沒發現？」他對巴特說。「看看這個輪胎！他媽的好好一個輪胎被她搞到報銷了！」

「哎呀，難免的嘛。」巴特說。他滿懷同情地看了瑪蒂達一眼。「好了，我叫艾德幫妳換個新的。沒問題。」

「可是你看看輪框。輪框也報銷了。車子都已經爆胎了，妳到底這樣開了多少公里？怎麼會有人遲鈍到這種地步？」

「好了啦，杜恩。」巴特說。「沒什麼大不了的。」

「我眞的不知道。」瑪蒂達說。「對不起。」

「難道妳是從診所那邊一路這樣開過來的嗎？」杜恩回頭瞪了她一眼。看到他眼中那種怒火，她心裡很害怕。「妳是在夢遊嗎，還是怎麼搞的？」

「杜恩，我眞的不知道。」

這時候，巴特拍拍杜恩的肩膀。「好了，放輕鬆一點好不好？」

「沒你的事！」杜恩大吼了一聲。

巴特退縮了一下，乖乖把手放下。「好吧，好吧。」他瞥了瑪蒂達一眼，彷彿在說：親愛的，願老天保佑妳。然後他就走開了。

「只不過是輪胎破了嘛。」瑪蒂達說。

「剛剛妳車子底下一定是沿路一直在冒火星。剛剛妳這樣開車，我想大家都看傻眼了。」

「有什麼關係嗎？」

「喂！這可是B開頭的車！在路上開這種車，是一種身分地位的象徵。大家看到這種車，心裡都會想，開車的人一定比別人聰明，一定比別人有品味。結果呢，輪胎都沒氣了，妳還一直開，讓輪框在地上摩擦，那還有什麼形象可言？所有B開頭的車主的臉都被妳丟光了。我的臉都被妳丟光了。」

「只不過是輪胎破了而已。」

「妳還敢說。」

「沒什麼大不了的嘛。」

杜恩很厭惡地咕噥了一聲，站起來。「算了，懶得跟妳說了。」

她忍住眼眶裡的淚水。「杜恩，這跟輪胎根本沒關係，對不對？」

「妳說什麼？」

「你找我吵架，根本就不是爲了輪胎。我們之間已經有問題了。」

他沒吭聲，只不過，不吭聲反而更糟糕。他不敢看她。他轉身看著那個修車師傅朝他們走過來。

「嘿。」師傅大喊了一聲。「巴特叫我來換輪胎。」

「對，麻煩你換一下。」說著，杜恩遲疑了一下，轉頭看著一輛TOYOTA開進停車場。有個男人從車子裡鑽出來，眼睛看著旁邊的BMW，然後彎腰盯著貼在擋風玻璃上的經銷商牌價。

「杜恩？」瑪蒂達叫了他一聲。

這時候，杜恩趕快伸手梳理了一下頭髮，拉了一下領帶，開始朝那個新來的顧客走過去。

「我有客人。」

「但我是你太太。」

這時候，他猛一轉頭，狠狠瞪了她一眼，眼神中滿是怨毒。「瑪蒂達，不要逼人太甚。」

「要怎樣你才肯關心我一下？」她哭了起來。「難道要我跟你買一輛車嗎？你是這個意思嗎？因爲我已經想不出別的辦法了。」說到這裡，她的聲音已經嘶啞了。「我已經想不出別的辦法了。」

「那妳能不能不要哭？因爲我實在看不出來，再鬧下去有什麼意義。」

她看著他越走越遠，看著他抬起頭挺起胸，臉上堆起笑容。他忽然開口跟停車場上的客人打招呼，聲音變得好溫柔，好客氣。

「普維斯太太？太太？」

她眨了幾下眼睛，然後轉身看著那個師傅。

「車鑰匙可以給我一下嗎？我要把車子開到升降架那邊，幫妳換輪胎。」說著，他伸出一隻油膩膩的黑手。

她默默把鑰匙圈拿給他，然後轉頭看看杜恩。可是，他根本連看都不看她一眼，彷彿她是個隱形人，彷彿她根本不存在。

她不知道自己是怎麼開車回到家的。

她不知道自己是怎麼會坐在廚房餐桌旁邊，手上還拿著車鑰匙，桌上堆著一疊剛剛從信箱拿出來的信件。最上面那封信是信用卡的帳單，收件人寫的是杜恩·普維斯先生夫人。先生夫人。她還記得，第一次聽別人叫她普維斯太太的時候，是什麼樣的感覺。她還記得當時心中那種喜悅。普維斯太太，普維斯太太。

不存在的太太。

鑰匙圈突然掉到地上。這時候，她突然彎腰把臉埋在手裡，開始大哭起來。她哭的時候，感覺到肚子裡的寶寶踢了她一下。她哭到喉嚨都痛了，手上的信件都被淚水滴濕。

我好希望他能夠恢復到從前那樣，我好希望他再像從前一樣愛我。

這時候，她忽然聽到門嘎吱一聲。雖然她在哭，但她還是聽到了那個聲音。聲音是從車庫那邊傳過來的。她立刻抬起頭，心頭忽然燃起一股希望。

是他回來了！他回來跟我道歉了。

她飛快地跳起來，椅子翻倒在地上。她忽然感到一陣頭暈眼花。她打開門，走進車庫。車庫裡一片昏暗，她猛眨了好幾下眼睛，忽然困惑起來。車庫裡只有她那輛車。

「杜恩？」她叫了一聲。

這時候，一道陽光刺進她的眼睛。車庫通往側庭院的門半開著。她走進車庫，準備去把那個門關起來。她用力一推，把門關起來，那一剎那，她忽然聽到後面有腳步聲。那一剎那，她全身起了一陣寒顫，心臟怦怦狂跳。那一剎那，她忽然意識到，車庫裡還有別人。

她猛一轉身，轉到一半，忽然眼前一黑。

6

陽光燦爛的午後，莫拉走進「聖瑪利亞教堂」。教堂裡一片陰涼昏暗，剛進去的時候，眼前只見一片陰影，隱隱約約看得到一排排的長椅，最前排有一位老婦人黑漆漆的身影正在低頭禱告。她讓自己沉浸在一片無邊的寂靜中，讓眼睛逐漸適應教堂裡昏暗的光線。上面有好幾扇彩繪玻璃窗，在陽光的照耀下煥發出鮮豔華麗的光影。其中一扇玻璃窗上畫著一個頭髮捲曲的女人，用一種渴慕眼神望著樹上那個血紅的蘋果。那是伊甸園裡的夏娃。那個女人是誘惑的象徵，淫蕩的象徵，毀滅的象徵。看著那扇窗戶，她忽然感到有點不安，於是，她立刻移開視線，看向另一扇窗戶。雖然把她養大的父母親是天主教徒，可是每次到教堂來，她老是覺得很不自在。接著，她看到另一扇玻璃窗裡有幾個殉難聖徒的圖像。那是用彩色玻璃鑲嵌拼湊而成的。雖然他們如今已經被尊奉爲聖徒，然而，她知道他們也曾經是有血有肉的凡人，知道他們不可能是完美無瑕的。她知道，他們活著的時候，一定也犯過罪，做過錯誤的選擇，也曾經沉溺在俗世的慾望中。而她最深信不疑的就是，天底下沒有完美的人。

她站起來，轉身朝走道走過去，走到一半，她忽然停住腳步。布洛菲神父就站在走道上，彩繪玻璃的光線在他臉上映照出五顏六色的斑駁光影。他走路幾乎沒有聲音，所以，她根本沒聽到他已經朝她走過來了。此刻，他們四目相對，沒有人敢先開口說話。

「希望妳不是現在要走。」他終於先開口了。

「我只是到這裡來靜一靜，沉思一下。」

「那麼，還好妳還沒走，我才有機會見到妳。想聊聊嗎？」她瞄了後門一眼，彷彿在盤算著如何脫身。後來，她嘆了一口氣。「好吧，我們聊聊吧。」

這時候，最前排那位老婦人轉過頭來看著他們。莫拉忽然覺得很好奇，不知道她眼裡看到的是什麼？一位英俊帥氣的年輕神父，一個漂亮的女人。在彩繪玻璃窗聖徒的注視下，兩人含情脈脈說著悄悄話。

布洛菲神父似乎察覺到莫拉的不安。他看了那個老婦人一眼，然後說：「我們不一定要在這裡聊。」

他們來到牙買加河濱公園，沿著河邊那條樹蔭蔽天的走道漫步。午後的天氣暖洋洋的，公園裡除了他們，另外有些人在慢跑，有些人在騎腳踏車，還有媽媽推著嬰兒車在漫步。在大庭廣眾之下，神父陪著苦惱的教徒散步，應該就不會招惹什麼閒言閒語了。他們從一棵彎彎的楊柳樹下走過，這時候，她忽然想到，他們之間似乎一直都是這樣。不會讓人聯想到緋聞，也沒有半點罪惡的氣息。我最想從他身上得到的，是他最不可能給我的。然而，我還是一直想見他。

我們還是會見面。

「我一直在想，妳什麼時候才會來找我。」他說。

「我一直想來找你。可惜這個禮拜一團亂。」話說到一半，她忽然停下來凝望著河面。附近馬路上車水馬龍的嘈雜聲掩蓋了潺潺的流水聲。「最近我忽然感覺死亡離我好近。」

「妳從前都不曾有過這種感覺嗎？」

「不像這次這麼強烈。上個禮拜，我在實驗室裡看屍體解剖——」

「妳不是已經看過很多了嗎？」

「我不光是看，丹尼爾。我自己也在解剖。我手上也拿著手術刀，我自己也動手。我幾乎每天都在做這種事，可是卻從來不會覺得有什麼困擾。也許那意味著我已經失去了對人的感受。我變得越來越超然，甚至感覺不到我切割的是人的血肉。可是那一天，我看著別人解剖屍體，忽然感覺那彷彿跟我有切身的關係。我看著解剖檯上的她，感覺卻像是看著自己。現在，每次我一拿起手術刀，腦子裡就會想到她。我一直在想，從前的她有過什麼樣的人生。我一直在想，她有什麼感覺，她在想什麼，在那一天……」講到這裡，莫拉忽然遲疑了一下，嘆了口氣。「我忽然覺得自己好像沒辦法再做同樣的工作了。這就是我現在的感受。」

「這種工作，妳眞的非做不可嗎？」

聽到這個問題，她顯得很困惑。她瞪大眼睛看著她。「我有選擇的餘地嗎？」

「妳把自己形容得好像被逼著做什麼苦工。」

「那是我的職業。我懂的就是這個。」

「那不是理由。所以，妳爲什麼要做這種工作？」

「那你爲什麼要當神父？」

這下子輪到他困惑了。他想了好久，站在她旁邊一動也不動。在楊柳樹的樹影下，他那雙湛藍的眼睛忽然顯得有點黯淡。「那是我很久很久以前做的決定。」他說。「我已經很久沒有再去想這個問題了。也沒有懷疑過。」

「你一定曾經有過信仰。」

「我現在還是有信仰。」

「這樣就夠了嗎？」

「妳眞的以爲當神父只需要信仰嗎？」

「不是，當然不是。」她忽然轉了個身，繼續往前走。那條小路上交織著斑駁的光影。她忽然很怕再接觸他的目光，很怕他會看穿她的心思。

「有時候，坦然面對自己的死亡是一件好事。」他說。「那會激發我們認眞思考自己的人生。」

「我寧願不要。」

「爲什麼？」

「我不是一個很懂得反省的人。從前念書的時候我就很討厭哲學課。那全是一些找不到答案的問題。不過，物理和化學我就讀得懂了。我喜歡物理和化學，因爲那些原理是很實用的，而且是有條理的。」說到這裡，她忽然停下來。她看到一個年輕的女孩子腳上穿著溜冰鞋，推著一台嬰兒車從他們的旁邊經過。「我不喜歡那種無法解釋的東西。」

「這個我懂。妳喜歡所有的東西都像數學公式一樣，可以用等號連接起來。這就是爲什麼，那女人遭到殺害，妳會很受不了。」

「因爲那又是另一個找不到答案的問題。我最痛恨的東西。」

這時候，他們走到一條木頭長椅旁邊。她坐下來，面對著河邊。天色越來越暗了，整個河面籠罩在一片陰影中，越來越黝黑。他也坐下來。雖然他沒有碰觸到她，但她依然感覺得到他就坐在她旁邊，感覺好近。她的手臂幾乎感覺得到他的體溫。

「瑞卓利警官有沒有再告訴妳更多關於那個案子的情報。」

「她似乎並沒有眞的要讓我介入。」

「妳認爲她會讓妳參與嗎？」

「以警察的身分來說，不會，她不會。」

「那麼，以朋友的身分呢？」

「我就是這麼想的。我一直以爲我們兩個是朋友，可是她並沒有告訴我很多。」

「妳不能怪她。被害人就死在妳家門口。她免不了會懷疑——」

「懷疑什麼？懷疑我是兇手嗎？」

「應該說，懷疑妳才是兇手眞正的目標。那天晚上我們就是這麼認爲。我們以爲車上那個人是妳。」他眼睛凝望著河的對岸。「妳說妳一直在想解剖的事，而我卻老是忘不了那天晚上，我站在妳家那條街上，看到一大堆警車。我簡直不敢相信那是眞的。我拒絕相信。」

兩個人都沒有再說話。黑色的河流在他們眼前奔流，而他們身後卻是洶湧的車流。

接著，她突然開口問他：「晚上想不想跟我一起吃飯？」

好一會兒，他都沒有吭聲。看到他那種猶豫不決的模樣，她羞得臉都紅了。她忽然好想把那句話吞回去，好渴望剛剛那一分鐘的時間能夠倒流。要是剛剛她就這麼說再見，就這麼走開，那該有多好。結果不是。她竟然莽莽撞撞的邀他一起吃晚飯。其實，他們兩個都心知肚明，他不應該接受這種邀請。

「對不起。」她囁囁嚅嚅地說。「也許我不應該——」

「好啊。」他說。「我求之不得。」

她站在廚房裡，把番茄切成一小塊一小塊，準備用來做沙拉。她忽然感覺拿刀的那隻手繃得好緊。火爐上的鍋子正在燉紅酒雞，冒出來的蒸氣瀰漫著紅酒香和雞肉香。這種簡單的菜色，她用不著看食譜就做得出來，不必用大腦就做得出來。其實，再怎麼麻煩的菜她都做得出來，只不過，她整個心思都被那個男人盤踞了。他手上正拿著一瓶Pinot Noir，倒進兩個酒杯裡。接著，他把其中一杯酒擺在流理台上。「還有什麼是我幫得上忙的嗎？」

「沒有了。」

「妳在做沙拉醬嗎？我可以幫妳洗萵苣嗎？」

「我邀你到家裡來，不是要你幫忙做家事的。我只是覺得，也許你寧願在家裡吃，不太想上餐廳。餐廳裡人太多了。」

「我想妳一定很受不了老是在大庭廣衆之下被人指指點點。」他說。

「我考慮的是你。」

「莫拉，就算是神父，偶爾也會上餐廳去吃飯吧。」

「不，我的意思是……」她感覺得到自己又臉紅了，於是，她趕快又拿了一顆新的番茄繼續切。

「我想，要是別人看到我們兩個在一起。」他說。「大家可能會覺得奇怪。」他看著她，看了好一會兒。當時，廚房裡只聽得到菜刀切在砧板上的聲音。她忽然覺得有點好奇，如果有個神父在你家的廚房裡，你會請他做什麼？請他幫食物禱告嗎？天底下沒有另一個男人會令她感到如此侷促不安，感覺自己滿身都是缺點。那麼，丹尼爾，你的缺點是什麼？她一邊滿腦子胡思亂想，一邊把切碎的番茄倒進沙拉盤裡，再把橄欖油和甜醋倒進去攪拌。你脖子上那個白領圈有辦法幫你隔絕誘惑嗎？

「最起碼讓我幫妳切黃瓜吧。」他說。

「你就是閒不下來，是不是？」

「別人在工作的時候，我沒辦法呆呆坐在旁邊看。」

她笑了起來。「原來我們是同一國的。」

「哪一國？是那種無可救藥的工作狂嗎？那我可以算是前輩了。」他從木刀架上抽了一把刀子出來，開始切黃瓜。廚房裡開始瀰漫著一股夏日的、清新的芳香。「我有五個兄弟，一個妹妹。家裡沒有我幫忙不行。」

「你們家有七個兄弟姊妹？我的老天！」

「每次我爸爸聽到媽媽肚子裡又多了一個，他也是說我的老天。」

「那麼，你們家七個兄弟姊妹，你排行老幾？」

「老四。正好夾在中間。根據心理學家的說法，像我們這種人天生就適合當中間人，天生就拚命想維護世界和平。」他抬起頭瞄了她一眼，對她笑了笑。「那也意味著，我連洗澡都要洗戰鬥澡。有一堆人排隊等著洗澡。」

「既然你在家裡排行老四，那你後來怎麼會跑去當神父呢？」

這時候，他低頭看著砧板。「妳應該猜得到，這說來話長。」

「你不想談這件事嗎？」

「我的理由很奇怪，妳聽了可能會嚇一跳，可能會一頭霧水。」

「嗯，說起來很好笑，好像人一生中最重大的決定，都是很莫名其妙就決定了。比如說，決定要跟誰結婚。」她啜了一口酒，然後又把杯子放回去。「至於我自己的婚姻，我當然沒辦法替自己辯解說，當初的決定是有道理的。」

他又抬起頭看了她一眼。「爲了肉慾？」

「這就是關鍵。這輩子我所犯下的最嚴重的錯誤，就是爲了這個原因。到目前爲止，好像是這樣。」她又啜了一口酒。你很可能就是我下一個致命的錯誤。假如上帝希望我們成爲好人，那祂實在不應該創造出誘惑這種東西。

他把切好的黃瓜倒進沙拉盆裡，然後把刀子洗乾淨。他站在水槽前面，背對著她。她一直在看他。他長得很高，瘦瘦的，看起來很像那種跑馬拉松的選手。她心裡想：我爲什麼要這樣折磨自己呢？天底下有那麼多男人是我可以去愛的，爲什麼偏偏要愛上這一個？

「妳剛剛不是問我爲什麼要當神父嗎？」他說。

「爲什麼呢？」

他轉過來看著她。「因爲我妹妹有白血病。」

她嚇了一跳，忽然不知道該說什麼。好像說什麼都不對。

「蘇菲當時只有六歲。」他說。「她是家裡最小的一個，也是唯一的女生。」他伸手去拿抹布，把手擦乾，然後把抹布掛回架子上，掛得很整齊。他動作慢呑呑的，彷彿在盤算接下來該怎麼說。「是急性淋巴細胞白血病。我想妳會說這算是病情輕的那種——不過在我看來，天底下沒有所謂病情輕的白血病。」

「對小孩子來說，這種白血病後續病情已經是最樂觀的一種了。有 80% 的存活率。」她說的是實話，可是話才剛說出口，她立刻就後悔了。這就是凡事講求邏輯的艾爾思醫師。面對別人的悲劇，她的反應就是提供有用的資料和無情的統計數字。長久以來，面對她身邊的人，面對那些麻煩的感情問題，她一直都是採取這種態度，退縮回科學家的角色。要是有個朋友死於肺癌呢？要是有個親戚因爲車禍而導致四肢癱瘓呢？不管面對什麼樣的悲劇，她永遠都是引經據典，引用一些統計數字，用冷冰冰的精確數字來安慰他們。內心深處，她相信每一件可怕的事情都可以找到合理的解釋。

她有點擔心，丹尼爾看到她這種反應，不知道會不會覺得她超然客觀得有點過頭了，甚至有點冷酷無情。不過，他並沒有顯現出不高興的樣子。他只是點點頭，表示他知道這個數字的含義。那只是一個簡單的事實。

「醫生說她還可以再活五年。以當年的標準來說，那並不算好。」他說。「醫生診斷出她罹患白血病的時候，她的病情已經很嚴重了。我無法形容，那對我們家的衝擊有多大。尤其是對我媽媽。她是她唯一的女兒，她的心肝寶貝。當年我十四歲，我扮演的角色，就是大人在忙的時候，我要負責照顧蘇菲。從小她就是眾人目光的焦點，集三千寵愛於一身，但儘管如此，她卻完全沒有被寵壞的樣子。妳絕對無法想像，她是多麼的討人喜愛。她永遠都是那麼討人喜愛。」他眼睛還是沒有在看莫拉。他一直盯著地板，彷彿不想讓她看到他內心的痛苦有多深。

「丹尼爾？」她輕輕叫了他一聲。

他深深吸了一口氣，抬起頭來。「面對妳這樣的疑神論者，我還眞不知道故事接下來該怎麼說。」

「後來怎麼樣了？」

「有一天她的醫生通知我們她已經病危了。當年，要是聽到醫生宣告病情，你會把它當成是神的旨意。那天晚上，我爸媽和兄弟去了教堂。我猜，他們大概是想向上帝祈求奇蹟出現。我一個人留在醫院裡面，這樣蘇菲才不會太孤單。當時她的頭髮已經在化療過程中掉光了。我還記得那天晚上她趴在我大腿上睡著。而我拚命禱告，禱告了好幾個鐘頭，我向上帝做出各種千奇百怪的瘋狂承諾。我祈禱說，要是她死了，這輩子我再也不會跨進教堂一步。」

「沒想到，她活下來了。」莫拉輕聲細語地說。

他凝視著她，對她笑了一下。「沒錯，她確實活下來了。所以，我履行了我對上帝的承諾。所有的承諾。因為，那天晚上，祂聽到我的禱告了。毫無疑問。」

「那蘇菲現在人在哪裡？」

「她已經結婚了，過得很幸福，目前住在曼徹斯特。她領養了兩個小孩。」此刻，他坐在餐桌對面，凝視著她。「所以囉，我就變成神父了。」

「布洛菲神父。」

「現在妳總該明白了吧，為什麼我會做那個選擇。」

可是，那是正確的選擇嗎？她很想問他，可是卻不敢問。

他們又各自倒了一杯酒。她把法國硬麵包切成一片一片，然後把沙拉攪拌一下。接著，她用杓子把那鍋紅酒雞舀到碗裡。聽說，通往男人心裡的路，必須經過胃。他的心？丹尼爾．布洛菲的心？那就是她想抵達的地方嗎？那是她真正想要的嗎？

也許是因為我得不到他，所以我才會放心大膽的渴望他。他是可望而不可及的，所以，他傷害不了我。他不可能會像維克多那樣傷害我。

可是，她嫁給維克多的時候，她也認為他永遠不會傷害她。

我們並沒有自己所想像的那麼不受外在事物的影響。

他們才剛吃完，忽然聽到門鈴響起。兩個人都楞住了。雖然他們並沒有做什麼，但他們還是很不安的互看了一眼，彷彿一對情人偷偷幽會被人逮到了。

珍·瑞卓利站在莫拉家的門廊上。夏天夜裡的空氣比較潮濕，她那頭捲曲的黑髮亂成一團。雖然晚上很暖和，但她還是穿著平常工作穿的那套褲裝。莫拉一看到瑞卓利那種陰鬱的眼神，立刻就明白她不是來串門子聊天的。她低頭一看，看到瑞卓利手上提著一個公事包。

「很抱歉，醫生，跑到妳家來打擾妳。不過，我們得好好談一談了。我想了一下，決定還是到妳家來找妳。有些話在辦公室談，可能不太方便。」

「跟案情有關的嗎？」

瑞卓利點點頭。兩個人都心知肚明，根本不需要提到是哪個案子。雖然她和瑞卓利彼此都很看重對方的專業素養，不過，她們始終很難跨越那條界線，很難成爲知心的朋友。而今天晚上，兩個人見到面，甚至感到有點不自在了。莫拉心裡想：事情不太對勁。不知道爲了什麼緣故，她忽然開始提防我。

「請進。」

瑞卓利一跨進屋子裡，立刻就聞到一股食物的香味。她遲疑了一下。「我有打擾到妳吃晚飯嗎？」

「不會，不會，我們剛吃完。」

瑞卓利並沒有放過「我們」那兩個字。她用詢問的眼神看了莫拉一眼。這時候，她忽然聽到腳步聲，立刻轉頭一看，看到丹尼爾在走廊上。他手裡端著兩個紅酒杯，正要走到廚房去。

「晚安，瑞卓利警官！」他喊了她一聲。

瑞卓利嚇了一跳，猛眨了幾下眼睛。「布洛菲神父。」

他繼續往廚房走進去，瑞卓利轉身看著莫拉。雖然她嘴裡沒有說什麼，可是，她心裡在想什麼，卻很清楚地寫在臉上。她心裡想的，就是教堂裡那個老婦人心裡想的。沒錯，看起來是怪怪的，可是我們並沒有做什麼。我們只不過一起吃了一頓晚飯，聊聊天，如此而已。你們幹嘛用這種眼神看我？

「呃……」瑞卓利嘀咕了一聲。那輕輕的一聲卻彷彿暗藏著千言萬語。她們聽到一陣匡啷匡啷的聲響，那是丹尼爾把碗盤刀叉放進洗碗機裡的聲音。她家的廚房裡竟然有個神父。

「可能的話，我想私下跟妳談。」瑞卓利說。

「有必要嗎？布洛菲神父是我的朋友。」

「醫生，有些事光是開口就已經覺得很難啓齒了。」

「可是我總不能就這樣把他趕出去吧。」說到這裡，她忽然停住了，因爲她聽到丹尼爾的腳步聲從廚房那邊過來了。

「我眞的該走了。」說著，他又瞄了瑞卓利的公事包一眼。「顯然妳們兩位有正事要談。」

「我們確實有點事情要談。」瑞卓利說。

他朝莫拉笑了一下。「謝謝妳的晚餐。」

「丹尼爾，等一下。」莫拉叫了他一聲。她陪他走到屋外，走到前門廊上，然後關上門。

「你不見得一定要走啊。」她說。

「她好像有需要跟妳單獨談一談。」

「眞抱歉。」

「有什麼好抱歉的？今天晚上眞的很愉快。」

「我總覺得你好像是被我趕走的。」

他忽然輕輕抓住她的胳膊。他的手掌心感覺好溫暖，好有安全感。「有時候，如果妳想找個人談談，隨時可以打電話給我。」他說。「不管有多晚。」

說完，他就朝車子那邊走過去了。她看著他漸漸遠去，看著他那身黑衣服逐漸隱沒在夏日的夜色裡。後來，他轉身朝她揮揮手，那一剎那，她忽然瞥見黑暗中有一個小白點。那是他的領圈。

接著，她走回屋子裡，發現瑞卓利還站在走廊上。瑞卓利一直在看她。想也知道，看到丹尼爾跑到這裡來，她一定覺得很奇怪。她可不是瞎子。她看得出來，這兩個人之間，除了友誼之外，似乎有某種東西開始慢慢滋長出來。

「妳想喝杯什麼嗎？」莫拉問。

「那太好了，謝謝妳。只要不含酒精的都可以。」瑞卓利指著肚子說。「這傢伙太小，還不能喝酒。」

「那當然。」

莫拉帶著瑞卓利沿著走廊往廚房走過去。她盡量想辦法扮演好主人的角色。到了廚房，她把冰塊丟進玻璃杯裡，然後倒了兩杯柳橙汁。她在自己那一杯裡多加了一點伏特加。接著，她轉了個身，把杯子放在餐桌上。這時候，她看到瑞卓利從公事包裡拿出檔案夾，放在餐桌上。

「那是什麼？」莫拉問。

「醫生，我們先坐下再聊吧，好不好？因爲，接下來我要告訴妳的事情，妳聽了可能會很不舒服。」

莫拉坐到餐桌旁邊的椅子上，瑞卓利也坐了下來。她們隔著桌子四目相對，檔案擺在桌上。莫拉盯著檔案，心裡想：那好像是潘朵拉的盒子，裡頭裝滿了祕密。我眞的想知道裡面寫了些什麼東西嗎？

「妳還記不記得，上禮拜我告訴過妳的，安娜．潔絲普的資料？我們找不到她六個月以前的紀錄。我們唯一找到的地址是間沒人住的公寓。」

「妳說她是個幻影。」

「從某個角度來看，確實是。安娜．潔絲普根本不存在。」

「怎麼可能呢？」

「因爲根本就沒有安娜．潔絲普這個人。那是化名。她的眞名叫做安娜．李奧尼。大約六個月前，她開始改用一個新名字。她先把銀行帳戶取消，後來又搬出她家。她用那個名字在布萊登租了一間公寓，可是，她從一開始就沒有要搬進去住。萬一有人知道她改了名字，想追查她的下落，那麼，線索追查到那裡就斷了。那裡是一條死胡同。事實上，她搬到緬因州一個小鎭去了，就在往北通往海邊的路上。過去這兩個月來，她一直都住在那裡。」

「妳怎麼會知道？」

「這一切都是警察幫她安排的。我跟那個警察談過。」

「警察？」

「一位名叫巴拉德的警官，紐頓分局的人。」

「那麼，這個化名——她是犯了什麼罪在逃亡嗎？」

「不是。妳可以再猜猜看，她躲的是什麼人。老掉牙的故事情節了。」

「一個男人？」

「而且很不幸的是，一個非常有錢的男人。查爾斯・卡塞爾博士。」

「我沒聽過這個人。」

「他是凱索大藥廠的創辦人。安娜本來是他公司裡的研究員，後來兩個人就在一起了。可是三年後，她忽然拚命想離開他。」

「可是他偏偏不肯放人。」

「卡塞爾博士不是那種可以讓你想來就來想走就走的人。有一天晚上，她鼻青臉腫地被送到紐頓醫院的急診室。緊接著的是一連串的噩夢：祕密跟蹤、死亡恐嚇……她甚至收到一個裝著死掉金絲雀的郵件。」

「老天。」

「是啊，那就是所謂的眞愛吧。有時候，如果妳想阻止男人這樣傷害妳，唯一的辦法就是開槍打死他——要不然就是躲起來。如果她當初選擇殺了他，說不定現在她還活得好好的。」

「他找上她了。」

「我們必須找出證據。」

「妳有辦法嗎？」

「目前我們還聯絡不上卡塞爾博士。很巧的是，兇殺案發生之後，隔天早上他就離開波士頓了。過去這一個禮拜來，他一直都在外地出差，明天才會回來。」瑞卓利把杯子舉到唇邊，冰塊在杯子裡碰撞，那種叮叮噹噹的聲音令莫拉很不自在。接著，瑞卓利又把杯子放回桌上，好一會兒都沒再說話。她似乎是在拖時間，可是爲什麼？莫拉思忖著。

「關於安娜．李奧尼這個人，還有一件事我必須告訴妳。」瑞卓利一邊說，一邊伸手指著桌上的檔案。「我是特別帶來給妳看的。」

莫拉翻開檔案夾，看到一張照片，嚇了一大跳。她立刻就認出照片裡的人是誰了。那是一張小小的彩色照片，小到可以放進皮夾裡。照片裡是一個小女孩，滿頭黑髮，眼神看起來很嚴肅。她站在一對上了年紀的夫婦中間，兩個人滿臉關切的摟著她。莫拉輕聲說：「那個女孩子有可能是我。」

「這張照片是在她的皮夾裡找到的。我們相信那應該是安娜十歲左右的照片，和她的父母一起拍的。她媽媽叫做露絲．李奧尼，爸爸叫做威廉．李奧尼。兩個人都已經過世了。」

「那是她的父母？」

「是的。」

「可是……他們看起來怎麼那麼老？」

「確實很老了。拍那張照片的時候，媽媽露絲已經六十二歲了。」瑞卓利遲疑了一下，然後又繼續說：「安娜是他們唯一的孩子。」

唯一的孩子，而且父母年紀很大。莫拉心裡想：我知道這代表什麼含義，可是，我忽然好怕聽到她接下來要告訴我的事。那才是她今天晚上來的目的。她不是來告訴我安娜．李奧尼的事，也不是來告訴我那個丈夫有暴力傾向。她是來告訴我一件更可怕的事。

莫拉抬頭看看瑞卓利。「所以說，她是被收養的？」

瑞卓利點點頭。「安娜出生那一年，李奧尼太太已經五十二歲了。」

「社會機構不會把孩子交給那麼老的寄養父母。」

「那就是爲什麼他們很可能是透過律師，私下安排收養。」

莫拉忽然想到自己的父母。他們也都已經過世了。當年他們收養她的時候，也都已經四十多歲了。

「醫生，妳對當年自己被收養的事知道多少？」

「父親過世之後，我找到了收養文件。那是一位波士頓的律師安排的。幾年前，我打過電話給他，看看他肯不肯告訴我，我親生母親叫什麼名字。」

「結果呢？」

「他說我的資料被列爲機密，堅持不肯透露。」

「妳沒有再繼續追問嗎？」

「沒有。我沒有。」

「那位律師是不是叫做泰倫斯·范·蓋斯？」

莫拉忽然說不出話來。她根本不需要回答，因爲她知道，瑞卓利光是看到她那驚駭的眼神就明白了。「妳怎麼會知道？」莫拉問。

「安娜遭到殺害的兩天前，她住進特瑞蒙飯店，就在我們波士頓這邊。她在飯店房間裡打了兩通電話。一通打給了巴拉德警官，不過當時他出差去了，沒有接到。另一通電話是打到泰倫斯·范·蓋斯的事務所去的。我們還不知道她爲什麼要打電話給他——到目前爲止他都還沒回我電話。」

這時候，莫拉心裡想：接下來，謎底快要揭曉了。那才是今天晚上她到我家來的目的。謎底就要在我家的廚房裡揭曉了。

「我們知道安娜．李奧尼是養女。她的生日和血型和妳一模一樣。而且，就在她死前，她和范．蓋斯通過電話——妳的收養手續也是他安排的。那實在太巧合了。」

「這些資料妳是什麼時候查到的？」

「幾天前。」

「那妳爲什麼都不告訴我？爲什麼要瞞著我？」

「除非萬不得已，否則我實在不想來煩妳，讓妳不高興。」

「呃，妳這麼久才來，我才眞的不高興。」

「我不能不等，因爲有一件事我還沒查清楚。」說著，瑞卓利深深吸了一口氣。「今天下午，我和DNA實驗室的華特．德古特談過了。上次妳不是要我幫妳做DNA比對嗎？就在這個禮拜，兩三天前，我拜託他幫我做。今天下午，他拿了一張放射性自動顯影照片給我看。他做了兩組VNTR基因表徵，一組是安娜．李奧尼的，另外一組是妳的。」

莫拉坐著一動也不動，全身肌肉緊繃，準備迎接最後致命的一擊。

「兩組完全吻合。」瑞卓利說。「這兩組基因表徵是一模一樣的。」

7

廚房裡的鐘滴答滴答響著。桌上玻璃杯裡的冰塊慢慢融化。時間一分一秒過去，可是莫拉卻感覺時間彷彿靜止，瑞卓利說的那些話一直在她腦海中迴盪著。

「很抱歉。」瑞卓利說。「我眞希望自己有辦法說得委婉一點，不過，我想妳有權利知道，妳有一個……」說到這裡，瑞卓利忽然停住了。

我有過。我曾經有過一個妹妹。然而，我甚至根本不知道自己有妹妹。

瑞卓利從餐桌對面伸出手來，抓住莫拉的手。這種舉動實在不太像她的風格。瑞卓利不太喜歡安慰別人，不太喜歡擁抱別人。可是現在，她竟然握住莫拉的手，默默凝視著她，彷彿她擔心莫拉會崩潰。

「告訴我吧。」莫拉輕聲說。「她是一個什麼樣的人。」

「這個，妳應該去問巴拉德警官。」

「誰？」

「理察·巴拉德。他是紐頓警察局的警官。卡塞爾博士涉嫌傷害她，那個案子是巴拉德承辦的。我猜他跟她一定很熟。」

「關於她的事，他跟妳說過些什麼？」

「她是在協和市長大的。二十五歲那年結過一次婚，不過沒有維持多久。他們沒有生小孩，兩個人很平和地分手。」

「她那位前夫沒有嫌疑嗎？」

「沒有。他後來再婚，住在英國倫敦。」

跟我一樣，她也離過婚。難道有一種基因會導致你的婚姻注定要失敗？

「我剛剛說過，她曾經待過查爾斯．卡塞爾的公司，凱索大藥廠。她是公司研究部門的微生物學家。」

「所以，她是科學家。」

「沒錯。」

又來了，莫拉盯著照片裡妹妹的臉，心裡想：又跟我一樣了。所以說，她像我一樣，也重視理性和邏輯。科學家依賴思維能力，依賴事實。她們兩個一定很能夠了解對方。

「我知道，妳一定需要一段時間才有辦法接受這個事實。」瑞卓利說。「我曾經很努力想像自己就是妳，可是，我真的無法想像那種感覺。那種感覺就像突然發現一個平行的宇宙，發現那個世界裡有另一個妳。就像發現她一直走在這裡，和妳住在同一個城市裡。假如……」說到這裡，瑞卓利忽然停住了。

天底下還有什麼字眼比「假如」這兩個字更像廢話的嗎？

「很抱歉。」瑞卓利說。

莫拉深深吸了一口氣，坐挺起來，這種動作意味著，她不需要別人握住她的手來安慰她，意味著她還能夠承受得了。她闔上檔案夾，推回去給瑞卓利。「謝謝妳了，珍。」

「不用還我了，妳自己留著。這是影本，本來就是要給妳的。」

這時候兩個人都站了起來。瑞卓利把手伸進口袋裡，掏出一張名片放在桌上。「說不定妳也用得上這張名片。他說，要是妳有任何問題，可以打電話給他。」

莫拉低頭看著那張名片，看著那個名字：理察・巴拉德。紐頓市警察局。

「妳應該找他好好聊聊。」瑞卓利說。

接著，兩個人一起走到門口。莫拉還在壓抑自己的情緒，還在努力扮演好主人的角色。她在門廊上站了好一會兒，向瑞卓利揮手道別，然後立刻關上門走進客廳。她站在那裡，聽著瑞卓利車子的引擎聲音越來越遠，最後，這條郊區的小路終於復歸寧靜。她心裡想：又只剩下我了，又只剩下我自己孤零零的一個人了。

她走進客廳，從書架上抽出一本從前的相簿。自從父親過世之後，她已經很多年沒有拿出來看過了。父親的葬禮結束之後，過了幾個禮拜，她開始清理房子。她在他的床頭櫃上發現這本相簿，那一剎那，她腦海中忽然浮現出一幕想像的畫面。她想像他過世前的那天晚上，自己一個人在家裡，坐在床上，看著家人年輕時候的照片。在他熄燈之前，他眼裡看到的最後的影像，是一張張洋溢著歡笑的臉。

此刻，她翻開那本相簿，凝視著那一張張的臉。相簿裡的紙板已經變得有點脆脆的，而裡頭有些照片已經有將近四十年的歷史了。她反覆看著一張媽媽的照片。那是媽媽年輕的時候所拍攝的第一張照片。照片裡，她看著鏡頭，笑得好燦爛，懷裡抱著一個嬰兒。照片的背景是一棟房子，可是莫拉想不起來那究竟是什麼地方。那棟房子有弓形窗，裝潢擺設充滿維多利亞時期的風味。她媽媽金妮在照片底下寫了一行字。她的字跡很清秀。那行字寫著：帶莫拉回家。

可是，她卻看不到醫院裡的照片，也看不到媽媽懷孕的照片。結果，這張照片就這麼突然冒出來。照片裡是金妮鮮明的影像，在陽光下笑得好燦爛，懷裡抱著一個不知道從哪裡冒出來的嬰兒。這時候，她忽然想到另一個媽媽，懷裡抱著另一個黑頭髮的小嬰兒。說不定，就在同一天，在另一座城市裡，另一個滿臉驕傲的爸爸也為他新來的女兒拍了一張照片。那是一個叫安娜的女孩。

莫拉翻過一頁又一頁，看著小時候蹣跚學步的自己，上幼稚園的自己。她看到自己騎在一輛嶄新的腳踏車上，爸爸在後面扶著她。她看到自己第一次表演鋼琴獨奏的時候，烏黑的頭髮用一根綠色的髮夾夾在後面，手按在琴鍵上。

她翻到最後一頁。聖誕節，爸爸和媽媽把七歲的莫拉夾在中間，三個人手臂交纏在一起，感覺很親密。背景是一棵掛滿了裝飾的聖誕樹，樹上的金飾綵帶閃爍耀眼。每個人臉上都洋溢著歡笑。莫拉心裡想：那是最美好的一刻，只可惜，那一刻無法永遠停駐。最美好的時光總是來來去去，一閃而逝，再也喚不回。我們能做的，就是創造更多美好的時光。

那本相簿已經看完了。當然，相簿還有好幾本，而且至少有四本是莫拉從小到大的照片。那是她的父母幫她記錄下來的，她生命中的每一個重要的時刻。不過，她爸爸特別把這一本擺在床頭。那是他女兒嬰兒時期的照片，還有他自己和太太金妮年輕時的照片。當年，他們剛開始為人父母，顯得神采飛揚。當年，他們的頭髮還沒有灰白。當年，生命中沒有悲傷，當年，金妮依然健在，當年，死神還沒有拜訪他們。

她凝望著爸爸媽媽的臉龐，心裡想：你們選擇我做你們的孩子，我是多麼的幸運啊。我好想念你們。她闔上相簿，楞楞地盯著皮革封面，淚眼模糊。

要是你們都還在世該有多好。要是你們能夠告訴我，我究竟是誰，該有多好。

她走進廚房，拿起瑞卓利放在餐桌上那張名片。名片正面印著理察．巴拉德在紐頓警察局辦公室的電話號碼。她翻到背面，看到上面有他手寫的家裡的電話號碼，還有一行字：無論白天晚上，隨時可以打給我。—理察．巴拉德。

她立刻走到電話旁邊，撥了他家的號碼。響到第三聲的時候，有人接電話了。她聽到那個聲音說：「我是巴拉德。」他就這麼說出自己的姓，乾脆俐落。她心裡想：他必然是一個開門見山的人。他一定不喜歡感情脆弱的女人打電話煩他。她聽到電話裡有電視廣告的聲音。此刻，他正在家裡休息，一定很不希望有人去打擾他。

「喂？」他又問了一聲，口氣已經開始有點不耐煩了。

她清了清喉嚨。「不好意思打電話到家裡打擾你。你的名片是瑞卓利警官給我的。我叫莫拉．艾爾思，我……」我怎麼樣？我希望你幫我熬過今天晚上？

「我一直在想，妳應該會打電話來的，艾爾思醫師。」他說。

「我實在應該等明天早上再打，可是——」

「沒必要這樣。妳一定有很多疑問。」

「這件事令我十分困擾。我一直都不知道自己有個妹妹。突然間——」

「突然間，人生的一切全都走樣了，對不對？」剛剛他說話的口氣本來還有點唐突，現在忽然變得和緩起來，充滿同情。那一剎那，她猛眨了幾下眼睛，以免眼淚掉出來。

「是的。」她說得很小聲。

「也許我們應該見面聊一聊。下禮拜妳可以來找我，每天上班的時間都可以。不過，如果妳覺得晚上比較好——」

「今天晚上你有時間嗎？」

「我女兒在家裡。我現在沒辦法出門。」

她忽然想到，對了，他有家人。她很不好意思地笑了一下。「不好意思，我一時沒想到——」

「妳要不要過來找我？到我家來？」

她楞了一下，耳朵裡忽然一陣嗡嗡作響。「你住在哪裡？」她問。

他住在紐頓市。波士頓市區西邊郊外一個看起來很舒服的住宅區。從布魯克萊恩開車過去，還不到四英里。那條寧靜的街道上，他家的房子看起來和別的房子差不多，並不特別起眼，不過倒是保養得不錯。那是一棟正正方方的房子，而那一帶的房子看起來也差不多都是這樣。她站在前門廊上，看到裡面的電視螢幕閃爍著一陣陣的藍光，聽到一陣旋律單調的流行音樂。那是MTV台——不太像是警察會看的東西。

她按了一下門鈴。過了一會兒，門開了，她看到一個金髮小女孩，身上穿著一條水藍色的牛仔褲，一件短短的T恤，露出肚臍。她的屁股瘦瘦的，而且沒什麼胸部，由此看來，她好像還不到十四歲。以這個年紀來說，穿這種服裝似乎太火辣了點。那個小女孩沒吭聲，只是用一種陰沉的眼神盯著莫拉，彷彿她是在門口防守，以免外人侵入家裡。

「嗨。」莫拉說。「我是莫拉·艾爾思。我要找巴拉德警官。」

「妳跟他有約嗎？」

「有，我們約好了。」

這時候，有個男人的聲音在裡面大喊：「凱蒂，那是來找我的。」

「我還以爲是媽來了。她現在也差不多該到了。」

巴拉德來到門口，站在他女兒後面。他剪了老式的髮型，牛津式的襯衫燙得筆挺，看他那副模樣，莫拉實在很難想像，他居然會有這種不良少女型的女兒。他伸出手，緊緊握住她的手。

「我是理察・巴拉德。請進，艾爾思醫師。」

莫拉一走進屋子裡，那個小女孩立刻轉身走回客廳去，倒回椅子上繼續看她的電視。

「凱莉，妳連跟客人打聲招呼都不懂嗎？」

「現在電視正好演到精采的地方。」

「妳連最基本的禮貌都不懂嗎？」

凱蒂大聲嘆了口氣，心不甘情不願的朝莫拉點了個頭。「嗨。」她咕噥了一聲，然後又轉回去死盯著電視。

巴拉德看著他女兒，看了好一會兒，彷彿在猶豫，不知道還要不要花那個力氣教女兒一點做人的道理。「好了，把聲音關小一點吧。」他說。「我有話要跟艾爾思醫師說。」

那小女孩一把抓起遙控器，對準電視，那副模樣彷彿拿著槍瞄準電視。不過，電視好像也沒有比較小聲。

巴拉德看了莫拉一眼。「想喝杯咖啡嗎？還是茶？」

「不用了，謝謝你。」

他知道她的心意，於是點點頭說：「妳想知道安娜的事，對不對？」

「是的。」

「我書房裡有一份她的檔案。」

如果說從書房就能夠看出一個人的風格，那麼，看到書房裡最顯眼的那張橡木大書桌，你應該就可以看得出來，理察·巴拉德是一個很穩健可靠的人。一進書房，他並沒有走到書桌前面，而是伸手指了一下沙發，請她坐下，然後他自己坐在對面那張扶手椅上。兩個人四目相對，中間只隔著一張小茶几，上面擺著一個檔案夾。雖然書房的門已經關上了，但他們還是聽得到電視裡驚天動地的音樂聲。

「必須跟妳道個歉，我女兒實在很沒禮貌。」他說。「凱蒂這陣子日子很不好過，而最近我已經不知道該怎麼應付她了。我對付得了壞人，可是，十四歲的小女生……？」他自艾自憐地笑了一聲。

「希望我來找你，不會再給你添更多麻煩。」

「相信我，這跟妳沒有關係。我們家最近出了點事，去年，我和我太太分開了，而凱蒂卻一直無法接受這個事實。我們常常吵架，家裡氣氛很緊張。」

「很遺憾發生這種事。」

「離婚很少會有愉快收場的。」

「我也一樣。」

「不過，妳畢竟已經熬過去了。」

她忽然想到維克多。最近，他常常來騷擾她的生活。她被他糾纏得有點心動，甚至動過一個念頭，想跟他復合。不過，那只是個一閃而逝的念頭。「人是不是眞的熬得過離婚的不愉快，我實在沒什麼把握。」她說。「一旦你跟某個人結了婚，他們會永遠成為你生命中的一部分，無論是好是壞。我想，關鍵就看你有沒有辦法只記得好的那部分。」

「有時候，真的沒那麼容易。」

好一會兒，他們都沒有再說話，書房裡靜悄悄的，只聽得到外面的電視驚天動地的聲音。外面那個小女生故意跟他們過不去。接著，他坐直起來，挺起胸膛凝視著她。他的眼神彷彿散發出一種奇特的魔力，她沒辦法不看他。那種眼神彷彿在告訴她，此刻他心無旁騖，只想跟她好好談一談。

「好，妳很想知道安娜的事，對不對？」

「是的。瑞卓利警官告訴我你認識她。她說你很努力在保護她。」

「我想，我大概努力得還不夠。」他說得很小聲。她看到他眼中閃過一絲痛苦的神色。接著，他看看茶几上那份檔案，伸手把檔案拿起來交給她。「看了恐怕會不太舒服。不過，妳應該看看。」

她翻開檔案，看著安娜．李奧尼那張照片。她背靠著一面空空的白牆壁，身上穿著醫院的病患袍，一隻眼睛腫起來，幾乎完全睜不開，臉上青一塊紫一塊。她另一隻沒受傷的眼睛盯著相機鏡頭，一臉驚恐。

「我第一次見到她的時候，她就是這個模樣。」他說。「這張照片是去年在急診室拍的。她被同居男友痛打。當時她才剛搬出他家，離開馬布爾海德，逃到紐頓來，自己租了一間房子。有一天，他跑到她家去，勸她跟他回家。她叫他離開。嗯，查爾斯．卡塞爾怎麼可能容忍別人在他面前發號施令。結果妳可想而知。」

莫拉感覺得到他話中的憤怒，於是就抬起頭來看他，看到他那種齜牙咧嘴的表情。「聽說她堅決提出告訴。」

「哼，沒錯，每一個步驟都是我教她的。那些打女人的男人一定要搞清楚一件事：報應。我一定要讓他為自己所做的一切付出代價。我不知道已經處理過多少家庭暴力案件了。每次碰到這種事，我都會很火大。那種感覺就像我體內有個開關被打開了。每到這個時候，我滿腦子就只剩下一個念頭：我一定要逮住那些傢伙。我決定要對付這個查爾斯．卡塞爾。」

「結果呢？」

巴拉德咬牙切齒的搖搖頭。「結果，他只在監獄裡待了一晚。妳也知道，有錢能使鬼推磨。本來我希望一切到此為止——他就此從她眼前消失，永遠不再去騷擾她。只可惜，這個人無法忍受輸的感覺。他還是一直打電話給她，一直上門去騷擾她。她搬了兩次家，但後來還是都被他找到了。她向法院申請禁制令，但那無法限制他開車經過她家門口。後來，大約六個月前，事情越來越嚴重。」

「怎麼了？」

他朝那個檔案夾點點頭。「在裡面。有一天早上，她看到那張紙被報紙壓在門口。」

莫拉翻到下一頁，看到一張影印紙。那張紙幾乎是空白的，只有正中央印了幾個字。

妳死定了。

莫拉忽然感覺背脊竄起一股涼意。她想像得到，某一天早上起床之後，打開大門把報紙撿起來，卻發現地上有一張白紙。把那張紙攤開，看到上面只寫了幾個字。

「那只不過是第一張。」他說。「後面還有。」

她又翻到下一頁。一樣還是那幾個字。

妳死定了。

再翻到下一頁。

妳死定了。

妳死定了。

她忽然覺得喉嚨一陣乾澀。她抬頭看看巴拉德。「難道她都沒有辦法阻止他嗎？」

「我們試過了。可是，我們沒辦法證明那些東西是他親手寫的。此外，她的車子被人刮傷，家裡的紗窗被人割破，可是，我們一樣沒辦法證明是他幹的。後來，有一天她打開信箱，結果發現裡面有一隻死掉的金絲雀。就是那個時候，她決定要離開波士頓。她希望能夠永遠消失。」

「所以，是你幫她的。」

「我一直都在幫她。每次卡塞爾跑去騷擾她，她都會打電話給我。禁制令也是我幫她申請到的。後來，她決定要離開波士頓，也是我幫她安排。一個人想憑空消失，恐怕沒那麼容易。尤其是，卡塞爾財大勢大，資源雄厚，想躲過他佈下的天羅地網，就更不容易了。所以，她不光是改了名字，她甚至還用那個名字登記了一個假地址。她租了一間公寓，可是根本就沒有搬進去——那是在故佈疑陣，以免有人追查到那個假名。我們的構想是，搬到一個完全沒有人認識妳的地方去，買東西一律付現金。妳必須捨棄從前的一切，和每一個從前認識的人徹底脫離關係。只有這樣才有可能成功。」

「可是最後還是被他找到了。」

「我想，那就是爲什麼她要跑回波士頓來。待在那個地方已經不安全了。她有打電話給我，這個妳應該知道吧？就在她被殺的前一天晚上？」

莫拉點點頭。「是瑞卓利告訴我的。」

「她在我的答錄機裡留言，說她住在特瑞蒙飯店。當時我去丹佛找我姊姊，沒聽到那通留言，回到家之後才發現她打過電話來。只可惜，當時她已經死了。」他抬起頭凝視著莫拉的眼睛。「卡塞爾一定會矢口否認，不過，既然他有辦法追蹤到法克斯港找到她，那麼，那個小鎮上必定有人看到過他。那就是我下一步的計畫——我要證明他去過那裡。也許有人還記得他，我要把那個人找出來。」

「可是，她是在緬因州遭到殺害的，在我家門口被殺的。」

巴拉德搖搖頭說：「艾爾思醫師，我不知道妳這個結論是哪兒來的，不過我相信安娜的死跟妳一點關係都沒有。」

這時候，他們突然聽到門鈴響了。他沒有站起來，似乎沒有打算要去開門。他一動也不動的坐在椅子上，凝視著她。他的眼神如此專注，她根本沒辦法不看他。她只能看著他的眼睛，心裡想著：我願意相信他，因爲，如果她的死是因爲我的關係，我恐怕承受不了。

「我要把卡塞爾送進去吃牢飯。」他說。「我會盡我所能幫助瑞卓利完成這項任務。我很清楚整件事的來龍去脈，所以，打從一開始，我就知道結局會怎麼樣。然而，我就是沒辦法放過他。這是我欠她的。我對不起安娜。」他說。「我一定要讓這一切在我手上了結。」

這時候，她忽然聽到有人在大聲說話，好像很生氣。客廳那邊，電視忽然沒聲音了，但她卻聽到凱蒂好像在和另一個女人爭吵。後來，爭吵的聲音越來越大，巴拉德看了門口一眼。

「妳腦袋瓜裡到底在想什麼？」那個女人在大吼。

這時候，巴拉德站起來了。「不好意思，我得去看看怎麼回事了。」說完，他就走到外面去了。莫拉聽到他問：「卡門，怎麼回事？」

「這句話應該要問你女兒。」那個女人說。

「媽，少大驚小怪好不好？他媽的沒什麼大不了的。」

「妳說啊，告訴妳爸爸，今天出了什麼事。說啊，跟他說啊，他們在妳的置物櫃裡找到什麼東西。」

「沒什麼大不了的。」

「告訴他啊，凱蒂。」

「不要這麼誇張好不好？」

「到底怎麼回事，卡門？」巴拉德問。

「今天下午校長打電話給我。今天學校抽查置物櫃，結果，你猜猜看，他們在你女兒櫃子裡找到什麼了？大麻菸。你看丟不丟臉？她爸媽都是幹警察的，結果她的置物櫃裡竟然藏著大麻菸。校長肯讓我們私下處理，算是我們走運了。要是當時他跑去報警，那會是什麼場面？搞不好我得親手逮捕自己的女兒。」

「噢，老天。」

「理察，這件事我們得一起處理。我們一定要有共識，看看要怎麼處理。」

莫拉站起來，朝門口走過去。她心裡盤算著，該找個什麼理由離開，才不會顯得很沒禮貌。俗話說，家醜不可外揚，她根本就不應該在場。此刻，他們在客廳裡說的話，她都聽得一清二楚，但那根本就不是她應該聽的。她心裡想：我應該到外面去，跟大家說聲再見，然後趕快走，讓這兩位頭痛的父母可以好好商量一下。

她沿著走廊走向客廳。快到客廳的時候，她遲疑了一下。凱蒂的媽媽忽然抬起頭來看著她。

沒想到家裡突然冒出一個不認識的人來，她嚇了一大跳。看到媽媽，是不是猜得出來這個女兒長大以後會變成什麼模樣？如果是的話，那麼，這個一臉陰沉的少女有一天一定會長成一位儀態端莊優雅的金髮女郎。這個女人幾乎和巴拉德差不多高，看起來像運動員般全身精瘦，後面的頭髮很隨性的紮成一束馬尾。她臉上完全沒有化妝，不過，她那種顴骨高聳的臉型實在應該化點妝。

莫拉說：「不好意思，打擾到你們了。」

巴拉德轉過來看著她，一臉無奈地對她笑笑。「不好意思，今天實在很不巧。這位是凱蒂的媽媽，卡門。這位是莫拉．艾爾思醫師。」

「我該走了。」莫拉說。

「可是很多事我都還沒告訴妳。」

「我改天再打電話給你好了。看起來，現在你有別的事情要忙吧。」她朝他們點點頭。「很高興認識妳，晚安了。」

「我送妳出去吧。」巴拉德說。

他們走出大門，巴拉德吁了一口氣，彷彿很高興擺脫了家裡那些煩人的事。

「很抱歉，打擾到你們了。」她說。

「我才不好意思，害妳莫名其妙聽了一大堆煩人的事。」

「你有沒有發現，我們好像老是在跟對方道歉？」

「莫拉，該道歉的人不是妳。」

他們走到她車子旁邊，站了一會兒。

「妳妹妹的事，還有好多我還沒告訴妳。」他說。

「那就等下次見面的時候，你再告訴我吧。」

他點點頭。「沒問題，下次。」

她鑽進車子裡，關上車門，這時候，她看到他突然彎腰，好像想跟她說話，於是，她立刻把車窗搖下來。

「提到安娜，有一件事我一定要告訴妳。」他說。

「怎麼了？」

「妳長得跟安娜一模一樣，嚇了我一大跳。」

後來，她回到家裡，坐在客廳看著安娜·李奧尼那張照片。照片裡是安娜和她的父母。她一邊看著照片，腦海中一直回想起他最後那句話。她心裡想：多少年了，我的人生一直缺了一大塊，而我卻從來都不知道。不過，我內心深處一定有某種感覺。我一定隱隱約約感覺得到，我少了一個妹妹。

妳長得跟安娜一模一樣，嚇了我一大跳。

沒錯，她摸著照片裡的安娜，腦海中一直想到那句話。我自己也嚇了一大跳。她和安娜的DNA是完全相同的。那麼，除此之外，她們兩個人還有什麼地方是一樣的？安娜甚至也選擇科學當成自己的事業。那是一種完全依賴理性和邏輯的工作。莫拉心裡想，安娜一定也和她一樣有傑出的數學才能。還有，她是不是也和莫拉一樣，也會彈鋼琴？她是不是也喜歡看書，喜歡喝澳洲紅酒，喜歡看歷史節目？

我好渴望知道更多妳的事情。

天色已晚。她關掉客廳的燈，走回房間去收拾。

8

一片漆黑。頭好痛。有一股木頭的味道，還有濕濕的泥土味……另外還有一些莫名其妙的味道。巧克力。她聞到巧克力的味道。

瑪蒂達·普維斯睜開眼睛，睜得很大，不過，這跟閉著眼睛也沒什麼差別，因爲她還是什麼都看不見。看不到半點光線，也看不到半點陰影。*老天，我瞎了嗎？*

這是什麼地方？

她感覺得到，自己不是躺在床上。她躺的地方很硬，躺得她背好痛。那是地板嗎？不對，那並不是磨光的木頭地板，而是一種表面粗糙的木板，上面還有沙子。

老天，頭不要再痛了好嗎？

她閉上眼睛，拚命忍住那種想吐的感覺。儘管她頭痛得要命，她還是拚命回想，自己怎麼會跑到這個奇怪的地方來。這裡一片漆黑，她根本不知道這裡是什麼地方。後來，她想到杜恩了。我們吵了一架，然後，我開車回家。她拚命想把那些零碎的記憶拼湊起來，理出一個時間的順序。她想到餐桌上有一疊信件。她想到自己一直在哭，淚水滴在信封上。她想到自己忽然跳起來，椅子翻倒在地上。

我聽到奇怪的聲音，於是就跑到車庫去。我聽到奇怪的聲音，於是就跑到車庫去，然後……想不起來了。之後的事情她都不記得了。

她又睜開眼睛。還是一片漆黑。老天，好可怕，瑪蒂達，她心裡吶喊著，實在太可怕太可怕了。妳頭會痛，所以，妳很可能失去了記憶，而且，妳已經瞎了。

「杜恩？」她大喊了一聲。可是，根本沒人回答。她聽得到的，只有自己噗通噗通的脈搏。

她一定要想辦法坐起來。她一定要找人幫忙，至少要想辦法找電話打。

她向右翻了個身，然後用力想撐著坐起來，沒想到她的臉突然撞到一面牆壁。這樣猛然一撞，她整個人立刻往後一彈，倒回地上。她楞住了，鼻子撞得好痛。前面怎麼會有牆壁呢？她把手伸到前面摸索了一下，發覺前面也是一片粗粗的木板。好吧，她心裡想，我翻身到另一邊好了。於是，她向左翻身。

沒想到她又撞上了另一面牆。

她的心跳聲越來越大，越跳越快。她又平躺在地上，心裡想：兩面都是牆壁，怎麼可能呢？我一定是在做夢。於是，她又用力往地上一撐，想坐起來，結果頭頂又撞到了。於是，她又頹然倒回地上。

不要，不要，不要！

她忽然驚慌起來，兩手拚命揮舞拍打，可是，不管她揮往哪個方向，都會撞到。她用指甲猛抓木頭，結果手指卻刺到尖木屑。她聽到刺耳的尖叫聲，可是卻沒有意識到那是她自己在尖叫。四面八方都是牆壁。她弓起背用頭猛撞，雙手拚命拍打，揮拳猛捶，一直打到兩手瘀青，皮破血流，手腳癱軟。她的尖叫聲漸漸消失。最後，一片死寂。

這是一個箱子。我被困在一個箱子裡。

她深深吸了一口氣。她聞到一股汗臭味，而且，她彷彿嗅到了空氣中有一股恐懼的氣息。她感覺到胎兒在她肚子裡蠕動著。此刻，那孩子彷彿也變成了一個囚犯，被困在一個小小的空間裡。她忽然聯想到奶奶從前送給她的俄羅斯娃娃。每個娃娃裡面還有另一個娃娃。

我們會死在這裡。我們兩個都會死。我的小孩和我。

她閉上眼睛，努力保持平靜，避免自己再度陷入驚慌。*別再掙扎了，瑪蒂達，別再掙扎了。動動腦筋，好好想一想。*

她把手伸向右邊，摸摸那面牆。她的手在發抖。接著，她把手伸向左邊，摸摸另一面牆。兩面牆距離是多少？應該有三尺寬吧。說不定更寬。那麼，長度呢？她伸手摸摸頭頂後方，感覺那裡大概有一尺左右的空間。上面的空間比較寬裕。接著，她的手指似乎碰觸到一團軟軟的東西，就在她頭頂後方。她把那團東西扯過來，發覺那是一條毯子。接著，她把毯子攤開，結果裡面有一根重重的東西咚的一聲掉下去。那是一根冷冰冰的圓柱形金屬。那一剎那，她心頭忽然又一陣怦怦狂跳，不過，這次不是因爲驚慌，而是因爲她忽然感覺到一線希望。

那是手電筒。

她摸到了開關，立刻啪的一聲打開。那一剎那，一道強烈的光束刺穿了四周黑暗，她吁了一大口氣。*看得見了！看得見了！*她將手電筒的光束沿著四面八方掃了一圈。接著，她讓光束對準正前方，發覺上面的空間有限，要是她把頭壓低，勉強可以坐起來。

她肚子太大了，行動很笨拙，必須費很大的勁才能夠把自己撐起來坐著。坐起來之後，她才看到腳底那邊有一些東西：一個塑膠水桶，一個尿壺，兩大罐水，一個購物袋。她身體扭了半天，好不容易摸到了那個購物袋。她心裡想：難怪我會聞到巧克力的味道，因爲袋子裡有幾根巧克力棒，幾包牛肉乾，幾包鹽脆薄酥餅。另外，還有乾電池——三包全新的乾電池。

她往後一仰，背靠在木板上。她不由自主地笑了起來。那種瘋狂的害怕的笑，不像平常的她。那是一個發瘋的女人。嘿嘿，太妙了，我這裡什麼都不缺少，除了……

空氣。

她忽然笑不出來了。她聽著自己急促的呼吸聲。吸進氧氣，呼出二氧化碳。這就是呼吸。可是，氧氣終究會消耗殆盡。像這樣的一口箱子，容納不了多少氧氣的。是否現在空氣已經開始污濁了呢？更何況，剛剛她驚惶失措——亂揮亂打。說不定氧氣已經被她消耗光了。

這時候，她突然感覺到有一股涼風吹在她頭髮上。她抬頭一看，把手電筒的光束對準頭頂上，發現那裡有個小通風口。通風口有鐵絲網，直徑大約只有幾公分，不過已經足夠把上面的新鮮空氣灌進來了。她凝視著那個通風口，滿腦子困惑。她心裡想：我被困在一個箱子裡，可是，我有食物，有水，有空氣。

有人把我關在這裡。雖然我不知道那是什麼人，不過我知道，他並不希望我死掉。

9

珍·瑞卓利聽理察·巴拉德提到過查爾斯·卡塞爾博士非常有錢，只不過，出乎她意料之外的是，他竟然有錢到這種程度。這棟位於馬布爾海德的豪宅，四周環繞著高聳的磚牆。此刻，她和佛斯特站在那道鐵柵欄門口。透過鐵柵欄的空隙，可以看得到裡頭的豪宅。那是一棟美國鄉村古典風格的白色大宅，四周環繞著青翠的草坪，範圍至少有兩英畝。放眼望去，更遠處就是麻薩諸塞灣波光粼粼的海面。「哇。」佛斯特驚嘆了一聲。「老天，原來賣藥可以賺這麼多錢！」

「剛開始他只是賣減肥藥。」瑞卓利說。「沒想到不到二十年，他竟然創造了一個王國。巴拉德說，像他這種人，沒有人會想跟他過不去。」說著，她看看佛斯特。「而且，如果妳是個女人，妳最好不要有那種想離開他的念頭。」

她把車窗搖下來，按下對講機的通話鈕。

對講機裡一陣喀嗤喀嗤的雜音，聽到有個男人的聲音說：「請問貴姓大名？」

「瑞卓利警官和佛斯特警官，波士頓警局。我們要見卡塞爾博士。」

門嘩啦一聲打開了。他們把車子開進去，沿著蜿蜒的車道開到一座宏偉的門廊下，然後停在一輛火紅的法拉利後面——沒想到她這輛老速霸陸居然能夠和這種豪華名車並列，這大概是有史以來距離最近的一次。他們都還來不及敲門，門就嘩的一聲打開。開門的是一個身材高大魁梧的男人，他默默地盯著他們，眼神中看不出友善，也沒有敵意。儘管身上穿的是POLO衫和休閒褲，但那個人依然給人一種嚴肅拘謹的感覺。

「我是保羅，卡塞爾博士的助理。」他說。

「我是瑞卓利警官。」說著，她伸出手，可是那個人根本連看都不看一眼，彷彿不屑一顧。

保羅帶他們走進房子裡。屋子裡的陳設令瑞卓利大感意外。雖然屋子的外觀是很傳統的鄉村古典風味，但內部的裝潢陳設卻是十足的現代化，甚至給人一種冷冰冰的感覺，看起來像極了那種四面白牆的現代畫廊。玄關擺著一座青銅雕塑，交纏的曲線造型隱隱約約會讓人聯想到性。

「卡塞爾博士昨天晚上才剛出差回來。」保羅說。「現在時差還沒調整過來，人不太舒服。所以，請兩位盡可能簡短一點。」

「他是去出差嗎？」佛斯特問。

「是的。如果你有什麼懷疑的話，我可以先告訴你，那趟行程早在一個月前就已經排定了。」

瑞卓利心裡想：強調這個沒什麼意義，除非卡塞爾有本事那麼早就開始預謀要殺人。

保羅帶著他們穿越那間黑白雙色裝潢的客廳。整間客廳裡只有一只花瓶是紅色的，看起來特別搶眼。有一面牆上裝了一台平面電視，旁邊有一座煙霧圖案的玻璃櫃，裡頭擺著一套高級音響。瑞卓利心裡想：這是單身男性的夢幻天堂，絕對的陽剛，毫無女性色彩。接著，她聽到一陣悠揚的音樂聲，心裡想：可能是CD在播放。那是爵士鋼琴和弦伴奏的詠嘆調，沒什麼旋律，也不是一首歌，只是一串旋律伴隨著沒有歌詞的吟唱。保羅帶著他們逐漸靠近一扇橫拉門，音樂也跟著越來越大聲。他打開那扇門，然後朝門裡通報：

「卡塞爾博士，兩位警官到了。」

「謝謝你。」

「需要我留在這裡嗎？」

「不用了，保羅，你可以先離開。」

瑞卓利和佛斯特走進房間裡，保羅就把門關起來了。房間裡十分昏暗，他們好一會兒才發現有個男人坐在那台演奏用的大鋼琴前面。所以，剛剛聽到的音樂是現場演奏，而不是CD播放的。窗戶都拉上了厚厚的窗簾，把陽光都遮住了。卡塞爾把手伸向一座檯燈，把燈打開。燈罩是日本宣紙，裡頭是一個昏暗的燈泡。雖然燈光並不很亮，但他還是被光線刺得瞇起眼睛。他沒有刮鬍子，眼睛裡佈滿血絲——看起來並不像那種冷酷嗜血的企業大亨，反而比較像是一個心煩意亂，根本不在乎自己儀容的男人。儘管邋遢，那張臉看起來還是很俊秀，而且目光炯炯有神，彷彿會射出一道火光，射穿瑞卓利的腦袋。他比她想像中要來得年輕，看起來大概還不到五十歲，並非她想像中那種白手起家的老一輩的企業大亨。不過，也許是因爲他還年輕，所以他會相信自己是天下無敵。

「卡塞爾博士。」她說。「我是瑞卓利警官，波士頓警察局。這位是佛斯特警官。我想，你應該知道我們爲什麼要來找你吧？」

「因爲是他叫妳來找我的，對不對？」

「誰？」

「巴拉德警官。他簡直就像一條他媽的鬥牛犬。」

「我們來找你，是因爲你認識安娜．李奧尼。那位被害人。」

他伸手去拿那杯威士忌。看他那副憔悴的模樣，今天他應該喝了不止一杯了。「這位巴拉德警官呢，我可以說一點他的故事給你們聽。那傢伙是個天字第一號的渾球。」說著，他一口喝乾了杯子裡的酒。

這時候，她忽然想到安娜．李奧尼，想到她那隻腫得睜不開的眼睛，想到她臉上青一塊紫一塊。我想，我們都心裡有數，誰才是那個渾球。

「我們有一些問題要請教你，卡塞爾博士。」

「那你們必須先告訴我究竟是怎麼回事。」

她心裡想：這就是爲什麼他願意見我們。他想要情報。他想套我們，看我們知道多少。

「聽說她頭部中了一槍。」他說。「而且，她陳屍在一輛車上，對不對？」

「沒錯。」

「這些都是《波士頓環球報》上寫的。不過，兇器是什麼？什麼口徑的子彈？」

「你應該明白，這個我不能透露。」

「而且，命案現場是在布魯克萊恩，對不對？她究竟跑到那裡去幹什麼呢？」

「這我也不便奉告。」

「不便奉告？」他凝視著她。「還是因爲妳根本就不知道？」

「我們確實不知道。」

「現場還有別人遇害嗎？」

「沒有其他被害人。」

「那麼，嫌犯是誰？我的意思是，除了我之外，還有誰？」

「這正是我們要請教你的問題，卡塞爾博士。」

這時候，他忽然站起來，步履搖晃的走到櫃子那邊去。他拿出一瓶威士忌，然後又幫自己倒了一杯。他根本就不問他們要不要喝點什麼。這顯然是故意跟他們過不去。

「我知道你們最終的目的只是想問一個問題，那麼，我乾脆直接回答算了。」他一邊說，一邊走回鋼琴前面坐下。「沒有，我沒有殺她。我甚至已經好幾個月沒有見到她了。」

佛斯特問：「你最後一次見到李奧尼小姐，是什麼時候的事？」

「應該是三月的時候吧。有一天下午，我開車從她家門口經過。當時她正好站在人行道上，拿信箱裡的信。」

「當時她是不是已經向法院聲請強制令，不准你靠近？」

「好了，當時我根本就沒下車，你明白嗎？我甚至沒跟她說話。她一看到我，立刻就進屋子裡去了，一句話也沒說。」

「那麼，你爲什麼要開車從她家門口經過呢？」瑞卓利問。「你是去示威的嗎？」

「不是。」

「那究竟是爲什麼？」

「我只是想看看她，如此而已。我很想念她，我還……」說到一半，他忽然遲疑了一下，清了清喉嚨。「我還是很想念她。」

接下來，他該不是要說他還愛她吧？

「我愛她。」他說。「我怎麼可能會傷害她呢？」

他簡直是把他們當成三歲小孩。

「更何況，我怎麼可能會殺她呢？因爲，我根本就不知道她住在哪裡。自從她上次搬走之後，我就找不到她了。」

「你試過要找她嗎？」

「是的，我試過了。」

「你知道她先前住在緬因州嗎？」佛斯特問。

他遲疑了一下，抬起頭來看著他，眉頭深鎖。「緬因州的什麼地方？」

「一個叫做法克斯港的小鎮。」

「不知道。我根本不知道那個地方。我一直以爲她還住在波士頓。」

「卡塞爾博士。」瑞卓利說。「上禮拜四晚上，你人在哪裡？」

「我在這裡，在家裡。」

「整個晚上都在嗎？」

「下午五點以後就一直在家裡了。我在打包行李，準備出差。」

「有人能夠證明你當時在家裡嗎？」

「沒有。保羅那天晚上休假。我可以大大方方承認，我沒有不在場證明。當天晚上只有我自己一個人在家，就只有鋼琴陪我。」說著，他敲了幾下琴鍵，彈了一段很不和諧的旋律。「隔天早上我就上飛機了。西北航空。妳可以去查。」

「我們會。」

「機票六個禮拜前就已經訂好了。那些會議的行程早就已經排定了。」

「你的助理已經告訴過我們了。」

「是嗎？嗯，事實就是如此。」

「你有槍嗎？」瑞卓利問。

卡塞爾忽然一動也不動，黑色的眼珠子用一種探詢的眼神看著她。「妳眞的認爲是我幹的嗎？」

「你可以先回答我的問題嗎？」

「沒有，我沒有槍。沒有手槍，沒有步槍，沒有霰彈槍。而且，我沒殺她。妳指控我犯的罪，我半樣也沒做。」

「你的意思是，她告訴警察的那些事全是她自己瞎編的？」

「我是說她有點誇大其詞。」

「我們看過她在急診室拍的那些照片。你把她的眼睛打腫了。你的意思是，那也是她誇大其詞囉？」

這時候，他忽然低下頭，彷彿想避開她那種控訴的眼神。「不是。」他淡淡地說。「我不否認我打過她。我很後悔，不過我並不否認。」

「那麼，你一而再再而三的開車經過她家門口，那又怎麼說？你雇用私家偵探跟蹤她，那又怎麼說？你跑到她家去，強迫她跟你談，那又怎麼說？」

「她不肯接我電話。妳覺得我該怎麼辦？」

「那你就應該懂人家的意思了吧？」

「警官，我不是那種聽天由命任人擺佈的人。我從來就不是。那就是爲什麼我能夠擁有這種房子，擁有這樣的景觀視野。如果有什麼東西是我非常想要的，我就會拚老命去得到它。然後，我會死抱著它不放。我不會容許她就這樣大搖大擺的走出我的人生。」

「在你眼裡，安娜究竟是什麼東西？財產嗎？」

「她不是財產。」他凝視著她的眼睛，眼神中流露出一種失落。「安娜．李奧尼是我一生的至愛。」

聽到他的回答，瑞卓利嚇了一跳。那麼簡單的一句話，說得如此平靜，感覺好真摯。

「聽說你們已經在一起三年了。」她說。

他點點頭。「她是微生物學家，在公司裡的研究部門工作。我們就是這樣認識的。有一天，公司裡開董事會，她進來向大家報告一種改良抗生素的試驗結果。第一眼看到她，我立刻就明白：這一輩子，我等的就是她了。死心塌地的愛上一個人，最後卻只能眼看著她離你而去，妳能夠想像那是什麼樣的感覺嗎？」

「她爲什麼要走？」

「我不知道。」

「你一定知道。」

「我眞的不知道。妳自己看看這個地方。看看這棟房子，她要什麼有什麼！而且，我長得應該不算醜。要是能夠跟我在一起，哪個女人會不興奮到發狂？」

「那是因爲後來你開始打她了。」

他沒有說話。

「卡塞爾博士，你是不是常常打她呢？」

他嘆了口氣。「我工作壓力很大……」

「這就是你的理由嗎？因爲白天在辦公室累了一天，所以晚上回家就打女朋友出氣？」

他沒吭聲，伸手去拿那杯酒。她心裡想：毫無疑問，這也是整個問題的一部分。一位壓力太大的企業主管，再加上酒喝太多，難怪女朋友會鼻青臉腫。

接著他把酒杯放回桌上。「我只是想要她跟我回家。」

「可是，你勸她回家的方法，難道是上門威脅要殺她？」

「我沒做那種事。」

「可是她已經向警方申訴好幾次了。」

「我從來沒有做過那種事。」

「巴拉德警官說你有。」

卡塞爾很不屑地嗤了一聲。「不管她說什麼，那個白癡通通相信。他喜歡扮演正義使者，這樣他才會覺得自己是個大人物。知道嗎，他曾經來過我家一次，警告我說，要是我膽敢再碰她一根寒毛，他會把我揍到屁滾尿流。我覺得他真是個可憐蟲。」

「她說你割壞了她家的紗窗。」

「我沒有。」

「那麼，你的意思是，那是她自導自演弄出來的？」

「我沒那麼說。我只是說，那不是我幹的。」

「那麼，你有刮傷她的車子嗎？」

「妳說什麼？」

「你有刮壞她的車門嗎？」

「我根本不知道有這回事。那是什麼時候的事？」

「還有，你有把死掉的金絲雀放在她家的信箱裡嗎？」

卡塞爾冷笑了一聲，彷彿覺得那很荒謬。「妳認爲我看起來像那種人嗎？我會去幹那種不入流的勾當嗎？那些事發生的時候，我根本就不在波士頓這裡。妳有什麼證據證明是我幹的？」

她看著他，看了好一會兒，心裡想：他當然會矢口否認，因爲他說得對，我們根本就沒有證據。我們沒辦法證明是他刮壞了她的車子，沒辦法證明他把死鳥放進她家的信箱裡。這人一點都不笨。

「那麼，安娜爲什麼要說謊？」她問。

「我也不知道。」他說。「可是她說的都不是眞的。」

10

中午的時候，莫拉已經在路上了。只不過，她也成了車陣裡受困的另一輛車。這條往北的公路上擠滿了週末出遊的車子，彷彿一大群溯流而上的鮭魚，爭先恐後離開城市懊熱的街道。他們被困在車陣裡，像烏龜似地一寸寸慢慢移動，孩子們在後座發牢騷。北邊，那清涼的海灘，那鹹鹹的海風，那期待中的天堂，依然那麼遙遠。此刻，莫拉看著前方車水馬龍的公路彷彿一條直線延伸到天際。她從來沒去過緬因州，此刻，她腦海中充斥著天堂景致的美麗想像。那是她在戶外用品郵購目錄上看到的景象。封底廣告的畫面上，俊男美女被太陽曬成古銅色，身上穿著毛皮大衣和登山鞋，而渾身金毛的獵犬窩在他們腳邊，伸長了舌頭，懶洋洋地躺在青翠的草原上。在郵購目錄的世界裡，緬因州是一片森林密佈的大地，海邊永遠瀰漫著濛濛霧氣。那是一個神話的國度，美得不像眞的，彷彿只能存在於希望中，存在於夢幻裡。眼前那條無止境的車陣反射著刺眼的陽光，那一剎那，她忽然覺得緬因州一定會令她大失所望。然而，她非去不可，因爲所有問題的答案都在那裡。

幾個月前，安娜．李奧尼也曾經踏上同樣的旅程，沿著這條路北上。當時應該是初春的某一天，天氣應該還很冷，而且路上的車子應該也和今天一樣多。要離開波士頓，必定要經過托賓大橋，當初，安娜一定和她一樣，經過托賓大橋之後，沿著95號公路往北開，開向麻薩諸塞州和新罕布夏州的邊界。

我正在追隨妳的足跡。我一定要查出妳的過去，這樣我才會知道自己究竟是誰。這是唯一的辦法了。

到了下午兩點，她已經從新罕布夏州跨越到緬因州。這時候，路上的車子忽然奇蹟似地都不見了，彷彿到目前爲止，那種寸步難行的痛苦只是一種考驗。而現在，老天爺終於開始讓她看到，跑這趟路是值得的。一路上，她只在休息站停了一下子，買了一個三明治。到了三點，她已經下了州際公路，轉上緬因州一號公路，沿著海岸繼續往北前進。

妳也曾經走過這條路。

不過，安娜看到的景觀一定不太一樣。當時，樹還是光禿禿的，整片原野才剛要煥發出一點綠意。不過，安娜一定也有經過那家龍蝦肉麵包捲專賣店，也有經過同一家廢料場，也看到過草坪上那張滿是鐵鏽的紅色床架。當時，安娜的反應一定也和莫拉一樣，覺得很好笑，不自覺地搖搖頭。說不定安娜經過洛克港鎮的時候，也有把車子開下公路，停下來歇歇腿，一邊在「海豹安德烈」的雕像旁邊徘徊流連，一邊眺望著港口。當時，冷冽的海面上說不定也吹來一陣寒風，使得安娜不由自主地打了個哆嗦。

莫拉坐回到車裡，繼續往北開。

抵達一個叫做法克斯港的沿海小鎮之後，公路開始沿著半島轉向南方。太陽漸漸西沉，陽光斜照著樹梢。她看到遠遠的海面上漸漸瀰漫起霧氣，灰灰的一團，彷彿一頭飢餓的猛獸，一口一口吞噬掉海平線。她心裡想：到了黃昏，我的車一定會被那團濃霧籠罩住。她並沒有預先打電話到法克斯港鎮的旅館訂房。她離開波士頓的時候，腦海中忽然冒出一個怪念頭，認爲自己應該很容易就可以找到一家海邊的汽車旅館，湊合著打發一晚。可是現在，沿著崎嶇的海岸線，根本看不到幾家汽車旅館，就算看到了，那幾家也都亮起「客滿」的燈號。

夕陽已經快要隱沒了。

這時候，前面的馬路忽然出現一個急彎，她立刻抓緊方向盤，車子差一點就衝出車道。車子彎過一堆石頭之後，一邊是一片雜亂的樹林，一邊是海。

那一剎那，法克斯港鎮忽然出現在她眼前了——坐落在一片淺淺的小海灣裡。她沒想到，這個小鎮居然小到這種程度，簡直就和一座碼頭差不多，有一座尖塔頂教堂，一排白色的房子面對著海灣。港口的岸邊有幾艘捕龍蝦的小漁船隨波起伏，感覺上彷彿一群被困住的獵物，眼看就要被逐步逼近的濃霧吞沒。

她沿著曼因街慢慢往前開，發覺那些房子的門廊看起來破破爛爛，實在有必要好好重新粉刷，而且窗簾都已經褪色了。從停在車道上的小貨車看來，鎮上的人大概不是很有錢。只有「灣景汽車旅館」停車場上那幾輛車看起來款式比較時髦一點。那些車的車牌，有些是紐約州的，有些是麻薩諸塞州的，有些是康乃狄克州的。那都是些急於想逃離城市喧囂的觀光客，想到這裡來嚐嚐龍蝦的滋味，體會一下天堂的美景。

她把車子停在汽車旅館的接待室門口，心裡想：眼前最迫切的事，就是趕快找個地方過夜。而且，看起來這小鎮上也只剩下這個地方了。她下了車，伸伸懶腰，讓僵硬的肌肉鬆弛一下，然後深深吸了一口氣。空氣中有一種潮濕的、鹹鹹的海洋的氣息。她忽然想到波士頓。雖然波士頓也是一個海港城市，但她卻從來就聞不到海洋的氣息。在那個故鄉的城市裡，從港灣那邊吹來的風早已嗅不到海的味道，只剩下柴油和汽車廢氣的臭味，還有從路面蒸騰上來的熱氣。可是，在這個小鎮上，她彷彿嚐到空氣中有一股淡淡的鹹味，感覺海水的鹽分彷彿在皮膚上凝結爲一層薄膜。此刻，站在汽車旅館的停車場上，她感覺得到海風輕拂在臉上，感覺自己彷彿突然從深沉的夢境中甦醒般，醒過來了，重新活過來了。

汽車旅館的裝潢果然不出她所料：六〇年代的木頭嵌板，破破爛爛的綠色地毯，牆上掛著一座舵輪狀的時鐘。櫃檯後面看不到人影。

她湊近靠在櫃檯上。「有人在嗎？」

這時候，她突然聽到嘎吱一聲，有個男人開門出來了。他長得胖胖的，禿頭，眼鏡架在鼻樑上，乍看之下活像一隻蜻蜓。

「今天晚上還有房間嗎？」莫拉問。

他彷彿沒有聽到她在問他什麼，完全沒反應，只是睜大眼睛看著她，嘴巴張得大大的。他的視線完全集中在她臉上。

「不好意思，請問一下。」她以爲他沒有聽到，於是又問了一次。「你這裡還有房間嗎？」

「妳……妳要訂房間？」

你沒聽到我剛剛在說什麼嗎？

他低頭看了一下住房登記簿，然後又抬起頭來看她。「呃，不好意思，今天晚上已經客滿了。」

「我大老遠從波士頓那邊開過來的。你們鎮上還有別的地方可以過夜嗎？」

他嚥了一口唾液。「週末客人比較多。一個鐘頭之前，有一對夫妻也跑來要訂房間，結果，我幫他們打電話到處問，好不容易才問到愛爾華斯那邊還有房間。」

「那個地方在哪裡？」

「距離這邊大概三十英里。」

莫拉抬頭看了牆上那個舵輪時鐘一眼。已經下午四點四十五分了，看來只好等一下再去找汽車旅館了。

於是她說：「我必須先到『陸海房地產公司』去一趟。」

「在曼因街上。再過兩個路口就到了，左邊。」

一跨進陸海房地產公司，莫拉就發覺接待室也是空蕩蕩的，看不到半個人影。難道這小鎮上開店都不用看顧的嗎？辦公室裡有一股菸臭味。莫拉看到櫃檯上有一個菸灰缸，裡面是滿滿的菸蒂。牆上掛了幾張照片，一看就知道是公司經手的房子。那些照片已經完全變黃了，由此可見，這裡的房地產市場顯然很不活絡。莫拉瀏覽了一下那些照片，看到其中一張照片上有一座破破爛爛的穀倉（完美的牧馬場！）。另一張照片上有一間房子，門廊都已經凹陷了（打雜工人的完美家園！）。另一張照片上只見一片樹林——就這樣，整張照片上只有樹林（寧靜隱密！完美的居家環境！）。她忽然很好奇，這個小鎮上有什麼東西有什麼東西是不完美的嗎？

這時她忽然聽到後面有開門的聲音，轉身一看，見到一個男人從門口走進來，手上拿著一個玻璃瓶，瓶子還在滴水。接著，他把瓶子放在櫃檯上。他比莫拉還要矮，臉方方的，一頭灰色的短髮。他身上的衣服實在太大了，袖子和褲管都捲起來，彷彿那衣服是巨人留給他的。他皮帶上掛著一串鑰匙，叮噹叮噹響。他邁開大步走向莫拉，跟她打招呼。

「不好意思，我剛剛在後面洗咖啡壺。妳一定是艾爾思醫師吧？」

他的聲音很嘶啞。爲什麼呢？看看菸灰缸裡那堆菸蒂就明白了。不過，聽到他的聲音，莫拉還是嚇了一大跳，因爲，儘管聲音很嘶啞，但那絕對是女人的聲音。這時候，莫拉才注意到，那件鬆垮垮的襯衫上依然看得到微微隆起的胸部。

「妳是……今天早上接電話的人是妳嗎？」莫拉問。

「我叫布莉妲．克勞森。」她握了一下莫拉的手，感覺很活潑，熱情洋溢。「剛剛哈維告訴我，妳已經抵達鎮上了。」

「哈維？」

「就是這條路上那家灣景汽車旅館的老闆。剛剛他已經打過電話給我，告訴我妳已經在路上了。」說著，那個女人停了一下，飛快地瞄了莫拉一眼。「呃，我想，我大概不需要看妳的證件了。看看妳，一看就知道妳是誰的姊妹。對了，妳要搭我的車一起到房子那邊去嗎？」

「不用了，我開車跟在妳後面好了。」

這時候，克勞森小姐低頭在那串鑰匙環上摸了一會兒，接著忽然得意洋洋地哼了一聲。「找到了，史凱林路。警察已經搜索完了，所以，帶妳進去看看應該沒關係。」

莫拉開車跟在克勞森小姐那輛敞篷小貨車後面。她們從岸邊開上一條彎彎曲曲的路。那條路很陡峭，一路爬升到峭壁上。她們一路往上開的時候，她瞄了海岸一眼。此刻，濃霧已經籠罩了整個海面，掩蓋了整個法克斯港鎮。接著，前面克勞森小姐的車子忽然亮起煞車燈，莫拉差一點就來不及踩煞車。地上滿是濕葉子，她那輛Lexus輪胎打滑，保險桿撞上一根插在地上的廣告牌柱子，車子才終於停了下來。那面牌子上寫著「陸海房地產吉屋出售」。

克勞森小姐立刻探頭到車窗外。「嘿，妳沒事吧？」

「我沒事。不好意思，剛剛沒有留神。」

「沒關係，剛剛最後那個轉彎一定嚇了妳一跳。我們要從這條車道進去，右手邊這條。」

「我跟在妳後面。」

克勞森小姐笑了起來。「那妳小心點，千萬不要跟太近，好嗎？」

那條泥巴路兩邊的樹長得好茂密，幾乎快要擠到路面上來了，莫拉感覺自己彷彿在森林裡的通道上穿梭。過了一會兒，前面忽然出現一間木瓦屋頂的小屋。莫拉把那輛Lexus停在克勞森小姐的小貨車旁邊，然後跨出車子。她站在那邊看著那棟小木屋，看了好一會兒。林間的空地一片寂靜，一絲風也沒有。門廊上吊著一具鞦韆，一動也不動，門廊前面是一座木板階梯。蔽蔭花圃裡長滿了毛地黃和萱草，彷彿在比賽看誰長得比較快。四周環伺的森林距離好近，令人有一種壓迫感。莫拉呼吸好像越來越急促了，感覺自己彷彿被困在一個狹小的空間裡，彷彿空氣本身就會給人一種壓迫感。

「這裡好安靜。」莫拉說。

「是啊，這裡遠離了都市的塵囂。這也就是爲什麼這個地段價值很高。知道嗎，房地產的熱潮一定會蔓延到這裡來的。再過幾年，妳一定會看到這條路上蓋滿了房子，從山底下沿路一直蓋上來。現在正是下手的好時機。」

莫拉心裡想：等一下她一定會加上一句，因爲這裡太完美了。

「我一直在清理旁邊那片房屋預定地。」克勞森小姐說。「自從妳妹妹搬進來之後，我就在想，該是時候了，該把這附近的地好好清理一下了。一旦有第一個人住進來，就會開始像滾雪球一樣。要不了多久，大家就會一窩蜂跑來這一帶買房子了。」說著，她忽然若有所思地看了莫拉一眼。「對了，妳是哪一科的醫生呢？」

「我是病理學家。」

「病理學家，那是做什麼的？妳在實驗室裡工作嗎？」

這個女人開始惹毛她了。她沒好氣地回答說：「我專門處理死人。」

可是，聽到這樣的回答，那女人似乎無動於衷。「嗯，那妳的工作時間一定很正常，所以週末一定可以休假。那麼，妳會不會想買一間夏日度假小屋呢？告訴妳，隔壁那塊地很快就會蓋起來了。要是妳想買一間度假小屋，現在下手正便宜，妳絕對等不到更好的時機了。」

這下子她終於明白，被那種賣夏日別墅的業務員纏住是什麼滋味了。她說：「克勞森小姐，我眞的沒興趣。」

「噢。」那女人吁了一大口氣，然後轉身爬上門廊。「好吧，那麻煩妳跟我進來吧。既然妳來了，那妳應該可以告訴我，該怎麼處理妳妹妹的東西了。」

「我眞的不知道自己有沒有權利動她的東西。」

「我也不知道該怎麼處理這些東西。而且，如果還要我自己花錢存放這些東西，我就更不願意了。我必須先處理掉這些東西，然後才有辦法把這裡賣掉，或是再租出去。」說著，她又低頭摸索那串鑰匙，想找出這間房子的鑰匙。「鎮上所有房子的出租業務多半都是我經手的。說實在的，這間房子並不容易租出去，而且，妳知道嗎，妳妹妹的租約是六個月。」

那一剎那，莫拉心裡想：安娜死了，而這個女人卻只擔心她的房子嗎？再也沒有人付房租了，她必須趕快幫這間房子找到房客。就是這麼回事嗎？她很討厭這個女人，很討厭她掛在腰上的那串鑰匙，很討厭她那種貪得無厭的眼神。法克斯港的「房地產女王」。她滿腦子想的，就是趕快每個月收到支票，抽她的佣金。

後來，克勞森小姐終於找到了鑰匙，打開了鎖。她推開門說：「請進。」

莫拉走進屋子裡。雖然客廳裡有很大的窗戶，可是因爲房子在森林裡，再加上太陽已經快要下山了，所以，屋子裡一片陰暗。她看到顏色深暗的松木地板，看到一片破破爛爛的小地毯，還有一張塌陷的沙發。整間屋子裡的壁紙都已經褪色了，邊緣掛滿了藤蔓般的綠色緞帶，那一剎那，莫拉忽然覺得自己彷彿陷在數不清的樹葉叢中，彷彿快要窒息了。

「她搬進來的時候，所有的家具一應俱全。」克勞森小姐說。「以這樣的條件，房租算是很便宜的了。」

「多少錢？」莫拉一邊問，一邊凝視著窗外密不透風的樹林。

「一個月六百塊美金。要是這裡距離海邊近一點，我至少可以拿到四倍的租金。只可惜，蓋這棟房子的人比較喜歡隱密。」克勞森小姐的眼睛沿著客廳四周慢慢掃瞄了一圈，彷彿她已經很久沒有看到這個地方了。「其實，靠海那邊還有很多房子可以租，所以當初她打電話給我，說她要租這個地方的時候，我有點驚訝。」

莫拉轉身看著她。天色越來越暗了，克勞森小姐整個人幾乎已經完全籠罩在陰影中。「我妹妹特別指定說要租這間房子嗎？」

克勞森小姐聳聳肩。「大概是價錢的關係吧。」

接著，她們越過昏暗的客廳，沿著走廊往裡面走。如果說，從房子的裝潢擺設就可以看得出裡面住的是什麼樣的人，那麼，安娜．李奧尼的某些特質一定殘留在這片牆壁上。不過，除了她之外，這裡也看得出其他房客的影子。此刻，看著那些小擺設，看著牆上那些圖片，莫拉忽然有點好奇，不知道哪一個是安娜的東西，哪一個是從前的房客留下來的。她心裡想：那幅用蠟筆畫的夕陽——絕對不可能是安娜畫的。妹妹身上流著跟我一樣的血液，她絕對不可能把那麼恐怖的的東西掛在牆上。至於屋子裡飄散的那股菸臭味——抽菸的人絕對不可能是安娜。雙胞胎通常都是要命的像，所以，安娜一定和莫拉一樣，對香菸也是深惡痛絕的，不是嗎？她一定和她一樣，一聞到菸味就開始流鼻涕咳嗽，不是嗎？

這時候，她們走進一間臥房。裡頭有一張條紋床墊。

「她不是睡在這個房間裡。」克勞森小姐說。「衣櫃和梳妝台都是空的。」

走廊再過去是一間浴室。莫拉走進去，打開鏡子藥櫃，發現裡頭的架子上有「百服寧」、「伏冒錠」，還有「利口樂」喉糖。看到那些熟悉的廠牌名稱，她心頭一驚。她自己家浴室的藥櫃裡也有同樣的東西。她心裡想：我們兩個甚至連挑感冒藥都用一樣的。

她關上藥櫃的門，然後沿著走廊走到下一個門口。

「她就是睡在這個房間裡。」克勞森小姐說。

房間收拾得很整齊。床單紮在床墊底下，繃得很緊。梳妝台上東西收得乾乾淨淨。莫拉心裡想：跟我的房間一模一樣。她走到衣櫃前面，打開門，裡面吊滿了長褲、燙得筆挺的上衣和洋裝。尺寸是六號，跟莫拉的一樣。

「上個禮拜州警來過，把這間房子徹底清查過。」

「那他們有沒有找到什麼奇怪的東西？」

「就他們告訴我的，好像沒有。她這裡並沒有多少東西。她只在這裡住了幾個月。」

莫拉轉頭看看窗外。天色還沒完全暗，不過因爲四周被森林團團圍住，感覺上天黑得比較快。

克勞森小姐站在門口，那種姿態彷彿她是在那裡等著，等莫拉一出來，她就要收費。「這房子還不算差。」她說。

莫拉心裡想：確實不是差，而是恐怖。

「每年這個時候，可以租的空房間已經所剩無幾了，差不多每一間都租出去了。飯店沒有，汽車旅館沒有，就連小酒館也沒有空房間了。」

莫拉一直盯著森林裡看，想盡辦法引開自己的注意力，不想再跟這個討厭的女人講話。

「呃，我剛剛只是突然想到。也許今天晚上妳已經找到地方可以睡覺了。」

原來如此，原來這就是她的目的。莫拉忽然轉過來看著她。「其實，我還沒有找到睡覺的地方。灣景汽車旅館已經客滿了。」

那女人立刻露出微笑。「別的地方也都客滿了。」

「聽他們說，愛爾華斯那邊還有空房間。」

「是嗎？如果妳受得了大老遠開車開到那邊。尤其一到晚上黑漆漆的，那條路更難開。這一帶幾乎全是彎路。」說著，克勞森小姐伸手指著床。「我可以幫妳準備一些床單棉被。如果妳想住在這裡的話，收費可以比照汽車旅館。」

莫拉低頭看看那張床，背脊忽然竄起一股寒意。我妹妹曾經睡過這裡。

「嗯，怎麼樣，要還是不要？」

「這個……」

克勞森小姐哼了一聲。「看起來，妳好像沒得選擇了。」

莫拉站在門廊上，看著布莉姐．克勞森那輛小貨車的尾燈隱沒在黑漆漆的森林中。夜色越來越深濃了，她在門廊上站了一會兒，聽著蟋蟀唧唧喳喳的鳴叫，聽著枝葉搖曳的沙沙聲。這時候，她突然聽到背後嘎吱一聲，立刻轉頭一看，看到門廊上的鞦韆忽然晃動起來，彷彿有鬼魂推了它一下。莫拉不由自主地打了個寒顫，立刻走進屋子裡。她正準備要鎖門的時候，動作忽然停住了。她忽然又感到頸子後面寒毛直豎。

門上總共有四道鎖。

她楞楞地看著那兩條鏈子，一根門閂，還有門上的兩段式鎖閂。上面的黃銅片和螺絲釘都還很亮，所以，這些鎖鏈都是新裝上去的。她把所有的兩段鎖門閂全部拉上，把鏈條扣上。指尖碰觸到金屬表面，感覺冷冰冰的。

接著，她走到廚房裡，打開燈，看到地板上鋪著破破爛爛的油布毯，裡頭有一張餐桌，桌面上貼著耐熱塑膠薄板，角落有一台電冰箱嗡嗡作響。不過，這些都不重要，她全副的心思都擺在後門上。後門也有三道鎖，銅片閃閃發亮。她鎖門的時候，忽然感覺自己的心臟開始越跳越快。接著，她一轉身，看到廚房裡還有另外一扇門，嚇了一跳。那扇門也拉上了門閂。奇怪，那扇門後面是什麼地方？

她拉開門閂，把門推開，看到一座窄窄的木樓梯通到底下去。底下一團漆黑，冷風迎面撲上來。她聞到一股濕濕的泥土味，那一剎那，她頸子後面又是一陣寒毛直豎。

地窖。地窖的門爲什麼要上鎖呢？

她把門關起來，拉上門閂。這時候，她才猛然察覺，這扇門的鎖不太一樣。鎖頭都生鏽了，那是舊鎖。

現在，她開始緊張起來了。她覺得有必要去檢查一下每一扇窗戶，看看有沒有上鎖。安娜似乎已經害怕到一個極限，把自己家裡弄得簡直就像碉堡一樣。莫拉彷彿感覺得到，恐懼的氣息瀰漫在每一個房間裡。她搖了一下廚房的窗戶，看看鎖得牢不牢。接著，她走到客廳去。

後來，她檢查過整間屋子的每一扇窗戶之後，總算安心了。於是，她走到臥房去，開始仔細看看裡面有什麼東西。她站在那座開著的衣櫃前面，仔細打量裡面的衣服。她把衣架一個一個撥到橫桿的另一邊，逐一打量每件衣服。她發現每件衣服的尺寸都和她一樣。她把一件衣服從衣架上拿下來——那是一件黑色的針織洋裝，勻稱簡潔的線條完全符合她的品味。她腦海中突然浮現出一幕畫面，想像安娜在百貨公司裡，站在衣架前面看著這件洋裝。她瞄了價格標籤一眼，然後把那套洋裝拿起來，舉在身前，站在鏡子前面仔細打量，心裡想：這件就是我想要的。

莫拉解開上衣釦子，脫掉長褲，然後套上那件洋裝。她拉上拉鏈的時候，感覺到布料緊貼著自己身上的每一條曲線，彷彿是第二層皮膚。她轉身看看鏡子，心裡想：假如此刻站在鏡子前面的人是安娜，那麼，她會看到的一定是同樣的畫面。同樣的臉，同樣的身材。而且，她是否也和莫拉一樣，埋怨自己的屁股越來越大，彷彿中年已經逐漸逼近？還有，她是否也和莫拉一樣，轉個身看看自己的小腹平不平？其實，天底下的女人在鏡子前面試衣服的時候，每個人幾乎都會有同樣的動作。一下轉左邊，一下轉右邊。確認後面看起來會不會太胖？

她右邊對著鏡子，站著沒動，眼睛盯著披散在衣服上的頭髮。她把頭髮撥開，然後撩起來，湊近燈下仔細打量。她的頭髮好黑，就像安娜一樣，只是比較長一點。她忽然想到，和她有著同樣黑頭髮的女人已經死了。

這時候，電話鈴聲忽然響起來，嚇了她一跳。她立刻轉身衝到床頭桌前面。接著，電話又響了第二聲，第三聲，在靜悄悄的屋子裡顯得格外刺耳。她心臟怦怦狂跳，一直在猶豫要不要接。

後來，就在電話快要響第四聲的時候，她把話筒拿起來了。

「喂？喂？」

她聽到電話裡喀嚓一聲，然後就變成嘟嘟聲了。

她心裡想，大概打錯電話了，沒什麼大不了。

這時候，屋外風聲越來越大了。雖然窗戶是關著的，但她還是聽得到森林枝葉搖晃的呼號聲。而屋子裡卻是一片死寂，她甚至聽得到自己的心跳聲。她心裡想：一個人孤零零的窩在這棟房子裡，四周是黑漆漆的森林，安娜，妳每天晚上都是這樣過的嗎？

當晚，就在上床睡覺之前，她把臥室的門也鎖上，然後拉了一張椅子把門頂住。當時，她心裡覺得有點丟臉。根本就沒什麼好怕的，這裡頂多就是有某種動物會突然從森林裡冒出來。換成是波士頓，會侵入屋裡的一定是人。人反而更危險。可是，她偏偏就是有一種被威脅感，感覺這裡比波士頓更令人不安。

安娜住在這裡的時候也很害怕。

她感覺得到，儘管每一扇門都重重深鎖，屋子裡依然瀰漫著一股恐怖的氣息。

她聽到一陣尖銳刺耳的聲音，忽然嚇醒過來。她心臟怦怦狂跳，幾乎喘不過氣來。她告訴自己，只不過是貓頭鷹罷了，沒什麼好驚慌的。老天，妳忘了自己現在在森林裡嗎？森林裡怎麼可能會沒有動物的聲音？只不過，她的床單和被單都已經被汗水浸濕了。睡覺前，她已經把窗戶都鎖得緊緊的，因此，現在房間裡很悶，好像已經快要沒有空氣了。她心裡喃喃自語著：我快要窒息了。

她下床拉開窗戶，然後站在窗口深深吸了幾口新鮮的空氣。她看著窗外的森林，看到銀色的月光遍灑在枝葉上。外頭沒什麼動靜，森林裡又恢復一片寂靜。

她又回到床上，這一次，她終於睡得不省人事，一覺到天亮。

太陽一出來，一切都不一樣了。她聽到嘰嘰喳喳的鳥鳴聲，立刻轉頭看看窗外，看到兩隻鹿從那片空地上跑過去，白色的尾巴閃閃發亮，轉眼之間就隱沒在森林裡。陽光照進房間裡，她看到昨天晚上頂在門上那張椅子，忽然覺得自己實在有點荒唐。她一邊把椅子拉開，心裡一邊嘀咕著，這件事千萬不要讓別人知道。

她走進廚房，在冰箱裡找到一包法式烘焙咖啡豆，於是就煮了一些咖啡。這是安娜的咖啡。她把熱水隔著濾紙倒進去，聞著那股熱騰騰的咖啡香氣。整間屋子裡觸目所及都是安娜買的東西。微波爐爆米花，幾包義大利麵條。那幾盒桃子口味的優酪乳和牛奶已經過期了。每一樣東西都代表她妹妹生命中的某個時刻。她想像得到，當時她妹妹一定是站在超市賣場的架子前面，看著每一樣東西，心裡想著：這個好像也需要。接著，回到家之後，她又把購物袋裡的東西全都拿出來，收進櫃子裡面。此刻，莫拉看著櫃子裡的東西，彷彿看到妹妹正用手把鮪魚罐頭一罐罐堆好，堆在鋪著花紋紙的架子上。

她手上端著咖啡杯，走到外面的門廊上，然後站在那裡一口一口地啜著咖啡，一邊瀏覽著院子裡的景致。她看到陽光照在那片小小的花圃裡，在地上映照出斑駁的光影。放眼望去，到處是一片綠油油的，令人讚嘆。草地是綠的，樹是綠的，甚至連光也是綠的。鳥兒在樹梢唱歌。現在我終於明白了，爲什麼她可能會想在這裡住下來，爲什麼她會希望每天早上醒過來的時候，可以享受到這種森林的氣息。

這時候，她忽然又聽到另一種聲音，嚇了一跳，而樹梢那幾隻鳥立刻狂揮翅膀嘩啦啦飛走了。那是一種機器所發出來的低沉隆隆聲。莫拉雖然看不到推土機，不過，她聽得到推土機那種令人難以忍受的聲音隔著樹林傳過來，距離很近。這時候，她忽然想到克勞森小姐說過，她已經開始在清理旁邊那塊土地了。寧靜安詳的星期天早晨就這麼糟蹋掉了。

她走下門廊的階梯，繞到屋子旁邊，看看有沒有辦法隔著樹林看到那輛推土機，可是樹林實在太茂密了，根本看不見。接著，她低頭一看，看到地上有動物的足跡。她忽然想到，剛剛在房間窗戶外面看到兩隻鹿。她沿著屋子旁邊追蹤那些足跡，結果發現了更多牠們來過的證據。房子的地基旁邊種了一些玉簪花，上面的葉子有被咬過的痕跡。她暗自嘖嘖稱奇，這些鹿可真是膽大包天，竟然敢吃牆上的草。她繼續追蹤那些足跡，繞到屋子後面，這時候，她忽然看到另一種足跡。那不是鹿的蹄痕，而是人的腳印。她楞在那裡一動也不動，心臟開始怦怦狂跳，握著杯子的手開始冒出冷汗。她沿著那個腳印往前走，走到一片軟泥巴地，上面有一扇窗戶。

鞋印深深印在泥土裡，看得出來有人曾經站在這裡窺視屋子裡面。

窺視的是她的房間。

11

四十五分鐘後，法克斯港警局的巡邏車沿著那條泥巴路搖搖晃晃地開進來，停在小木屋前面。有個警察從車子裡鑽出來。他大概五十歲左右，脖子又粗又短，金頭髮，但頭頂已經開始禿了。

「請問是艾爾思醫師嗎？」他一邊問，一邊煞有其事地跟她握了一下手。「我是羅傑・葛里森，法克斯港警長。」

「沒想到警長會親自出馬。」

「是啊，呃，不過，就算妳剛剛沒有打電話過來，我們本來也就要開車上來的。」

「我們？」這時候，又有另一輛車子來了。一輛福特的Explorer沿著那條泥巴路開進來，停在葛里森的巡邏車旁邊。開車的人鑽出車子，朝她揮揮手。「嗨，莫拉。」理察・巴拉德跟她打了聲招呼。

她瞪大眼睛看著他，楞了好一會兒。她沒想到會在這裡看到他。「我真沒想到你會跑到這裡來。」後來她終於說話了。

「我昨天晚上開車過來的。妳是什麼時候到的？」

「昨天下午。」

「那妳昨天晚上是在這間房子裡過夜的嗎？」

「汽車旅館都客滿了。克勞森小姐——那個房屋仲介——她說我可以睡在這裡。」說到這裡，她忽然遲疑了一下，然後又補了一句，彷彿在辯解什麼。「她說警察已經完成搜索了。」

葛里森很不屑地哼了一聲。「我跟妳打賭，她昨天晚上一定有收錢，對不對？」

「是的。」

「那個布莉姐，她可眞有一套。要是有可能的話，她搞不好連空氣都要跟妳收錢。」說著，他轉身面對房子，然後說：「那麼，妳是在哪裡看到腳印的？」

莫拉帶他們兩個走上前門廊，然後從轉角繞到屋子旁邊。他們靠著走道兩邊，邊走邊看地上。隔壁的推土機已經沒聲音了，此刻四下靜悄悄的，只聽得到他們踩在樹葉上那種窸窸窣窣的聲音。

「這裡有鹿的腳印，看起來是沒多久之前的。」葛里森指著地上說。

「沒錯，今天早上有兩隻鹿跑過去。」莫拉說。

「那大概就是爲什麼妳會看到那些腳印。」

「葛里森警長。」莫拉嘆了口氣說。「人的腳印和鹿的腳印，我想我應該還分得出來吧。」

「不，我的意思是，可能有人上山來打獵。不過，現在不是狩獵季節，他們大概是跟著那兩隻鹿跑到森林外面來的。」

這時候，巴拉德忽然停住腳步，眼睛盯著地上。

「你看到腳印了嗎？」她問。

「看到了。」他說。口氣平靜得有點異乎尋常。

葛里森走到巴拉德旁邊，蹲下來。有好一會兒，兩個人都沒有說話。奇怪，爲什麼不說話呢？這時候，忽然吹起一陣風，樹林裡一陣窸窸窣窣。她打了個寒顫，抬頭看看搖晃的枝葉。昨天晚上有人從森林裡走出來，站在我房間的窗口，看著我睡覺。

巴拉德抬頭看了房子一眼。「窗戶裡面是臥室嗎？」

「是的。」

「妳的房間嗎？」

「是的。」

「昨天晚上窗簾有拉上嗎？」他轉頭朝上看著她。她忽然明白他在想什麼了：昨天晚上妳是不是不小心免費招待他們看了一場春光偷窺秀？

她臉都紅了。「房間裡根本就沒有窗簾。」

「那個鞋印太大了，不是布莉妲的。」葛里森說。「她是昨天唯一來過這地方的人。她在四周繞了幾圈，檢查房子的狀況。」

「看起來像是Vibram Sole登山鞋。」巴拉德說。「八號尺寸。也可能是九號。」說著，他的視線沿著鞋印線一路看向森林裡。「鞋印在先，鹿的腳印是後來才踩上去的。」

「意思是說，那個人是先到的。」莫拉說。「鹿是後來才來的。那個人是我還在睡覺的時候就來了。」

「沒錯。不過問題是，他是什麼時候來的？」巴拉德站起來，隔著窗戶看著裡面的臥室，好一會兒都沒有再說話。這時候，看他們兩個都不講話，莫拉又開始不耐煩了。她迫不及待想看看這兩個男人有什麼反應——什麼反應都行。

「知道嗎，這裡已經將近一整個禮拜都沒有下雨了。」葛里森說。「說不定鞋印是更久以前留下來的。」

「可是有誰會跑到這邊來看窗戶裡面呢？」她問。

「我可以打電話問一下布莉妲。說不定她有找男人到這裡來幫她打工。也說不定有人純粹只是因爲好奇，所以才會瞄瞄屋子裡有什麼東西。」

「好奇什麼？」莫拉問。

「鎮上的人都知道妳妹妹在波士頓出事了。說不定有人想瞧瞧她住的房子。」

「我沒聽過誰有這種病態的好奇。從來沒聽過。」

「聽理察說，妳是法醫，對不對？那麼，妳處理的問題一定和我一樣。每個人都想知道細節。妳一定很難想像，多少人找我打聽槍殺的細節。說不定有些傢伙吃飽飯沒事幹，就會想跑到這裡來偷瞄裡面一眼。妳不覺得嗎？」

她不敢置信地瞪大眼睛看著他。這時候，葛里森車子裡的無線電忽然響起來，劃破了眼前的沉默。

「不好意思。」他打了聲招呼，然後就走回巡邏車去了。

「照這麼說來。」她說。「好像是我太杞人憂天了，對不對？」

「我倒是覺得不能掉以輕心。」

「是嗎？」她看著他。「來吧，理察，我們進去吧。我想讓你看點東西。」

他跟在她後面，沿著階梯走上前門廊，然後進了屋子。她關上門，然後指著門上那一排黃銅鎖鏈。

「這就是我要你看的東西。」她說。

他看著那些鎖，皺起眉頭。「哇。」

「還不止這些。跟我來。」

她帶他走進廚房，然後伸手指向後門。門上的鏈條和鎖閂閃閃發亮，數量更驚人。「這些全是新的，一定是安娜裝的。她好像被什麼東西嚇壞了。」

「她當然會怕。想想看她受到什麼樣的威脅。她不知道卡塞爾什麼時候會找上門來。」

她看著他。「這就是你到這裡來的原因吧，對不對？你想查出究竟是不是他幹的，對不對？」

「我拿他的照片給鎮上所有的人看。」

「然後呢？」

「到目前爲止，沒有人記得看過他。不過，這並不代表他沒來過。」說著，他指指門上的鎖。「我很明白這代表什麼。」

她嘆了口氣，頹然跌坐在餐桌旁的椅子上。「我們的人生最後怎麼會差這麼多？我從那架巴黎飛來的班機走下來的時候，她已經……」她嚥了一口唾液。「假如當初安娜的父母收養的是我呢？結果還是一樣嗎？說不定現在坐在這裡跟你講話的人就變成是她了。」

「莫拉，妳們是截然不同的兩個人。也許長相一模一樣，聲音一模一樣，可是，妳不是安娜。」

她抬起頭來看看他。「再多告訴我一些我妹妹的事吧。」

「我還眞不知道該從何說起。」

「隨便說什麼都可以。通通告訴我。你剛剛說，我的聲音聽起來跟她一模一樣。」

他點點頭。「確實。連語調的抑揚頓挫聽起來都一模一樣。」

「你對她的印象這麼深？」

「安娜不是那種你忘得了的女人。」說著，他凝視著她的眼睛。他們很專注地看著對方，沒有注意到有腳步聲漸漸靠近屋子。後來，一直到葛里森跨進廚房了，她才瞥開視線。她看向警長。

「艾爾思醫師。」葛里森說。「不知道妳能不能幫我一個忙，跟我一起走。有些東西要麻煩妳看看。」

「什麼樣的東西？」

「剛剛收到局裡的無線電通知。那條路再過去一點，有一片建築工地，工人剛剛打電話到我們局裡說，他們的推土機挖到了一些——呃，一些骨頭。」

她皺起眉頭。「人骨嗎？」

「他們懷疑是人骨。」

莫拉坐上葛里森的巡邏車，巴拉德開著他那輛Explorer跟在他們後面。其實，那片工地沿著那條路轉個彎就到了，根本用不著開車。沒多久，他們就看到那輛推土機了。那塊地一看就知道是剛剛才鏟平的。四個男人頭上戴著安全盔，躲在他們小貨車旁邊的陰影裡。莫拉、葛里森和巴拉德從車子裡鑽出來的時候，有個傢伙走過來跟他們打招呼。

「嗨，警長。」

「嗨，米奇。在哪裡？」

「在推土機那邊。骨頭是我發現的，當時我立刻就把推土機的引擎關掉了。很久以前，這塊空地上本來有一棟老農舍。說真的，我實在很不願意挖到別人家的墳墓。」

「我請到艾爾思醫師了。她可以先幫我們看看，然後我們再決定需不需要打電話通知誰。我可不希望把法醫大老遠從奧古斯塔[4]那邊請過來之後，才發現這是一堆熊骨頭。」

米奇在前面帶路，帶他們越過整片空地。那片新翻鬆的泥地上滿是草根和石頭，常常會把腳踝絆住，崎嶇難行。莫拉腳上穿著高跟鞋，根本沒辦法走這種路，無論她怎麼小心翼翼選擇下腳的地方，黑色的鞋面還是免不了沾滿了泥巴。

這時候，葛里森突然在自己臉上打了一巴掌。「該死的小黑蠅，真是無孔不入。」

那片空地四周是密密麻麻的樹林，形成一個密閉的空間，裡頭的空氣幾乎是凝滯不動的，一絲風也沒有。現在，蚊蟲嗅到他們身上的氣味了，於是，牠們開始成群聚集，迫不及待想吸他們的血。莫拉暗自慶幸，幸虧昨天早上出門的時候決定要穿長褲。然而，她的臉和手臂沒有東西保護，已經變成小黑蠅肆虐的對象。

後來，他們終於走到推土機旁邊了，這時候，她的褲腳也已經沾滿泥巴了。陽光遍灑而下，地面上的碎玻璃閃閃發亮。玫瑰叢被連根挖起，在陽光的曝曬下，莖枝已經逐漸乾枯。

「在那裡。」米奇指著那個地方叫了一聲。

看到泥巴裡那根突出來的東西，莫拉立刻就知道那是什麼了，根本用不著彎下腰去仔細看。她蹲下來，鞋子陷進剛翻起來的泥土裡。不過，她沒有伸手去碰。那根骨頭才剛剛重見天日，看起來還很蒼白，埋在乾巴巴的土塊裡若隱若現。她聽到樹林裡傳來呱呱的叫聲，立刻抬頭一看，

[4] 緬因州首府。

看到幾隻烏鴉在樹枝間飛竄，乍看之下彷彿一隻隻黑黑的小幽靈。牠們好像也明白這是什麼東西。

「妳覺得呢？」葛里森問。

「這是腸骨。」

「什麼是腸骨？」

「就在這裡。」她拍拍自己褲子旁邊骨盆的位置。這時候，她突然想到一件冷酷無情的事實。那就是，在皮膚底下，肌肉底下，她自己也和別人一樣，也不過就是一具骨骸罷了。骨骼，一種由鈣和磷組成的蜂窩組織結構體。當人體的肌肉腐爛之後，骨骼可以留存更長的時間。「這是人骨。」她說。

大家忽然都沒聲音了。在這個晴朗燦爛的六月天，四周忽然陷入一片沉寂，只聽得到烏鴉呱呱的啼叫聲。足足有一大群，就在樹上，一隻隻盤據在樹枝上，乍看之下很像一顆顆黑色的果實。那一剎那，牠們彷彿變成了某種恐怖詭異的智慧生物，凝視著底下的人群。牠們此起彼落的啼叫聲聽起來很像在合唱，呱呱聲震耳欲聾。接著，很詭異的，牠們彷彿突然接收到什麼訊息，一下子全都沒聲音了。

「對這個地方你了解多少？」莫拉問那個推土機司機。「這裡從前是做什麼的？」

米奇說：「這裡從前有幾座石牆。那是房子的地基。我們把拆掉的石頭搬到那邊去了，說不定有人可以拿去做別的用途。」說著，她指向工地邊緣那一堆大圓石。「一些老石牆，很常見的，沒什麼特別。如果妳沿著森林走進去，就會看到一堆這種陳年的地基石牆。很久以前，從岸邊到山上，到處都是那種牧羊場。不過現在都已經沒了。」

「所以，這有可能是很久以前的墳墓。」巴拉德說。

「可是，骨頭所在的位置，就在那座古老的石牆旁邊。」米奇說。「我實在想不出來，有誰會想把自己的老媽埋在離家這麼近的地方。我覺得，那可能會帶來厄運。」

「不過，有些人倒認爲那會帶來好運。」莫拉說。

「什麼？」

「古時候，有些人會把嬰兒活生生埋在地基裡，因爲他們相信，這樣一來，孩子的靈魂就會守護這棟房子。」

米奇瞪大眼睛看著她，那種眼神彷彿在說：小姐，妳是不是見鬼了？

「我的意思是，千百年來，埋葬的觀念一直在改變。」莫拉說。「這很有可能是一座年代久遠的墳墓。」

這時候，頭頂上忽然傳來一陣刺耳的劈啪聲。那幾隻烏鴉突然同時從樹上飛起來，揮舞著翅膀撲向天空。莫拉抬頭一看，看到天空中突然有這麼多黑鳥同時飛起來，彷彿有人在指揮牠們似的，心中忽然不安起來。

「好怪異。」葛里森說。

莫拉站起來看著樹林，忽然想到，今天早上聽到的推土機的聲音，感覺上距離似乎很近。

「那棟房子在哪個方向？我是說，我昨天晚上住的那棟房子？」她問。

葛里森抬頭看看太陽，確定自己的方位，然後伸出手指向某個方向。「那邊。就是現在妳面對的方向。」

「距離多遠？」

「穿過樹林就到了。妳可以用走的。」

一個半鐘頭後，緬因州的法醫從奧古斯塔那邊趕過來。那個人鑽出車子，手上提著一個工具箱，頭上纏著一條白色的回教頭巾，臉上的鬍子修剪得很整齊。那一剎那，莫拉立刻就認出他是誰了。莫拉第一次和達吉特．辛認識，是在去年的病理學研討會上，後來，二月的時候，他來波士頓出庭，她還請他吃了頓晚飯。他個子不高，不過，他那種莊嚴的氣質，再加上他纏在頭上的錫克教頭巾，使得他整個人看起來有點可怕。但事實上，他並沒有外表看起來那麼可怕。莫拉一直都很欣賞他那種「沉默的高手」的味道，還有他那雙眼睛。他眼睛是褐色的，睫毛很長，是她所見過的男人當中睫毛最長的。

他們握握手，很熱切地彼此問候了一番，感覺得出來兩個人是惺惺相惜的同行。「好了，莫拉，妳到底跑來這裡幹什麼？波士頓那邊太閒了嗎？非得撈過界跑到我的地盤上來跟我搶工作嗎？」

「我本來是來度假的，沒想到被人拖下水，變成假日加班了。」

「妳看到遺體了嗎？」

她點點頭，臉上的笑容消失了。「看到一塊腸骨，尾端露在外面，其他的部分還埋在土裡。我們還不敢碰。我知道你一定希望先看看骨頭在原來位置上的狀況。」

「沒看到其他的骨頭嗎？」

「目前還沒有。」

「好吧。」他看著那片已經清理過的空地，彷彿想鼓起勇氣穿越那一片爛泥巴。她注意到他的鞋子。看起來，他出發之前都已經準備齊全了。那是一雙登山鞋，而且看起來好像是新買的，正準備要在那灘爛泥巴裡初試身手。「走吧，我們去看看推土機挖了什麼東西出來。」

現在中午剛過，烈日當頭，氣溫正高，而且濕氣很重，沒一會兒，達吉特已經滿頭大汗。他們才開始穿越那片空地，蚊蟲立刻就蜂擁而上，對準他們裸露在外面的皮膚一陣猛攻。緬因州的州警柯索警官和葉慈警官大約二十分鐘之前已經先到了，現在已經跟巴拉德和葛里森一起走到空地的另一頭。

柯索朝他們揮揮手，嘴裡大喊著：「嗨，辛醫師，這麼美好的星期天，跑到這種地方來還眞是糟蹋。」

達吉特也朝他揮揮手，然後蹲下來看著那根腸骨。

「這裡很久以前是住家。」莫拉說。「聽工人說，這裡曾經是一座地基。」

「找不到棺材的殘骸嗎？」

「到目前爲止還沒看到。」

他抬頭一看，看著整片空地上到處是沾滿了泥巴的石頭和連根翻起的野草和樹幹。「那輛推土機可能會把骨頭鏟得到處都是。」

這時候，葉慈警官突然大喊起來：「我找到別的骨頭了！」

「怎麼離這麼遠？」達吉特一邊說，一邊跟莫拉一起走到葉慈那邊去。

「剛剛走到這邊的時候，我的腳被一株黑莓叢的根纏住。」葉慈說。「我被絆倒了，結果，這東西不知怎麼就從泥土裡冒了出來。」莫拉蹲下來，蹲在他旁邊。葉慈小心翼翼拉開那一叢長滿了刺的藤莖，那一剎那，一大群蚊子立刻從濕濕的泥土裡蜂擁而出，剛好衝到莫拉臉上。她全神貫注盯著埋在泥巴裡的東西。那是一顆骷髏頭，一隻眼眶露在外面，彷彿在盯著她。一撮黑莓叢根藤的捲鬚從眼眶裡伸出來。那裡原本應該是眼球的位置。

她看看達吉特。「你有帶園藝剪嗎？」

他打開工具箱，拿出幾只手套，一把玫瑰剪，還有一把園藝剪。他們兩個一起跪在泥巴裡，合力要把那個骷髏頭挖出來。達吉特小心翼翼把土挖出來，而莫拉負責把根藤剪斷。太陽毒辣辣的，曬得地上的泥巴彷彿都已經冒出熱氣來了，莫拉不得不偶爾停下來擦汗。她一個鐘頭之前噴的防蟲液早就已經失效了，現在，小黑蠅又團團圍住她的臉。

接著，她和達吉特把工具放到一邊，開始戴上手套動手挖土。兩個人跪得好近，頭幾乎要撞在一起了。她把手指頭深深刺進泥土裡，把土挖鬆，感覺得到底下的泥土變得比較涼了。慢慢的，頭蓋骨露出來的部分越來越多了，這時候，莫拉看到顱骨的部位，不由得瞪大眼睛，楞了一下。顱骨上有一個巨大的裂痕。

她和達吉特對望了一眼，兩個人心裡都浮出同樣的念頭：*這不是自然死亡。*

「應該已經挖鬆了。」達吉特說。「可以拿出來了。」

他攤開一片塑膠布，然後兩手深深插進那個洞裡，把骷髏頭抱出來。由於整個骷髏頭被黑莓叢的根藤纏住了，所以下顎骨還勉強附著在頭蓋骨上。接著，他把骷髏頭擺在那片塑膠布上。好一會兒都沒有人出聲，大家的眼睛都盯著那塊碎裂的顱骨。

葉慈警官指著一顆發出金屬光澤的臼齒。「是填充物嗎？」他問。「在那牙齒裡的東西。」

「沒錯，可是那已經是老掉牙的補牙技術了，現在已經沒有牙醫師會用汞合金補牙了。」

「所以說，這很有可能是古時候的墳墓。」

「可是棺材的殘骸呢？如果是正式的葬禮，應該會有棺材的。更何況，這具頭骨上有補牙的痕跡。」說著，達吉特指著碎裂的顱骨。「雖然現在還不知道死者的年齡，不過，這應該是兇殺案。」

那幾個工人本來圍在他們後面看熱鬧，那一剎那，彷彿現場的空氣突然被抽光似的，大家都喘不過氣來。現場靜悄悄的，蚊子的嗡嗡聲突然變得好大聲，有如雷鳴。她忽然覺得好熱，於是就站起來，搖搖擺擺走到樹林旁邊。躲在橡樹的樹蔭下，感覺舒服多了。她找了一塊岩石坐下來，低著頭，把臉埋在手心裡：誰叫妳不吃早餐，活該妳沒力氣。

「莫拉？」巴拉德叫了她一聲。「妳還好嗎？」

「實在太熱了，我有點吃不消。想找個地方涼快一下。」

「想喝點水嗎？如果妳不怕和別人喝同一瓶水的話，我車上倒是有水。」

「謝謝你，喝點水也好。」

於是，他朝車子那邊走過去。她看著他的身影，發現他襯衫背後已經被汗水浸透了。他懶得刻意挑好走的地方走，而是直接從空地中央跑過去，每走一步，鞋子就陷進泥巴裡。明快果斷，巴拉德走路的風格就像他做事的風格一樣。該做什麼就做什麼，絕不遲疑。

他拿回來的那瓶水喝起來溫溫的，大概在車子裡放太久了。她迫不及待猛灌了一大口，水沿著嘴角流到下巴。有那麼一會兒，她忽然聽不到蚊蟲的嗡嗡聲，也聽不到幾公尺外那些工人的竊竊私語。此刻，在這樹蔭底下，她的注意力都在他身上。她注意到，他把水瓶拿回去的時候，他的手輕輕碰了她的手一下。她注意到，陽光在他的頭髮上映照出一種淡淡的光影。她注意到，他笑起來的時候眼角會出現淡淡的魚尾紋。她聽到達吉特在叫她，可是她卻沒有反應，沒有轉頭。

而巴拉德似乎也和她一樣，沉浸在眼前這一刻，對周遭的一切已經失去了反應。她心裡想：我們兩個好像被人下了魔咒，沒辦法動彈了。不管是你還是我，總得有人想辦法掙脫吧。可是，我好像掙脫不了。

「莫拉？」達吉特不知道什麼時候已經走到她旁邊了，而她卻根本沒聽到他的腳步聲。「我們發現一個小問題，很有意思。」他說。

「什麼問題？」

「那塊腸骨，妳過來看看。」

她慢慢站起來，忽然覺得自己好像有點力氣了，頭腦也比較清醒了。喝了一點水，在樹蔭底下休息了一下，總算讓她恢復了一點體力。她和巴拉德跟在達吉特後面，走回埋腸骨的地方。她發現達吉特已經挖開了一些泥土，整個骨盆其他部位已經慢慢露出來了。

「整個骨盆的這一頭已經挖到薦骨的部位了。」他說。「看看這裡，已經看得到骨盆下方的開口，還有坐骨節。」

她也蹲下來，蹲在他旁邊。她一直盯著那塊骨頭，好一會兒都沒有說話。

「問題在哪裡？」巴拉德問。

「我們必須先把另外一半也挖出來。」她一邊說，一邊抬頭看看達吉特。「你有多帶一把鏟子嗎？」

他拿了另一把鏟子給她，那種動作就像拿手術刀給她一樣，把柄放在她的手掌心。於是，她也開始埋頭工作，開始全神貫注起來。她和達吉特並肩跪在一起，用鏟子挖開更多夾帶著石頭的泥土。整個骨盆關節部位的骨窩都被根藤纏住了，拉不起來，於是，他們只好先把那些糾纏不清的根藤割斷，才有辦法把骨盆拿起來。他們挖得越深，她的心跳就越來越快。挖寶藏的人挖的是黃金，而他們挖的卻是祕密。他們想尋找答案，然而，想找出答案，就必須先把墳墓挖開。他們挖開的泥土越來越多，整個骨盆也就慢慢顯露出來了。他們已經忙得渾然忘我，鏟子越挖越深。

後來，骨盆終於挖出來了。那一剎那，他們瞪大眼睛看著那個骨盆，說不出話來。

莫拉站起來，走回塑膠布那邊，去看那個骷髏頭。她在骷髏頭旁邊跪下來，拉掉手套，用手指頭摸摸眼眶上緣，感覺那粗糙堅固的弧形輪廓。然後，她翻轉了一下骷髏頭，檢查枕骨節。眞搞不懂，實在沒有道理。

她跪在地上，挺直上半身。空氣已經潮濕到令人難以忍受的地步，她的上衣已經被汗水浸透。整片空地上靜悄悄的，只聽得到蚊蟲的嗡嗡聲。四面八方森林環伺，彷彿在守護這個埋藏祕密的地點。莫拉凝視著四周密不透風的綠色森林，忽然感覺森林彷彿也有眼睛，也正在瞪著她，等著看她接下來要做什麼。

「怎麼了，艾爾思醫師？」

她抬頭看看柯索警官。「有點問題。」她說。「這個頭骨——」

「頭骨怎麼樣？」

「眼眶上方的邊緣很厚，看到了嗎？然後你再看看後面，頭蓋骨底下。如果你用手指頭沿著上面摸摸看，你會摸到一個隆起的硬塊。那叫做枕骨節。」

「然後呢？」

「那地方會聯結頭後韌帶，把頭後的肌肉和頭蓋骨聯結在一起。這個頭骨的枕骨節太突出了，所以，這個人的肌肉一定很結實。也就是說，我幾乎可以斷定，這是男人的頭骨。」

「那問題在哪裡？」

「另外那邊發現的骨盆，是女人的骨盆。」

柯索瞪大眼睛看著她，然後轉頭去看看辛醫師。

「我完全同意艾爾思醫師的看法。」達吉特說。

「可是那不就代表……」

「這是兩個不同的人的骨骸。」莫拉說。「一個是男人，一個是女人。」她站起來，看著柯索的眼睛。「問題是，這裡究竟還埋了多少人？」

柯索似乎楞住了，好一會兒不知道要怎麼回答。接著，他慢慢轉身看看整片空地，那副模樣彷彿他是第一次看到。

「葛里森警長。」他說。「我們恐怕要召集一批義工了。我們會需要很多人。警察、消防隊員。我會把奧古斯塔那邊的人馬都叫過來，不過，恐怕還不夠。眼前要做的事，這些人手加起來恐怕都還不夠。」

「你到底需要多少人？」

「看目前的情況，只要找得到的人，全都找來。」柯索轉頭看看四周的樹林。「我要在這塊地附近進行地毯式搜索。空地上，樹林裡。埋在這裡的人可能不止兩個，我要把他們找出來。」

12

珍・瑞卓利是在瑞維爾的郊區長大的，那裡和波士頓市中心只隔著一座托賓大橋。那裡是一個藍領階級社區，每棟房子看起來都是方方正正的，佔地很小。每逢七月四日國慶日，家家戶戶的門廊上都會掛起美國國旗，家家戶戶後院的烤架上都在烤熱狗。瑞卓利家就在這個社區裡經歷過無數的風風雨雨。包括珍十歲那年，她爸爸失業了好幾個月。當時，她已經長得夠大了，感覺得到媽媽的恐懼，體會得到爸爸那種憤怒的絕望。她和兩個弟弟都明白，在生活優裕和家破人亡之間走鋼索，是一種什麼樣的滋味。所以，一直到今天，雖然她有固定的薪水收入，日子過得很寬裕，但童年時代那種不安定的夢魘卻依然揮之不去。在認知上，她一直都認定自己是瑞維爾區窮人家的孩子，從小的夢想，就是有一天能夠住進更高級的社區，擁有一棟大房子，一棟有很多間浴室的房子，這樣她就不用每天早上起來排隊等著洗澡上廁所。那棟房子應該還有磚頭砌成的煙囪，有雙扇大門，門上還有黃銅製的門環。此刻，她正坐在車子裡看著一棟房子。那棟房子就跟她童年夢想中的房子一樣，不但一樣，而且還更豪華，更高級。黃銅製的門環，雙扇大門，此外，煙囪不但是磚頭砌成的，而且有兩座。那是一棟集她童年夢想之大成的房子。

只不過，那卻是她生平所見最醜陋的一棟房子。

德翰東街上其他的房子看起來都很普通，就是那種小康的中產階級社區裡很常見的：可以容納兩輛車的車庫，草坪修剪得很整齊的庭院，車道上停著的車子也是一般流行的款式。你看不到什麼標新立異、譁眾取寵的東西。不過，這棟房子就不一樣了——呃，這麼說吧，標新立異已經不足以形容那棟房子了，那根本就是驚世駭俗。

還記得電影《亂世佳人》裡那棟「塔拉」莊園大宅嗎？想像塔拉大宅被龍捲風捲走了，掉在大都市裡。那棟房子看起來就像那樣。房子的庭院，說起來也談不上是庭院，根本就只是房子兩邊各有一片狹窄的草坪。草坪的一邊是房子的外牆，另一邊就是隔壁鄰居家的籬笆，中間的寬度連割草機都過不去。門廊是那種有巨大白色柱子的門廊。《亂世佳人》裡的郝思嘉就是站在那樣的門廊上，眺望著門前車水馬龍的史普列格大道。你能夠想像那種畫面嗎？看到那棟房子，她忽然想到當年老家的鄰居強尼．史維亞。當年，他把他拿到的第一份薪水全數花在那輛桃紅色的雪佛蘭上。

「他只是欲蓋彌彰，打腫臉充胖子。」她爸爸曾經說。「那小子還窩在他爸媽家的地下室裡，連自力更生獨立門戶的能力都沒有。這樣他居然也敢買那種時髦的跑車。會去買那種大車的人，通常都是最沒出息的人。」

看著那棟「史普列格大道上的塔拉大宅」，她忽然想到，沒出息的另一種表現方式，就是蓋一棟全社區最大的房子。

她輕輕挪動身體，把肚子從方向盤後面挪出來。她走上門廊的台階時，忽然感覺肚子裡的孩子踢了她的膀胱一下。她心裡想，眼前最十萬火急的事，就是先去借用廁所。她伸手按了一下門鈴，嚇了一大跳。門鈴並不是普通的鈴聲，而是一陣轟然巨響，簡直就像教堂裡的鐘聲，提醒信徒禱告。

來開門的是一個金頭髮的女人。看她那副模樣，實在不像是住這種房子的人，因爲她看起來不像《亂世佳人》裡的郝思嘉，反而比較像《小鹿斑比》式的夢幻女郎——長髮披肩，胸部高聳，身上那件粉紅色的彈性纖維韻律服把全身綳得緊緊的。她臉上幾乎完全沒有表情，感覺很不自然，想必動過拉皮手術。

「我是瑞卓利警官，我剛剛打過電話，我要跟泰倫斯．范．蓋斯先生談一談。」

「哦，對了，泰倫斯在等妳。」她的聲音很像小女生，聽起來甜甜的，很尖銳。這種聲音，聽一下子還沒什麼關係，不過一旦聽久了，你就會覺得那聽起來很像用指甲在刮黑板。

瑞卓利一跨進玄關，迎面就看到牆上掛了一張巨大的油畫。畫中的人物就是眼前這位「小鹿斑比」，身上穿著一套綠色的晚禮服，站在一瓶巨大的蘭花旁邊。這棟房子裡，似乎每樣東西都奇大無比。巨大的油畫，巨大的天花板，巨大的胸部。

「事務所的大樓正在裝修，所以他今天只好在家裡工作。沿著走廊走過去就到了，在右手邊。」

「對了——不好意思，忘了請教妳怎麼稱呼。」

「邦妮。」

邦妮，斑比。聽起來音還滿接近的。

「那麼，妳是……范．蓋斯太太嗎？」瑞卓利問。

「嗯。」

典型的「花瓶老婆」。范．蓋斯應該快有七十歲了。

「可以借一下妳的化妝室嗎？這陣子好像每隔十分鐘就得上一次。」

邦妮彷彿此刻才發現瑞卓利大肚子。「噢，親愛的，當然可以。化妝室就在那邊。」

瑞卓利這輩子從來沒見過漆成粉紅色的浴室。馬桶在一座平台上，看起來活像王座，旁邊的牆上還有電話機，彷彿有人一邊，呃，一邊使勁的時候，一邊還要用電話指揮他的事業王國。上完廁所之後，她站在粉紅色的洗臉槽前面，用粉紅色的肥皂洗手，然後用粉紅色毛巾把手擦乾，然後走出那間粉紅色的浴室。

一走出來，瑞卓利就發現邦妮不見了，不過，她聽到韻律舞音樂的節拍聲，聽到樓上砰砰的腳步聲。那一定是邦妮。例行公事的運動。瑞卓利心裡想：過些時候我也該好運動運動了，不過，打死我都不會穿那種粉紅色的韻律裝。

她沿著走廊往前走，一路尋找范．蓋斯的辦公室。她看到一間很大的客廳，於是就探頭進去看看，看到裡頭有一台白色的大鋼琴，白色的地毯，白色的裝潢擺設。剛剛是粉紅色的浴室，現在是白色的客廳，接下來還會有什麼？接著，她又看到另一張邦妮的油畫，這次她穿的是希臘女神的白袍。隔著半透明的布料，乳頭若隱若現。老天，這些人眞的好像是從拉斯維加斯來的。

後來，她終於來到一間辦公室。「請問是范．蓋斯先生嗎？」

辦公室裡有個男人坐在一張櫻桃木書桌後面，埋頭看文件，一聽到她在叫他，立刻抬起頭來。她注意到，他的眼睛是水藍色的，而且，可能是因爲年紀大了，他臉上的線條顯得柔和多了，下巴也變得比較方正。還有，他的頭髮是——那種顏色該怎麼形容呢？又像黃色又像橘色。那應該不是故意的，而是染髮的時候出了差錯。

「是瑞卓利警官嗎？」他問。他的視線落在她肚子上，看了好久，彷彿他這輩子從來沒見過大肚子的警察。

瑞卓利心裡暗暗嘀咕著：要找你談話的人是我，不是我的肚子。她朝他的書桌走過去，跟他握握手。這時候，她注意到他頭皮上有植髮所留下來的小孔，剛移植上去的頭髮看起來好像一撮撮黃色的草，彷彿那是他拚了命才挽留住的，男子氣概的最後象徵。那就是你娶一個「花瓶老婆」所必須付出的代價。

「請坐，請坐。」他說。

她走到一張油亮亮的皮沙發前面，坐下來。她轉頭看看四周，發現書房裡的裝潢擺設和房子裡其他的地方截然不同。這一看就知道是律師的辦公室。黑色的木頭，黑色的皮革。桃花心木的書架上擺滿了法律期刊和專業書籍。整間辦公室裡嗅不到半點粉紅色的氣息。顯然這是他的地盤，邦妮的禁區。

「警官，我還眞不知道有什麼地方是我可以幫得上忙的。」他說。「妳在電話裡提到的收養案，那已經是四十年前的案子了。」

「這應該還不算太古老吧。」

他笑起來。「說不定當年妳根本就還沒出生。」

他是在挑釁嗎？他是用這種方式在告訴她，她實在太年輕了，根本不應該拿這種問題來煩他嗎？

「這個案子牽涉到哪些人，你想不起來了嗎？」

「我剛剛已經說過，那是很久以前的事了。當年我才剛從法學院畢業沒多久，租了一間小辦公室，連桌椅都是租的，而且沒有祕書，電話都是自己接。只要有案子我就接，不管什麼案子——離婚、收養、酒醉駕車。只要能夠付得出房租，什麼錢我都賺。」

「不過，所有的檔案你一定都有保存吧，包括當年那些案子。」

「我都有留著。」

「在哪裡？」

「檔案保險櫃，在昆西那邊。不過，在我們繼續往下談之前，有件事我必須先告訴妳。牽涉到這件案子的人要求絕對保密。那位親生母親不想讓別人知道她是誰。那些檔案資料很多年以前就已經封存了。」

「范．蓋斯先生，這件事牽涉到一件兇殺案。當年被收養的兩個孩子當中，有一位已經死亡了。」

「這個我知道。可是我實在看不出來，這和她四十年前被收養有什麼關聯。那和妳的偵辦工作有關聯嗎？」

「安娜．李奧尼爲什麼要打電話給你？」

他似乎嚇了一大跳。既然他已經出現那種反應，事後再怎麼掩蓋已經沒有用了。那一剎那，他的表情彷彿在說：慘了。「不好意思，妳剛剛說什麼？」他問。

「在遭到殺害的前一天，安娜．李奧尼從特瑞蒙飯店打電話到你的事務所。我們查過她的通聯紀錄了。那通電話講了足足有三十七分鐘。好了，那三十七分鐘裡，你們兩個一定談了不少事情。你應該不至於讓那位可憐的小姐在電話裡等你三十七分鐘吧？」

他沒吭聲。

「范．蓋斯先生？」

「那——那段談話的內容必須保密。」

「李奧尼小姐是你的客戶嗎？她打那通電話給你，你有收費嗎？」

「沒有，可是——」

「那麼，你和她之間並沒有律師與客戶之間的權利義務關係。」

「可是我有義務爲另外一位客戶保密。」

「那位親生母親。」

「呃，她是我的客戶。當年她放棄自己孩子的時候，曾經提出一個條件——那就是，絕對不能洩露她的身分。」

「那已經是四十年前的事了。說不定她現在已經改變心意了。」

「這我就不知道了。而且，我不知道她目前在什麼地方。我甚至不知道她是不是還活著。」

「安娜就是爲了這個原因才打電話給你的吧？她想跟你打聽她媽媽的事，對不對？」

他往後一仰，靠在椅背上。「被收養的孩子通常都會對自己的身世很好奇。而且，有些人甚至會執迷不悟。他們會鍥而不捨地到處追查文件。他們不計一切代價，耗費無數時間心血，只爲了尋找一個不想被找到的母親，結果只會讓自己傷心。而且，就算他們眞的找到媽媽了，結局通常都不會像童話故事裡那麼美好。瑞卓利警官，她就是在尋找這種東西。尋找童話故事的結局。有時候，把這一切都忘掉，繼續自己的人生，對他們會比較好。」

這時候，瑞卓利忽然想到自己的童年，自己的家人。她一直都很清楚自己是誰。每當她看著自己的祖父母，看著自己的父母，她都能夠在他們臉上看到一種血緣關係。骨子裡，在DNA的結構裡，她絕對是這個家族的一員。無論家族裡的親戚多麼討人厭，多麼令她難堪，她心裡明白，他們確實是她的親人。

不過，莫拉．艾爾思卻始終沒有機會親眼看到自己的祖父母，沒有機會在他們身上看到自己的血緣。瑞卓利忽然想到，當莫拉走在街上，她會不會盯著來來往往的陌生人，盯著每一張陌生的臉孔，尋找和自己長得很像的人？也許是笑起來微彎的嘴角，也許是鼻子的弧度？瑞卓利完全能夠體會，爲什麼有人會不計一切追查自己的身世。因爲，他們渴望找出眞相，那就是，他們不再只是一根斷落失散的樹枝，而是一根生長在樹上的樹枝，而那棵樹是一棵屹立在土地上的樹。

她盯著范．蓋斯眼睛。「安娜．李奧尼的母親是誰？」

他搖搖頭。「我再告訴妳一次，這和妳調查的案子沒有關——」

「這個由我來判斷。你只要把名字告訴我就行了。」

「爲什麼？然後讓你去打擾那位女士的生活嗎？也許她希望能夠忘掉自己年輕時候所犯的錯誤，不是嗎？這件事非得扯上那件兇殺案嗎？」

瑞卓利彎腰湊向前，雙手撐在他的書桌上。這是一種冒犯的舉動，冒犯到他的地盤。甜甜的小鹿斑比大概不敢做這種事，不過，我們這位出身瑞維爾的霹靂女警探可沒什麼不敢的。

「你是要我申請傳票，查扣你的檔案，還是要我很客氣的用文明的方式請你提供檔案呢？」

他們互相瞪著對方，瞪了好一會兒。後來，他嘆了口氣，表示投降了。「好吧，我不想再被折磨一次了。我就直接告訴妳了，可以嗎？那位母親叫做艾曼爾提亞．蘭克，當年二十四歲。當時她急需要錢——非常緊急。」

瑞卓利皺起眉頭。「你的意思是，她把自己的孩子交給別人養，然後還拿錢？」

「呃……」

「多少錢？」

「沒多少錢。剛好夠她展開新的人生。」

「到底多少錢？」

他眨了眨眼睛。「兩萬美金。一個小孩兩萬。」

「一個小孩換兩萬？」

「妳應該這樣看，有兩個家庭歡天喜地的抱著孩子走了，而她也拿到她所需要的錢。相信我吧，現在如果有父母想收養小孩，花的錢會比當時多得多。這幾年，如果有人想收養一個健康的白種新生兒，妳知道那有多難嗎？再多的嬰兒也不夠。這是市場的供需問題，如此而已。」

瑞卓利坐回沙發上，內心無比震驚。沒想到女人竟然可以這麼冷血，爲了錢出賣自己的孩子。

「好了，我能告訴妳的就只有這些了。」范．蓋斯說。「要是妳還想多知道一點，呃，也許妳應該找別的警察聊一聊，那樣的話，妳可以省下不少時間。」

聽到最後那句話，瑞卓利有點困惑。後來，她忽然想到，他剛剛好像有說：我不想再被折磨一次了。

「還有誰跟你打聽過這個女人？」她問。

「你們這些警察都是一個樣。你們上門來威脅我說，要是我不肯乖乖合作，你們就要讓我日子難過——」

「那個人也是警察嗎？」

「沒錯。」

「誰？」

「我想不起來了。那是好幾個月前的事了。我大概是很不願意去想到那個名字。」

「他爲什麼要跟你打聽那個女人？」

「因爲是她唆使他的。他們兩個是一起來的。」

「安娜．李奧尼和那個警察一起來找你？」

「他做這件事，就是看在她的面上。他是在幫她的忙。」范．蓋斯很不屑地嗤了一聲。「警察怎麼不來幫我呢？」

「所以，這是好幾個月前的事了？他們兩個一起來找你，對不對？」

「我剛剛已經說過了。」

「那麼，你已經告訴她，她媽媽叫什麼名字了嗎？」

「沒錯。」

「如果安娜已經知道媽媽是誰了，那麼，上禮拜她爲什麼還要打電話給你？」

「因爲她在波士頓環球報上看到一張照片，有一個女人長得跟她一模一樣。」

「莫拉．艾爾思醫師。」

他點點頭。「李奧尼小姐劈頭就問我是或不是，於是，我就說了。」

「你說了什麼？」

「說她有一個姊姊。」

13

發現那些骨骸之後，一切都變了。

莫拉本來打算當天晚上就要開車回波士頓的。她又回那間小木屋去了一下，換了一條牛仔褲和T恤，然後開她自己的車回到空地。她心裡想：我還是在這裡多待一下子好了，四點左右再走。後來，鑑識科的人從奧古斯塔趕過來了，而那些義工也已經開始進行搜索。柯索警官把那塊空地劃分成好幾塊，讓他們一塊一塊搜索。結果，下午的時間一分一秒過去了，莫拉根本就已經忘了時間。整個下午，她只休息了一下，狼吞虎嚥吃掉了一塊雞肉三明治。那是義工帶來的。她在臉上噴滿了防蚊液，結果，不管吃什麼東西，味道吃起來都和防蚊液沒什麼兩樣。不過，她實在太餓了，就算叫她啃乾麵包，她也會啃得很高興。肚子塡飽之後，她立刻又戴上手套，拿起鏟子走到辛醫師旁邊，跪到泥巴裡繼續幹活。

沒多久，四點到了，也很快又過去了。

現場有一個紙箱，裡面的骨頭已經越裝越多了。肋骨和腰椎骨，股骨和脛骨。還好，推土機並沒有像預期中那樣，把骨頭推散得大老遠。那具女性的遺骸散佈在方圓六英尺的範圍內，而那具男性骨骸整個被一株黑莓叢的根藤纏住了，保持得相當完整。結果顯示，現場只有兩具骨骸，但卻是花了一整個下午才挖出來的。莫拉挖得渾然忘我。一想到每一鏟每一杓都可能會揭露出眞相，她根本就捨不得走了。隨時有可能會挖出一顆鈕釦，或是一顆子彈，或是一顆牙齒。當年在史丹福大學念書的時候，有一年夏天，她跑到墨西哥邦加半島的一處考古遺跡，參加挖掘工作。

雖然當時的氣溫飆升到攝氏三十二度以上，而她身上只有一頂寬邊帽能夠遮太陽，她卻還是挖得十分起勁，渾然忘我。那種狂熱就像挖寶藏一樣，彷彿寶物已經近在眼前了，再挖個幾英寸就挖到了。此刻，儘管她跪在雜亂的樹叢裡，忍受小黑蠅的無情攻擊，她感受到的正是這種狂熱。就是這股狂熱驅使她挖個不停，從下午一直挖到黃昏，一直到那團暴風雨的烏雲逐漸逼近，遠處已經開始傳來低沉的雷聲，她還不肯停手。

另外，除了那股狂熱，只要理察・巴拉德一靠近她，她也會感受到一種莫名的興奮。

有時候，她會用手捧著泥沙篩選，有時候，她會把根藤扯掉。然而，即使她再怎麼專注的在做這些工作，她還是不自覺地會去留意他。只要一聽到他的聲音，或是他一靠近，她就會感覺到他的存在。拿一瓶水給她喝的人是他，拿三明治來給她吃的人也是他。有時候，他會走到旁邊，手搭在她肩上問候她一聲。法醫部門的同事很少有人會這樣碰觸她的身體。或許那是因為她看起來總是一副冷漠高傲的模樣，也或許是因爲她總是有意無意之間傳達出一種訊息：她不喜歡別人碰她的身體。然而，巴拉德總是會不自覺的去扶她的手臂，或是把手搭在她背後。

只要他一碰到她，她就會臉紅。

後來，鑑識科的人開始收拾工具準備休息。這時她才赫然發現已經是晚上七點，天色都已經暗了。她嚇了一跳。這時候，她才開始感覺到全身肌肉痠痛，衣服髒兮兮的。她站起來，兩腿抖個不停，感覺肌肉痠軟。她看著達吉特用膠帶把那兩箱骨頭封起來，然後他們兩個一人抬一箱，穿越整片空地，把箱子抬到車上。

「達吉特，今天忙成這樣，你恐怕得請我吃晚飯，補償我一下。」她說。

「沒問題，下回去波士頓的時候，我請妳吃『茱莉安餐廳』。」

「就等你來，我會好好打打牙祭。」

他把箱子丟到車上，關上車門，然後兩個人握握手。兩個人手都很髒。然後，他開車走了，她朝他的車揮揮手。支援搜索的義工多半都已經走了，只剩下幾輛車還在現場。

其中一輛就是巴拉德的Explorer。

夜色越來越深濃。她站在那裡看著那片空地，遲疑了一下。她看到他站在樹林旁邊，背對著她。他正在跟柯索警官講話。她在原地徘徊了好一會兒，心裡暗暗希望他會注意到她快要走了。

可是，然後呢？她問自己，妳到底在想什麼？妳希望兩人之間會怎麼樣嗎？

趁妳還沒有做出什麼傻事之前，趕快走吧。

於是，她立刻轉身朝車子那邊走過去，然後坐上車子，發動引擎。她倒車的速度實在太快了，輪胎打滑了好幾下。

回到小屋之後，她脫掉身上沾滿泥巴的髒衣服，然後好好洗了個澡，洗了很久，在身上狠狠地抹肥皀，把黏黏的防蚊液搓得一乾二淨。後來，她洗好澡走出浴室的時候，這才想到自己沒有乾淨的衣服可以換。她原本只打算在法克斯港住一晚而已。

她打開衣櫃，盯著安娜那些衣服。她們穿的衣服，尺寸都一樣。而此刻，她還有選擇的餘地嗎？她拿出一件夏季洋裝。質料是白棉布，以她的品味，款式稍嫌年輕了點。不過，天氣這麼熱，晚上濕氣又這麼重，看來看去好像就是這件洋裝最適合。她把洋裝從頭頂上套進去，感覺那純棉的布料碰觸在皮膚上的感覺，那一剎那，她忽然想到，不知道安娜上次穿這件衣服是什麼時候的事？她想像那件洋裝的布料緊貼著安娜的臀部，那條飾帶繫在安娜的腰上。那是什麼時候的事？飾帶上的皺褶還在，看得出來那是安娜上次打結的痕跡。她心裡想：不管我看到什麼，碰到什麼，上面始終都有安娜的痕跡。

這時候，電話鈴聲忽然響了，她立刻轉身看著床頭櫃。不曉得爲什麼，她都還沒有拿起話筒就知道一定是巴拉德打來的。

「我沒有注意到妳是什麼時候走的。」他說。

「我回來洗個澡。全身髒兮兮的。」

他笑了起來。「我也覺得自己很髒。」

「你什麼時候要開車回波士頓？」

「今天已經太晚了。我想再多留一晚好了。妳呢？」

「我也不太想今天晚上開車回去。」

有那麼一會兒，他們兩個都沒有說話。

「你有找到飯店住嗎？」她問。

「我有帶帳篷和睡袋來。這條路上有一個露營區，我打算去那裡睡覺。」

她花了五秒鐘的時間做了一個決定。那五秒鐘裡，她腦海中閃過很多可能性，還有各種結果。

「我這裡還多一個房間。」她說。「你可以過來這邊睡。」

「我不好意思去麻煩妳。」

「理察，床已經鋪好了。」

兩個人忽然又沉默了一下子。「那太好了。不過，我有一個條件。」

「什麼條件？」

「晚飯要讓我請。曼因街這邊有一家餐廳可以外帶，沒什麼了不起的菜，不過，我們倒是可以點幾隻水煮龍蝦。」

「理察，我不知道你對了不起這三個字的定義是什麼，不過，對我來說，龍蝦已經夠了不起了。」

「妳要喝紅酒還是啤酒？」

「今天晚上忽然想喝啤酒。」

「再過一個鐘頭我就會到妳那裡了。先別亂吃，留點胃口。」

她掛斷電話之後，這才發覺自己已經餓昏了。沒多久之前，她本來還覺得很懶得開車到鎮上去，本來想算了，晚餐就省了，早點上床睡覺好了。而現在，她竟然餓了。而且，她並非只想吃，她還渴望能夠有個伴。

她在屋子裡不停地踱來踱去，腦海中纏繞著很多慾望，但那些慾望卻又互相矛盾。就在幾天前的晚上，她才和丹尼爾·布洛菲一起吃了一頓晚飯。只不過，丹尼爾已經把自己獻身給教會了，她永遠沒機會了。永遠得不到的東西或許會很令人著迷，但卻很難帶給你快樂。

她聽到遠處傳來低沉的隆隆雷聲，於是就走到紗門前面。門外，天色已經完全黑了。雖然看不到雷光閃閃，不過，空氣中彷彿飄散著某種電力。那是某種可能的想像所散發出來的電力。這時候，雨滴開始打在屋頂上了。一開始只是零零星星的滴了幾下，沒多久，天空彷彿突然破了一個大洞，成千上萬的雨滴傾盆而下。暴風雨的威力令她感到有點興奮。她站在門廊上，看著大雨滂沱而下，感覺涼風陣陣吹來，衣服和頭髮隨風飄揚。

過了一會兒，兩道車燈劃破了白茫茫的雨霧。

她站在門廊上，一動也不動。車子停到門口那一剎那，她的心臟像雨水一樣劈哩啪啦狂跳起來。巴拉德鑽出車子，手上抱著一個大袋子和一袋六罐裝的啤酒。他在傾盆大雨中彎腰往門廊這邊衝過來，衝上階梯。

「沒想到竟然要游泳才能見到妳。」他說。

她笑了起來。「來吧，我拿條毛巾給你。」

「我可以先借用一下妳的浴室嗎？我一直還沒有機會好好把自己洗乾淨。」

「請便。」她從他手上接過那個袋子。「浴室就在走廊那邊。櫃子裡有乾淨的毛巾。」

「我車子的後行李廂裡有盥洗用具，我去拿。」

她把吃的東西拿到廚房去，把啤酒塞進冰箱裡。接著，她聽到他跑進來，紗門砰的一聲關上了。又過一會兒，她聽到浴室裡傳來嘩啦啦的水聲。

她走到餐桌旁邊，坐下來，吁了一大口氣。她暗暗告訴自己，只不過是吃頓晚飯，如此而已。兩個人共處一室，也不過就是一個晚上。接著，她又想到幾天前的晚上，她幫丹尼爾煮了一頓飯，而那天晚上，從一開始感覺就截然不同。當她看著丹尼爾，她看到的是一個遙不可及的人。*然而，當我看著理察，我看到的又是什麼？也許我不應該奢望太多。*

後來，浴室裡的水聲停了。她坐著一動也不動，豎起耳朵仔細聽，全身的每一條神經突然變得好敏銳，感覺得到一陣風輕輕拂過她的皮膚。接著，一陣腳步聲逐漸靠近。他突然走到她旁邊了，身上散發出肥皂的香味，穿著藍色的牛仔褲和乾淨的襯衫。

「我吃飯的時候，恐怕必須打著赤腳，希望妳不要介意。」他說。「我的鞋子沾滿了泥巴，太髒了，不好意思踩進屋子裡。」

她笑了起來。「那我也打赤腳好了。感覺上比較像野餐。」她踢掉腳上的涼鞋，走到冰箱前面。「想喝啤酒了嗎？」

「我已經想了好幾個鐘頭了。」

她拉開兩罐啤酒的拉環，拿了一瓶給他。她啜了一口啤酒，看著他，看到他仰頭喝了一大口。她心裡想：我絕對不會有機會看到丹尼爾在我面前表現出這種樣子。無拘無束，還打赤腳，而且剛洗完澡，頭髮還是濕的。

接著，她轉身走到那個袋子旁邊，打開看看裡面有什麼東西。「對了，我們晚餐要吃什麼？」

「我拿給妳看。」說著，他也走到流理台前面，站在她旁邊，手伸進袋子裡，拿出好幾個大大小小的錫箔紙包。「烤馬鈴薯、液態奶油、整條玉米，當然，還有主菜。」說著，他拿出一個很大的泡泡塑膠袋，把袋子掀開，露出裡頭兩隻紅通通的大龍蝦。龍蝦還冒著蒸氣。

「可是，我們要怎麼撬開龍蝦？」

「難道妳連剝龍蝦都不懂？」

「我全指望你了。」

「小Case。」說著，他從袋子裡掏出兩把胡桃鉗。「怎麼樣，醫生，準備好要開刀了嗎？」

「別嚇我。」

「只是一點小訣竅。不過，還是要先做好防護措施。」

「你說什麼？」

他又把手伸進袋子裡，拿出兩件塑膠圍裙。

「你葫蘆裡賣的到底是什麼藥？」

「妳以爲餐廳賣龍蝦的目的是爲了要整客人嗎？」

「沒錯。」

「好啦，放輕鬆一點，享受一下吧。穿上這個就不會把衣服弄髒了。」說著，他繞到她後面，把圍裙圍在她胸口。他把圍裙的帶子繞到她脖子後面打結的時候，她感覺得到他的鼻息噴在她的頭髮上。他的手在她脖子後面輕輕地摩挲著，她不由自主地顫抖了一下。

「好了，輪到你了。」她輕聲細語地說。

「輪到我？」

「穿上這玩意兒，看起來跟白癡一樣，我才不要一個人當白癡。」

他嘆了口氣，一副投降了的樣子，然後自己也套上圍裙，把帶子綁在脖子後面。然後，他們彼此對望了一眼，看到對方胸口那個龍蝦的卡通圖案，兩個人突然大笑起來。他們坐下的時候還在笑。她心裡想：現在肚子空空的，再多喝幾口啤酒，我就要忘了自己是誰了。不過，這種感覺眞好。

他拿起一把胡桃鉗。「好了，艾爾思醫師，準備好要開刀了嗎？」

她伸手拿起另一把，那種姿勢活像外科醫師拿起手術刀，準備割下第一刀。「準備好了。」

他們拔掉龍蝦腳，把外殼敲碎，挖出香甜的龍蝦肉，這時候，雨水滴滴答答打在屋頂上，那種規律的聲音彷彿在幫他們伴奏。他們連叉子都懶得用了，乾脆用手抓著吃。他們用沾滿了奶油的手，拉開啤酒罐上的易開罐拉環，然後剝開烤馬鈴薯，露出裡面熱騰騰香噴噴的馬鈴薯泥。今夜，所有的社交禮儀都被他們拋到腦後了。他們就像在野餐，打著赤腳坐在桌子前面，把手指頭放到嘴巴裡舔，然後偶爾會偷瞄對方一眼。

「這樣吃比用刀叉好玩多了。」她說。

「妳從前都沒有用手抓過龍蝦吃嗎？」

「信不信由你，這還是我第一次碰到帶殼的龍蝦。」說著，她伸手拿了一張餐巾紙，擦掉手上的奶油。「知道嗎，我不是在新英格蘭土生土長的。我是兩年前才搬到這裡來的，從舊金山。」

「這我倒看不出來。」

「爲什麼？」

「因爲妳看起來很像那種典型的『北方佬』。」

「怎麼說？」

「獨立自主，含蓄內斂。」

「我盡量想辦法讓自己達到這種境界。」

「妳是說，那不是妳的本性？」

「每個人的一生都是在扮演某種角色。在工作上，我必須表現出該有的樣子。我必須表現得像是艾爾思醫師。」

「那麼，跟朋友在一起的時候，妳又是什麼樣子呢？」

她啜了一口啤酒，然後把啤酒罐輕輕的放下來。「在波士頓那邊，我沒什麼朋友。或者說，到目前爲止還沒有。」

「如果妳是外地人，交朋友恐怕急不來。」

外地人。沒錯。在波士頓，每一天每一夜，她一直都覺得自己像個外人。她發現那些警察沒事就勾肩搭背，聽到他們老是在聊什麼烤肉，什麼壘球賽，而他們卻從來沒有邀請她參與，因爲她跟他們不是同一國的。她不是警察。每當有人提到她的名字，後面一定會加上「醫生」這個頭銜，而這頭銜就像一道牆，把那些警察擋在門外。至於法醫部門那些醫生同事呢？他們都已經結婚了，所以，他們也不知道該用什麼樣的態度來面對她。離了婚的漂亮女人是很麻煩的，令人很不自在。在他們眼裡，她可能是一種潛在的威脅，也有可能是一種誘惑，所以，沒有人願意招惹麻煩。

「那麼，妳怎麼會跑到波士頓來的？」他問。

「也許是因爲，我覺得有必要改變一下自己的生活。」

「所謂的生涯規劃嗎？」

「不是，跟那個沒關係。我在醫學院過得很愉快。我在大學的醫院裡擔任病理研究人員，我的工作夥伴不是年輕聰明的住院醫師，就是醫學院的學生，愉快得很。」

「所以，如果不是工作上的問題，那一定是跟妳的感情生活有關係。」

她低頭看看桌上那些沒吃完的東西。「你猜對了。」

「我猜，談到這個問題，妳大概會叫我不要多管閒事。」

「我離婚了，沒什麼大不了。」

「妳想聊聊嗎？」

她聳聳肩。「有什麼好說的？維克多是個很棒的男人，非常有魅力——」

「哇，我已經開始嫉妒他了。」

「問題是，跟這樣的人結婚，關係維持不了多久。壓力太大了。那種熱情很快就燃燒殆盡，非常快，快到你很快就精疲力盡了。而且他……」說到一半，她忽然沒聲音了。

「怎麼樣？」

她伸手去拿啤酒，一口一口慢慢喝，喝了好一會兒，然後又放回去。「他對我不夠老實。」她說。「就這樣，沒什麼。」

她知道他想多知道一點，不過，她也知道，他應該已經聽懂她最後那句話的意思了。到此爲止，我不想再談了。他站起來，走到冰箱那邊再拿了兩罐啤酒回來，拉開易開罐拉環，然後拿了一罐給她。

「如果我們要繼續討論前夫前妻的問題。」他說。「我想，我們可能需要多喝點啤酒了。」

「既然談了徒傷感情，那就乾脆別談了。」

「或許正是因爲妳從來不去談，所以才會痛苦。」

「沒有人有興趣聽我談離婚的事。」

他坐下來，隔著桌子凝視著她的眼睛。「我有興趣。」

她心裡想，她從來沒有被男人這麼專注地看過，而此刻，她發現自己沒辦法不看他的眼睛。她深深吸了幾口氣，感覺空氣中飄散著雨水潮濕的氣味和一種充滿誘惑的奶油香味。此刻，她忽然發現，他臉上的某些小地方是她先前一直沒有留意到的。比如說，他的頭髮上有一些金黃色的斑紋。比如說，他的下巴有一道疤痕。比如說，他嘴唇下方有一條淡淡的白線。比如說，他門牙上有小缺口。她忽然想到，她跟眼前這個男人認識才沒多久，可是她卻覺得彷彿已經跟他認識一輩子了。這時候，她隱隱約約聽到房間裡的手機在響，不過，她忽然不想去接電話。她打算讓它繼續響，過一會兒對方就會自動掛斷了。平常她不會不接電話，可是今天晚上，所有的感覺都不一樣了。她覺得自己不一樣了，變得不顧一切。她竟然不接電話，而且用手抓東西吃。

她有可能會跟一個認識不深的男人上床。

這時候，手機又響了。

這次，她終於注意到了，打電話的人似乎有什麼急事。她不能不管了。於是，她很不情願地站起來。「我該去接一下電話了。」

她都還沒走進房間，電話鈴聲又停了。她撥號聽留言，結果發現有兩通留言，都是瑞卓利打來的。

「醫生，有話要告訴妳，請回電。」

第二通留言，口氣聽起來好像有點不高興了。「還是我。妳怎麼不回電？」

莫拉坐到床上，楞楞地看著床墊，忽然不由自主地想到，這張床應該夠大，應該夠兩個人睡吧。接著，她拚命揮開腦海中的胡思亂想，深深吸了一口氣，然後按了瑞卓利的號碼。

「妳在哪裡？」瑞卓利劈頭就質問她。

「我還在法克斯港。不好意思，剛剛才跑過來，來不及接。」

「妳有看到巴拉德嗎？」

「看到了，我們剛剛一起吃過晚飯。對了，妳怎麼會知道他在這裡？」

「因爲他昨天打電話給我，問妳去了什麼地方。聽他的口氣，他好像打算到那裡去找妳。」

「他在另一個房間。妳要我去找他過來嗎？」

「不用了，我想找的人是妳。」瑞卓利遲疑了一下。「我今天去找泰倫斯·范·蓋斯。」

瑞卓利突然換了話題，莫拉楞了一下，一時反應不過來。「什麼？」她有點茫然。

「范．蓋斯。妳告訴過我，他是律師，負責——」

「對了，我想起來了。他跟妳說了什麼？」

「很有意思的事。跟領養有關的。」

「他眞的告訴妳了？」

「是啊，眞沒想到，有些人一看到妳亮出警徽，就什麼都招了。眞不可思議。他告訴我，幾個月前，妳妹妹也去找過他。就像妳一樣，她也想查出自己親生母親的背景。不過，他也是跟她繞圈子，打太極拳，就像對付妳一樣。他說，資料已經被封存了，而妳們的媽媽希望自己的身分絕對保密，等等等等。所以，後來她又帶了一個朋友去找他，而那位朋友告訴范．蓋斯，爲了他自己好，最好把那位母親的名字說出來。范．蓋斯被他說服了。」

「那麼，他說了嗎？」

「是的，他說了。」

莫拉不由得抓緊電話，話筒緊貼在耳朵上，話筒裡甚至聽得到自己的脈搏在跳動。她囁囁嚅嚅地問：「所以，妳知道我母親是誰了嗎？」

「知道。不過還有別的——」

「珍，她叫什麼名字，趕快告訴我。」

瑞卓利遲疑了一下。「蘭克。她的名字叫做艾曼爾提亞．蘭克。」

艾曼爾提亞。我媽媽的名字叫做艾曼爾提亞。

莫拉嘆了一大口氣，聲音充滿了感激。「謝謝妳！老天，眞不敢相信，我終於找到——」

事。

「等一下，我還沒說完。」

瑞卓利的口氣聽起來似乎有一種警告的意味。一定有什麼不對勁。很可能是莫拉不想聽到的事。

「怎麼了？」

「安娜那個朋友，也就是威脅范・蓋斯的那個警察，妳知道他是誰嗎？」

「是誰？」

「理察・巴拉德。」

莫拉楞住了，一動也不動。她聽到廚房裡傳來杯盤碰撞的叮噹聲，還有水龍頭的水流聲。她心裡想：這一整天我都跟他在一起，可是，現在我才突然發現，我根本就不知道他究竟是什麼樣的人。

「醫生？」

「既然如此，他為什麼不告訴我？」

「我知道為什麼。」

「為什麼？」

「妳還是去問他吧。接下來的事情，就讓他來告訴妳吧。」

她回到廚房的時候，發現他已經把桌子清乾淨了，龍蝦殼都已經丟到垃圾桶裡了。此刻，他站在水槽前面洗手，沒有注意到她站在門口看著他。

「你知道艾曼爾提亞・蘭克這個人嗎？」莫拉問。

他忽然全身僵住了，沒有轉過來看她。他們陷入一陣冗長的沉默。過了好久，他終於伸手去拿抹布，慢慢把手擦乾。她知道，他在拖延時間，考慮該怎麼說。只不過，要是他想找一些藉口來搪塞她，恐怕沒那麼容易。不管他說什麼，恐怕都沒有辦法改變此刻她對他的不信任。

後來，他終於轉過來看著她。「我本來希望妳永遠不會發現。莫拉，妳一定會希望這輩子永遠沒聽說過艾曼爾提亞．蘭克這個人。」

「她是我媽媽嗎？眞該死，你還隱瞞了什麼？趕快說。」

他無可奈何地點點頭。「是的，她是妳媽媽。」

這就對了，他親口說出來了。他確認了。有好一會兒，她眞的不敢相信，他竟然對她隱瞞了這麼重要的訊息。這時候，他一直用一種很關切的眼神看著她。

「你爲什麼不告訴我？」她問。

「莫拉，我是爲妳好。這樣對妳最好——」

「難道知道眞相對我不好？」

「以目前情況看來，不好，確實不好。」

「你眞該死，那究竟是什麼意思？」

「對妳妹妹，我做錯了一件事——很嚴重的錯誤。她拚命想找到自己的媽媽，所以我就想，也許我可以幫她一個忙。可是我做夢也沒想到，結果會變成這樣。」他朝她跨近了一步。「莫拉，我只想保護妳。我看到安娜的下場了。我不希望同樣的事也發生在妳身上。」

「我不是安娜。」

「可是妳就像她一樣。妳們兩個實在太像了，像得令人害怕。不光是妳們的長相，還有妳們的思考方式。」

她冷笑了一聲。「這麼說來，你甚至還能夠看穿我的心思，對不對？」

「不是看穿妳的心思，而是太了解妳的個性。安娜很頑固。如果她想搞清楚一件事，她不達目的絕不終止。而且，妳會一直挖一直挖，一直到妳找到答案爲止。我看到今天妳在那裡挖東西的模樣。那並不是妳的工作，而且那裡也不是妳的轄區。妳根本就沒有理由到那裡去，所以，那純粹是出於好奇，還有頑固。妳想要把那些骨頭找出來，所以妳就動手了。安娜就是那樣。」他嘆了口氣。「沒錯，她終於挖到她想要的東西了，但結果卻令人遺憾。」

「理察，我媽媽究竟是誰？」

「妳不會想去見她的。」

過了好一會兒，莫拉才意識到剛剛他說的那句話有點蹊蹺。想去見？「我媽媽還活著，是不是？」

他很不情願地點點頭。

「而且，你知道她在什麼地方。」

他沒有回答。

「該死，理察！」她火氣來了。「有話就說行不行？」

他走到桌子旁邊，坐下來，彷彿突然累了，不想再跟她爭了。「如果妳知道眞相，一定會很痛苦的。尤其是，妳的身分，妳的工作，會令妳更痛苦。」

「我的工作跟這件事有什麼關係？」

「妳是執法人員。妳將那些殺人兇手繩之以法。」

「我並沒有將誰繩之以法。我只是在法庭上陳述事實。而且，有時候我所陳述的事實，你們警察也不見得喜歡聽。」

「不過，至少妳是站在我們這邊的。」

「錯了，我站在被害人那邊。」

「好吧，被害人那邊。反正，那也就是爲什麼，如果我把她的事情都告訴妳，妳一定會很痛苦。」

「到目前爲止，你什麼都還沒有告訴我。」

他嘆了口氣。「好吧，也許我應該先告訴妳，她現在在什麼地方。」

「說吧。」

「艾曼爾提亞·蘭克——也就是那個把妳丟給別人領養的人——目前囚禁在麻州的佛明漢監獄。」

莫拉忽然兩腿一軟，跌坐在他對面的椅子上，手臂靠在桌面上。剛剛有一些奶油灑在桌面上，已經凝固了，感覺黏黏的。那令她聯想到，不到一個鐘頭之前，他們還共享了一頓愉快的晚餐。但此刻，她的世界已經天翻地覆了。

「你是說，我媽媽在牢裡？」

「是的。」

莫拉瞪大眼睛看著他，忽然沒有勇氣繼續追問下一個問題。很明顯的問題。因爲她很怕聽到那個答案。不過，她已經跨出了第一步，踏上了這條不歸路，因此，儘管她不知道最後結果會怎麼樣，現在她已經不能回頭了。

「她做了什麼？」莫拉問。「她為什麼會坐牢？」

「她被判終身監禁。」他說。「因為她殺了兩個人。」

「這就是我不想讓妳知道的。」巴拉德說。「不久之前，安娜終於知道她媽媽犯了什麼罪，知道自己身上流著什麼樣的血，當時，我親眼看到她的反應。沒有人會希望自己有這樣的家世背景——家裡有殺人兇手。結果，她當然不肯相信。她認定整件事一定是一場誤會。說不定她媽媽是被冤枉的。而且，自從她見過她之後——」

「等一下，你剛剛說，安娜見過我們的媽媽？」

「是的。我們一起開車去的，到麻州佛明漢監獄。那是女子監獄。可是，後來我發覺，我又做錯了另一件事，因為，見過媽媽之後，她反而更困惑，不確定媽媽究竟有沒有犯罪。她就是無法面對事實，不肯相信媽媽是一個禽——」說到一半，他忽然沒聲音了。

一個禽獸。我媽媽是一個禽獸。

雨已經變小了，屋頂上只剩下微弱的滴答聲。儘管大雷雨已經過去了，轉移到海上去了，但她依然聽得到遠遠的雷聲。然而，此刻廚房裡卻是一片死寂。他們隔著桌子面對面坐著。理察默默看著她，用一種充滿關懷的眼神看著她，彷彿怕她會崩潰。她心裡想：他並不了解我，我不是安娜。我不會崩潰的，他媽的，我不需要人保護。

「接下來呢？繼續說。」她問。

「接下來？」

「你剛剛說，艾曼爾提亞·蘭克殺了兩個人，而且被判刑了。那是什麼時候的事？」

「大概五年前吧。」

「被害人是誰？」

「實在很難以啓齒，而且，妳很可能會承受不了。」

「你剛剛已經告訴過我，我媽媽是殺人兇手。我想，我的反應應該還算平靜。」

「是比安娜好一點。」他承認。

「既然如此，那就告訴我，被害人到底是誰，還有，千萬別再有任何隱瞞了。理察，這輩子我最無法忍受的，就是有人想隱瞞我，不讓我知道眞相。之前我嫁給一個男人，結果那男人有太多祕密，一直在隱瞞我。我們的婚姻就是這樣完蛋的。我不會再忍受同樣的事了，不管是誰。」

「好吧。」他彎身湊向前，盯著她的眼睛。「既然妳想知道所有的細節，那我就老老實實告訴妳，不過，先警告妳，那是很殘酷的，因爲所有的細節都是血淋淋的。被害人是一對姊妹，泰瑞莎和妮琪，年齡分別是三十五歲和二十八歲，麻州費茲堡人。當時是十一月底，有一場突如其來的暴風雪。她們的車子爆胎了，兩個人被困在路邊。後來，正好有一輛車經過，讓她們搭便車，當時，她們一定覺得自己運氣眞好。沒想到兩天後，有人在三十英里外一間燒毀的小屋裡發現她們的屍體。又過了一個禮拜之後，在維吉尼亞州，艾曼爾提亞・蘭克開車違規，被警察攔下來。警察發現她的車牌是偷來的，而且還發現後保險桿上有血跡。警察搜索那輛車，結果在後行李廂發現被害人的錢包，還有一根拆輪胎用的鐵撬，上面有艾曼爾提亞的指紋。經過檢驗後，發現鐵撬上有血跡反應。那是妮琪和泰瑞莎的血。最後一項證物是麻州一座加油站的錄影帶。在那支錄影帶上，可以看到艾曼爾提亞・蘭克買了一塑膠桶的汽油，而她就是用那些汽油焚燒被害人的屍體。」他凝視著她。「好了，夠殘酷了吧，這就是妳想聽的嗎？」

「死因是什麼？」她問。她的口氣冷靜得異乎尋常，甚至令人有點不寒而慄。「你說屍體被焚燒了，可是，那兩個女人是怎麼死的？」

他凝視著她，看了好一會兒，彷彿不太能理解她怎麼有辦法這麼冷靜。「警方用X光掃描被焚毀的遺骸，發現那兩個女人的頭骨都破裂了，很像就是用那根鐵撬打的。尤其是，那個妹妹妮琪被打得最嚴重，臉骨都凹陷了，整張臉看起來就像一個窟窿。這種犯罪眞是殘暴到極點。」

她想像他剛剛描述的整個過程，想像暴風雪的天氣，兩個姊妹被困在路邊，然後有個女人開車經過，幫了她們一個忙，而她們當然也就百分之百信任這位好心的人，尤其，這位好心的人年紀比她們還大，灰頭髮更多。女人總是幫助女人。

她看著巴拉德。「你說安娜認爲她是冤枉的。」

「我剛剛跟妳說的，只是法庭審理過程中所呈現的證據。鐵撬、加油站的錄影帶、錢包。光是看到這些證物，哪個陪審團的人會認爲她是冤枉的呢？」

「這件事是五年前發生的。那麼，當時艾曼爾提亞是幾歲？」

「我想不起來了，應該是六十幾歲吧。」

「那她竟然有辦法制伏兩個比她年輕的女人，而且還殺了她們？」

「老天，妳的反應跟安娜一模一樣。妳們都會質疑那種看起來最明顯的現象。」

「因爲最明顯的現象不一定是眞的。有行爲能力的人一定會反抗的，要不然至少也會逃。那麼，泰瑞莎和妮琪爲什麼都沒有這樣做呢？」

「一定是因爲太突然了，措手不及。」

「可是她們不是兩個人嗎？一個人出事了，爲什麼另一個沒有逃？」

「因爲其中一個並不能算是有行爲能力。」

「什麼意思？」

「那個妹妹妮琪，她懷有九個月的身孕。」

14

瑪蒂達．普維斯根本分不清時間是白天還是晚上。她沒有戴手錶，所以，她根本搞不清楚已經過了幾個鐘頭，或是已經過了幾天了。她不知道自己已經在這個箱子裡多久了，那種感覺是最難受的。一個人孤零零的，滿懷恐懼，不知道自己心跳了多少次，呼吸了多少次。她試過一秒一秒的計算時間，然後又試著算算看過了幾分鐘，可是算到第五分鐘她就放棄了。根本沒有用。就算是爲了要引開自己的注意力，避免讓自己陷在絕望的情緒裡，也沒什麼幫助。

她已經摸索過整個箱子裡的每一個角落，卻根本找不到半個漏洞。沒有裂縫可以撐開，可以往前挖。她把毯子攤開，墊在下面。這比躺在硬木板上舒服多了。而且，她也學會了怎麼用那個塑膠便盆，大小便才不會濺出來。就算被困在這個箱子裡，生活還是一樣的生活。吃喝拉撒睡。事實上，眞的有助於她計算時間的，是食物消耗的數量。巧克力棒吃了幾根？還剩下幾根？

袋子裡還有十二根。

她塞了一小塊巧克力到嘴裡，不過並沒有把它咬碎，而是含在舌頭上慢慢融解，慢慢品嚐那種香味。她一直都很喜歡巧克力，每次經過糖果店，她都會用一種崇拜的眼光，看著櫥窗裡那一顆顆有如黑寶石般的、紙箔包著的巧克力。她想像可可粉那種苦苦甜甜的滋味，想像櫻桃餡和糖漿流到下巴——那不是眼前這種巧克力棒能夠比擬的。不過，巧克力畢竟是巧克力，她還懂得珍惜眼前所擁有的。

可是，巧克力總會有吃完的一天。

她低頭一看，看到箱子裡丟了滿地的揉爛的包裝紙，忽然感到一陣驚慌，沒想到食物消耗得這麼快。要是有一天吃光了，接下來要怎麼辦？其實，一定還會再送來的。綁架她的人既然給她食物和水，目的應該不是爲了等幾天之後再讓她餓死吧？

不是，當然不是，我會活下去的，我不會死。

她抬起頭，把臉湊近那個通風孔，深深吸了幾口氣。我一定要活下去。她一次又一次地告訴自己，一定要活下去。

可是，爲什麼？

她往後一仰，靠在牆上，腦海中一直迴盪著那句話。爲什麼？她想得到的唯一的答案是：綁架勒贖。噢，這個綁架她的傢伙是個笨蛋。你被杜恩營造出來的假象蒙蔽了。BMW，瑞士「百年靈」名錶，時尚領帶。**在路上開這種車，是一種身分地位的象徵。**想到這句話，她忽然歇斯底里的狂笑起來。這些名牌門面，都是用借來的錢買的，而她竟然因此被綁架了。杜恩根本付不起贖金。

她腦海中浮現出一個畫面，想像他回到家裡，發現她不見了。然後，他會看到她的車在車庫裡，看到那張椅子倒在地上，心裡覺得很奇怪。然後，他會看到一張勒贖的字條，看到上面要求的金額。**你會付錢的，對不對？**

對不對？

這時候，手電筒的光束忽然變暗了。她把手電筒抓起來，用手敲了一下。手電筒又亮起來了，但只亮了一下，很快又變暗了。噢，老天，電池沒電了，妳這個白癡，妳怎麼會讓手電筒開這麼久呢？她把手伸進袋子裡，摸了半天，摸出一包新的電池，然後撕開塑膠紙。電池忽然散開，掉了滿地。

這時候，手電筒熄滅了。

箱子裡陷入一片漆黑，只聽得到她自己濃濁的呼吸聲。她越來越驚慌，不由得開始啜泣起來。好了，瑪蒂達，不要緊張。明明就還有電池，有什麼好怕的？把電池塞進手電筒裡，正極負極方向不要搞錯就好了。

她在地上摸了半天，把散落的電池撿起來，深深吸了一口氣，轉開手電筒的蓋子，然後小心翼翼把蓋子放在弓著的膝蓋上。她讓舊電池滑出來，擺在旁邊，在一片漆黑中執行每一個動作。萬一有哪個關鍵的零件搞丟了，在這種伸手不見五指的黑暗中，她可能再也找不到了。所以，慢慢來，瑪蒂達。從前妳也換過手電筒的電池，所以，正極在前面，把電池放進去就對了。一個，兩個。好了，把蓋子蓋起來……

手電筒突然又亮了，好亮，好漂亮。她吁了一口氣，往後一仰靠在牆上，忽然感到筋疲力盡，彷彿剛剛才跑完馬拉松。好了，終於又有亮光了，省著點用吧。千萬別又把手電筒用到沒電了。於是，她關掉手電筒，靜靜坐在黑暗中。這一次，她的呼吸很平穩，很和緩。不需要驚慌，雖然什麼都看不見，不過，手指頭擺在開關上，隨時可以打開。一切都在我的掌握中。

不過，在一片漆黑中，唯一控制不了的，是心頭的恐懼。她心裡想，此刻，杜恩一定已經知道我被綁架了。他一定看到字條了，或是已經接到電話了。要錢還是要老婆。他會付錢的，他一定會付錢的。她想像得到，他一定驚慌失措，向電話裡那個來路身分不明的人求情。千萬不要傷害她，求求你，千萬不要傷害她！她想像得到，他一定坐在餐桌旁邊啜泣著，心裡覺得對不起她，很對不起她，為什麼要對她說那些惡毒的話。他說過太多的話，而那些話總是會令她感覺自己很渺小，很微不足道。現在，他一定很希望把那些話收回去，希望有機會告訴她，她對他有多麼重要……

瑪蒂達，別做夢了。

她忽然感到很痛苦，用力閉上眼睛。那是很深的痛苦，彷彿一隻無形的手刺進她的胸口，抓住她的心臟。

妳明知道他根本就不愛妳。已經好幾個月了，妳一直都知道。

她雙手抱住肚子，那種感覺就像抱住自己，也抱住自己的孩子。她整個人蜷曲到一個角落裡。她已經無法再欺騙自己了。她還記得，有一天晚上，她洗完澡走出浴室的時候，他看著她的肚子，忽然露出一種嫌惡的眼神。她也記得，有幾天晚上，她走到他後面想親親他的脖子，可是他卻揮揮手叫她走開。兩個月前，在亞佛列德家的派對上，他忽然失去了蹤影。她找了半天，最後在後院的露台上找到他了。當時他正在跟珍·哈克梅斯特打情罵俏。已經有跡象了，已經有太多跡象了，但她卻故意視若無睹，因爲她相信眞愛。有一年的生日派對，有人介紹她認識杜恩·普維斯。從那一天起，她就深信人間有眞愛。當時她已經聽說過他在外頭有不少風風雨雨，早就該提高警覺了，但她還是立刻就認定他就是她的眞命天子。她還記得，每次他們約會，他總是要求各付各的，從來不肯幫她付錢。她也記得，每次經過鏡子前面，他一定會下意識地撥撥頭髮，沒有一次例外。諸如此類的小事不勝枚舉，但她總認爲這一切到頭來都不會有影響，因爲他們之間有愛，只要有愛，他們就永遠不會分開。她總是這麼安慰自己。她曾經在別人身上看到過，美麗的謊言始終都是浪漫愛情的一部分。只可惜，那種浪漫愛情大概是她在電影裡看到的，並不屬於她。在她的眞實人生中，沒有那種愛情。

而此刻，她被困在一個箱子裡。這才是她的眞實人生。她必須等她的丈夫付贖金才回得了家，但他卻根本就不想救她回家。

此刻，她開始想像眞實的杜恩，而不是那個幻想中的杜恩。此刻，杜恩很可能坐在廚房的餐桌床邊，看那張勒贖的字條。你太太在我們手裡，馬上準備一百萬，否則……

不對，那個金額太龐大了。除非那個綁匪發神經，否則他不可能要求那麼多贖金。以這幾年的標準，綁架別人的太太，通常會要求多少贖金呢？十萬塊似乎合理多了。然而，就算綁匪只要十萬，杜恩還是會猶豫。他會先評估自己有多少財產。BMW，房子。老婆値得他付出多少？

如果你愛我，如果你曾經愛過我，你會付錢的。老天保佑，老天保佑，求求你給他錢。

她躺下來，雙手環抱，整個人縮成一團，心裡感到一陣絕望。其實，她自己心裡也有一口箱子，而那才是最黑暗、最深不見底的監牢。她把自己囚禁在裡面。

「小姐。小姐。」

她本來在啜泣，一聽到那個聲音，整個人僵住了。可是，眞的是有人在講話嗎？她已經開始產生幻覺了，開始聽到那種不存在的聲音了。她大概快要瘋了。

「小姐，妳聽到了嗎？」

她立刻打開手電筒，對準頭頂上方。聲音就是從那邊來的——通風口。

「妳聽到了嗎？」那是男人的聲音。很低沉，很溫和。

「你是誰？」她問。

「妳有看到那些食物嗎？」

「你是誰？」

「妳要省著點吃。妳只能靠那些食物撐下去。」

「我先生會付錢給你的。我知道他一定會。求求你，放我出去！」

「妳有沒有哪裡不舒服？」

「你說什麼？」

「妳有沒有哪裡不舒服？」

「放我出去就對了！放我出去！」

「時候到了就會放妳出去。」

「你還要把我關在這裡關多久？你究竟什麼時候才要放我出去？」

「再過一陣子。」

「那是什麼意思？」

對方沒有吭聲。

「喂？先生，你還在嗎？跟我丈夫說，我還活著。叫他付錢給你！」

這時候，她聽到腳步聲慢慢遠去。

「不要走！」她大喊起來。「放我出去！」她伸手猛敲上面的木板，大聲尖叫：「馬上放我出去！」

腳步聲不見了。她盯著那個通風孔。她心裡想：他剛剛說過，他會回來的。明天他就會回來了，杜恩付錢給他之後，他就會放我出去了。

想到杜恩，她猛然意識到，剛剛通風口那個聲音從頭到尾都沒有提到她的丈夫。

15

她們在車陣中穿梭，一路朝敦百克高速公路的匝道開過去。珍．瑞卓利開起車來十足波士頓人的架式，按喇叭的速度迅如閃電，那輛速霸陸矯若游龍，在並排的車陣中穿梭自如。懷孕似乎並沒有磨平她的急性子。更糟糕的是，每次在十字路口被紅燈擋住，她似乎顯得格外不耐煩。

「醫生，我不知道妳在想什麼。」她在路口等紅燈，嘴裡一邊說，四根手指頭在方向盤上輪流敲打。「這件事很可能會把妳的腦袋搞瘋掉。我的意思是，跑去看她，對妳究竟有什麼意義？」

「至少我可以搞清楚我媽媽究竟是誰。」

「妳不是已經知道她叫什麼名字了嗎？妳也知道她犯了什麼罪。這樣還不夠嗎？」

「不夠。還不夠。」

她們後面那輛車忽然按起喇叭。原來已經綠燈了。

「渾球。」瑞卓利咒罵了一聲，然後閃電般地衝過十字路口。

她們開上麻州敦百克快速道路西向的車道，開往佛明漢。整條路上全是體型龐大的貨櫃車和休旅車，相形之下，瑞卓利那輛速霸陸簡直像玩具。上個週末，她還徜徉在緬因州寧靜的公路上，想不到過沒兩天，她又回到波士頓車水馬龍的公路了。在這種路上，只要有一個閃失，生死只有一線之隔。對莫拉來說，那種感覺只有驚心動魄能夠形容。瑞卓利開起車來橫衝直撞，那種不要命的架式令莫拉很不自在。莫拉從來不冒險，買車一定選擇安全係數最高的，而且要有雙安全氣囊。她車上的油錶指針很少低於四分之三的刻度。她永遠都保持高度自制。突然間，一輛兩噸重的大貨櫃車從她們旁邊呼嘯而過，距離只有幾英寸，那一剎那，她幾乎快要克制不了自己了。

後來，她們終於開下敦百克高速公路，轉到126號公路，開進佛明漢市中心。這時候，莫拉總算放鬆了。剛剛她的手本來一直抓著儀表板，現在，她終於安心地躺回椅背上了。只不過，現在她必須面對新的恐懼。現在，旁邊已經沒有龐大的貨櫃車，而開車的人也不再橫衝直撞了。現在，令她感到害怕的，是必須赤裸裸地面對自我。

而且，她痛恨自己所面對的一切。

「妳隨時都可以反悔。」瑞卓利彷彿看穿了她的心思。「要是妳反悔了，儘管說，我馬上掉頭。我們可以去麥當勞喝杯咖啡，說不定還可以再加點一份蘋果派。」

「是不是女人肚子大了，滿腦子想的就只有吃呢？」

「我例外。」

「我不會反悔的。」

「好吧，好吧。」瑞卓利默默開著車，好一會兒都沒有再說話。過了一會兒，她又開口了。「今天早上巴拉德跑來找我。」

莫拉瞪了她一眼，可是瑞卓利眼睛還是盯著前面的馬路。「他找妳做什麼？」

「他是來跟我解釋，爲什麼他不肯把妳媽媽的事告訴我們。我知道妳一定很氣他。不過，我倒覺得他是眞的爲妳好，怕妳受到傷害。」

「他是這樣說的嗎？」

「我相信他。甚至可以說，我同意他的做法。我也想過要瞞著妳，不要告訴妳那件事。」

「可是妳沒有。妳終究還是打電話給我了。」

「重點是，我知道他爲什麼不肯告訴妳。」

「全是藉口。他根本沒資格隱瞞我。」

「知道嗎？那是一種男人的心態。或許也可以說是一種警察的心態。他們想保護小女生——」

「所以他們就可以隱瞞眞相？」

「我只是說，我了解他的出發點是什麼。」

「妳都不會生氣嗎？」

「當然會。」

「那妳幹嘛幫他說話？」

「大概是因爲他看起來很酷。」

「噢，饒了我吧。」

「我的意思是，他眞的對妳感到很抱歉。不過，我覺得他是想親口跟妳道歉。」

「我現在沒心情聽別人道歉。」

「所以妳不打算原諒他，打算繼續生他的氣？」

「我們幹嘛一直討論他？」

「我也不知道。我只是覺得，他談到妳的時候，感覺不太一樣。你們兩個在緬因州那邊好像有怎麼樣了，對不對？」

莫拉感覺得到瑞卓利正盯著她看，感覺得到她那種警察特有的敏銳眼神。她心裡明白，要是她說謊，瑞卓利一眼就會看穿。

「此時此刻，我不想把關係搞得太複雜。」

「有什麼好複雜的？我的意思是，就算妳生他的氣，那又怎麼樣？」

「他離過婚，而且還有個女兒。」

「這個年紀的男人，哪個沒有過去？離過婚有什麼大不了的？」

莫拉眼睛盯著前面的馬路。「珍，妳應該明白，並不是每個女人都非結婚不可。」

「我從前也是這麼認爲，不過，現在呢？我不是也結婚了嗎？雖然有時候，我會很受不了那個傢伙，可是隔天，我又會開始想念他。這輩子我從來沒有想過自己會這樣。」

「嘉柏瑞算得上是個好男人。」

「是啊，他那個人倒眞的是滿光明磊落的。不過問題是，他和巴拉德一樣，也喜歡搞那種英雄救美的把戲。我眞是被他惹毛了。不過重點是，一開始也沒人看得出來哪個男人有這種毛病。」

莫拉忽然想到維克多。他們的婚姻是一場災難。「沒辦法，確實看不出來。」

「不過，至少我們可以開始訓練自己的眼光，仔細留意哪些男人比較有潛力，同時把那些明顯沒希望的先淘汰掉。」雖然瑞卓利沒有指名道姓，不過莫拉很清楚她說的就是丹尼爾．布洛菲。他根本就是不可能的。他只是她幻想的對象。長年以來，一直到她即將步入中年了，他一直都是她內心潛在渴望的投射。她的心一直擱淺在那遙不可及的幻想中。

「出口到了。」瑞卓利一邊說，一邊把車開下快速道路，轉向羅林街。

一看到「麻州佛明漢監獄」的路標，莫拉心頭立刻一陣狂跳。時候到了，必須面對自己的眞實身分，面對赤裸裸的自我了。

「妳還來得及反悔。」瑞卓利說。

「這個就不必再討論了。」

「呃，我只是提醒妳一下，我車子隨時可以掉頭。」

「珍，換成是妳，妳會反悔嗎？如果這大半輩子，妳一直在猜自己的親生母親是誰，一直在想像她是什麼模樣，那麼，到了最後關頭，妳會放棄嗎？此刻，困擾了妳一輩子的所有的問題，眼看答案就要揭曉了。換成是妳，妳會放棄嗎？」

瑞卓利轉頭看著她。瑞卓利是永遠的行動派，永遠處在狂風暴雨的狀態下。但此刻，她看著莫拉，眼神卻是異樣的平靜，充滿同情的了解。「不會。」她說。「我不會。」

她們走進「貝蒂．科爾．史密斯大樓」，走到管理部，亮出證件，在訪客登記簿上簽名。幾分鐘之後，典獄長芭芭拉．葛蕾親自到樓下的櫃檯來迎接她們。莫拉本來以爲她應該是那種看起來很有威嚴的監獄主管，沒想到眼前這個人看起來更像圖書館員。她那棕髮已經幾乎變成灰白了，身材修長，穿著一條褐色的裙子和一件粉紅色的棉質上衣。

「妳好，瑞卓利警官。」說著，葛蕾又轉頭問莫拉。「妳就是艾爾思醫師嗎？」

「是的。不好意思打擾妳了。」莫拉跟她握手的時候，發覺她握得並不用力，感覺有點冷淡。莫拉心裡想：她知道我的身分，知道我來做什麼。

「來，我們到辦公室去。我拿她的檔案給妳看。」

葛蕾在前面帶路，走路很快，感覺很有效率。她的動作姿態給人一種很俐落的感覺，完全不浪費時間。她完全沒有回頭看看訪客有沒有跟上來。接著，她們跨進電梯。

「這是第四級的監獄嗎？」瑞卓利問。

「是的。」

「所以說，這裡是中度安全管理監獄？」莫拉問。

「我們正在擴建，未來會提升到第六級。我們這裡是麻州唯一的女子監獄，所以，到目前爲止，也只能靠我們了。我們必須收容各種不同類型的罪犯。」

「包括大屠殺兇手嗎？」瑞卓利問。

「只要是女性，只要犯了罪，就會被送到這裡來。我們這裡的安全問題，沒有男性監獄那麼複雜。而且，我們這裡的方法有點不太一樣。我們著重在治療和矯正。我們這邊的受刑人，很多都有精神上的問題和物質成癮問題。更麻煩的是，其中有不少人身爲母親，所以，我們必須處理親子分離所導致的各種感情上的問題。每次會客時間結束的時候，都會看到很多小孩哭著離開。」

「那麼，艾曼爾提亞．蘭克狀況如何？她有什麼特殊的問題嗎？」

「我們……」說到一半，葛蕾遲疑了一下，抬起頭來凝視著正前方。「是碰到一點問題。」

「比如說？」

這時候，電梯門開了，葛蕾跨出電梯。「這裡就是我的辦公室。」

她們穿越那間接待室的時候，兩個祕書都瞪大眼睛看了莫拉一眼，然後很快又低頭盯著電腦螢幕。莫拉心裡想：每個人都在盡量避免和我有目光接觸。奇怪，她們到底是怕我看到什麼？

葛蕾帶兩位訪客走進她的辦公室，關上門。「請坐。」

她的辦公室令人大感意外。莫拉本來以為葛蕾的辦公室應該會反映出這個人的特質，效率，直接，沒有任何多餘的裝飾。沒想到辦公室裡居然掛滿了照片，裡頭是一張張微笑的臉。有一些是女人抱著小嬰兒。有一些是小孩子擺出各種姿勢，頭髮梳理得很整齊，襯衫燙得筆挺。有一些是新郎與新娘，旁邊圍著一群孩子。數不清的孩子，不同人家的孩子。

「這些都是我們家的女孩子。」葛蕾看著那些照片，面露微笑。「她們都重新回到社會的懷抱了。她們都做了正確的選擇，繼續她們的人生。不幸的是……」說到這裡，她的笑容忽然消失了。「艾曼爾提亞．蘭克的照片恐怕永遠不會出現在這面牆上。」她走到辦公桌後面，坐下來，眼睛盯著莫拉。「艾爾思醫師，妳覺得妳到這裡來，眞的是正確的決定嗎？」

「我很想親眼看看我的親生母親。」

「這就是我擔心的。」葛蕾往後靠到椅背上，眼睛打量著莫拉，看了好一會兒。「每個人都渴望愛自己的母親。每個人都希望自己的母親是獨一無二的，因爲，這樣一來，身爲她們的女兒，我們也就是獨一無二的。」

「我並沒有期望自己會去愛她。」

「那麼，妳期望的是什麼？」

聽到這問題，莫拉楞住了。小時候，有一次她的表哥很殘酷的爆出她的身世：莫拉是養女。這就難怪，爲什麼整個家族的人不是金髮就是淡黃色的頭髮，卻只有她一個人是黑頭髮。從那時候開始，她就常常會想像親生母親的模樣。由於她自己是黑頭髮，所以，她就根據自己的形象去塑造那個想像中的媽媽。想像中，她一定是義大利顯赫家族的女繼承人，後來因爲不可告人的私情生下一個女兒。於是，她只好被迫遺棄自己的女兒。在另一種想像中，她是一個西班牙美女，被情人遺棄之後，傷心自殺而死。正如葛蕾所說的，她總是把媽媽想像成一個獨一無二的人，甚至出類拔萃的人。而現在，她即將面對的，不再是童話世界裡的人物，而是一個活生生的女人。想到這裡，她忽然感到一陣口乾舌燥。

瑞卓利問葛蕾：「妳爲什麼覺得她不要去見她比較好？」

「我只是在提醒她，等一下和她見面的時候，要小心一點。」

「爲什麼？那位受刑人有危險性嗎？」

「我不是說她會突然跳起來攻擊人。事實上，從外表上看起來，她是很溫馴的。」

「那麼，實際上呢？」

「警官，想想看，她曾經做過什麼事。想像一下，如果妳要用鐵撬打碎一個女人的頭骨，要用多大的力氣？妳應該問自己一個問題：潛藏在艾曼爾提亞外表底下的，究竟是什麼樣的人？」說著，葛蕾看了莫拉一眼。「等一下去見她的時候，眼睛要睜大一點，不必提高警覺，搞清楚自己面對的是什麼樣的人物。」

「沒錯，她和我是有血緣上的關係。」莫拉說。「可是，我對這個女人沒有感情。」

「這麼說來，妳只是因爲好奇？」

「我必須把這件事做個了結。我的人生還要繼續下去。」

「妳妹妹大概也是同樣的想法。妳應該知道她也來看過艾曼爾提亞吧？」

「是的，我聽說過。」

「她內心似乎沒有得到平靜。我覺得她似乎反而更懊惱。」

「爲什麼？」

桌上有一個檔案夾。葛蕾用力一推，檔案夾滑過桌面，滑到莫拉前面。「這是艾曼爾提亞精神治療的病例資料。妳需要知道的和她有關的一切，裡面都有。乾脆妳看看檔案就好了，就不要再去見她了，把她徹底抛到腦後，妳覺得呢？」

莫拉沒有動，倒是瑞卓利把檔案夾拿起來了。她問：「她在接受精神治療嗎？」

「是的。」葛蕾說。

「爲什麼？」

「因爲艾曼爾提亞有精神分裂症。」

莫拉瞪大眼睛看著典獄長。「那爲什麼她會被判謀殺罪？如果她精神分裂，那麼，她根本就不應該被關進監獄。她應該送到醫院去。」

「事實上，我們這邊還有不少受刑人也應該送到醫院去。艾爾思醫師，這些話妳應該去告訴法官，因爲我也試過了。這個制度本身就很不正常。就算妳犯下謀殺罪的時候，人已經完全瘋了，在這種情況下，妳的律師以精神異常提出抗辯，陪審團也不會有半個人相信的。」

瑞卓利很小聲地問了她一句：「妳能夠確定她是眞的瘋了嗎？」

莫拉立刻轉頭看看瑞卓利，看到她低頭看著受刑人的病歷資料。「妳懷疑那個診斷有問題嗎？」

「負責治療的這位醫生，我認識。喬伊絲．歐唐娜醫師。這個人絕對不會在普通的精神分裂病人身上浪費時間。」說著，她又看看葛蕾。「她怎會扯上這個案子？」

「妳好像對這個醫生很不放心？」

「如果妳認識歐唐娜醫師，妳也會很不放心。」說著，瑞卓利闔上檔案夾，然後深深吸了一口氣。「艾爾思醫師等一下就要去見那位受刑人了，那麼，妳還有沒有什麼事情需要先提醒她的？」

葛蕾看了莫拉一眼。「看起來，妳是不會放棄的了，對不對？」

「不會。我已經準備好了，我可以去見她了。」

「那麼，我送妳到會客室的入口去。」

16

我還來得及反悔。

莫拉在接受訪客安檢的時候，那個念頭一直在她腦海中迴盪著。她把手錶拿下來，和手提包一起放進置物櫃裡。進入會客室的時候，身上不准佩戴任何珠寶，也不可以帶皮包。可是，身上沒有皮包，她會有一種赤身露體的感覺，彷彿能夠證明自己身分的一切都被剝奪了，彷彿那張能夠證明她是誰的小塑膠卡片被剝奪了。她關上置物櫃的門，那一剎那，那砰的一聲猛然提醒了她，等一下她要進去的地方，是一個什麼樣的世界。在那個世界裡，關門的聲音總是驚天動地，而生活永遠只能侷限在一個狹小的空間裡。

莫拉本來希望能夠私下會面，可是，當警衛開門讓她走進會客室，那一剎那，她立刻就明白，根本不可能會有任何隱私。下午的會客時間必須在一個鐘頭前就排定。整間會客室裡人聲喧嘩，有小孩子的吵鬧聲，也有親人久別重逢的互相傾訴。自動販賣機那邊投幣的聲音持續不斷，然後取物孔不斷跑出塑膠袋包裝的三明治、洋芋片、棒棒糖。

「艾曼爾提亞現在已經下來了。」警衛告訴莫拉。「妳去找個位子坐下來吧。」

莫拉走到一張空桌子旁邊，坐下來。塑膠桌面上全是黏黏的果汁痕跡。她兩手擺在大腿上，心臟怦怦狂跳，口乾舌燥。她在等。她心裡想：這是典型的「一觸即發」的反應。我怎麼會這麼緊張呢？

她站起來，走到水槽那邊，用紙杯裝了一杯水，然後咕嚕一口喝下去。可是，她還是覺得喉嚨很乾。這種乾渴的感覺光喝水是不夠的。喉嚨乾渴，心跳加速，雙手冷汗直冒——這一切都只是身體的反應，意味著她正準備迎戰逐漸逼近的威脅。放輕鬆，放輕鬆。等一下妳就會看到她了。等一下，妳跟她說幾句話，解開心中的疑惑，然後就可以走了。這會很難嗎？她把手中的紙杯揉成一團，轉身往回走，那一剎那，她忽然全身僵住了。

門開了，有個女人走進來。她肩膀很寬，揚著下巴，趾高氣揚，充滿自信。她眼睛盯著莫拉，盯了好久，目光一直都沒有移開。莫拉心裡想：應該就是她了，沒想到那個女人突然轉了個身，露出笑容，張開雙臂要擁抱一個正朝她跑過去的孩子。

莫拉楞住了，感到很困惑，突然不知道該坐下還是繼續站著。這時候，門又開了，剛剛跟她說過話那個警衛又出現了，不過，這次她攙著一個女人的手臂一起走出來。事實上，那個女人根本不能算是在走路，而是拖著腳步往前移動。她彎腰駝背，低著頭，彷彿在找掉在地上的什麼東西。警衛把她帶到莫拉桌子旁邊來，拉出一張椅子，然後扶她坐下。

「好了，艾曼爾提亞，這位小姐專程來看妳，妳就好好跟她聊聊吧，好嗎？」

艾曼爾提亞頭還是低低的，眼睛死盯著桌面。幾撮凌亂的髮絲垂在她臉上，看起來油膩膩髒兮兮的。雖然她的頭髮幾乎已經全灰了，但顯然她年輕的時候一定是滿頭黑髮。莫拉心裡想：就像我一樣，就像安娜一樣。

這時候，警衛聳聳肩，看看莫拉。「嗯，我就讓妳們兩個單獨好好聊聊了，好不好？等妳們聊得差不多了，就跟我揮揮手，我會過來帶她回去。」

警衛走開的時候，艾曼爾提亞根本沒有抬起頭來瞄她一眼。而且，她似乎根本沒注意到有人在她對面坐下來。她一直保持著原來的姿勢，一動也不動，臉還是被那些灰灰髒髒的髮絲遮住了。囚衣穿在她身上看起來鬆垮垮的，彷彿她整個人縮小了。她的手擺在桌上，來回晃來晃去，感覺有點顫抖。

「嗨，艾曼爾提亞。」莫拉說。「妳知道我是誰嗎？」

沒有反應。

「我叫莫拉．艾爾思。我……」莫拉嚥了一口唾液。「我已經找妳找很久了。」找了一輩子了。

那女人的頭朝旁邊扭了一下。不過，那不是因爲她聽到莫拉的話，有什麼反應，而只是一種不由自主的抽搐。那只是一種神經和肌肉的生理脈衝反應。

「艾曼爾提亞，我是妳的女兒。」

莫拉看著她，想看看她有什麼反應。她甚至很渴望看到她的反應。那一剎那，會客室裡周遭的一切彷彿突然消失了。她聽不到自動販賣機那種嘈雜的投幣聲，聽不到椅腳在油布毯上摩擦的吱吱聲。她眼裡只看得到那位一臉疲憊神情沮喪的老婦人。

「看看我好不好？求求妳，看看我。」

後來，她終於抬起頭來了，動作有點抽搐，看起來有點像那種齒輪生鏽的機器娃娃。她一抬起頭，凌亂的頭髮忽然往兩邊分開，露出臉龐。她眼睛看著莫拉。然而，她眼神好深邃，深不可測。莫拉感覺她的眼神好空洞，彷彿沒有知覺。沒有靈魂。艾曼爾提亞嘴唇動了一下，可是卻沒有發出聲音。也許那又是無意識的肌肉抽搐吧，沒有任何意圖，沒有任何意義。

這時候，有個小男孩從她們旁邊搖搖晃晃地走過去，身上飄散出一股紙尿褲濕掉的尿騷味。隔壁桌坐著一個身穿囚衣的金髮女郎，頭埋在手裡，無聲啜泣著，而坐在她對面那個男人面無表情地看著她。就在這一刻，十幾個家庭的故事正在上演，而莫拉也是其中之一。她正在扮演某種角色。她陷在某種危機裡，看不到出路。

「我妹妹安娜也來看過妳。」莫拉說。「她看起來和我一模一樣。妳還記得她嗎？」

這時候，艾曼爾提亞下巴動了一下，彷彿在嚼什麼東西。也許她正在幻想自己正在吃什麼東西，而只有她自己才知道那是什麼滋味。

莫拉無奈地凝視著艾曼爾提亞那種茫然的表情，心裡想：不，她當然不會記得。她根本不認得我，根本不知道我是誰，甚至不知道我人就在她面前。我彷彿對著一個空蕩蕩的洞穴大吼大叫，結果只聽得到自己的回音。

可是，莫拉還是拚命想喚醒她，只要有反應就好。於是，她最後孤注一擲，說出一件最殘酷的事。「安娜死了。妳另外一個女兒死了。妳知道嗎？」

還是沒反應。

我幹嘛還不放棄？她已經完全沒有意識了。她眼睛裡已經看不到靈魂了。

「好吧。」莫拉說。「我下次再來。也許到時候妳就會跟我說話了。」說著，莫拉嘆了口氣，站起來，轉頭看看四周，找那個警衛。她看到警衛就在會客室的另一頭。莫拉舉起手揮了一下，那一剎那，她忽然聽到她說話了。她說得好小聲，莫拉還以為是自己的幻覺。

「趕快走。」

莫拉嚇了一跳，低頭看看艾曼爾提亞。她還是保持那個姿勢，坐著一動也不動，嘴唇微微抽搐著，眼神依然空洞。

莫拉慢慢坐下去。「妳剛剛說什麼？」

艾曼爾提亞忽然抬起頭來盯著她。有那麼短短的一剎那，莫拉看到她眼中忽然出現了神采。那是一種智慧的光芒。「趁他還沒有看到妳，趕快走。」

莫拉目瞪口呆看著她，感覺背脊忽然竄起一股涼意，後頸寒毛直豎。

隔壁桌，那個金髮女郎還在哭。那男人站起來說：「抱歉，不過，妳終究要面對現實。現實就是這樣。」說完，他就走開了，走回他的人生，回到外面那個世界。外面的世界，女人穿的是漂亮的衣服，而不是藍色的囚衣。外面的世界，門上鎖之後，還可以再打開。

「妳說誰？」莫拉問得很小聲。艾曼爾提亞沒有回答。「艾曼爾提亞，誰會看到我？」莫拉繼續追問。「那到底是什麼意思？」

這時候，艾曼爾提亞的眼神又開始渙散了。剛剛，有那麼一剎那，她眼中閃現出意識的光芒，但現在又消失了。此刻，莫拉看著的那雙眼睛，又變成一片空洞。

「好了，妳們聊夠了嗎？」警衛問，語氣輕鬆愉快。

「她一直都是這樣嗎？」莫拉問。她看到艾曼爾提亞嘴唇在動，可是卻聽不到聲音。

「常常這樣。她時好時壞。」

「她幾乎完全沒有開口跟我說話。」

「要是她跟妳熟一點，她就會說話了。她通常都是悶不吭聲，不過有時候她也會開口說話、寫信，甚至打電話。」

「打電話？她打給誰？」

「我不知道。應該是她的心理醫生吧。」

「歐唐娜醫師嗎？」

「那位金頭髮的女士。她來過好幾次，所以艾曼爾提亞跟她在一起就很自在。我說得沒錯吧，親愛的？」說著，警衛伸手去扶艾曼爾提亞的手臂，然後說：「來吧，起來吧，我們回去吧。」

艾曼爾提亞乖乖站起來，乖乖讓警衛扶著她走開，可是，走了幾步，她忽然停下來。

「艾曼爾提亞，我們走啊。」

可是艾曼爾提亞站著不動，彷彿全身的肌肉突然僵硬了。

「親愛的，我可沒時間在這邊等妳，我們走吧。」

這時候，艾曼爾提亞忽然慢慢轉過來。她眼神還是一樣空洞，而接下來她說話的聲音，聽起來簡直不像人類的聲音，而是類似機器的聲音。那彷彿是某種外星生物透過機器在發聲。她眼睛盯著莫拉。

「現在妳也死定了。」她說。接著，她轉身便拖著腳步走開了，回她的牢房去了。

「她有『遲發性運動障礙』。」莫拉說。「這就是爲什麼監護人葛蕾並不希望我去看她。她不想讓我看到艾曼爾提亞的狀況。她不想讓我看到他們幹了什麼好事。」

「他們到底對她做了什麼？」瑞卓利問。又輪到她開車了。路上全是轟隆隆的卡車，路面都會震動，而她們那輛加裝擾流翼的小速霸陸也微微震動著。她在卡車群中穿梭自如，面不改色。

「妳是說，他們故意把她弄成癡呆？」

「妳不是看過她的病歷資料嗎？她的第一個醫生開Phenothiazines給她吃。那是一種抗精神病藥物。那種藥對上了年紀的女人會產生一種毀滅性的副作用。其中一種副作用叫做『遲發性運動障礙』——嘴巴和臉部會產生無意識動作。病患會不斷的咀嚼，或是鼓起腮幫子，或是伸出舌頭。她完全無法控制這些動作。想像一下那會是什麼狀況。妳在扮鬼臉的時候，大家都盯著妳看。妳會變成怪胎。」

「要怎麼停止那種動作？」

「沒辦法。她開始出現那些症狀的時候，他們就應該立刻停藥了。可是他們拖太久了。後來，歐唐娜醫師接手。她發覺情況不對，這才下令停藥。」莫拉氣呼呼的嘆了口氣。「遲發性運動障礙恐怕永遠好不了了。」她看看車窗外擁擠的車潮，看到一輛載著好幾公噸鋼鐵的卡車從旁邊呼嘯而過，不過，這次她一點都不緊張。她滿腦子想的都是艾曼爾提亞．蘭克，想到她的嘴唇動個不停，彷彿在喃喃嘀咕著什麼祕密。

「妳的意思是，她一開始就不應該吃那種藥嗎？」

「不。我的意思是，他們應該早點停藥。」

「所以說，她瘋了？或者，她並沒有瘋？」

「那是他們的原始診斷。精神分裂。」

「那妳的診斷是什麼？」

這時候，莫拉忽然想到艾曼爾提亞那種空洞茫然的眼神，想到她說的那些神祕詭異的話。那些話似乎沒什麼實質意義，只是一種偏執妄想。「我不能否認。」她嘆了口氣，整個人往椅背上一靠。「珍，在她身上，我看不到自己的影子。我看不出自己有什麼地方像那個女人。」

「嗯，想想她是什麼樣的人，也許妳反而應該鬆一口氣。」

「可是，那種血緣關係是切不斷的。妳沒辦法改變妳身上的DNA。」

「好像有一句俗話，血濃於水，對吧？全是狗屁。醫生，妳和那個女人之間根本沒什麼共同點。她懷了妳，把妳生下來，如此而已，關係到此為止。」

「她可以解開我心中的疑惑。我的父親是誰？我是誰？」

瑞卓利狠狠瞪了她一眼，然後又轉回頭去看前面的路。「給妳一點建議吧。我知道妳一定會好奇，我這些情報是哪兒來的。不過，相信我吧，這些都不是我憑空捏造的。那個女人，艾曼爾提亞．蘭克，妳最好跟她保持距離。不要再去看她了，不要再跟她說話，甚至不要再去想她。她是一個危險人物。」

「她不過是個疲憊不堪的精神分裂症患者罷了。」

「這我可不敢說。」

莫拉瞪大眼睛看著瑞卓利。「她的事，妳是不是知道什麼我不知道的？」

好一會兒，瑞卓利默默開著車，沒有吭聲。她並不是專心在應付前面的路況，而好像是在盤算該怎麼回答，在考慮怎麼說比較恰當。「妳還記不記得華倫．霍伊特？」她終於開口了。雖然她說出那個名字的時候，口氣不帶任何感情，不過，她暗暗咬緊牙根，手緊緊抓住方向盤。

莫拉心裡想：華倫．霍伊特，那個「外科醫師」。

那是警察幫他取的綽號。他之所以會有這個綽號，是因為他對付被害人的殘酷手法。他使用的兇器是封箱膠布和手術刀。他行兇的時候，被害的女性都在睡覺，根本不知道兇手已經潛入黑漆漆的屋內，站在床邊虎視眈眈，等著下手切下第一刀，享受那種樂趣。珍．瑞卓利是他最後一個下手的目標，他的對手。他從來沒想過他會輸掉這場鬥智遊戲。

然而，瑞卓利打倒他了。她開了一槍，子彈射穿了他的脊椎神經。現在，華倫．霍伊特已經四肢癱瘓，手腳完全麻痺，無法行動。他的世界，就只剩下醫院那間病房。他人生僅剩的樂趣，都在他的腦海中——他的頭腦依然敏銳，依然像從前一樣危險。

「我當然記得。」莫拉說。她見過他的傑作，見過他的手術刀在某位受害人身上所造成的駭人的傷害。

「我一直在監視他。」瑞卓利說。「妳應該明白，我是想親眼看到那個怪物還關在籠子裡，這樣我才會安心。沒錯，他還在醫院裡，在脊椎神經病房。過去這八個月來，我發現每個星期三下午有人去看他。喬伊絲·歐唐娜醫師。」

莫拉皺起眉頭。「爲什麼？」

「她說她是爲了研究暴力行爲。她的理論是，這些殺手不應該爲他們的行爲負責。他們小時候頭部受到撞擊，所以才導致他們日後的暴力傾向。想也知道，那些殺人魔的辯護律師要找專家作證的時候，第一個想到的就是她。說不定她會告訴妳，大家都誤會了，傑佛瑞·達默[5]不是什麼『密爾瓦基怪物』，不是性變態殺人魔。說不定她會告訴妳，連續殺人魔約翰·韋恩·蓋西[6]只是因爲小時候腦袋撞到太多次。她一定很樂於爲所有的殺人魔辯護。」

「她是幹那一行的，當然要盡她的本分。」

「我不覺得她是爲了錢。」

「那是爲什麼？」

「她想趁這個機會接近那些殺人狂，和他們建立私人關係。她說那是她的研究領域，她是爲了科學研究。是啊，當年納粹集中營的約瑟夫·門格勒[7]也說他是爲了科學研究。那都是藉口，爲自己的所作所爲博取名聲。」

「她做了什麼？」

「她喜歡找刺激。聽那個殺手談他的妄想，她會得到很大的快感。她喜歡挖出他腦海中的思緒，玩味一下，體驗他所看到的景象，感受一下身為怪物的滋味。」

「她被你說得好像她也是殺人狂。」

「說不定她也想變成殺人狂。霍伊特還在牢裡的時候，她寫過信給他。我看過那些信。她慫恿他告訴她所有殺戮的細節。噢，對了，她愛死了聽那些細節。」

「很多人就是對死亡特別好奇。」

「她不只是好奇。她很想知道，割開人的皮肉，看被害人流血，那是什麼樣的滋味。她想體會一下，那種至高無上的權力是什麼滋味。她對那些細節的飢渴，和吸血鬼對鮮血的飢渴差不多。」說到這裡，瑞卓利停了一下，然後突然大笑起來，那模樣很駭人。「妳知道嗎，有些事我心裡有數。本質上，她根本就是個吸血鬼。她和霍伊特兩個人互取所需。他把腦海中的妄想告訴她，而她就告訴他，享受這一切並不是錯誤。當你腦海中產生一股衝動，想去割斷別人的喉嚨，那並不是你的錯。」

「而現在她一直跑去看我媽媽。」

「是啊。」瑞卓利死盯著她。「我很好奇，不知道她們分享的是什麼樣的幻想。」

❺ 美國犯罪史上最冷血的同性戀連續殺人犯，作案時間於二十世紀七、八〇年代，一九九二年被判終身監禁。

❻ 芝加哥連續殺人犯，二十世紀七〇年代共殺害三十三人，一九九四年被處以死刑。

❼ 二次世界大戰期間惡名昭彰的納粹醫生，於奧斯維辛集中營對犯人進行人體實驗，手法慘無人道，有「死亡天使」的稱號。

莫拉想到艾曼爾提亞．蘭克所犯下的罪行。莫拉很納悶，當年她把車子停在路邊，讓那對姊妹上車，那一剎那，她心裡在想什麼？她是否感受到一種預期中的毛骨悚然的興奮，是否感受到一種飄飄然的權力的滋味？

「歐唐娜爲什麼會覺得艾曼爾提亞值得她費功夫呢？這一點就頗堪玩味。」瑞卓利說。

「那有什麼含義？」

「歐唐娜絕不會在那種普通兇手身上浪費時間。比如說，有人跑到7-Eleven去搶劫，開槍殺了店員。比如說，有些老公被老婆氣瘋了，就把老婆推下樓梯。那種人，她根本不會有興趣。不，她只願意在某種怪物身上花時間。那種怪物之所以會殺人，純粹只是因爲他們喜歡殺人。那些人下刀的時候，喜歡讓刀子在被害人體內翻攪，享受那種刮骨頭的樂趣。她寧願把時間投資在那些獨特的人身上。那些怪物。」

莫拉心裡想：我媽媽，她也是怪物嗎？

17

喬伊絲·歐唐娜住在麻州劍橋市巴特街的一個社區裡。那一帶的房子都很壯觀。她家是一棟巨大的白色殖民地式建築，外圍有一道鐵欄杆圍牆，裡頭是修剪得很平整的草坪。花圃裡鋪著樹皮護根層，開滿了玫瑰。看得出來這是一座嚴格管理的花園，絕對不容有絲毫瑕疵。莫拉沿著花崗岩步道走向大門口，腦海中已經開始浮現出清晰的影像，想像得到住在裡面的人是什麼樣的人。妝扮體面，衣著整齊，而且，她的心思一定像她的花園一樣，有組織有條理。

來開門的是一個女人。她就跟莫拉想像中一模一樣。

歐唐娜醫師的頭髮是那種略帶灰白色的金髮，雪白的皮膚光滑細嫩，身上穿著一件藍色的傳統牛津襯衫，一條白長褲。她的襯衫紮進褲子裡，而長褲剪裁得十分合身，纖細的腰圍曲線畢露。她看著莫拉的時候，表情顯得很溫和，然而，莫拉注意到，她的眼睛炯炯有神，閃爍著一種好奇的光芒。科學家發現新品種的時候，眼中就會射出那種光芒。

「是歐唐娜醫師嗎？我是莫拉·艾爾思。」

歐唐娜很俐落的跟她握了一下手。「請進。」

莫拉走進屋子裡，發現屋裡的裝潢陳設就像她的人一樣，優雅細緻，感覺冷冷的。地面是深色的柚木地板，上面鋪著波斯地毯。屋子裡唯一能夠讓人感覺到溫暖的，就是那片地毯。歐唐娜帶莫拉從玄關走到客廳，請莫拉坐在那張鋪著白絲椅套的沙發上，然後自己坐在對面那張扶手椅上。莫拉坐在那裡，感覺很不自在。兩人中間隔著一張黑檀木茶几，上面擺著一堆檔案和一支數位錄音筆。錄音筆雖然沒開，但依然對莫拉造成某種威脅。那也是令她感到不自在的原因之一。

「謝謝妳特別抽空跟我見面。」莫拉說。

「我很好奇，很想看看艾曼爾提亞的女兒長什麼樣子。我聽說過妳，艾爾思醫師，不過都是在報上看到的就是了。」說著，她往後一仰，靠在椅背上，看起來很舒服的樣子。在自己家裡就有這種好處，可以用一種施捨的態度對待客人，感覺上彷彿是莫拉有求於她。「我並不能算是眞的認識妳。不過，我很想認識妳。」

「爲什麼？」

「我跟艾曼爾提亞很熟。所以，我忍不住很好奇，不知道是否……」

「有其母必有其女？」

歐唐娜揚了一下她那細緻的眉毛。「那是妳說的，我可沒說。」

「妳就是因爲這樣才會對我產生好奇的，不是嗎？」

「那妳又是爲什麼？妳爲什麼要來找我？」

莫拉瞥開視線，看向壁爐上那幅畫。那是一幅十足的現代派油畫，上面塗滿了紅紅黑黑的線條。「我想知道那個女人究竟是什麼樣的人。」

「妳很清楚她是什麼樣的人，妳只是無法接受。妳妹妹也無法接受。」

莫拉忽然皺起眉頭。「妳見過安娜？」

「沒有，嚴格說來，我從來沒有見過她。不過，大概四個月前，我接到過她的電話。她說她是艾曼爾提亞的女兒。當時我正要出門到奧克拉荷馬州去，那裡有一個案子要審判，爲期兩個禮拜。所以，當時我沒辦法跟她見面，只是在電話裡跟她談了一下。她說，她已經到佛明漢監獄看過她母親了，所以她知道我就是負責診療艾曼爾提亞的精神科醫師。她說她想多知道一些艾曼爾提亞的事。比如說，艾曼爾提亞的童年，她的家庭背景。」

「這些妳都知道嗎？」

「我看過她學生時代的資料，裡面提到了一些。另外有一些是她神智清楚的時候告訴我的。我知道她是在緬州洛威爾市出生的。大概在九歲那一年，她母親過世了，於是，她就搬到她舅舅家去住。家裡除了她舅舅，還有一個表哥。在緬因州。」

莫拉忽然抬起頭看著她。「緬因州？」

「沒錯。一個叫做法克斯港的小鎮。她就是在那裡的高中畢業的。」

現在我明白安娜為什麼會選擇那個小鎮了。我一直在追尋安娜的足跡，而安娜一直在追尋我們母親的足跡。

「高中畢業之後，她的資料就中斷了。」歐唐娜說。「她離開了那個小鎮，從此下落不明。我查不出來她做過什麼工作。她的精神分裂很可能就是從那個時候開始的。精神分裂通常是在成年前期開始發作。多年來，她很可能就一直這樣到處流浪，而她最後的下場就是今天妳所看到的模樣，徹底失神，陷入幻覺。」說著，歐唐娜看著莫拉。「那種畫面是很殘酷無情的。妳妹妹很難相信那個女人真的是她的母親。」

「我看到她的時候，實在看不出來我跟她有哪裡像。我一點都不像她。」

「可是，在我看來，妳們還是有一些共同點。比如說，頭髮的顏色一樣，下巴也有點像。」

「我們長得一點都不像。」

「妳真的看不出來，是不是？」歐唐娜忽然彎腰湊向前，眼睛盯著莫拉。「那麼，艾爾思醫師，能不能告訴我，妳爲什麼會選擇病理學？」

聽到這問題，莫拉傻住了，楞楞地看著她。

「妳本來可以選擇當醫生的，比如說婦產科，比如說小兒科，妳本來可以選擇醫治活生生的病人，可是，妳卻選擇了病理學，特別是，法醫學。」

「妳這問題的重點是什麼？」

「重點是，不知道爲什麼，妳對死亡似乎特別有興趣。」

「這太扯了。」

「那妳爲什麼要選擇這個行業？」

「因爲我喜歡明確的答案。我不喜歡猜謎。我喜歡透過顯微鏡來做診斷。」

「所以說，妳不喜歡不確定的東西。」

「誰喜歡呢？」

「那麼，妳還是可以選擇數學，或是工程。還有很多其他領域是講求精確，講求明確的答案。可是，妳卻選擇當法醫，跟屍體打交道。」說到這裡，歐唐娜遲疑了一下，然後輕聲問：「妳覺得那是一種享受嗎？」

莫拉瞪著她的眼睛。「不是。」

「所以說，妳選擇了一種妳不喜歡的行業？」

「我選擇的是挑戰。征服挑戰可以帶來很大的滿足，就算工作本身沒什麼樂趣也沒關係。」

「妳還看不出來重點是什麼嗎？妳剛剛告訴我，妳看不出妳和艾曼爾提亞·蘭克之間有什麼共同點。當妳看著她的時候，也許看到的是一個可怕的人，或者說，看到一個犯下可怕罪行的人。艾爾思醫師，也許妳沒有想過，當別人看著妳的時候，她們看到的也是一個可怕的人。」

「妳這種比喻實在有點不倫不類。」

「妳知道妳母親犯了什麼罪嗎？」

「知道，我聽說過了。」

「不過，妳看過驗屍報告了嗎？」

「還沒。」

「我看過了。審判期間，辯護律師要求我針對妳母親的心理狀態提供專業意見。我看過那些照片，也檢查過那些證據。妳應該知道被害人是一對姊妹吧？那兩個被困在路邊的年輕女性，妳應該知道吧？」

「我知道。」

「而且，那個妹妹懷有九個月的身孕。」

「這些我都知道。」

「所以，妳也知道妳媽媽在路上讓她們上車。她把她們載到三十英里外森林裡的一棟小木屋，用鐵撬打碎了她們的頭骨。然後，她做了一件很合乎邏輯的事——很怪異，但是非常合乎邏輯。她開車到加油站，買了一桶汽油，然後再回去，放火燒掉那棟小木屋，連裡頭那兩具屍體也一起燒掉了。」說著，歐唐娜忽然抬起頭。「妳不覺得這很有意思嗎？」

「我覺得很噁心。」

「是沒錯，不過，從某個角度來看，說不定妳可以看得到別的東西。也許妳根本就不肯承認自己看到了。說不定吸引妳的地方，並不是推理解謎的過程，而是她的手法。說不定妳不但被迷住了，而且還很興奮。

「就像妳一樣興奮嗎？」

聽到莫拉反唇相譏，歐唐娜無動於衷。相反的，她很快就聽懂了，而且居然還笑了起來。「我是因爲工作上的關係才會產生興趣。研究謀殺手法本來就是我的工作。我好奇的是，妳爲什麼會對艾曼爾提亞．蘭克這麼有興趣。」

「兩天前，我還不知道自己的母親是誰。現在，我想把眞相搞清楚，我想搞清楚——」

「搞清楚自己究竟是誰，對不對？」歐唐娜輕聲細語問。

莫拉盯著她的眼睛。「我知道自己是誰。」

「眞的嗎？」歐唐娜又彎腰湊近她。「當妳在解剖室裡工作的時候，當妳在檢查被害人傷口的時候，當妳對著錄音機口述兇手如何下刀的時候，難道妳從來沒有感覺到一種莫名的興奮？」

「妳爲什麼認爲我會興奮？」

「因爲妳是艾曼爾提亞的女兒。」

「那只是血緣上。我並不是她養大的。」

歐唐娜又靠回椅背，用一種猜測的眼神打量著她。「妳應該知道，暴力傾向是會遺傳的，對不對？在同一個家庭裡，某些人會遺傳到同樣的DNA，不是嗎？」

這時候，莫拉忽然想到，瑞卓利曾經告訴過她，歐唐娜醫師的心態是什麼：她不只是好奇。她很想知道，割開人的皮肉，看被害人流血，那是什麼樣的滋味。她想體會一下，那種至高無上的權力是什麼滋味。她對那些細節的飢渴，和吸血鬼對鮮血的飢渴差不多。此刻，莫拉可以從歐唐娜閃閃發亮的眼神中看到那種飢渴。莫拉心裡想：這個女人喜歡跟怪物打交道，說不定此刻她心裡暗暗希望自己又找到另一個了。

「我是來跟妳談艾曼爾提亞的。」莫拉說。

「我們剛剛不是已經談過很多了嗎？」

「佛明漢監獄的人說，妳至少和她見過十幾次面。爲什麼這麼多次呢？應該跟她的權利沒有關係吧？」

「我對艾曼爾提亞有興趣，是因爲我是一個研究人員。我想搞清楚是什麼力量驅使一個人去殺人。爲什麼他們能夠從殺人中得到樂趣。」

「妳的意思是，她殺人只是因爲好玩？」

「呃，那妳知道她爲什麼要殺人嗎？」

「因爲她顯然是精神病患。」

「絕大多數的精神病患不會殺人。」

「那麼，妳確實認爲她是精神病患囉？」

歐唐娜遲疑了一下。「她看起來很像。」

「這麼說來，妳並不是那麼有把握。妳跟她見那麼多次面了，難道還是沒把握？」

「妳媽媽不光只是精神有問題。還有其他因素。而且，要判斷一個人是否犯罪，不能光看表面上的證據。」

「什麼意思？」

「妳剛剛說，妳已經知道她做了什麼事，或者說，知道她是因爲什麼罪名被判刑的，不是嗎？」

「證據確鑿，已經足以定罪了。」

「嗯，確實有不少證據。加油站的攝影機拍到她的車牌。鐵撬上有那兩個女人的血跡。車子的後行李廂找到她們的錢包。不過，有一件事妳大概還不知道。」歐唐娜從茶几上拿起一個檔案夾，遞給莫拉。「這是從維吉尼亞州的犯罪實驗室拿到的。艾曼爾提亞就是在那裡被逮捕的。」

莫拉打開檔案夾，看到照片上有一輛白色轎車，上面掛著麻薩諸塞州的車牌。

「那就是艾曼爾提亞開的車。」歐唐娜說。

莫拉翻到下一頁，看到指紋證據的簡略描述。

「車子裡發現很多指紋。」歐唐娜說。「包括兩位被害人妮琪·威爾斯和泰瑞莎·威爾斯。後座安全帶的扣環上有她們兩個的指紋，意味著她們確實曾經上過車，坐在後座，而且扣上了安全帶。當然，方向盤和排檔桿上有艾曼爾提亞的指紋。」歐唐娜遲疑了一下，然後說：「不過，車子裡還有第四個人的指紋。」

「第四個人？」

「全在這裡。報告裡都有寫。儀表板的置物箱裡，兩扇門上，方向盤上，都發現第四個人的指紋。不過，那個人的身分卻一直沒有查出來。」

「那證明不了什麼。說不定是工人修車的時候留下的指紋。」

「有可能。現在妳再繼續往下看，看看毛髮和纖維的報告。」

莫拉翻到下一頁，看到上面寫著，後座發現金黃色的頭髮，比對後證實是妮琪·威爾斯和泰瑞莎·威爾斯的。「這沒什麼好奇怪的。我們都知道被害人曾經上過車。」

「不過，等一下妳就會看到，前座都找不到她們的頭髮。想像一下，兩個女人車子拋錨了，被困在路邊，然後突然有人停車，讓她們搭便車。那麼，那兩個姊妹的舉動是什麼？她們兩個都坐到後座去了。感覺上似乎很沒禮貌，妳不覺得嗎？怎麼會讓車主一個人在前面開車呢？除非……」

莫拉抬頭看著她。「除非前座已經有人了。」

歐唐娜又靠回椅背上，嘴角露出一抹滿意的微笑。「這個問題很有意思吧？偏偏審判的時候都沒有人問。這就是爲什麼我一直跑到監獄去，一次又一次，去看妳媽媽。我想搞清楚一件事，一件警察沒有發現的事：當時和艾曼爾提亞一起坐在前座的人，究竟是誰？」

「她沒有告訴妳嗎？」

「她沒有告訴我他叫什麼名字。」

莫拉瞪大眼睛看著她。「他？」

「我只是猜測。我並不確定是男是女。不過，我相信，艾曼爾提亞看到路上那兩個女人的時候，有人坐在她旁邊。有人幫她制伏了那兩個被害人。那個人力氣應該很大，足以幫她把那兩具屍體抬到小木屋裡，然後放火燒掉。」說到這裡，歐唐娜又停了一下。「艾爾思醫師，我眞正感興趣的是那個人。那個人才是我想找出來的人。」

「妳到監獄去找艾曼爾提亞，找了那麼多次——竟然不是因爲對她有興趣？」

「我對神經病沒興趣。我有興趣的是邪惡的人。」

莫拉瞪大眼睛看著她，心裡想：沒錯，妳確實會有興趣。妳很喜歡靠近那些邪惡的人，撩撥他們，品味那種滋味。妳有興趣的並不是艾曼爾提亞。她只是個媒介，能夠引導妳去找到妳眞正渴望的目標。

「所以說，那個人是她的同夥。」莫拉說。

「我們還不能確定他的身分，也不知道他長什麼樣子。不過，妳媽媽知道。」

「那麼，她爲什麼不告訴妳他叫什麼名字？」

「問題就在這裡——她爲什麼要隱瞞那個人的身分？她怕他嗎？還是想保護他？」

「不過，妳根本無法確定這個人是否眞的存在。妳只是發現了幾枚無法辨認身分的指紋，而且，那只是妳自己的揣測。」

「不只是揣測。眞的有那個『怪獸』。」歐唐娜忽然又湊近她，說話的口氣忽然變得很親密，彷彿輕聲細語。「她在維吉尼亞州被逮捕的時候，曾經提到『怪獸』這兩個字。警察偵訊她的時候，她說的那句話是：『是怪獸叫我做的。』他叫她殺了那兩個女人。」

接下來，兩人都沒有再說話。客廳裡靜悄悄的，莫拉甚至聽得到自己的心跳聲，聽起來像是一陣急如雨點般的小鼓聲。她嚥了一口唾液，然後說：「妳說過，她是精神分裂。她說她聽到有人在跟她說話。說不定那只是幻覺。」

「也有可能她說的那個人是眞有其人。」

「那個『怪獸』？」莫拉勉強笑了一下。「說不定那只是她想像中的怪物。噩夢裡的怪物。」

「可是，那個怪物在車上留下了指紋。」

「可是陪審團根本不當一回事。」

「他們不採信那項證據。審判的時候我人在現場。我相信檢察官一定知道她根本就不是主謀，可是他卻把所有的罪名都推給這個精神極度異常的女人。因爲，她是現成的人犯，是現成的代罪羔羊。」

「但她明明就是個瘋子，大家爲什麼不放過她？」

「噢，大家都知道她是瘋子，也相信她會聽到奇怪的聲音，相信那個聲音可能眞的在她腦海中吶喊，叫她把那個女人的頭骨打碎，燒掉她的屍體，可是，就算這樣，陪審團還是認定她應該有判斷是非對錯的能力。艾曼爾提亞是檢察官立功的最好機會，而陪審團也就順水推舟了。他們完全搞錯了。他們漏掉了眞正的大魚。」說著，歐唐娜又靠回椅背上。「而天底下只有妳媽媽才知道他是誰。」

莫拉把車子開進法醫大樓後面的停車場。已經快六點了，停車場上卻還停著兩部車——一部是吉間的藍色本田，另一部是柯斯塔醫師的黑色Saab。她忽然想到，今天一定有一具屍體比較麻煩，解剖到很晚。她忽然有一種罪惡感，因爲今天本來是輪到她値班的，但她卻拜託同事代班。

她打開後門的鎖，走進大樓，走向她的辦公室。一路上都沒看到其他人。她的辦公桌上有兩個檔案夾。那正是她專程跑回來拿的。檔案夾上面黏著一張便條紙，上面是露易絲寫的一行字：妳要的檔案。她走到書桌後面，坐下來，深深吸了一口氣，然後打開第一個檔案夾。

那是泰瑞莎．威爾斯的檔案。那個姊姊。檔案的封面寫著被害人的姓名、檔案號碼，還有驗屍日期。負責解剖的法醫是詹姆斯．霍巴特。她不認得那個名字，不過，她忽然想到，她是兩年前才進入法醫部，而這份驗屍報告是五年前做的，所以，難怪她不認識。她翻開檔案，開始看霍巴特醫師驗屍過程的描述。

死者是營養充足健康良好的女性，年齡無法確定，身高一百六十五公分，體重五十二公斤。透過牙齒X光攝影，已確認死者身分。指紋無法採取。注意：屍體的軀幹和四肢嚴重燒傷，皮膚和裸露的肌肉組織嚴重焦黑。基於某種不明原因，顏面部位和軀幹正面未受波及。衣物殘骸還附著在體表。Gap藍色牛仔褲的拉鏈和褲頭鈕釦均未解開。焦黑的白襯衫和胸罩也無鬆脫跡象。一氧化碳血紅素飽和值爲最小量。

這意味著，屍體遭到焚毀的時候，泰瑞莎．威爾斯已經沒有呼吸了。從霍巴特醫師的X光片解讀中，看得出來死因非常明顯。

頭骨正面側面X光片顯示，右顱頂骨有粉碎性骨折，呈扁平狀態，有一片四公分寬的楔形碎片。

頭部的重擊極可能就是死因。

報告內容最底下有霍巴特醫師的簽名。莫拉注意到，那個簽名底下另外還有一個人名的英文字母縮寫。是露易絲。這份報告就是露易絲根據醫師的口述錄音聽寫打字的。這個部門，法醫來來去去，只有露易絲永遠不動如山。

莫拉飛快地翻過一頁又一頁，忽然看到一張解剖流程備忘錄，上面列出各部位X光片的拍攝清單，以及所有採集到的血液、體液和細微物質證物的清單。後面有一頁記載的是行政管理資料，上面列出了經手證物監管的所有人員，所有的個人物品，還有解剖過程中在場的人員。當年霍巴特的助理也是吉間。另外，當年在場觀看解剖的，還有一位費茲堡的警官，史威格特警官。

她翻到檔案的最後一頁，忽然停住了，沒有再往下翻。最後一頁是照片。她愣愣的看著照片中的影像。泰瑞莎．威爾斯的手腳被燒得焦黑，軀幹的肌肉都露出來了，不過，她的臉卻奇蹟般的沒有燒到。那張臉一看就知道是女人的臉。莫拉心裡想：泰瑞莎．威爾斯才三十五歲，而現在的我已經比她大五歲了。要是當年十一月，她車子的輪胎沒有破，要是她還活著，現在正好跟我同年。

她闔上泰瑞莎的檔案，伸手去拿另一個檔案夾。這次還是一樣，她把檔案夾拿在手上沒有馬上翻開，因爲她忽然有點畏縮，不敢看檔案裡那些恐怖的內容。她忽然回想起一年前，她也曾經解剖過一具燒焦的女屍。當時，她走出實驗室之後，那股氣味還一直殘留在她的頭髮和衣服上，久久不散。後來，那整個夏天，她就一直沒有再去用後院的烤肉架，因爲她實在忍受不了烤肉的味道。此刻，當她翻開妮琪．威爾斯的檔案，她腦海中又浮現出昔日的記憶。她彷彿又聞到了那股氣味。

在前一個檔案裡，泰瑞莎的臉部幾乎沒有被燒到，但她妹妹妮琪就沒這麼幸運了。火神放過了泰瑞莎的臉，但它的怒火卻無情的吞噬了妮琪．威爾斯。

死者全身被燒得焦黑。胸部和腹部的肌肉都被燒成灰燼，露出內臟。頭顱腔和臉骨碎裂的創口也都暴露出來了。殘骸上沒有衣服的殘留物，不過，從X光片中看得出來，第六根肋骨的位置有金屬殘留物。可能是胸罩的金屬鉤釦。另外，恥骨的位置也有一小片金屬屑。腹部的X光片顯示出胎兒的骨骸。從頭骨的直徑看來，懷孕期應爲三十六週……

兇手絕對看得出來妮琪．威爾斯懷孕了。只可惜，兇手並沒有因此手下留情。妮琪雖然身懷六甲，但她和她的寶寶一樣逃不過厄運，一樣成爲森林中那堆骨骸灰燼的一部分。

她翻開檔案夾，開始看解剖報告，看到第二行，她忽然停住了，皺起眉頭。

X光片顯示，胎兒右腿的脛骨、腓骨、跗骨不見了。

底下有一個星號，還有幾個潦草的手寫字「詳附註」。她翻到附加頁，看到上面寫著：

死前三個月，死者的婦產科門診病歷顯示，胎兒有缺陷。妊娠第二期超音波檢查發現，胎兒的右腿逐漸消失，極可能是羊膜帶症候群所導致。

胎兒有缺陷。死前好幾個月，妮琪．威爾斯得知她的胎兒出生之後會少了右腿，但她還是決定要把孩子生下來。她決定要保住自己的寶寶。

接下來，很快就要翻到檔案的最後一頁了。莫拉心裡明白，接下來要看的東西是很令人難受的。她有點擔心，看到那些照片，自己可能會吐出來，不過，她還是鼓起勇氣翻到最後一頁。她看到的是焦黑的四肢和軀幹。在這種情況下，女人是沒辦法漂亮的，也看不到懷孕期那種紅潤的臉色。她看到的，是一張骷髏頭的臉，彷彿戴著焦黑的面具，黑洞洞的眼眶死盯著她。鐵撬的重擊導致臉骨凹陷了一個洞。

這是艾曼爾提亞．蘭克幹的。我的母親幹的。她打碎了她的頭骨，然後把屍體拖到那間小木屋裡。她把汽油澆在屍體上，點燃火柴，看到火光一閃，那一剎那，她是否感覺到一種莫名的興奮？她是不是在焚毀的小木屋旁邊徘徊流連，深深吸幾口氣，享受頭髮和肌肉燒焦的臭味？

她實在受不了照片裡那種畫面了。她闔上檔案夾。這時候，她注意到辦公桌上還有兩個很大的X光片的封套，於是就拿起來走到燈箱前面，把片子抽出來夾在上面。那是泰瑞莎．威爾斯頭部和頸部的X光片。她把開關打開，燈箱忽然亮起來，幽靈般的骨頭影像立刻顯現出來了。跟照片比起來，X光片看起來舒服多了，比較不會想吐。X光片裡看不到肌肉，屍體看起來就比較沒那麼可怕了，每一具骨骸看起來都一樣。此刻，燈箱上的影像看起來就像任何一個女人的影像。不管是你親愛的人，或是陌生人，看起來都一樣。她看著破碎的頭顱腔，看著嵌進頭骨裡那塊三角形的痕跡。那並非不經意的一擊。那必定是用盡全力的一擊，狠狠的一擊，鐵撬尖端才有可能在頭蓋骨頂上鑿出這麼深的痕跡。

她把泰瑞莎的片子拿下來，然後拿起另一個封套，抽出裡面的兩張X光片，夾在燈箱上。上面是另一具頭骨——妮琪的頭骨。跟她姊姊一樣，妮琪也是頭部受到重擊，不同的是，她的傷口是在頭部正面，鐵撬頭深深陷進額骨裡。看眼眶破裂的程度，可以想像當時她的眼球也破了。當時，妮琪一定是眼睜睜地看著那根鐵撬迎面打過來。

莫拉把那兩張頭骨的X光片取下來，換上另外兩張。那分別是妮琪的脊椎和骨盆。雖然肌肉已經燒毀了，但骨骼看起來完好無缺。從X光片上看起來，胎兒的骨骼和骨盆是重疊的。雖然大火焚燒之後，母親和胎兒都燒成了焦黑，黏成一團，不過，從X光片上，莫拉還是看得出來，這是兩個不同的個體。兩具骨骸，兩個被害人。

除此之外，她還看到了別的東西：一條白白亮亮的斑紋。雖然X光片裡不同層次的陰影互相糾纏重疊，但那條白白亮亮的斑紋看起來還是非常顯眼。那條小斑紋在妮琪．威爾斯的恥骨上，細得像針一樣。那是一個小金屬破片嗎？會不會是衣服上殘留的東西黏在燒焦的皮膚上——拉鏈上的小鐵片，或是一個小鉤釦？

莫拉把手伸進封套裡，掏出另一張X光片。那是軀體的側面照。她把片子夾在正面照旁邊。側面照上一樣看得到那條小斑紋，不過，從這個角度看來，它並不是附著在骨盆表面，而是卡在骨頭裡。

她把妮琪封套裡所有的X光片全部掏出來，夾在燈箱上，兩張一組。剛剛霍巴特醫師在報告裡提到，死者胸部有一塊金屬殘留物。現在，莫拉在胸部X光片上看到那塊東西了。那是一個金屬環，應該是胸罩的鉤釦。從胸部側面照上，很明顯看得出來那個金屬環附著在皮肉組織上。接著，她又把骨盆X光片夾上去，凝視著妮琪．威爾斯恥骨裡那條金屬斑紋。雖然霍巴特的報告裡有提到那條斑紋，可是在報告的結論裡並沒有進一步說明。說不定他以為那無關緊要。事實上，光是看到被害人身上那種恐怖的傷害，他會忽略這種小地方，並不令人意外。

當年霍巴特解剖的時候，助理是吉間，那麼，說不定他還記得這個案子。

她走出辦公室，沿著樓梯間走下去，推開那道雙扇門，走進解剖室。解剖室裡已經沒人了，櫃檯上收拾得乾乾淨淨，顯然大家都已經下班了。

「吉間？」她喊了一聲。

她穿上鞋套，走進解剖室，從空蕩蕩的解剖檯旁邊走過去，然後又推開另一道雙扇門，走進輸送間，然後再推開另一扇門，朝裡面的冷藏庫瞄了一眼，結果只看到兩張輪床擺在一起，上面躺著兩具覆蓋著白布的遺體。

她關上門，在輸送間裡站了一會兒，豎起耳朵仔細聽，聽聽看有沒有什麼聲音，看看大樓裡是不是還有人在。結果，她只聽到冷藏櫃的嗡嗡聲，還有外面街上隱隱約約的救護車警笛聲。

柯斯塔和吉間一定是下班回家了。

十五分鐘後，她走出大樓，發現那輛Saab和Toyota都已經不在了，停車場裡只剩下她自己那輛Lexus，還有幾部運屍車。運屍車車身上噴了一行字：*麻州法醫部*。天色已經黑了，她的車孤零零地籠罩在街燈昏黃的光暈裡。

泰瑞莎和妮琪的影像依然纏繞在她腦海中。她一邊朝那輛Lexus走過去，一邊提心吊膽地看著四周的陰影，豎起耳朵聆聽四周的聲音，看看有沒有什麼動靜。距離車子剩下不到幾步的時候，她忽然楞住不動了，瞪大眼睛看著乘客座的車門，頸後寒毛直豎，手一鬆，手上的檔案夾滑落到地上，文件四散撒了滿地。

閃閃發亮的車身上出現三道平行的爪痕。

趕快跑。趕快進去。

她猛一轉身，飛快的跑回大樓前面，站在上了鎖的門口，拚命在身上摸索找鑰匙。鑰匙呢？到底是哪一把？後來，她終於找到了，立刻把鑰匙插進鑰匙孔，推開門衝進去，然後立刻把門關上，身體靠在門上，用力頂住，彷彿怕有人撞進來。

大樓裡空蕩蕩的，靜悄悄的，她甚至聽得到自己急促的喘息聲。

她沿著走廊跑回辦公室，然後把自己鎖在裡面。這時候，看著四周熟悉的東西，她的心跳慢慢恢復正常，手也不再發抖了。她走到辦公桌前面，拿起電話，打給珍．瑞卓利。

18

「妳的反應完全正確。立刻閃人，逃到安全的地方。」瑞卓利說。

莫拉坐在辦公桌後面，眼睛盯著那堆皺成一團的文件。那是妮琪．威爾斯的檔案，是瑞卓利剛剛幫她從停車場上撿回來的。剛剛在停車場上一陣慌亂，那些文件被她踩在腳下，上面沾滿了泥巴，已經都散掉了。現在，坐在安全的辦公室裡，還有瑞卓利陪在旁邊，但莫拉還是心有餘悸。

「車門上有採到指紋嗎？」莫拉問。

「是有一些，不過，妳眞的指望車門上找得到什麼東西嗎？」

瑞卓利推了一張椅子到莫拉辦公桌旁邊，坐下來，手擺在肚子上。莫拉心裡想：瑞卓利媽媽，大肚子，身上卻還帶著槍。跑來救她的，竟然是一個大肚子的女警察。難道眞的沒有別人可以英雄救美了嗎？

「妳的車在停車場裡放多久了？妳剛剛說妳是下午六點左右抵達的，沒錯吧？」

「不過，那個爪痕也有可能是更早之前就有了。除非去賣場買東西，否則我很少開乘客座的門。我會看到那邊的門，是因爲車子停的方向，而且旁邊正好有路燈。」

「那妳還記不記得，上次妳看右邊的車門，是什麼時候的事？」

莫拉用手按著太陽穴。「應該是昨天早上，當時我正要從緬因州出發，把行李袋丟在前座。如果當時車門上有爪痕，我應該就注意到了。」

「好。妳是昨天早上開車回來的，那麼，然後呢？」

「然後我的車在車庫裡停了一整晚。然後就是今天早上，我到『施洛德廣場』去和妳碰面。」

「那妳的車停在哪裡？」

「停在總局旁邊的停車場裡。在哥倫布街那邊。」

「所以說，我們到監獄去的時候，妳的車整個下午都停在停車場裡。」

「沒錯。」

「妳應該知道，那個停車場二十四小時都有監視。」

「是嗎？這我倒沒有注意到……」

「接下來，我們從佛明漢監獄回來之後，妳跑到哪裡去了？」

莫拉遲疑了一下。

「醫生？」

「我去找喬伊絲．歐唐娜。」說著，她發現瑞卓利銳利的目光正緊盯著她。「不要用那種眼神看我。我非去見她不可。」

「妳有打算告訴我嗎？」

「我當然會告訴妳。好了，我只是想多知道一點我媽的事。」

瑞卓利往後靠到椅背上，緊抿著嘴唇。莫拉心裡想：她好像在生我的氣。她叫我離那個歐唐娜遠一點，可是我卻不聽她的話。

「妳在她家裡待了多久？」瑞卓利問。

「大概一個鐘頭。珍，她跟我說了很多我不知道的事。比如說，艾曼爾提亞是在法克斯港長大的。那就是爲什麼安娜會跑去緬因州。」

「然後呢？妳離開歐唐娜家之後呢？後來又發生了什麼事？」

莫拉嘆了口氣。「然後我就到這裡來了。」

「妳有沒有留意，後面有沒有人在跟蹤妳？」

「我怎麼可能會去注意那麼多呢？我腦子裡想的事情太多了。」

她們互看著對方，看了好一會兒，兩個人都沒說話。爲了莫拉跑去找歐唐娜，兩人之間的氣氛還是有點僵。

「妳知不知道，你們這邊的監視器壞了？」瑞卓利問。「我說的是停車場上那個監視器。」

莫拉冷笑了一聲。「那妳知不知道，我們今年的預算被砍掉了多少？那個監視器已經壞了好幾個月了。那條電線都已經露在外面了，妳應該看得到。」

「重點是，那部攝影機可以嚇跑不少壞蛋。」

「不幸的是，效果好像沒那麼好。」

「還有誰知道那台攝影機壞了？你們部門的人全都知道，對不對？」

莫拉忽然有點不高興。「妳在暗示什麼？何必呢？很多人都已經注意到攝影機壞了。警察、運屍車司機，任何一個送過屍體來這邊的人都知道。只要抬頭看看就會發現了。」

「妳說，妳抵達的時候，停車場裡有兩部車，一部是吉間的，一部是柯斯塔醫師的。」

「是的。」

「那麼，八點左右，妳走出大樓的時候，那兩部車已經不在了。」

「我出來的時候，他們已經走了。」

「妳跟他們兩個處得好不好？」

莫拉不敢置信地冷笑起來。「妳在跟我開玩笑吧？妳怎麼會問這種可笑的問題？」

「不要以爲我這樣問妳是在發神經。」

「那妳幹嘛問？珍，妳不是也認識柯斯塔醫師嗎？而且，妳也認識吉間。妳怎麼會把他們當成嫌犯？」

「他們都有經過那個停車場，都有從妳車子旁邊經過。六點四十五分左右，柯斯塔醫師先離開了。過沒多久，吉間也走了，大約七點十五分左右。」

「妳問過他們了？」

「他們都說沒看到妳車上有爪痕。如果有爪痕，他們應該會看到，尤其是，吉間一定會看到，因爲他的車就停在妳車子旁邊。」

「我們已經同事兩年了。我了解他。妳應該也了解他。」

「我們都自以爲了解我們身邊的人。」

莫拉心裡想：珍，別嚇我。不要害我開始害怕自己的同事。

「他已經在這棟大樓裡工作十八年了。」瑞卓利說。

「艾比也一樣在這裡待了差不多十八年了。露易絲也是。」

「妳知不知道吉間一個人獨居？」

「我不是也自己一個人住嗎？」

「他今年已經四十八歲了，從來沒有結過婚，自己過活。他每天來上班，每天都會看到妳。

你們算是很親近，那種關係是很個人的。你們兩個都是在跟屍體打交道，每天應付的都是那種恐怖兮兮的東西。你們之間會產生某種莫名的聯繫。那些恐怖兮兮的東西，只有妳和他看得到。」

聽到她的話，莫拉忽然想起過去那些日子，想到她和吉間一起在解剖室裡，一起站在不鏽鋼解剖檯旁邊，手上拿著銳利的刀子。每次她自己都還沒想到，他就已經知道她要什麼了。沒錯，她和他之間確實有一種無形的聯繫，當然有，因爲他們是一個團隊。然而，每當他們脫掉手術袍，脫掉腳上的鞋套，走出那扇門之後，他們卻是各走各的，各自回到自己的生活。他們不會寒暄交際，聯絡感情，下班之後也從來不曾一起去喝一杯。她心裡想：在某些方面，我們是很像的。

他們見面的時候，都是爲了屍體。他們是兩個孤獨的人。

「好了。」瑞卓利嘆了口氣。「我喜歡吉間。我甚至很痛恨自己爲什麼要懷疑他，可是我不能不懷疑。這是我的職責。」

「妳的職責？妳的職責是什麼？把我搞到發瘋嗎？珍，我已經夠害怕了。某些人是我必須信任的，不要逼到我連他們都怕。」說著，她把桌面上的文件全部收乾淨。「我的車子妳檢查夠了嗎？我想回家了。」

「可以了，我們檢查過了。不過，我覺得妳不要回家比較好。」

「不回家，那我去哪裡？」

「妳還有別的地方可以去。比如說，妳可以去住飯店。或者，妳也可以去睡我家的客廳。另外，我剛剛和巴拉德警官談過了，他說他家有一個空房間。」

「妳找巴拉德做什麼？」

「他每天都會打電話給我，追蹤案子的進展。大概一個鐘頭前，他又打電話來了，我告訴他，妳的車子出事了，他立刻就趕過來檢查那輛車。」

「他現在在停車場嗎？」

「不久之前剛到。他很擔心妳，醫生。我也一樣。」瑞卓利遲疑了一下。「那麼，妳打算怎麼辦？」

「我不知道……」

「呃，妳有幾分鐘的時間可以考慮一下。」瑞卓利雙手用力一撐，掙扎著站起來。「來吧，我陪妳出去。」

她們沿著走廊往前走，這時候，莫拉忽然覺得，目前的狀況實在很荒唐。這個女人連從椅子上站起來都很吃力，而我居然要靠她保護。可是，瑞卓利已經擺明了，這個案子由她負責，所以，她必須扮演我的守護神。結果，是瑞卓利動手推開門，自己先走出去。這種事竟然是她在做。

莫拉跟在她後面，越過停車場，朝那輛 Lexus 走過去。她看到巴拉德和佛斯特就站在車子旁邊。

「妳還好嗎，莫拉？」巴拉德問。街燈的光從上面照下來，他的眼睛被陰影遮住了。她抬起頭看著他的臉，可是卻看不到他現在是什麼表情。

「我沒事。」

「結果有可能更嚴重。」他看了瑞卓利一眼。「我們剛剛討論的事，妳告訴過她了嗎？」

「我叫她今天晚上最好不要回家。」

莫拉看看自己的車。那三個爪痕很明顯，感覺上比她印象中更可怕，看起來很像是什麼猛獸的爪痕。殺害安娜的人正在警告我。而我卻搞不清楚他已經逼近到什麼程度。

佛斯特說：「鑑識科的人發現駕駛座的車門有一片凹陷。」

「那是很久以前的。幾個月前，我的車在停車場被人撞了一下。」

「好，那麼，就只有那個爪痕了。他們採到一些指紋。醫生，他們需要妳的指紋做比對，等一下妳進實驗室，麻煩妳儘快壓一下指紋。」

「沒問題。」她忽然想到他們曾經在停屍間採過無數的指紋，很例行公事的抓起冷冰冰的手壓在卡片上。他們想搶先兇手一步，趁我還活著的時候，先採到我的指紋。雖然夜裡很暖和，但她還是不由得感到一陣寒意，雙臂抱住胸口。她在考慮，是不是該回到那空蕩蕩的家裡，把房間的門鎖起來。可是，儘管房子裡有那麼多鎖，但那畢竟只是一棟房子，不是碉堡。有窗戶的房子是很容易入侵的，隨便拿把刀子就可以把紗窗割破。

「妳先前說過，破壞安娜車子的人是查爾斯．卡塞爾。」莫拉看著瑞卓利。「可是，這不可能是卡塞爾幹的。因爲他不會對我做這種事。」

「確實不是。他根本就沒有動機。這很顯然是在警告妳。」瑞卓利輕聲說。

「說不定安娜只是替死鬼。」

他要殺的人是我。那天死掉的人應該是我。

「那麼，醫生，妳打算去哪裡？」瑞卓利問。

「我不知道。」莫拉說。「我也不知道該怎麼辦……」

「呃，不管怎麼樣，我覺得妳還是不要站在這裡比較好。」巴拉德說。「站在這裡，每一雙眼睛都在盯著妳。」

莫拉轉頭瞄了人行道一眼，看到幢幢黑影。警車上的閃燈又引來一堆圍觀的人群。那些人籠罩在陰影中，根本看不見他們的臉，而她站在那裡，街燈的光線照在她身上，她彷彿變成了舞台上的明星，鎂光燈的焦點。

巴拉德說：「我家裡還有一間空房間。」

她不敢看他，反而一直盯著陰影中的人群，心裡想著：這一切實在來得太突然了，在這麼倉促的時間裡，卻要做那麼多決定。不管做了什麼決定，說不定我都會後悔。

「醫生？」瑞卓利問。「妳怎麼打算？」

後來，莫拉終於看看巴拉德。那一剎那，她又感覺到那種令人不安的吸引力。「我還有別的地方可以去嗎？」她說。

他的車緊跟在她後面，跟得好近，車頭的大燈照在她的後視鏡上，有點刺眼。他跟得那麼近，彷彿是怕她會突然往前衝，想趁路上車多把他甩掉。後來，他們開進了紐頓郊區，四周的環境感覺比較沒有那麼嘈雜了。她按照他的指示，在他們家那個社區四周繞了兩圈，確定後面沒有車子在跟蹤。這時候，他還是跟得好近。後來，她終於停在他家門口，那一剎那，他幾乎是立刻就跑到她車窗旁邊，敲敲玻璃。

「停到車庫裡去。」他說。

「那你停哪裡？」

「我沒關係。妳的車最好不要停在路邊。好了，我來開車庫的門。」

她把車開上車道，看著車庫的門發出一陣轟隆隆的聲音，開始往上掀開。車庫裡收拾得很乾淨，牆上有一面釘板，上面掛滿了工具，另外還有一些釘死的架子，上面擺滿了油漆罐。就連水泥地面看起來都很光滑。她一開進車庫，門立刻就關上了。這樣一來，外面就看不到她的車了。她在車子裡坐了一會兒，聽著引擎熄火之後那種滴滴答答的聲音。她深深吸了一口氣，鼓起勇氣，準備面對今夜。不久之前，她還覺得回自己家裡似乎不太安全，但現在，她開始懷疑，跑到巴拉德家來，眞的是明智的決定嗎？

巴拉德幫她拉開車門。「進來吧。我來教妳怎麼設定保全系統。萬一我不在家，妳自己也可以操作。」

他帶她走進屋子裡，經過一條短短的走廊，走到玄關，伸手指向大門旁邊那個按鍵面板。

「幾個月前我才剛換裝全新的系統。來，妳先鍵入密碼，然後按ARM。設定好之後，只要有人開門或是開窗戶，警報就會響。那警報聲大得嚇死人，耳朵都會聾掉。而且，同一時間，保全公司那邊會收到訊號，然後，他們就會打電話到家裡來。如果要解除設定，也是要先鍵入同樣的密碼，然後按OFF。都聽懂了嗎？」

「懂了。你要告訴我密碼嗎？」

「我正要說。」他瞥了她一眼。「當然，妳也知道，現在我等於是要把家裡的數字鑰匙交給妳。」

「你是不是在想，我靠不靠得住？」

「只要妳答應我，不要把密碼告訴跟妳不熟的朋友。」

「老天，跟我不熟的朋友可多了。」

「是啊。」他笑了起來。「搞不好他們都是條子。好了，密碼是1217，我女兒的生日。妳記得住嗎，還是要寫下來？」

「沒問題，我記得住。」

「那就好。來吧，現在妳馬上就設定吧，晚上我們應該不會再出去了。」

她鍵入密碼的時候，他就站在她旁邊，靠得好近，她都可以感覺得到他的鼻息噴在她頭髮上。她鍵入ARM，聽到輕輕的嗶的一聲，顯示幕上立刻出現：系統已啓動。

「有如銅牆鐵壁。」他說。

「滿簡單的。」說著，她轉過身來，發現他正盯著她，眼神好專注。那一剎那，她忽然忍不住想往後退，彷彿想跟他保持一點安全距離。

「妳晚上有吃過東西了嗎？」

「根本沒時間。今天晚上出了太多事。」

「那來吧，怎麼可以讓妳餓肚子呢？」

他家的廚房看起來就像她想像中一樣。堅固的槭木櫥櫃，還有一座附砧板的流理台。懸吊架上掛著鍋子盆子，排列得很整齊。沒什麼華麗的擺設，簡簡單單就是一個做菜的地方，而且用這個地方的人是個腳踏實地的人。

「我不想給你添麻煩。」她說。「雞蛋加吐司就很好了。」

他打開冰箱，拿出一盒雞蛋。「炒蛋嗎？」

「理察，我自己來就好了。」

「那妳就幫忙烤幾片吐司吧。麵包就在那邊。順便幫我烤一片。」

她從袋子裡拿出兩片吐司，丟進烤麵包機，然後又轉身看他，看到他站在火爐前面，在碗裡打蛋。那一剎那，她忽然想到上次和他一起吃飯的時刻。當時兩人都打著赤腳，又笑又鬧，在一起很開心，一直到後來接到珍的電話，她才開始生他的氣。如果珍沒打電話去，那天晚上他們兩個會怎麼樣？她看著他把蛋倒進鍋子裡，點燃爐火，那一剎那，她忽然臉紅了，彷彿他同時也點燃了她體內的火。

她立刻撇開頭，看著冰箱門，看到上面貼著好幾張巴拉德和他女兒的照片。有一張是凱蒂的媽媽抱著嬰兒時期的她。有一張是她才剛開始要學走路的年紀，坐在一張高腳椅上。那些照片分別展現出不同的人生階段。最後一張照片是十幾歲的金頭髮的凱蒂，心不甘情不願地對著鏡頭笑。

「她變得太快了。」他說。「我簡直不敢相信，這些照片裡的孩子是同一個人。」她轉頭瞥了他一眼。「上次有人發現她的置物櫃裡藏了大麻，後來你們是怎麼處理的？」

「噢，那件事啊。」他嘆了口氣。「她被卡門禁足了，更嚴重的是，卡門罰她一個月不准看電視。現在，我還得把自己的電視機鎖起來，以免我不在家的時候，凱蒂又偷溜到這裡來看電視。」

「看起來，你和卡門倒還能夠站在同一戰線上。」

「難道還有別的選擇嗎？不管兩個人離婚鬧得有多不愉快，爲了孩子，兩個人還是得同心協力。」說著，他關掉爐火，把熱騰騰的炒蛋倒進盤子裡。「妳自己沒生過孩子嗎？」

「沒有。還好沒有。」

「還好？」

「我和維克多絕對不可能像你們兩個這麼文明。」

「沒有表面上那麼容易。特別是自從……」

「怎麼樣？」

「我們盡可能想辦法營造出一個和平的表象。就這樣了。」

他們清了清桌子，把裝著炒蛋、吐司和奶油的盤子端到桌上，面對面坐下來。也許是因爲正好談到失敗的婚姻，使得兩個人蠢蠢欲動的情愫暫時壓抑住了。她心裡想：我們兩個感情上都受過傷害，都還沒有復原。所以，無論我們兩個對彼此多麼有好感，如果眞要牽扯到感情，現在實在不是好時機。

後來，吃過晚餐之後，他陪她走到樓上，打開凱蒂房間的門，迎面就看到牆上那張小甜甜布蘭妮的巨大海報，彷彿她正用一種充滿誘惑的眼神盯著他們。書架上堆滿了布蘭妮的玩偶和CD。莫拉心裡想：晚上睡這個房間，鐵定會做噩夢。

「這間房間有自己的浴室，就在那個門後面。」他說。「櫃子裡應該還有一兩把新牙刷。對了，妳可以穿凱蒂的浴袍。」

「她不會介意嗎？」

「這個禮拜她住在卡門那邊。搞不好她根本就不會知道妳來過。」

「謝謝你，理察。」

他遲疑了一下，彷彿在等她說什麼，等著她說出那句可以改變一切的話。

「莫拉。」他說。

「怎麼了？」

「我會照顧妳。有一句話我一定要親口告訴妳。安娜出事了——而我絕不會讓同樣的事發生在妳身上。」說著，他轉身走開，走進他自己的房間，輕聲說了一句：「晚安。」然後就把門關上了。

我會照顧妳。

她心裡想：這不是每個人心裡的希望嗎？有人可以保護我們，照顧我們。她幾乎已經快要忘記那是什麼感覺了。從前和維克多在一起的時候，她始終沒有感覺到他在保護她。他太自我了，只知道要照顧自己，從來不會想到要去照顧別人。

她躺在床上，聽著床頭桌上的時鐘滴答滴答響，聽著隔壁巴拉德的腳步聲。過了一會兒，整棟房子漸漸陷入一片寂靜。她看著時鐘，看著時間一分一秒過去。午夜。凌晨一點。她還是睡不著。明天她還有力氣上班嗎？

此刻，他也失眠了嗎？

她並不了解這個男人。那種感覺就像從前嫁給維克多的時候，她也並不了解他。就爲了男女之間純粹的化學反應，結果卻是一場大災難，她生命中的三年歲月就這麼白白浪費掉了。天雷勾動地火。只要一扯上男人，她就不敢信任自己的判斷力。那種妳最想一起睡覺的男人，很可能就是最糟糕的選擇。

凌晨兩點。

這時候，窗外忽然閃過汽車大燈的光束，外面的馬路上傳來隆隆的引擎聲。她忽然緊張起來，心裡想：應該沒什麼，說不定只是隔壁鄰居晚回家了。接著，她忽然聽到門廊上有嘎吱嘎吱的腳步聲。她立刻屏住氣。這時候，一片漆黑中，忽然鈴聲大作。她整個人立刻從床上彈起來。

保全系統。有人跑進屋子裡了。

巴拉德猛敲她房間的門。「莫拉？莫拉？」他大叫。

「我沒事！」

「把門鎖起來！千萬別出來。」

「理察？」

「躲在裡面不要出來！」

她掙扎著跳下床，把門鎖起來，然後蹲下來，兩手遮住耳朵。警報實在太大聲了，根本聽不到別的聲音。她想到巴拉德，想像他此刻正衝下樓梯，而房子裡陰影幢幢，彷彿有人正在樓下等他下去。理察，你在哪裡？除了刺耳的警報聲，她什麼都聽不到。在一片漆黑中，她感覺自己彷彿又聾又瞎，根本感覺不到是否有什麼東西正朝她房間的門口過來。

這時候，警報聲忽然停了，整間屋子忽然安靜下來，靜悄悄的。她忽然聽到自己急促驚慌的喘息聲，怦怦的心跳聲。

另外，她還聽到有人講話的聲音。

「老天！」理察在大喊。「妳差一點就被我開槍打死！妳腦袋瓜子裡到底在想什麼？」

接著是一個年輕女孩子的聲音。那是一種憤怒、受到傷害的口氣。「你爲什麼要把鏈條扣上！我沒辦法進來關掉警報！」

「妳還敢跟我大聲！」

莫拉打開房門，走到走廊上。現在他們講話的聲音越來越大聲了，兩個人的火氣都越來越大。她靠在樓梯的欄杆上，往樓下看，看到理察站在底下，穿著藍色的牛仔褲，身上沒穿襯衫。

剛剛拿到樓下去的那把手槍已經插在腰帶裡了。他女兒正狠狠的瞪著他。

「凱蒂，現在是半夜兩點，妳是怎麼來的？」

「我朋友開車載我來的。」

「三更半夜？」

「我只是回來拿我的背包，可以嗎？我忘了明天要用。三更半夜我不想把媽吵起來。」

「妳的朋友是誰？誰開車載妳來的？」

「呃，他已經走了！剛剛的警報聲大概把他嚇壞了。」

「是男生嗎？他是誰？」

「我不想害他惹上麻煩！」

「這個男生是誰？」

「不要逼我，爸。不要逼我。」

「凱蒂，妳乖乖給我待在這裡，給我講清楚。不准上樓去——」

凱蒂本來正咚咚咚的往樓上跑，跑到一半忽然楞住了。她站在樓梯上，一動也不動，瞪大眼睛看著莫拉。

「妳給我回來！」理察大吼。

「好啊，爸。」凱蒂嘴裡喃喃嘀咕著，眼睛死盯著莫拉。「這下子我懂了，難怪你要把大門的鏈條扣起來，不讓我進來。」

「凱蒂！」理察大喊了一聲，那一剎那，電話鈴聲忽然響了，他楞了一下，然後立刻轉身跑過去接電話。「喂？對，我是理察·巴拉德。沒事了。不用了，不用派人過來。我女兒臨時跑回來，來不及關掉保全系統……」

那女孩還是死盯著莫拉，臉上的敵意非常明顯。「這麼看來，妳是他新任的女朋友囉。」

「好了，不必爲這種事動火氣。」莫拉平靜的說。「我不是他的女朋友。我只是因爲今天晚上找不到地方睡覺。」

「哦，是哦，兩個人一起睡不是正好？」

「凱莉，我說的是實話——」

「這個家裡沒有人會說實話。」

這時候，樓下的電話又響了，理察又跑去接電話。「卡門。卡門。冷靜一點！凱蒂在我這裡。對，她沒事。有個男生載她過來拿背包……」

那女孩用一種怨毒的眼神瞪了莫拉最後一眼，然後就跑下樓了。

「妳媽打來的。」理察說。

「你要不要告訴她，你已經有新的女朋友了？你怎麼可以這樣對待她？」

「我要跟妳談一談。妳要面對現實，妳媽和我已經沒有在一起了。一切都變了。」

莫拉跑回樓上的房間，關上門。她穿衣服的時候，聽得到樓下還在吵。理察的聲音聽起來很平靜，很堅定，而那女孩的聲音又高又尖，氣沖沖的。莫拉很快就穿好了衣服，走到樓下，看到理察和他女兒坐在客廳。凱蒂整個人蜷曲成一團，窩在沙發上，有如一隻劍拔弩張的刺蝟。

「理察，我要走了。」莫拉說。

他立刻站起來。「妳不能走。」

「不，沒關係。你需要時間跟你的家人獨處一下。」

「妳現在回家很危險。」

「我不會回家的。我要去住飯店。眞的，我不會有事的。」

「莫拉，等一下——」

「她要走就讓她走好了，可以嗎？」凱蒂大叫一聲。「讓她走吧。」

「到飯店之後，我會打電話給你。」莫拉說。

她倒車出車庫的時候，理察走出來站在車道旁邊看著她。他們隔著車窗玻璃四目相對，他往前跨了一步，彷彿想勸她不要走，跟他回去，待在他家比較安全。

這時候，街角忽然有兩道車燈的光束轉過來。是卡門。卡門把車子停在路邊，鑽出車子，滿頭金髮亂成一團，身上套著一件浴袍，露出裡面的睡衣。又是一個可憐的媽媽爲了叛逆的女兒半夜被吵醒。卡門朝莫拉的方向瞄了一眼，跟巴拉德說了幾句話，然後就進屋裡去了。隔著客廳的窗戶，莫拉看到媽媽和女兒擁抱在一起。

巴拉德在車道上晃來晃去，一下看看屋子裡，一下又看看莫拉，彷彿有兩股力量同時在拉扯他。

於是，她幫他做了決定。她把排檔桿往後拉，踩下油門，車子呼嘯而去。她從後照鏡瞥了他最後一眼，看到他轉身走回屋裡去，回到他家人身邊。她心裡想：就算離了婚，一樣抹滅不了多年婚姻所凝聚而成的無形聯繫。就算離婚證書已經簽了很多年，兩個人在法律上已經沒有關係了，可是，那種無形的聯繫依然存在。而其中最強而有力的聯繫就是孩子，兩個人的骨肉。

她長長吁了一口氣，突然感覺所有的誘惑都消失了。她自由了。

她遵守了對巴拉德的承諾，沒有回家。她開著車往西走，開向95號公路，沿著波士頓外圍繞了一大圈。她一看到路邊有一家汽車旅館，立刻就把車子停進去。那個房間裡瀰漫著菸臭味和「象牙皀」的香味。馬桶蓋上覆蓋著一條「消毒過」的紙帶子。浴室裡的杯子是塑膠杯，用塑膠袋裝著。牆壁的隔音不好，遠遠就聽得到公路上的車聲。她已經忘了，上次住這麼廉價邋遢的汽車旅館，是什麼時候的事。她打電話給理察，禮貌性的跟他講了大概三十秒，告訴他自己在什麼地方。然後，她關掉手機，鑽進破破爛爛的被窩裡。

這整個禮拜來，這天晚上是她睡得最沉的一晚。

19

她忽然想到那首歌。沒有人喜歡我。大家都討厭我，也許我應該去吃蟲。蟲。蟲。蟲。

別再想那個了！

瑪蒂達閉上眼睛，咬緊牙根，可是那首無聊的童謠卻一直在她腦海中纏繞著，揮之不去，一次又一次在她耳邊響起，害她一直想到蟲那個字。

我是不會吃蟲的。可是，蟲會來吃我。

噢，想點別的吧。想一些美好的東西，漂亮的東西。比如說，花啊、衣服啊。蕾絲邊的白禮服，上面裝飾著珠子。那天是她大喜的日子。對了，想那些還比較好。

她還記得，當時她坐在聖約翰衛理公會教堂的新娘房裡，凝視著鏡中的自己，心裡想：今天是我一生中最美好的一天，我就要嫁給自己最心愛的男人了。她還記得，她媽媽走進房間，幫她戴上面紗。當時，媽媽嘆了口氣，彎腰對她說：「我做夢也想不到能夠親眼看到這一天。」這一天，有個男人就要娶走她女兒了。

現在，距離當時已經七個月了。現在，瑪蒂達想到媽媽那句話，忽然覺得那句話實在不怎麼好聽。可是當時，幾乎沒有一件事會讓她覺得不開心。比如說，她每天早上都想吐。比如說，要命的高跟鞋。比如說，結婚那天晚上，杜恩喝了不知道多少香檳，結果，她從飯店房間的浴室出來的時候，他已經睡著了。不過，對她來說，這一切都無所謂，因爲，她已經是普維斯太太了，而她的人生，她眞正的人生，終於要展開了。

可是現在，除非杜恩救我，否則，我的人生就要結束了，結束在這個箱子裡。

他會救我的，對不對？他一定希望我回到他身邊，對不對？

噢，與其想這個，還不如想自己被蟲吃掉算了。瑪蒂達，想點別的吧！

他會不會根本就不希望我回去？他會不會從一開始就希望我就此消失算了，這樣他就可以和那個女人在一起了？會不會就是他……

不，不可能是杜恩。如果他想害死她，又何必把她關在箱子裡？又何必要讓她活著？

她深深吸了一口氣，淚眼盈眶。她想活下去。她會想盡辦法活下去，可是，她根本就不知道要怎麼逃出這個箱子。她一直在想怎麼逃出去，已經想了好幾個鐘頭了。她拚命捶打箱壁，用腳往上踢，一次又一次的拚命踢。她曾經想過要把手電筒拆掉，也許可以用來做一個——做一個什麼？

炸彈。

她彷彿聽到杜恩在嘲笑她，笑她太荒唐了。好了，瑪蒂達，妳還眞以爲自己是馬蓋先嗎？

呃，那我該怎麼辦？

蟲……

她又想到蟲了。那些思緒又開始在她腦海中陰魂不散。她想到，再過不久，那些蟲就會鑽進她皮膚裡面，吃掉她的肉。她心裡想，那些蟲就躲在箱子外面的泥巴裡，等著她死掉。然後，牠們就會鑽進來，開始享受大餐。

她翻了個身側躺著，渾身發抖。

一定有辦法可以逃出去的。

20

吉間站在屍體旁邊，手上戴著手套，抓著一根針筒，針頭是十六號口徑。那是一具年輕女性的屍體，已經瘦到皮包骨，腹部皺巴巴的，乍看之下簡直就像髖骨上撐著一片鬆垮垮的帳篷。吉間把她鼠蹊部位的皮膚拉緊，針頭對準大腿根部的血管刺進去，然後拉出針筒的推桿。血開始灌進針筒，顏色好深，看起來幾乎是黑色的。

莫拉走進解剖室的時候，他頭抬也不抬，全神貫注執行手上的工作。她默默看著他抽出針頭，把針筒裡的血分別灌進好幾根試管裡。他的動作很和緩，非常有效率，一看就知道經驗豐富，不知道已經處理過多少屍體，抽過多少根試管的血了。如果我是所謂的「死亡女王」，那吉間才是眞正名副其實的「死亡之王」。他負責脫掉屍體的衣服，秤出屍體的重量，伸手觸摸屍體鼠蹊部和頸部，尋找血管。然後，他還要把器官放進福馬林罐裡。然後，等到我把皮肉都割開了，完成解剖之後，他還要負責用針線把皮肉縫合起來。

接著，吉間把針頭折斷，把用過的針筒丟進專門放置污染廢棄物的垃圾桶裡。然後，他忽然停止動作，低頭凝視著那個女人。血液採樣已經完成了。「她是今天早上送來的。」他說。「她的男朋友一覺醒來，發現她倒在沙發上，已經死了。」

莫拉看到屍體手臂上全是針孔。「眞是悲哀。」

「永遠都是這樣。」

「這個案子誰負責？」

「柯斯塔醫師。布里斯托醫師今天要出庭。」他把托盤推車推到解剖檯旁邊，開始排列手術用具。接下來是一陣尷尬的沉默，金屬的碰撞聲聽起來似乎格外刺耳。他們像平常一樣，講了幾句例行公事的話，可是今天，吉間沒有正眼看她。他似乎想避開她的目光。他刻意瞥開視線，眼睛根本不往她的方向看。而且，他刻意絕口不提昨天晚上停車場的事。可是，那件事永遠懸盪在兩人之間，躲都躲不掉。

「我知道瑞卓利警官昨天晚上打電話到你家去。」她說。

他楞了一下。他側面對著她，托盤裡的手忽然不動了。

「吉間。」她說。「如果她有暗示什麼，我很抱歉——」

「艾爾思醫師，妳知不知道我在法醫部工作多久了？」他忽然打斷她的話。

「我知道你在這裡工作的時間比誰都久。」

「十八年了。當年，我從陸軍退役之後，泰爾尼醫師就雇用了我。當年在軍隊裡，我在停屍房工作。知道嗎，看到那麼多年輕人，那種工作是很令人難過的。他們絕大多數是意外死亡，要不然就是自殺。不過，那似乎是無可避免的。年輕人愛冒險，動不動就打架，開車橫衝直撞。假如太太或女朋友說要分手，他們就會拿槍打爛自己的腦袋。有時候我會想，至少我還能夠為他們做點什麼，讓他們保有一點身為軍人最後的尊嚴。而且，有很多根本就還只是孩子，還沒真的長大。這就是最令人難過的地方，他們還那麼年輕，可是我卻必須鼓起勇氣面對他們的遺體，就像我每天在這裡所面對的一樣，因為那是我的工作。我想不起來，這些年來，我哪一天請過病假。」說到這裡，他遲疑了一下。「可是今天，我真的考慮過要不要來上班。」

「為什麼？」

他轉過來看著她。「在這裡工作了十八年之後，突然有一天，別人懷疑你是嫌疑犯，妳知道那是什麼滋味嗎？」

「很遺憾她會讓你產生那種感覺。我知道她那個人講話很粗魯——」

「不會，其實她一點都不粗魯。她很客氣，非常友善。眞正令我感覺不太對勁的，是她那些問題的本質。你一直都和艾爾思醫師一起工作，你有什麼感覺嗎？你們兩個相處得還好嗎？」說到這裡，吉間忽然笑起來。「好啦，妳知道她爲什麼要這樣問我嗎？」

「她只是在盡她警察應有的本分，如此而已。她並沒有指控你什麼。」

「我就是覺得她在指控我。」他走到水槽的流理台那邊，開始把福馬林罐排成一列，準備用來裝組織樣本。「艾爾思醫師，我們在一起工作，已經快要兩年了。」

「對。」

「在我印象中，妳對我的工作表現從來沒有不滿意過。至少我自以爲是這樣子的。」

「我從來沒有不滿意過。事實上，除了你，我還眞想不出來有誰能夠跟我配合得更好。」

這時候，他忽然轉過來看著她。在刺眼的螢光燈照耀下，她才猛然注意到，他那滿頭黑髮已經開始灰白了。她一直都覺得他大概只有三十幾歲，因爲他臉上幾乎看不到皺紋，表情溫和，身材瘦長，感覺上根本看不出年紀。此刻，看著他眼睛四周的皺紋，她才猛然意識到：這個人已經快要步入中年了。就像我一樣。

「我從來沒有。」她說。「我從來沒有想過你可能是——」

「可是現在，妳也開始會懷疑了，對不對？因爲瑞卓利警官已經開始懷疑我了，所以，妳一定會懷疑，會不會是我破壞了妳的車。會不會是我在偷偷盯著妳？」

「不會，吉間。我不會的。我根本不會懷疑。」

他凝視著她的眼睛。「那麼，妳是在自欺欺人。因爲那些念頭一定會干擾妳。而且，只要妳對我有一絲一毫的不信任，跟我在一起，妳一定會很不自在。我感覺得到，妳也感覺得到。」說著，他扯掉手套，轉個身，開始在標籤上寫下死者的姓名。她看到他脖子上的肌肉很僵硬，感覺得到他肩膀繃得很緊。

「很快就會沒事了。」她說。

「也許吧。」

「不是也許。我們一定會忘掉這一切的。我們以後還要一起工作。」

「嗯，那大概要看妳自己了。」

她看著他，看了好一會兒，心裡想著，該怎麼把從前那種合作無間的默契找回來呢？她忽然又想到，也許他們之間並沒有她想像中那麼有默契。說不定那只是她自己一廂情願的想像，因爲長久以來，他一直在隱藏自己的感情，而我也一樣。戴著面具面對彼此，我們這樣也能算是夥伴嗎？每個禮拜，我們在解剖檯旁邊目睹一件又一件的悲劇，可是，我從來沒有看他掉過淚，而他也從來沒有看我哭過。我們就像兩個工廠裡的工人一樣，冷冷的面對死亡。

他把標籤貼到那些樣本罐上，貼好之後，轉過身來，發現她還站在他後面。「艾爾思醫師，妳有需要什麼嗎？」他問。他的口氣就和他的表情一樣，完全看不出來剛剛兩個人之間有什麼不對勁。這就是她所熟悉的吉間，永遠那麼有效率，隨時準備提供協助。

於是，她也立刻恢復到平常的模樣。她剛剛進來的時候，手上拿著一個X光片封套。現在，她把妮琪．威爾斯的X光片抽出來，夾在燈箱上。「但願你還記得這個案子。」她一邊說，一邊打開燈箱的開關。「那是五年前的案子。地點是費茲堡。」

「死者叫什麼名字？」

「妮琪．威爾斯。」

他皺起眉頭看著X光片，接著，他忽然盯著母親骨盆的位置，盯著胎兒的骨骼。「這就是那個懷孕的女人，對不對？她姊姊也被殺了，對不對？」

「這麼說來，你眞的記得。」

「兩具屍體都被燒掉了，對不對？」

「沒錯。」

「我還記得，那是霍巴特醫師的案子。」

「我從來沒見過霍巴特醫師。」

「妳當然不可能見過他。他離開之後，過了兩年妳才來上任。」

「他現在在哪裡工作？我想跟他談一談。」

「恐怕有困難。他已經過世了。」

她瞪大眼睛看著他。「什麼？」

吉間搖搖頭，看起來有點感傷。「當時泰尼爾醫師一定很痛苦。雖然他別無選擇，但他還是認爲那是他的錯。」

「出了什麼事？」

「霍巴特醫師惹……惹上了一點麻煩。一開始，他弄丟了幾張X光片，後來又把一些器官的姓名搞混了。死者的家屬發現了，於是就控告我們法醫部。當時眞是一團亂，整個法醫部媒體形象很差，可是，泰尼爾醫師從頭到尾都挺他。後來又發現，某位死者私人物品包裡的毒品不見了。這時候，泰尼爾醫師已經別無選擇了。他只好請霍巴特醫師離職了。」

「後來怎麼樣了？」

「霍巴特醫師回到家之後，吞了一整罐的強力止痛藥。三天之後，大家才發現他出事了。」說到這裡，吉間遲疑了一下。「他的遺體送來的時候，沒有人願意接。」

「有人質疑過他的能力嗎？」

「他是出過一些差錯。」

「很嚴重嗎？」

「我不太明白妳這個問題的意思。」

「我是在懷疑，他會不會忽略了這個東西。」她指著那張X光片，指著恥骨上那條亮亮的線。「他在妮琪．威爾斯的報告裡並沒有說明這塊金屬屑。」

「X光片裡還有別的金屬物質。」吉間說。「這裡有一個胸罩的鉤釦，還有，這個看起來有點像金屬釦。」

「是沒錯，不過，你看看側面照。那條金屬線是卡在骨頭裡的，並不是附著在表面。霍巴特醫師有沒有跟你提到這件事？」

「在我印象中，好像沒有。他報告裡沒有提到嗎？」

「沒有。」

「那麼，他一定是認爲那個無關緊要。」

她忽然想到，那意味著，艾曼爾提亞案件審理的時候，可能根本就沒有提到那個東西。這時，吉間又回頭去做他的事了。他開始排列盆子和桶子，然後把寫字板上的文件整理了一下。儘管莫拉旁邊躺著一位年輕女性，但她根本沒有去留意那具剛送來的屍體。她的注意力完全集中在妮琪．威爾斯的X光片上，還有她的胎兒。她們焦黑的遺骸整個融成一團。

妳為什麼要燒掉她們的遺體？關鍵是什麼？當年，艾曼爾提亞看著熊熊火焰吞噬她們，心裡覺得很有趣嗎？或者，她是希望火焰會吞噬掉別的東西，湮滅掉和她有關的線索，那些她不希望別人發現的線索。

她看看胎兒的頭骨，然後視線慢慢轉移到妮琪骨盆裡那條亮亮的線。那看起來像一個碎片，很細的碎片，細得像……

細得像刀鋒。一小片斷掉的刀鋒。

可是，妮琪是頭部受到重擊致死的。既然兇手已經用鐵撬打爛了妮琪的臉，那麼，爲什麼還要用刀子刺她呢？她凝視著那條金屬線，突然間，她忽然想到那代表什麼含義了——那一刹那，她感覺背脊竄起一股寒意。

她立刻跑到對講機前面，按下通話鈕。「露易絲？」

「有什麼事嗎，艾爾思醫師？」

「妳能不能幫我聯絡一下達吉特．辛醫師？他是緬因州奧古斯塔的法醫。」

「請稍候一下。」過了一會兒。「辛醫師已經在線上了。」

「是達吉特嗎？」莫拉問。

「別緊張，我知道我還欠妳一頓晚飯。我沒忘。」他說。

「要是你能夠幫我解答這問題，那就變成是我欠你了。」

「什麼問題？」

「我們在法克斯港挖出來的那些骨骸，你檢驗過了嗎？」

「還沒。可能還得等一陣子。瓦杜郡和漢考克郡的失蹤人口檔案裡找不到符合那兩具遺骸的資料。這表示，那兩具骨骸的年代可能太久遠了，要不然就是，他們是外地來的。」

「你有請國家犯罪資料中心協助搜尋嗎？」她問。國家犯罪資料中心隸屬於聯邦調查局，它的資料庫所儲存的失蹤人口資料，年代長達一整個世紀。

「有。可是我一時還沒辦法縮小年代的範圍，所以，我拿到名單有一大串。這份名單涵蓋整個新英格蘭地區的失蹤人口。」

「說不定我有辦法幫你縮小範圍。」

「怎麼幫？」

「把失蹤人口的年代鎖定在一九五五年到一九六五年之間。」

「妳把年代鎖定在那段時間，有什麼根據？」

她心裡想：因爲我母親就是那段時間住在法克斯港鎮。**我母親，我母親是殺人兇手。**

不過，她並沒有說出口。她說的是：「我是根據經驗法則判斷的。」

「眞搞不懂妳葫蘆裡賣什麼藥。」

「見面再跟你解釋。」

破天荒第一次，瑞卓利讓莫拉開車。不過，那只是因爲車子是莫拉那輛 Lexus。此刻，她們正沿著緬因州敦百克高速公路往北開。昨天半夜，暴風雨從西邊席捲而來，到了早上，雨水滴滴答答打在屋頂上，把莫拉吵醒了。她起床之後，沖了一杯咖啡，看看報紙。她每天早上都是這樣。習慣是一種很可怕的東西，就算在恐懼的威脅下，我們還是很快就會恢復到平日的習慣。昨天晚上她就回家了，沒有去睡汽車旅館。她把所有的門窗全部上鎖，然後讓門廊上的燈整夜亮著。面臨黑夜的威脅，那只是一種微不足道的防禦姿態，不過，儘管風雨交加，她還是睡得很安詳。早上醒過來之後，她感覺到，生活終於又回到自己的掌握了。

她心裡想：我受夠了，我不想再害怕了。我不能讓恐懼把自己趕出家門。

現在，她開車載瑞卓利到緬因州去。無論接下來要面對的是什麼樣的黑暗力量，她都已經準備好要反擊了。她要扭轉乾坤。不管你是誰，我一定找得到線索。我一定要找到你。我可以反過來追殺你，懂嗎？

下午兩點，她們抵達了緬因州奧古斯塔的法醫大樓。達吉特・辛醫師到櫃檯去接她們，然後帶她們下樓到解剖室。那兩箱骨骸已經擺在解剖檯上了。

「這本來不是要最優先處理的。」他一邊說，一邊攤開一張塑膠布，鋪在解剖檯上。鋪上去那一剎那，塑膠布像降落傘一樣發出輕微的咻咻聲。「他們可能在地底下埋了幾十年了。再等個幾天應該沒什麼差別。」

「犯罪資料中心重新搜尋的結果，你拿到了嗎？」莫拉問。

「今天早上拿到的。我把那份名單列印出來了。就在那邊桌上。」

「那些檔案有附帶牙齒的X光片嗎？」

「他們 E-mail 過來的檔案，我都已經下載了，不過還沒有時間看。我是想等妳們過來了再一起看。」他打開第一個紙箱子，把裡面的骨頭拿出來，然後輕輕擺在塑膠布上。開始是一顆骷髏頭，頭蓋骨陷進去。然後是一具沾滿泥巴的骨盆，還有幾根長長的骨頭和粗粗短短的脊椎。接著是一堆肋骨，像竹風鈴一樣糾纏成一團。達吉特的解剖室裡靜悄悄的，而且窗明几淨，就像波士頓那邊莫拉自己的解剖室一樣。優秀的法醫本質上都是完美主義者。從解剖室就可以明顯看得出他的人格特質。他繞著解剖檯跑來跑去，感覺上彷彿在跳舞。他按照人體結構的順序把那些骨頭排列起來，那種動作充滿了女性的細緻優雅。

「這具是男的還是女的？」瑞卓利問。

「男的。」他說。「從股骨的長度推算，他的身高應該在五尺十寸到六英尺之間。右顱骨明顯碎裂。另外，我還發現有柯雷氏閉鎖性骨折的痕跡，不過那是很久以前留下來的，已經復原了。」他瞄了瑞卓利一眼，發覺她顯得有點困惑。「我說的是他手腕骨折。」

「你們醫生怎麼老是喜歡玩這種把戲？」

「什麼？」

「老是喜歡發明一些怪名詞。你們爲什麼不乾脆說手腕骨折就好了？」

達吉特微微一笑。「並非所有的問題都有簡單的答案，瑞卓利警官。」

瑞卓利看著那些骨頭。「這個人還有別的資料嗎？」

「脊椎骨沒有明顯的骨質疏鬆現象，也沒有關節炎的現象。這是年輕的成年白種男性。牙齒有補過的痕跡——銀汞合金。第十八顆和第十九顆。」

瑞卓利指著太陽穴碎裂的顱骨。「這就是死因嗎？」

「可以斷定這是致命的一擊。」他轉過去看著第二個箱子。「好了，我們來看看這具女性骨骸。發現的位置在大約二十公尺外。」

他開始把第二個箱子裡的骨頭拿出來，擺在第二座解剖檯上。他和莫拉合力根據人體結構把那具骨骸排列出來，那副模樣好像兩名餐廳服務生在桌上擺刀叉，準備給客人用晚餐。骨頭撞到金屬檯面，嘩啦作響。骨盆外表有一層硬土塊。接著是骷髏頭，比較小，眼窩邊緣比男性細緻。接著是腿骨、臂骨、胸骨，一堆肋骨。另外還有兩紙包零散的腕骨和跗骨。

「好了，這就是我們的無名女屍。」達吉特看著那具排好的骨骸，嘴裡說。「我無法確定死因，因爲這具骨骸沒有明顯的外傷。看起來顯然很年輕，白種女性，二十到三十五歲，身高大約五尺三寸。沒有骨折的舊傷痕。牙齒完整健康，犬齒有點小缺口，另外，第四顆是金牙。」

莫拉瞄了一眼X光片燈箱，上面有兩張片子。「那些就是他們牙齒的X光片嗎？」

「左邊是男的，右邊是女的。」達吉特一邊說，一邊走到水槽前面，洗掉手上的泥巴，然後拿了一張紙巾把手擦乾。「無名男屍，無名女屍。」

瑞卓利拿起那張失蹤人口的列印名單。那是犯罪資料中心今天早上 E-mail 給達吉特的。

「老天，這裡有好幾十個人。沒想到有這麼多人失蹤。」

「那還只是新英格蘭區的而已。二十到四十五歲的白種人。」

「全部都是一九五〇年到六〇年代登記失蹤的人。」

「這就是莫拉設定的時間範圍。」達吉特走到他的筆記型電腦前面。「好了，我們來看看他們寄過來的X光片。」他打開犯罪資料中心 E-mail 給他的檔案。電腦螢幕上出現一排圖標，每個圖標旁邊都有一個檔案號碼。他點下第一個圖標，螢幕上立刻出現一張X光片。那是一排歪歪扭扭的牙齒，乍看之下彷彿一堆倒塌的白色骨牌。

「哦，這顯然不是我們要找的。」他說。「看看這傢伙的牙齒！牙科醫師看了都會做噩夢。」

「也可以說是牙科醫師的金礦。」瑞卓利說。

達吉特關掉那張圖片，然後點了下一個圖標。這時候，另一張X光片出現了。這一張，兩顆門牙中間有縫。「這張應該也不是。」他說。

這時候，莫拉的注意力又轉移到解剖檯上。她看著那具無名女屍的骨頭，仔細看著眉骨優雅的線條，看著顴骨細緻的圓弧。這是一張柔和勻稱的臉。

「嘿，妳們看。」她聽到達吉特說。「應該就是這組牙齒了。」

她轉過去看電腦螢幕，看到一張下排牙齒的X光片，其中一顆牙齒裡有亮亮的補牙痕跡。

達吉特站起來，走到那座擺著男性骨骸的解剖檯旁邊，然後拿著下顎骨走回電腦前面比對。

「第十八和十九顆牙齒有汞合金鑲牙。」他說。「沒錯沒錯，完全符合……」

「X光片是誰的姓名？」瑞卓利問。

「羅伯．薩德勒。」

「薩德勒……薩德勒……」瑞卓利一頁一頁翻著那份名單，尋找那個姓名。「有了，找到了。羅伯．薩德勒。白種男性。二十九歲。五尺十一吋。棕髮。棕眼。」她看著達吉特。達吉特一直點頭。

「符合遺骸的特徵。」

瑞卓利繼續往下讀。「他是營造商。住在緬因州肯尼邦港。最後一次有人看到他就是在那個故鄉小鎮。一九六〇年七月三日登記失蹤。另外，同時失蹤的還有……」她忽然停住了。然後轉頭看看擺著女性骨骸那張解剖檯。「還有他太太。」

「她叫什麼名字？」莫拉問。

「凱倫。凱倫·薩德勒。這裡有檔案號碼。」

「唸給我聽。」說著，達吉特又轉頭回去看電腦。「我來看看有沒有她的X光片。」莫拉走到他後面，低頭看著他點了一下那個號碼的圖標，接著，螢幕上馬上跳出一張圖片。那張X光片是凱倫·薩德勒還活著的時候，在牙醫診所裡拍攝的。當時，想到牙齒上那個蛀洞，想像牙醫師馬上就要用電鑽在她牙齒上鑽一個洞，她想必很緊張。當時，她的臉一定緊貼著那個紙箱子，紙箱子裡頭裝著還沒有曝光的底片。當時，她一定想像不到，當年牙醫師拍下來的影像，幾十年後會出現在法醫的電腦螢幕上。

莫拉看到一排臼齒，看到那顆金金亮亮的假牙。她走到燈箱前面，看著夾在上面那張X光片。那是達吉特幫無名女屍拍的牙齒X光片。她輕聲說：「是她。這是凱倫·薩德勒的骨骸。」

「這麼說來，我們這裡有一組是同時符合的。」達吉特說。「一對夫妻。」

瑞卓利站在他們後面，手上翻著那一疊名單，尋找凱倫·薩德勒的失蹤資料。「有了，找到了。白種女性，二十五歲。金髮，藍眼……」唸到一半，她忽然停住了。「這裡有點不太對勁，你最好再確認一下X光片。」

「爲什麼？」莫拉問。

「再確認一下就對了。」

莫拉看看燈箱，然後再轉頭看看電腦螢幕。「珍，完全符合啊。有哪裡不對嗎？」

「你們漏掉了一具骨骸。」

「誰的骨骸？」

「一具胎兒的骨骸。」瑞卓利看著她，臉上露出一種驚駭的表情。「因爲凱倫懷有八個月的身孕。」

整間解剖室裡忽然陷入一片沉寂，很久都沒有人說話。

「可是沒有挖到別的骨骸。」達吉特說。

「你們還是有可能遺漏。」瑞卓利說。

「我們甚至用篩子過濾泥土。那個地區已經被我們徹底翻遍了。」

「說不定是鳥或土狼把骨頭叼走了。」

「沒錯，總是有這種可能。可是，這個人確實就是凱倫．薩德勒。」

莫拉走到解剖檯旁邊，低頭凝視著那個女人的骨盆，腦海中忽然浮現出一個畫面。她彷彿看到一座燈箱，燈箱上是一張X光片。那是另一個女人的骨骸。妮琪．威爾斯也懷有身孕。

她手上拿著放大鏡，打開燈，湊近解剖檯仔細檢視。她拿著放大鏡對準骨盆的分支。她看到兩片分支有一條韌帶連接著，中間的接縫裡有乾掉的紅土。「達吉特，你這邊有沒有濕棉花棒或濕紗布？隨便什麼都可以，我要用來擦掉骨頭上的泥土。」

他裝了一盆水，拆開一包棉花棒，然後擺在她旁邊的托盤上。「妳在找什麼？」

她沒有反應。她全神貫注地把骨頭外面的乾土擦掉，想看看底下有什麼東西。後來，乾土溶掉了，她心跳越來越快，瞪大眼睛看著放大鏡底下顯現出來的東西。接著，她猛然挺直起來，瞪大眼睛看著達吉特。

「怎麼了？」他問。

「你過來看看。就在邊緣，在骨頭接合的地方。」

他彎腰看看放大鏡底下。「妳說的是那個小缺口嗎？就是那個嗎？」

「是的。」

「並不明顯，不容易看出來。」

「但還是有。」她深深吸了一口氣。「我帶了一張X光片來。在我車上，我覺得你應該看看。」

她走到外面的停車場，滂沱大雨打在雨傘上。她按了一下遙控器上的開鎖鍵，同時刻意瞥開視線，不去看右前座車門上那三道爪痕。那三道爪痕目的是要嚇唬她。不過，結果反而把我惹火了。我準備要反擊了。她從後座上拿起那個封套，然後塞進外套裡，走回大樓。

她把妮琪·威爾斯的X光片夾在燈箱上，達吉特有點困惑地看著她。「妳到底要讓我看什麼？」

「麻州費茲堡五年前的兇殺案。被害人的頭骨被打碎了，屍體遭到焚毀。」

達吉特皺起眉頭看著那張X光片。「懷孕女性。從胎兒的大小看來，預產期應該快到了。」

「可是，我特別注意到的是這個。」她指著妮琪·威爾斯恥骨裡那條亮亮的線。「我覺得那看起來很像斷裂的刀鋒。」

「可是，妮琪·威爾斯是被鐵撬打死的。」瑞卓利說。「她的頭骨被打到凹陷了。」

「是沒錯。」莫拉說。

「那兇手幹嘛還要用刀子？」

莫拉指著那張X光片，指向妮琪·威爾斯恥骨上那個蜷曲的胎兒骨骸。「這就是爲什麼。那才是兇手眞正想要的東西。」

好一會兒達吉特都沒有說話。不過，就算他沒說話，她也知道他已經明白她的意思了。他轉身走回凱倫．薩德勒的骨骸旁邊，拿起骨盆。「刀子從身體中線往下割，一直割到腹部。」他說。「刀子會一路切到骨頭，就是剛剛那個缺口的地方……」

這時候，莫拉腦海中忽然浮現出艾曼爾提亞的身影。她想像艾曼爾提亞手上拿著刀子，劃開那個年輕女人的肚子。那一刀下得很果斷，一直割到骨頭才停住。她忽然想到自己的工作。在她的工作裡，刀子扮演了多麼重要的角色。她也想到，自己日復一日窩在解剖室裡，切開人的皮肉，取出人的內臟。*我和我母親，我們都是拿刀的人，可是，我割的是死人的屍體，而她割的卻是活生生的人。*

「那就是爲什麼，凱倫．薩德勒埋骨的地方找不到胎兒的骨骸。」莫拉說。

「可是，另一個案子——」他朝妮琪．威爾斯的X光片比了個手勢。「那個胎兒和母親埋在一起，並沒有被拿走。爲什麼劃開她的肚子之後，卻把胎兒也一起燒死了呢？」

「因爲妮琪．威爾斯的胎兒先天有缺陷。他有羊膜帶症候群。」

「那是什麼？」瑞卓利問。

「那是一條膜狀的帶子，有時候會延伸到羊膜囊。」莫拉說。「萬一羊膜帶纏住了胎兒的腿，就會阻斷血流，甚至截斷腿肢。妮琪在懷孕第二期的時候就已經診斷出胎兒有缺陷。」她指著X光片。「從片子上妳就可以看得出來，胎兒的右腿從膝蓋以下就不見了。」

「那種缺陷不會致命嗎？」

「不會，胎兒可以存活。可是，那個兇手立刻就發現胎兒有缺陷了。她會看到那個胎兒不是完美無缺的。我想那就是爲什麼，她沒有把嬰兒帶走。」莫拉轉身看著瑞卓利，忍不住看向瑞卓利的大肚子，看向她臉頰上那種雌性激素潮紅。「她要的是一個完美無缺的寶寶。」

「可是凱倫．薩德勒的寶寶也不是完美無缺的。」瑞卓利說。「因爲她才懷孕八個月，胎兒的肺部還沒有發育成熟，對吧？他需要保溫箱才活得下去。」

莫拉低頭看看凱倫．薩德勒的骨骸，忽然想到當初他們把她挖出來的地方，想到她丈夫的骨骸就埋在距離二十公尺外。可是，他們並沒有埋在一起——兩個分開的地點。爲什麼要分別挖兩個洞？爲什麼不把他們夫妻埋在一起？

這時候，她忽然感到一陣口乾舌燥。她想通了，心中感到無比的震驚。

他們並不是同時被埋的。

21

樹蔭蔽天。樹枝被雨水淋濕後變得很重，往下垂彎。那棟小屋被籠罩在深深的樹蔭下，感覺上彷彿畏縮樣。上禮拜莫拉初次見到那棟小屋的時候，只是感覺有點陰沉，就像是一個小箱子被咄咄逼人的森林團團圍住了。可是現在，她坐在車子裡看著那棟小屋，忽然覺得窗戶彷彿變成了一雙眼睛，用一種惡毒的眼神瞪著她。

「這裡就是艾曼爾提亞小時候住的地方。」莫拉說。「安娜應該沒費什麼功夫就追查到這裡了。她只要找到艾曼爾提亞高中的資料，就查得到了。要不然，只要去找一本從前的電話簿，查查蘭克這個姓，一樣也查得到。」她轉頭看看瑞卓利。「那個房屋仲介克勞森小姐告訴我，安娜特別指名要租這棟房子。」

「這麼說來，安娜一定知道艾曼爾提亞從前住在這裡。」

莫拉心裡想：就像我一樣，安娜也渴望查出我們母親的身家背景。那個女人把我們生下來，卻又拋棄了我們。安娜一定很想了解一下，她是什麼樣的人。

滂沱大雨打在車頂上，雨水沿著擋風玻璃往下流瀉，彷彿一片明亮的水幕。

瑞卓利拉上雨衣的拉鏈，拉上兜帽。「好了，我們進去看看吧。」

她們穿越滂沱的雨幕，搖搖晃晃沿著階梯跑上門廊，然後抖掉雨衣上的雨水。莫拉剛剛已經先去過仲介公司的辦公室，跟克勞森小姐拿了鑰匙。現在，莫拉掏出鑰匙，插進鑰匙孔。一開始鑰匙轉不動，彷彿門鎖在抗拒，說什麼都不讓她們進去。後來，轉了半天，門終於打開了。推開門的時候，門板發出嘎吱一聲，彷彿在做最後的掙扎。

屋子裡比她印象中更陰森，更幽暗，彷彿會令人產生幽閉恐懼症。空氣中飄散著一股酸酸的霉味，彷彿外頭的濕氣滲透牆壁擴散進來，附著在窗簾上、家具上。陽光從窗口照進來，客廳裡瀰漫著陰森森的光暈。她心裡想：這棟房子彷彿不希望我們進來，不想讓我們知道它的祕密。

她碰了一下瑞卓利的手臂。「妳看。」她指著那兩根門閂和黃銅鏈條。

「新裝的鎖。」

「那是安娜裝的。妳一定會覺得奇怪，對不對？她是怕誰闖進來呢？」

「如果她怕的不是查爾斯・卡塞爾，那麼……」瑞卓利走到客廳窗口，看著外頭的樹葉形成一片厚厚的天幕，雨水不斷滴落。「這地方眞是徹底的與世隔絕，看不到半個鄰居，四周除了樹，別的什麼都沒有。換成是我，我也會多裝幾道鎖。」說著，她很不安的笑了一下。「知道嗎，我一直都不喜歡這種森林。當年念高中的時候，我們一票朋友跑去露營。我們開車到新罕布夏州，圍著營火鋪睡袋。結果我根本睡不著，心裡一直在想：天曉得森林裡有什麼東西正在偷看我們？會不會躲在樹上？會不會躲在矮樹叢裡？」

「來吧。」莫拉說。「我要帶妳去看看房子裡別的地方。」她帶著瑞卓利走到廚房，打開牆上的電燈開關。日光燈發出一陣嗡嗡聲，閃了幾下，然後亮了起來。在耀眼的燈光下，地上老舊的油布毯無所遁形，每一條裂痕每一道皺褶都看得清清楚楚。她看著老舊發黃的油布毯，看著上面那黑白相間的西洋棋盤圖案，忽然想到，這麼多年來，不知道有多少牛奶灑在地上，不知道鞋子底下夾帶了多少泥巴踩進來，這一切都曾經在地面上留下細微的痕跡，日積月累。還有什麼東西曾經滲進那些空隙和裂縫裡？昔日曾經有什麼可怕的事情留下了痕跡？

「這裡也有全新的多段鎖。」瑞卓利站在後門門前說。

莫拉走到地窖門口。「這就是我要妳看的東西。」

「另一道門閂嗎？」

「沒錯。不過妳看到了嗎？這道鎖有多髒多舊。那不是新裝的。這道門閂已經很久很久了，克勞森小姐告訴過我，二十八年前她在拍賣會上買下這棟房子的時候，就有這道鎖了。這件事實在有點奇怪。」

「什麼奇怪？」

「這扇門後面就是地窖，而且不會通到別的地方。」她看著瑞卓利說。「換句話說，裡面是一個死角。」

「怎麼會有人要鎖這種門呢？」

「這就是我覺得奇怪的地方。」

瑞卓利打開那扇門，黑漆漆的底下忽然襲來一股潮濕的泥土味。「噢，老天。」她喃喃嘀咕著。「我實在很不想走到地窖裡去。」

「妳頭頂上有一條開電燈的鍊子。」

瑞卓利伸手拉了一下鍊子，燈泡忽然亮起來，昏暗的燈光灑在窄窄的階梯上，但底下還是籠罩在一團陰影中。「妳確定這間地窖沒有另外的出口嗎？」她瞄瞄底下那團陰影，然後又問。

「底下是放煤炭的嗎？還是幹什麼的？」

「我在屋子外面檢查過，可是根本沒看到外面有什麼門可以通到地窖。」

「妳有下去過嗎？」

「好像沒那個必要。」但現在有必要了。

「好吧。」瑞卓利從口袋裡掏出一支筆型小手電筒，然後深深吸了一口氣。「我們該下去看看了。」

她們一步步往樓下走，樓梯板嘎吱作響。燈泡在頭頂上晃來晃去，投射在地上的陰影也跟著晃來晃去。瑞卓利走得很慢，每跨出一步之前，都要先試試樓梯能不能撐得住她的體重。莫拉從來沒看過瑞卓利什麼時候這麼謹慎，這麼小心翼翼。看到她那副模樣，莫拉自己也開始提高警覺。後來，她們終於走到樓梯最底下。她們回頭看看上面的門，忽然覺得廚房彷彿變得好高好遙遠，彷彿是另一個時空。

地窖這邊的燈泡燒掉了。瑞卓利用手電筒掃射地面。雨水從外面滲進來，硬邦邦的泥土地面感覺很潮濕。手電筒照到一堆油漆罐，還有一團捲起來的地毯靠在牆上，看起來好像已經快要爛掉了。牆角有一個長長的條板箱，裡頭裝滿了客廳壁爐引火用的小乾柴。這裡似乎沒看到什麼不尋常的東西。剛剛站在上面的樓梯口，莫拉感覺地窖裡彷彿有一種隱隱的威脅，但此刻，她忽然覺得自己好像有點杞人憂天。

「嗯，妳說得沒錯。」瑞卓利說。「這裡似乎沒有別的出口。」

「意思是，上面的門閂根本就沒什麼道理。除非……」這時候，瑞卓利手電筒的光束忽然停在遠遠的那面牆上。

「那是什麼？」

瑞卓利走到地窖的另一頭，站在那裡仔細打量。「這裡怎麼會有這種東西？這是用來幹什麼的？」

莫拉慢慢靠近，看到瑞卓利手電筒照的地方，那一剎那，她忽然感覺背脊竄起一股寒意。牆面是一塊巨大的石頭，上面有一個鐵環。剛剛瑞卓利問，這是用來幹什麼的？莫拉忽然想到這是做什麼的了。那一剎那，她腦海中開始浮現出某些畫面，不自覺地開始往後退。

這根本就不是什麼地窖。這是一座地牢。

這時候，瑞卓利的手電筒猛然朝向上面。「屋子裡有人。」她壓低聲音說。

莫拉聽得到自己心臟怦怦狂跳，同時，她也聽到頭頂上的地板嘎吱作響，聽到房子裡到處都是沉重的腳步聲。腳步聲慢慢靠近廚房，接著，突然有一個人形的黑影出現在樓梯口，一道手電筒光束照向下面。那光束好刺眼，莫拉什麼都看不見了，不自覺地轉頭避開。

「艾爾思醫師嗎？」那個人喊了一聲。

莫拉瞇起眼睛看向那道光。「我看不到你。」

「我是葉慈警官。鑑識科的人也剛到。在他們動手之前，妳要先帶我們到處看看嗎？」

莫拉長長吁了一口氣。「我們上來了。」

莫拉和瑞卓利一走到樓上，立刻就看到四個人站在廚房。其中柯索警官和葉慈警官莫拉先前在那片空地上就已經見過他們了。另外兩個是鑑識科的人，他們簡單自我介紹了一下，一個叫彼得，一個叫蓋瑞。他們輪番和莫拉她們握握手。

葉慈說：「看起來，好像有點像尋寶，是不是？」

「不敢保證一定找得到什麼東西。」莫拉說。

兩個鑑識科的人在廚房裡到處打量，檢查地板。「這張油布毯眞是夠破爛的。」彼得說。

「這是哪個年代的房子？」

「薩德勒夫婦是四十五年前失蹤的。事後嫌犯可能還是一直和她表哥住在這裡。他們搬走之後，房子空了好幾年，後來才被拍賣掉。」

「四十五年前？嗯，這油布毯看起來差不多就是這麼舊。」

「據我所知，客廳的地毯就沒那麼舊了，大概是二十幾年前的。」莫拉說。「我們要先把油布毯拿掉，然後才能檢查地板。」

「我們從前也做過這種檢查，不過從來沒碰過十五年以上的老東西。今天要破紀錄了。」說著，彼得瞄了廚房的窗戶一眼。「至少還要再過兩個鐘頭才會天黑。」

「那我們就先從地窖開始吧。」莫拉說。「底下已經夠黑了。」

接著，大家都跑到廂型車那邊去，把各種裝備搬出來：攝影機、照相機、三角架、防護裝備箱、噴霧罐、蒸餾水，還有一個圓頂盒，裡面裝著各種瓶子和化學藥品。另外還有電線和手電筒。他們沿著窄窄的樓梯把那些裝備搬到地窖下面去。六個人再加上那些裝備，地窖裡突然顯得很擁擠。才半個鐘頭之前，莫拉還覺得這間地窖陰森森的，感覺很不安，而現在，當她看著那幾個男人按部就班的架起三角架，拉開捲軸電線，她忽然不覺得地窖有什麼可怕了。這裡也不過就是石牆和硬土地面圍繞而成的一個潮濕的空間。這裡不會有什麼鬼怪。

「不知道行不行。」彼得一邊把海狗棒球隊球帽轉過來反戴，嘴裡一邊說。「這裡是泥巴地面，鐵的成分一定很多。用儀器偵測，可能到處都會有金屬反應，會很難解讀的。」

「我比較感興趣的是牆壁。」莫拉說。「牆上的污痕，還有噴濺的形狀。」說著，她指向那塊有鐵環的花崗岩。「我們先從這面牆開始。」

「我們要先拍一張測量基準畫面。來，我先把三角架架起來。柯索警官，能不能麻煩你把尺規固定在牆上？那是冷光尺，可以當作測量的參考座標來用。」

莫拉看著瑞卓利。「珍，妳應該到樓上去，他們要開始調配冷光劑了，妳最好還是不要聞到那種東西。」

「那應該是無毒的吧？」

「妳最好還是不要冒險。別拿寶寶開玩笑。」

瑞卓利嘆了口氣。「是啊，好吧。」說著，她慢慢走上樓梯。「可是我眞捨不得錯過煙火秀。」說完，她就把門關上了。

「老天，她不是早就該請產假了嗎？」葉慈說。

「她還有六個禮拜才會生。」莫拉說。

有個鑑識科的人笑起來。「她就像電影《冰雪暴》裡那個大肚子的女警察一樣，對不對？跑都跑不動，怎麼追得到壞人呢？」

這時候，他們忽然聽到瑞卓利隔著地窨的門大喊：「喂！也許我眞的跑不動，但我耳朵可沒聾！」

「而且她身上還有槍。」莫拉說。

柯索警官說：「好了，我們可以開工了嗎？」

「箱子裡有口罩和護目鏡。」彼得說。「來吧，傳過去，每個人都拿一副。」

柯索拿了一個口罩和一副護目鏡給莫拉。她戴上口罩和護目鏡，而蓋瑞已經把溶液倒進瓶子裡，開始測量劑量了。

「我要從韋伯氏預備程序先開始。」他說。「敏感度比較高，不過我覺得比較安全。這玩意兒對皮膚和眼睛的刺激性很強。」

「你要用那種儲存溶液來混合嗎?」莫拉問。隔著口罩，她的聲音聽起來有點悶悶的。

「沒錯，我們實驗室的冰箱裡平常都有準備那玩意兒。到了現場就把那三種藥劑加上蒸餾水混在一起。」說著，他蓋上瓶子，用力搖了幾下。「這裡有誰戴隱形眼鏡?」

「我有。」葉慈說。

「那麼，警官，你最好先出去。戴隱形眼鏡，眼睛會更敏感。就算戴著護目鏡，你的眼睛還是一樣會受不了的。」

「不用，我想留在這裡看。」

「好吧，那等一下我們開始噴的時候，請你退後一點。」說著，他拿著瓶子，搖了最後一下，然後就把瓶子裡的溶液倒進噴霧罐。「好了，要開工了。我要先拍張照片。警官，麻煩你走開一下，不要站在牆邊。」

柯索立刻站到旁邊去，於是，彼得按了一下快門。閃光燈閃了一下，相機拍了一張牆壁的測量基準畫面。等一下他們就要開始在牆上噴灑感光劑了。

「現在要關燈嗎?」莫拉問。

「等蓋瑞先站到位置上再關。等一下燈一暗，走動一定會跌倒。所以，每個人先選定一個位置站好，可以嗎?只有蓋瑞可以走動。」

蓋瑞走到牆邊，舉起裝著感光劑的噴霧罐。他戴著面罩和護目鏡，看起來好像殺蟲公司的工人，準備噴死那些討人厭的蟑螂。

「好了，艾爾思醫師，請關燈。」

莫拉把手伸到旁邊的照明燈上，按掉開關。整間地窖裡立刻陷入一片漆黑。

「噴吧，蓋瑞。」

這時候，他們開始聽到噴霧罐發出一陣嘶嘶聲，黑暗中忽然瀰漫著無數藍藍綠綠的小光點，乍看之下有如滿天繁星。接著，一片漆黑中，他們看到一個鬼魅般的圓圈慢慢浮現，彷彿懸浮在半空中。是那個鐵環。

「說不定上面根本就沒有血。」彼得說。「感光劑對很多東西都有反應。比如說，鐵鏽、金屬、漂白劑。所以，不管那個鐵環上面有沒有血，說不定它自己本來就會發亮。好了，蓋瑞，我要拍照了，你能不能站旁邊一點？曝光時間四十秒，所以，大家站好不要動。」後來，過了好久，快門終於跳起來了。大家聽到他說：「艾爾思醫師，請開燈。」

莫拉在黑暗中摸索那盞照明燈的開關，後來，燈終於亮了，她仔細看著那面石牆。

「你看怎麼樣？」柯索問。

彼得聳聳肩。「沒什麼特別的。一定會有不少假的陽性反應。那些石牆上一定會沾到不少泥沙。我們再試試另外那幾面牆壁，不過，除非你們看得到手印或是整片血跡，否則的話，這樣的環境想驗出血跡，恐怕沒那麼容易。」

這時候，莫拉發現柯索在看他的手錶。這兩位緬因州的州警要開車回家，得開上很長一段路。所以，她看得出來，他已經開始懷疑自己是不是在浪費時間。

「好了，繼續吧。」他說。

彼得把三角架搬到另一面牆前面，然後調整照相機的焦距。接著，他按下快門，閃光燈一亮，又拍了一張照片。然後他說：「關燈。」

剎那間，地窖裡又陷入一片漆黑。

噴霧罐又開始嘶嘶作響。當感光劑對石牆上的氧化鐵起反應的時候，黑暗中又浮現出更多藍綠色的奇妙光點，彷彿一隻隻的螢火蟲在黑暗中閃爍。蓋瑞在牆上噴了一個大弧形，黑暗中彷彿又浮現出更多的星星，不過，由於他的身體在牆壁前面移動，乍看之下彷彿滿天繁星被一個人形的黑影擋住了。這時候，忽然聽到砰的一聲巨響，那團黑突然往前倒。

「哎呀。」

「怎麼了，蓋瑞？你沒事吧？」葉慈問。

「我的小腿肚好像撞到什麼東西。可能是樓梯吧。黑漆漆的什麼都看不……」說到一半，他突然停住了。接著，他忽然輕聲說：「喂，老兄，你們看看這個。」

他往旁邊一站，大家忽然看到一片藍藍綠綠的光暈懸浮在地面上，彷彿一團幽靈。

「這是什麼鬼東西？」柯索問。

「開燈！」彼得喊了一聲。

莫拉把燈打開，那團藍綠色的光暈立刻就消失了，而剛剛出現光暈的地方，就是那座木頭階梯最下面那一層。階梯通往上面的廚房。

「就在階梯上。」蓋瑞說。「剛剛我絆倒的時候，有些感光劑不小心噴在階梯上。」

「我先把照相機移到這邊來架好。然後，你就沿著樓梯往上走。不過，等一下關了燈，你有辦法摸黑爬上去嗎？」

「不知道。如果走得夠慢——」

「然後你再走下來，邊走邊噴。」

「不好，不好，我覺得還是從底下開始，一邊往上爬一邊噴比較好。摸黑下樓梯感覺有點恐怖。」

「隨你。你覺得怎麼順手就怎麼噴吧。」這時候，照相機的閃光燈又閃了一下。「好了，蓋瑞，測量基準畫面拍好了。準備好了你就開始吧。」

「好了，大夫，妳可以關燈了。」

莫拉立刻把燈關掉。

接著，噴霧罐噴出一團霧狀的感光劑，他們又聽到一陣嘶嘶聲。靠近地面的高度，一片藍綠色的光暈浮現了，再往上，又是另一片，彷彿一灘朦朧的水池。他們聽到蓋瑞戴著口罩那種濃濁的呼吸聲，也聽到他一層一層爬上樓梯，邊爬邊噴，樓梯板嘎吱作響。他每爬上一層階梯，感光劑就會在樓梯板上噴出一灘光暈。

那是血沿著階梯往下流，像瀑布一樣。

她心裡想：一定是這樣，不可能是別的。每一層階梯上都有血跡，而樓梯板邊緣看得到血往下流的痕跡。

「老天。」蓋瑞喃喃嘀咕著。「最上面這一層更亮。看起來好像是從廚房流過來的，從門縫底下滲進來，滴到樓梯板上。」

「好了，大家都不要動，我要拍照了，四十五秒。」

「現在，外面的天色大概已經夠黑了吧。」柯索說。「我們可以開始測試房子裡別的地方了。」

他們拖著那些裝備從樓梯走出來的時候，瑞卓利正在廚房裡等他們。「看起來底下的煙火秀還滿熱鬧的。」她說。

「接下來外面還會有更精采的。」莫拉說。

「好了，現在你要從哪邊開始噴灑呢？」彼得問柯索。

「就從這裡開始。最靠近地窖門口的地板上。」

這一次，電燈關掉的時候，瑞卓利並沒有走出廚房。她退後了幾步，遠遠看著感光劑噴在地板上。緊接著，他們腳邊開始浮現出一種幾何圖案的光暈。那是很久以前附著在油布毯上的血跡，整片看起來很像某種藍綠色的西洋棋盤，彷彿那片西洋棋盤上燒起一種藍色的火焰，蔓延了一大片。接著，藍色的火焰開始延燒到牆壁上，噴濺的範圍非常廣泛，亮亮的小光點形成一個個圓弧形。

「開燈。」葉慈說。於是，柯索按下開關。

那些噴濺的痕跡忽然不見了。他們楞楞地看著藍色光暈消失的廚房牆壁，看著破油布毯黑白相間的棋盤圖案。此刻，他們看不到恐怖的跡象，看到的，只是一間陳舊發黃的廚房和老舊的電器。然而，就在片刻之前，眼前這個地方四面八方濺滿了血跡，彷彿是一種無形的哭喊。

莫拉凝視著牆壁，而剛剛牆上那些血跡的影像依然深深烙印在她腦海中。「這是動脈血液噴濺的痕跡。」她輕聲說。「這裡就是殺人現場。他們就是死在這裡。」

「可是妳剛剛也看到了，地下室裡也有血啊。」瑞卓利說。

「那是在階梯上。」

「好吧，既然牆壁上濺滿了動脈噴出來的血，所以說，我們可以確定，至少有一位死者是在這間廚房裡遭到殺害的。」瑞卓利在廚房裡踱來踱去，當她低頭盯著地板時，亂七八糟的捲髮立刻就遮住了她的眼睛。「那麼，還有沒有別人在這裡被殺？這裡的血真的全部都是薩德勒夫婦的血嗎？」

「確實該查一查。」

這時候，瑞卓利慢慢靠近地窖門口，打開門，盯著底下黑漆漆的階梯，在那邊站了好一會兒。然後，她轉過身來看著莫拉。「地窖裡的地面是泥土。」

好一會兒，大家都沒說話。

接著，蓋瑞開口了。「車上有一具透地雷達。兩天前我們才剛用過，在馬基亞斯那邊的一座農場裡。」

「去拿進來吧。」瑞卓利說。「我們來看看地底下埋了些什麼東西。」

22

透地雷達是透過電磁波來探測地底的結構。鑑識科的人從車上拿下來的，是SIR System—2機型。這種機型有兩根天線，一根是用來把高頻率電磁波發射到地底下，另一根則是用來接收地底結構反射回來的脈波。接著，電腦螢幕上會顯示出資訊，出現分層圖案，代表不同的地層結構組織。鑑識科的人把儀器搬下樓梯時，葉慈和柯索已經在地窖的地面上做了記號，每隔一公尺畫一條線，劃分成幾個搜尋方格。

「雨下這麼大。」彼得一邊把捲軸電線拉出來，一邊說。「這裡的泥土一定很潮濕。」

「有什麼影響嗎？」莫拉問。

「地底下的水含量會影響透地雷達的反應。你必須根據水含量調整電磁波的頻率。」

「兩百兆赫可以嗎？」蓋瑞問。

「就從這裡開始吧。要是頻率太高，回傳的資訊會太瑣碎。」彼得把電線接到操控主機上，然後打開筆記型電腦的電源。「外面的環境會產生干擾，尤其是，整棟房子都被森林包圍住了。」

「森林怎麼會影響到地層探測？」瑞卓利問。

「這棟房子蓋在林地上，這意味著地底下可能會有很多樹根，而樹根腐爛之後會產生洞穴空隙，那會干擾影像。」

蓋瑞說：「好了，幫我把主機背包抬一下，我要揹起來了。」

「怎麼樣，可以嗎？需不需要調整一下肩帶？」

「不用了，這樣可以。」蓋瑞深深吸了一口氣，轉頭看看地窖四周。「好，我就從最裡面開始。」

蓋瑞抓著透地雷達的天線掃過泥土地面，筆記型電腦螢幕上立刻出現波浪形的線條，顯示出地下結構。莫拉是醫生，雖然她經常用超音波和電腦斷層掃描探測人體，但她還是看不懂電腦螢幕上的波紋。

「那些波紋怎麼解讀？」她問蓋瑞。

「這些黑色區域是正反射波，白色是負反射波。我們要找的是不規則形的反應。比如說，一種雙曲線的反射波。」

「那代表什麼？」瑞卓利問。

「代表一塊凸起來的東西。那會把上面這幾層波紋往上頂。會出現這種反應，是因爲地底下埋著東西，擾亂了電磁波的反射方向。」說到這裡，他忽然停下來，打量著螢幕。「有了，看到這裡沒有？底下三公尺深的地方有雙曲線反射波。」

「你覺得那是什麼？」葉慈問。

「有可能只是樹根。不過，我們先在這裡做個記號，等一下再回頭來找。現在先繼續探測。」

彼得把一根小標竿插在地上，標出那個位置。

蓋瑞又繼續探測，沿著格線來回掃描，電腦螢幕上也立刻反應出波紋。他偶爾會停下來，叫彼得幫他插上標竿，標出另一個位置。有了標竿，等一下他們就可以直接針對那個位置進行二度探測。接著，他轉身往回走，走到那一格中間的時候，忽然停下來。

「咦，這個有意思了。」他說。

「什麼東西？」葉慈問。

「等一下，這一格我先重新掃描一遍。」蓋瑞又走回去，用透地雷達的天線重新探測他剛剛走過的地方。他慢慢移動，眼睛盯著電腦螢幕，過了一會兒，他又停下來了。「這裡有一個很大的不規則形物體。」

葉慈走到他旁邊。「我看看。」

「不到一公尺深，很大一塊，在這裡，看到沒有？」蓋瑞指著電腦螢幕，那裡的波紋有一個凸起的扭曲。他盯著地面說：「這裡有東西。而且不深。」接著，他看看葉慈。「你打算怎麼做？」

「車上有圓鍬嗎？」

「有啊，有一把。另外還有幾把小鏟子。」

葉慈點點頭。「好吧，我們去拿。另外，我們還要多拿幾盞照明燈過來。」

「車上還有另外一盞照明燈。另外還有幾捲延長線。」

這時候，柯索開始走上樓梯了。「我去拿。」

「我去幫你搬。」說著，莫拉跟在他後面上樓梯走到廚房。

走到外面，發現雨勢已經沒那麼大了，只剩下毛毛雨。他們在鑑識科那輛廂型車上翻了半天，找到了那把圓鍬和另一盞照明燈。柯索拿著圓鍬和照明燈走進屋子裡。莫拉關上車門，手上抱著一箱小鏟子，正準備要跟在他後面進去的時候，忽然看到樹林裡有車子的大燈在閃爍。她站在車道上，看到一輛很眼熟的敞篷小貨車沿著那條路開過來，停在廂型車旁邊。

克勞森小姐走下車，身上那件雨衣太大件了，在後面的地上拖，活像一件大斗篷。「妳的東西應該已經收拾好了吧？我只是很奇怪，爲什麼到現在妳鑰匙都還沒有拿回來還我。」

「我們還要在這裡多耽擱一下。」

克勞森小姐看看車道上那輛廂型車。「我還以爲妳只是因爲喜歡這裡的風景，想多看兩眼，可是，鑑識科的人跑到這裡來幹什麼？」

「事情有點出人意料，我們恐怕要在這裡待更久了。恐怕得待上一整晚。」

「爲什麼？這裡不是已經沒有妳妹妹的衣服了嗎？我都已經幫妳把那些衣服打包裝箱，好方便妳拿走了，不是嗎？」

「克勞森小姐，今天的狀況和我妹妹沒什麼關係。警方到這裡來，是爲了別的事。一件很久以前發生的事。」

「多久以前？」

「應該是四十五年前吧。當時妳都還沒買這棟房子。」

「四十五年前？那不是當年……」說到一半，她忽然停住了。

「當年什麼？」

這時候，克勞森小姐的眼睛突然看向莫拉手上那箱小罐子。「這些罐子是要幹什麼的？你們在我的房子裡幹什麼？」

「警方在搜索地窖。」

「搜索？妳是說他們在下面挖東西？」

「他們是不得已的。」

「你們並沒有經過我的同意。」說著，她立刻轉身跑上門廊，那件雨衣在後面的台階上拖著。

莫拉也跟在她後面跑進廚房。她把那箱工具放在流理台上。「等一下，妳聽我說——」

「我不會容忍任何人亂搞我的地窖！」克勞森小姐猛然推開地窖門，瞪著底下的葉慈警官。他正好把圓鍬鏟進土裡，腳邊已經有一堆挖出來的土了。

「克勞森小姐，他們只是在執行勤務。」莫拉說。

「這房子是我的。」那女人朝樓梯底下大喊。「沒有經過我的同意，你們不可以亂挖！」

「小姐，等一下挖到了，我們會幫妳把土填回去。」柯索說。「我們只是想看看這裡有什麼東西。」

「爲什麼？」

「雷達偵測顯示這裡有大規模的『反射』。」

「反射？那是什麼東西？底下到底有什麼？」

「我們就是想挖出來看看是什麼東西。麻煩妳再多給我們一點時間。」

莫拉把那個女人從地窖門口拉開，然後關上門。「不要吵他們，讓他們挖吧。要是妳不同意，他們回去申請搜索令之後，還是會再來的。」

「他們怎麼會想到要到下面去挖東西？」

「因爲有血跡。」

「什麼血跡？」

「整間廚房到處都是血跡。」

那女人低頭看了一下地面，打量了一下油布毯。「我沒看到什麼血跡啊。」

「妳看不見的。要用一種化學藥劑噴過之後才看得到。相信我吧，這裡眞的有血跡。地面上到處都是血，牆上也濺得到處都是。血還從地窖的門縫滲進去，沿著樓梯流到下面去了。不過，地板和牆上那些血跡都被人想辦法洗掉了。也許他們認爲，只要看不到血，證據就湮滅了。只不過，血跡永遠都在。血會滲進木頭的裂縫裡，會殘留很多很多年，永遠抹滅不了。血跡一直在這間屋子裡。在牆上。」

克勞森小姐轉過來凝視著她。「那是誰的血？」她問得很小聲。

「這就是警察要查的。」

「妳該不會認爲那跟我——」

「不會不會。那是很久以前留下來的血跡。說不定當年妳買下房子的時候，就已經有那些血跡了。」

那女人跌坐在餐桌旁的椅子上，雨衣上的兜帽已經滑到後面去了，露出一頭刺蝟般劍拔弩張的灰髮。身上披著那件太大的雨衣，無精打采，整個人看起來更瘦小，更蒼老。這已經是一位天年將屆的老婦人了。

「這下子，這棟房子恐怕沒人敢買了。」她喃喃嘀咕著。「只要這個消息一傳出去，這棟鬼房子根本就賣不出去了。」

莫拉坐到她對面的椅子上。「我妹妹爲什麼指定要租這棟房子？她有告訴妳嗎？」

克勞森小姐沒吭聲，只是一直搖頭，看起來好像受到很大的打擊。

「妳說她在路邊看到『吉屋出售』的廣告牌，然後就打電話到辦公室給妳，是嗎？」

她終於點點頭。「我還眞沒想到。」

「當時她跟妳說了什麼？」

「她說她想多知道一點那間房子的資料。從前有誰住過，前任的屋主是誰。她說她在打聽這一帶的房地產。」

「妳有跟她提到蘭克家的人嗎？」

克勞森小姐忽然楞住了。「妳也知道那家人？」

「我知道這棟房子從前是他們的。一對父子。還有，那位爸爸有個外甥女，叫做艾曼爾提亞。我妹妹有跟妳打聽過他們嗎？」

那老女人深深吸了一口氣。「我明白她爲什麼會想知道。如果妳考慮要買房子，妳一定會想知道房子誰蓋的，誰住過。」說著，她看著莫拉。「這件事跟他們有關係，對不對？跟蘭克家有關係。」

「妳是這個鎭上在地的人嗎？」

「是啊。」

「那麼，妳一定認識蘭克家的人。」

克勞森小姐並沒有馬上回答。她站起來脫掉雨衣，然後慢慢走到廚房的門那邊，把雨衣掛在門上的鉤子上。「他跟我同班。」她背對著莫拉說。

「妳說誰？」

「伊利亞．蘭克。我跟他表妹艾曼爾提亞並不熟，因爲在學校裡她比我們小五個年級——還是個小鬼。不過，我們跟伊利亞都很熟。」說著，她的聲音越來越小，幾乎快要聽不見了，彷彿她不敢講出他的名字。

「妳跟他有多熟？」

「不要太熟比較好。」

「聽起來妳好像不太喜歡這個人。」

這時候，克勞森小姐忽然轉過來盯著她。「恐怕很難去喜歡那種令人毛骨悚然的人。」

隔著地窖的門，她們聽得到底下鏟土的聲音。他們越挖越深，彷彿這棟房子的祕密已經快要被挖出來了。儘管已經這麼多年了，這棟房子彷彿一個沉默的證人，默默保留了許多可怕的祕密。

「艾爾思醫師，從前這裡是一個很小的小地方，不像現在這樣，有那麼多觀光客來來往往，置產買別墅。當年，這裡只有在地人，你必須了解每個人的家庭背景。哪家人是好人，哪家人你要躲遠一點。十四歲那一年，我就已經看穿了伊利亞·蘭克這個人。那種人，你最好閃遠一點。」說著，她慢慢走回桌子旁邊，坐下來，一副筋疲力盡的樣子，楞楞地盯著塑膠桌布，彷彿盯著水面，看著自己的倒影。她彷彿看到十四歲的自己，看到住在山上那個令人聞風喪膽的男孩。

莫拉沒有說話，默默看著她低垂的頭，看著她那頭刺蝟般劍拔弩張的灰髮。

「妳爲什麼會怕他？」

「不是只有我怕伊利亞。每個人都怕。自從……」

「自從什麼？」

克勞森小姐抬起頭來看著她。「自從他活埋了那個女孩之後。」

好一會兒，兩個人都沒有再說話。莫拉聽到地窖裡那些人好像嘀嘀咕咕在說些什麼，知道他們已經越挖越深了。她感覺到自己心臟怦怦狂跳。老天，她心裡想，他們究竟會發現什麼？

「當年，她剛搬到鎮上沒多久。」克勞森小姐說。「她叫艾莉絲．羅絲。班上其他的女生老是在她背後指指點點，把她當笑話。假如你才十四歲，你可以說盡天底下最難聽的話，把艾莉絲說得一無是處，也不會有人把你怎麼樣。除非有一天，你自己也落在別人手裡，除非有一天，你自己嚐過那種滋味，否則的話，你是永遠學不乖的。」她嘆了口氣，似乎對小時候犯的錯十分懊悔。爲什麼要到老了才學得到教訓呢？

「後來呢？艾莉絲怎麼樣？」

「伊利亞說他只是在跟她鬧著玩的。他說他本來就只是打算把她關幾個鐘頭，然後就要把她拉出來了。可是，被人埋在一個土洞裡，嚇到尿褲子，喊破了喉嚨也沒人聽得到。除了把妳活埋的那男生，沒有別人知道妳在那裡。妳能夠想像那是什麼滋味嗎？」

莫拉沒說話，等她繼續說。可是，她忽然很怕聽到最後的結局。

克勞森小姐看到她那種眼神，忽然明白她在想什麼，於是就搖搖頭。「噢，妳誤會了，艾莉絲沒死。她家的狗救了她的命。牠知道她被埋在什麼地方，所以，牠發了瘋似的狂吠，帶人到那裡去。」

「所以，她就得救了？」

克勞森點點頭。「那天半夜，他們找到她了。可是當時，她已經被埋在那個土坑裡好幾個鐘頭。他們把她拉出來的時候，她已經嚇到說不出話來，就像植物人一樣。幾個禮拜之後，她們家搬走了。我不知道後來她搬到哪裡。」

「那伊利亞呢？後來他怎麼樣了？」

克勞森小姐聳聳肩。「妳以為會怎麼樣？他一口咬定他只是在開玩笑。他說，每天在學校裡，每個人都在欺負艾莉絲，他也只是有樣學樣。妳知道嗎，他說的是真的，我們都在欺負她。我們都在折磨她，可是，伊利亞，他的行為已經不只是在開玩笑了。」

「沒有人處罰他嗎？」

「如果你才十四歲，別人一定會給你機會，讓你改過自新。尤其是，如果家裡少不了你，如果你爸爸整天喝得爛醉如泥，如果你家裡還有一個九歲的小表妹要照顧。」

「艾曼爾提亞。」莫拉說得很小聲。

克勞森小姐點點頭。「一個小女生住在那種家庭裡，在一個怪獸的家庭裡長大，妳能夠想像嗎？」

怪獸。

那一剎那，空氣中彷彿突然瀰漫起一股緊張的氣息，莫拉忽然覺得背脊竄起一股寒意。她忽然想到艾曼爾提亞．蘭克那天說的話。*趁他還沒有看到妳，趕快走。*

接著，她又想到車門上那三個爪痕。*那是怪獸的記號。*

這時候，地窖的門猛然開了，嚇了莫拉一跳。她轉頭一看，看到瑞卓利站在門口。

「他們挖到東西了。」瑞卓利說。

「什麼東西？」

「木頭。好像是某種板子，大概在六十公分深的位置。他們現在正在想辦法清掉上面的土。」說著，她指著流理台上那箱小鏟子。「我們需要那個東西了。」

莫拉抱起箱子，沿著樓梯走下地窖。她看到那個土坑旁邊有長長的一堆挖出來的土，看起來幾乎有兩公尺長。

棺材就是那個長度。

柯索警官正拚命在鏟土。他抬頭瞄了莫拉一眼。「那塊板子感覺滿厚的，不過，妳聽……」他舉起圓鍬在木板上敲了一下。「那不是實心的，裡面是中空的。」

葉慈問：「你要休息一下嗎，換我來挖？」

「好啊，我的背快斷了。」柯索把圓鍬遞給葉慈。

葉慈跳進土坑裡，鞋子重重落在木板上。那聲音聽起來很空洞。他使盡全力拚命鏟土，旁邊那堆土很快就越堆越高了。那片木板露出來的面積越來越大了，大家都沒說話。兩盞照明燈把土坑裡照耀得如同白晝，葉慈飛舞的影子投映在坑壁上，乍看之下彷彿傀儡木偶。其他人靜靜站在旁邊看，彷彿一群盜墓賊等著想看看墳墓裡有什麼寶貝。

「木板有一角已經露出來了。」葉慈一邊用鏟子刮起木板表面上的土，一邊喘著氣說。「看起來很像條板箱。板子剛剛被圓鍬戳了好幾下，真怕不小心被我戳壞。」

「我已經把小鏟子和刷子搬下來了。」莫拉說。

葉慈站起來，喘著氣，從土坑裡爬出來。「那好，你們來把上面的土撥掉。我們先拍幾張照片，然後再把它撬開。」

莫拉和蓋瑞跳進土坑裡，那一剎那，她感覺得到木板被她的重量壓得震了好幾下。她很好奇，這片髒兮兮的木板底下究竟埋了什麼恐怖的東西。她腦海中已經開始浮現出一幅恐怖的畫面，想像等一下木板突然掀開之後，露出底下腐爛的骨骸。她心臟噗通噗通跳得好厲害，但她還是鼓起勇氣蹲下去，開始掃開木板上的泥土。

「刷子也給我一把。」瑞卓利說。她一副也要跳進土坑的樣子。

「不行。」葉慈說。「妳還是在旁邊休息比較好。」

「我又不是殘障。我實在沒辦法忍受像個廢人一樣站在旁邊看。」

葉慈笑了一聲，聲音聽起來有點不自在。「是啊，不過，我們也沒辦法忍受看妳在下面拚老命。而且，萬一被妳先生知道了，我不知道要怎麼跟他交代。」

莫拉說：「珍，下面活動空間不太夠。」

「好吧，那我來幫你們移燈光，讓你們看清楚一點。」

瑞卓利把一盞照明燈移到另一個位置，這時候，莫拉正在清理的那個角落忽然變得好亮。莫拉跪在木板上，用刷子掃掉上面的土，突然間，木板上露出一個紅紅的小點。那是鐵鏽。「這裡有一根舊鐵釘。」她說。

「我車上有一根鐵撬。」柯索說。「我去拿。」

莫拉繼續把土掃開，露出更多生鏽的鐵釘頭。土坑裡的空間很狹窄，她的脖子和肩膀已經開始痛了。她站起來，挺了幾下腰桿，忽然聽到後面匡噹一聲。

「喂。」蓋瑞叫了一聲。「你們看看這個。」

莫拉立刻轉身，看到蓋瑞的小鏟子正在一小節斷掉的管子上刮來刮去。

「看起來，這條管子好像是接在木板的邊緣。」蓋瑞說。他迫不及待的直接用手抓住那條生眼睛看著莫拉。

鏽的管子，剝掉管子頂端那團乾土。「幹嘛要把管子接到……」說到一半，他忽然停住了，瞪大眼睛看著莫拉。

「那是通氣孔。」她說。

蓋瑞盯著膝蓋底下的木板，嘴裡喃喃說：「裡面到底埋了什麼鬼東西？」

「好了，你們兩個出來。」彼得說。「我要拍照了。」

葉慈彎腰把莫拉從土坑裡拉出來。莫拉退開了幾步。剛剛站起來的時候，站得太快了，忽然覺得有點頭重腳輕。閃光燈一亮，她忽然有點頭暈目眩，猛眨了幾下眼睛。看著那刺眼的照明燈，看著四邊牆壁上飛舞的影子，她忽然有一種如夢似幻的感覺。她走到地窖的樓梯前面，坐下來。那一剎那，她忽然想到，她現在屁股坐著的地方，濺滿了看不見的血。

「好了。」彼得說。「可以把木板撬開了。」

柯索在土坑旁邊跪了下來，把鐵撬頭刺進木板的一角，然後使盡全力想撬開木板。生鏽的鐵釘頭被扯得嘎吱作響。

「木板根本沒動。」瑞卓利說。

柯索停了一下，用袖子抹了一下臉，額頭上反而抹上了一小片泥土。「老天，明天我的背一定直不起來。」接著，他又把鐵撬頭刺進木板底下。這次，鐵撬頭伸得更進去了。接著，他深深吸了一口氣，然後把全身的重量壓在鐵撬的另一頭。

那一剎那，鐵釘被扯鬆了。

柯索丟開鐵撬。接著，他和葉慈兩個人上半身探進土坑裡，抓住木板的邊緣，用力一抬。好一會兒，大家都沒出聲，楞楞地盯著土坑裡。在照明燈的強光下，土坑裡看得一清二楚。

「我眞搞不懂。」葉慈說。

那個條板箱是空的。

當天晚上，她們就開車回波士頓了。高速公路路面上全是雨水，濕答答的，閃閃發亮。雨刷在擋風玻璃上慢慢擺來擺去，劃過霧霧的玻璃，啪答啪答的聲音有一種催眠般的效果。

「廚房裡那些血跡。」瑞卓利說。「妳應該明白那代表什麼。艾曼爾提亞從前也殺過人。妮琪．威爾斯和泰瑞莎．威爾斯並不是她手下的第一個犧牲者。」

「珍，那棟房子裡並不是只有她一個人。她表哥伊利亞也住在那裡。說不定他才是兇手。」

「薩德勒夫婦失蹤那一年，她已經十九歲了。她應該明白她家的廚房裡發生的是什麼事。」

「那並不代表那就是她幹的。」

瑞卓利轉頭凝視著她。「妳相信歐唐娜的說法嗎？妳相信眞的有那個怪獸嗎？」

「艾曼爾提亞有精神分裂。想想看，殺掉兩個女人之後，還能夠有條不紊的想到下一步，把屍體燒掉，湮滅證據。告訴我，一個神經不太正常的女人辦得到嗎？」

「就是因爲她頭腦不是那麼清楚，所以作案才會出現破綻，沒有徹底湮滅證據。她最後還是被逮到了，妳忘了嗎？」

「那是因爲維吉尼亞州的警察走了狗屎運，取締交通違規的時候無意間才逮到她的，並不是因爲他們有多厲害。」莫拉盯著前面公路上的濛濛雨霧。「那兩個女人不是她一個人殺的。一定有幫兇。她車上的指紋就是那個人的。從一開始，那個人就一直跟她在一起。」

「妳說的是她表哥嗎？」

「伊利亞活埋那個女孩的時候，才十四歲。什麼樣的小男生會幹出這種事？這種孩子長大了會變成什麼樣的人？」

「我不敢想像。」

「我想，我們兩個都心知肚明。」莫拉說。「廚房裡那種血跡，我們兩個都親眼看到了。」

Lexus沿著公路奔馳，引擎發出隆隆低吼。雨已經停了，但空氣還是很潮濕，擋風玻璃上凝結了一層霧氣。

「如果薩德勒夫婦是他們殺的。」瑞卓利說。「那麼，妳難免會想……」她轉頭看著莫拉。「凱倫．薩德勒的寶寶怎麼樣了？」

莫拉沒有吭聲。她一直盯著前面公路，一直往前開。不要繞路，不要耽擱，一直往前開。

「妳懂我的意思嗎？」瑞卓利問。「四十五年前，蘭克家表兄妹殺了一個懷孕的女人。那個寶寶下落不明。五年後，艾曼爾提亞．蘭克跑到波士頓，找上范．蓋斯。她要把兩個剛出生的女兒賣掉，給人領養。」

莫拉抓著方向盤，忽然覺得手麻了。

「有沒有可能，那兩個寶寶根本就不是她的？」瑞卓利問。「有沒有可能，艾曼爾提亞根本就不是妳媽媽？」

23

瑪蒂達．普維斯獨自坐在黑暗中。她忽然想到，人要餓幾天才會活活餓死？她覺得食物消耗得太快了。現在，袋子裡只剩下六條巧克力棒，半包鹽脆薄酥餅，還有幾條牛肉乾。她心裡想：得省著點吃了，我必須想辦法撐久一點，一直撐到……

撐到什麼時候？撐到渴死？

她很捨不得的咬了一口巧克力，接著，她忽然有一股強烈的衝動想再咬第二口，不過，意志力終究還是佔了上風，硬是忍住了。她小心翼翼把剩下的巧克力包回去，留著下次再吃。她心裡想：要是哪天東西真的都吃光了，至少還有紙可以吃。紙不是能吃嗎？紙是木頭做的，而且，聽說鹿肚子餓的時候也會咬樹皮吃。所以說紙本身應該是有營養的。沒錯，那些包裝紙要好好保存，千萬不要弄髒。於是，她很不情願地把吃剩的巧克力棒放回袋子裡。她閉上眼睛，腦海中想像著漢堡、炸雞，以及其他的禁忌食物。有一次，杜恩告訴她，懷孕的女人總是會令他聯想到母牛。意思就是，看到她，他就會聯想到母牛。從那以後，很多東西她就不敢再吃了。之後整整兩個禮拜，除了沙拉，她什麼都沒吃，一直到後來，有一天，他們到梅西百貨去買東西，她忽然感到一陣天旋地轉，坐倒在地上。一堆好心的太太小姐立刻圍過來，七嘴八舌的問杜恩，太太有沒有怎麼樣。杜恩被問得滿臉通紅，拚命揮手把她們趕開，很不高興地嗤了她一聲，叫她趕快起來。他老是說，形象比什麼都重要。他是有頭有臉的 BMW 先生，可是他那個像頭母牛的老婆卻挺著個大肚子，穿著孕婦褲，還倒在地上。沒錯，杜恩，我是頭母牛沒錯。不過，我是一頭很漂亮的大母牛，而且，我那個大肚子裡懷的可是你的孩子。所以，你這個該死的東西，趕快救我們吧。趕快來救我們，救救我們。

這時候，她忽然聽到頭頂上有嘎吱嘎吱的腳步聲。綁匪過來了。她抬頭看看上面。她越來越熟悉那個人的腳步聲了。他的腳步聲輕輕的，小心翼翼，感覺上很像一隻機靈的貓。每次他一來，她總是哀求他放她走。可是每次的結果都一樣，他總是悶不吭聲地走開，而她還是被關在箱子裡。如今，她的食物越來越少了，水也越來越少了。

「小姐。」

她沒吭聲，心裡想：嚇嚇他吧。說不定他會開始擔心，不知道我是不是還活著，這樣一來，他就非打開箱子不可了。他必須確保我活得好好的，否則他就拿不到贖金了。

「小姐，說話吧。」

她還是不吭聲。她心裡想：不管我怎麼求他，他都無動於衷，說不定這招嚇唬得了他。說不定他會馬上放我出去。

這時候，她聽到他用力在泥地上踩了一下，聽到悶悶的砰的一聲。「妳在裡面嗎？」

你這個渾球，我不在裡面還會在哪裡？

接著，好一會兒，上面都沒聲音。「好吧，如果妳已經死了，那好像也不必多此一舉把妳挖出來了，不是嗎？」接著，她聽到腳步聲漸漸遠去。

「等一下！等一下！」她立刻打開手電筒。開始猛敲頭頂上的箱蓋。「他媽的，回來！回來！」接著，她豎起耳朵仔細聽，心臟怦怦狂跳。後來，她終於聽到嘎吱嘎吱的腳步聲逐漸靠近，那一剎那，她差點就笑出來。眞是可悲呀，不是嗎？她竟然這麼委屈，簡直就像遭到冷落的愛人一樣，還要哀求他多看她一眼。

「原來妳沒有在睡覺。」他說。

「你跟我先生談過了嗎？他什麼時候要付你錢？」

「妳還好嗎，有沒有哪裡不舒服？」

「你爲什麼都不回答我的問題？」

「妳先回答我的問題。」

「噢，我好得不得了，感覺棒透了！」

「那妳的寶寶怎麼樣？」

「我的東西已經快吃光了。我需要更多吃的。」

「那些東西已經夠吃了。」

「喂，被關在下面的人是我，不是你！我快餓死了。萬一我死了，你還拿得到錢嗎？」

「小姐，不要激動。好好休息。不會有問題的。」

「問題可大了！」

沒有聲音。

「喂？喂？」她大叫了兩聲。

腳步聲又漸漸遠去。

「等一下！」她猛捶箱蓋。「你給我回來！」她用拳頭猛捶木板，感到一陣怒火襲上心頭。

那種憤怒的感覺是她這輩子從來不曾有過的。她大聲尖叫。「你怎麼可以對我做這種事！我不是畜生！」她兩隻手打得瘀青，一陣刺痛，整個人頹然靠在箱壁上。她啜泣起來，渾身抽搐。那是憤怒的啜泣，不是絕望。「操你媽的。」她大叫。「操你媽的。還有操你媽的杜恩。操他媽的全世界的渾球！」

後來，她筋疲力盡，倒在地上。她抬起手臂揉了一下眼睛，把眼淚擦掉。那個人到底想要我們怎麼樣？現在，杜恩應該已經付錢給他了。那麼，他爲什麼還把我關在這裡？他到底想怎麼樣？

這時候，她忽然感覺肚子裡的寶寶踢了她一下。她輕輕摸了一下肚子。她和那個小生命只隔著一層薄薄的肚皮，而此刻，她也只能隔著那層薄薄的肚皮傳遞她輕柔的撫觸。這時候，她突然感到子宮緊繃了一下。這是她第一次感覺到子宮在收縮。可憐的小東西。可憐的……寶寶。

那一剎那，她忽然楞住了。她忽然想到她和那個綁匪隔著通風口說過的那些話。那個人從頭到尾沒有提到過杜恩，沒有提到過錢。這實在很沒道理。如果那個渾球要的是錢，他應該要去找杜恩才對。可是，他卻從來沒有問過我丈夫的事。他根本絕口不提杜恩。會不會他根本就沒打電話給他？會不會他根本就沒有打電話勒索贖金？

那麼，他到底想要什麼？

這時候，手電筒的光漸漸變暗了。第二組乾電池已經快沒電了。袋子裡只剩下兩組新電池了，萬一用完了，箱子裡就會永遠陷入一團漆黑。她把手伸進袋子裡，不過，這一次她沒有驚慌。她拆開一組新電池。她告訴自己：我上次換過電池，再換一次一定沒問題。她把手電筒底下的蓋子轉開，很冷靜的把舊電池倒出來，然後把新電池放進去。手電筒又亮起來了，她終於鬆了一口氣，剛剛那種短暫的黑暗死寂所帶來的恐懼漸漸消退了。

人生難免一死，可是，我不想這樣被人活埋在箱子裡，死得莫名其妙，而且沒有人找得到我的屍骨。

沒事不要開手電筒。盡可能保存電力，不要浪費光線。於是，她切掉手電筒的開關，靜靜躺在黑暗中。這時候，她感到恐懼又開始籠罩著她，緊抓著她。她忽然想到：沒有人知道。沒有人知道我在這裡。

好了，別再想了，瑪蒂達。冷靜一點。現在，想活命，只能靠妳自己了。

她翻了個身側躺著，雙手環抱著胸口。她聽到有個東西從地板上滾過去。那是一個舊電池，已經沒用了。

會不會根本沒人知道我被綁架？會不會根本沒人知道我還活著？

她兩手環抱著肚子，腦海中忽然又想到她和那個綁匪講過的每一句話。妳還好嗎，有沒有哪裡不舒服？他每次都會問同樣的問題。妳還好嗎，有沒有哪裡不舒服？一副很關心的樣子。那傢伙把大肚子的女人關在箱子裡，怎麼可能會管妳死活，管她哪裡舒不舒服？可是，他每次都問那個問題，而她每次都求他放她出去。

他在等著看我的反應。另外一種截然不同的反應。

她彎起膝蓋，這時候，她的腳好像碰到什麼東西，那東西滾開了。她坐起來，打開手電筒，另一手開始到處摸索，把那些用過的電池撿起來。她總共有四顆用過的電池，袋子裡還有兩顆新電池，而手電筒裡還有另外兩顆。接著，她又關掉手電筒，提醒自己節省電力。

接著，她開始摸黑脫掉鞋子。

24

喬伊絲．歐唐娜醫師走進重案組的會議室，那副架式彷彿她是這個部門裡的大人物。她身上那套名牌套裝的價格，大概相當於瑞卓利一整年的置裝費。她的身材本來就已經很修長了，再加上那雙三寸高跟鞋，顯得更是高䠷。她坐下的時候，現場有三個警察眼睛盯著她看，但她卻沒有顯露出絲毫不安。她很懂得如何掌控現場的氣氛。雖然瑞卓利很厭惡這個女人，但她還是不得不羨慕她的本事。

顯然，她們兩個互相都看不順眼。歐唐娜冷冷地瞄了瑞卓利一眼，然後再看看巴瑞．佛斯特，最後，她終於全神貫注的看著馬凱特隊長。他就是重案組組長。歐唐娜從來不會把時間浪費在小嘍囉身上。

「隊長，我還眞沒想到你們會請我過來。」她說。「你們『施洛德廣場』很難得會請我來。」

「這是瑞卓利警官的建議。」

「以我和她之間的關係來看，這就更出乎我意料之外了。」

瑞卓利心裡想：以我和妳之間的關係來看，我們根本就是死對頭。我要逮住那些怪物，而妳卻要幫他們辯護。

「不過，我在電話裡和瑞卓利警官提到過。」歐唐娜繼續說。「除非你們肯幫我，否則我是不會幫你們的。也就是說，如果你們希望我幫忙找到那個『怪獸』，那麼，你們就必須讓我分享你們的情報。」

瑞卓利把桌上的檔案夾用力一推。檔案夾滑過桌面，滑到歐唐娜面前。這就是瑞卓利的答覆。「這是伊利亞．蘭克的資料。到目前爲止，我們只查到這些。」那位精神科醫師立刻伸手去拿檔案夾。那一剎那，瑞卓利看到她眼中射出一種如飢似渴的光芒。歐唐娜這輩子活著就是爲了這個：親眼看看怪獸，找機會親近邪惡的核心。

歐唐娜翻開檔案夾。「這是他中學的資料。」

「這是在法克斯港找到的。」

「他的智商一百三十六，可是成績平平。」

「典型的不用功的學生。」檔案裡，老師對他的評語是：只要他肯認眞，成就會很驚人。只不過，他絕對無法想像，伊利亞．蘭克日後的成就會驚人到什麼地步。「自從母親過世之後，是爸爸雨果把他帶大的。他爸爸什麼工作都做不久，顯然嗜酒如命，整天泡在酒缸裡。後來，伊利亞十八歲那年，他死於胰臟炎。」

「所以說，艾曼爾提亞就是在這個家庭裡長大的。」

「沒錯。她媽媽過世之後，她只好跑來投靠她舅舅。沒有人知道她的親生父親是誰。所以，這就是法克斯港鎭蘭克一家人的背景。一個整天醉醺醺的舅舅，一個反社會傾向的表哥，再加上一個長大之後精神分裂的小女孩。」

「妳剛剛說，伊利亞有反社會傾向？」

「他活埋了自己的同班同學，如果這不叫反社會，那妳還能夠怎麼形容？說他是爲了好玩嗎？」

歐唐娜翻到下一頁。正常人看到下一頁的內容，臉上一定會出現恐懼的表情，可是這位精神科醫師卻顯得很著迷。

「他活埋的那個女孩子才十四歲。」瑞卓利說。「艾莉絲．羅絲剛轉到那間學校沒多久。她的聽力有點問題，所以才會被班上另外那些孩子欺負。或許這也就是爲什麼伊利亞會找上她。因爲她很脆弱，很容易對付。他邀她一起回他家，然後帶她到森林裡，把她推進他事先挖好的一個土坑裡，然後用木板把洞口封起來，在上面堆石頭。後來，有人問他爲什麼要做這種事，他說他只是開玩笑，想嚇嚇她。不過，我認爲他一開始就是眞的想殺她。」

「報告上說，那個女孩子後來被救出來了，沒有受到傷害。」

「沒有受到傷害？眞的嗎？」

歐唐娜抬頭看了她一眼。「至少她沒死。」

「後來，有整整五年時間，她罹患了重度憂鬱症和突發性焦慮症，長期接受治療。一直到了十九歲那一年，她在浴缸裡割腕自殺。在我看來，她等於是伊利亞．蘭克害死的。她是他的第一個被害人。」

「妳能夠證明他還殺過其他人嗎？」

「四十五年前，有一對夫妻在肯尼邦港失蹤。羅伯．薩德勒和凱倫．薩德勒。當時，凱倫．薩德勒懷有八個月的身孕。上個禮拜，我們找到了他們的骨骸，而發現骨骸的地點，就是伊利亞活埋艾莉絲．羅絲的地點。我認爲薩德勒夫婦是伊利亞殺的。是他和艾曼爾提亞聯手殺害的。」

歐唐娜一動也不動，彷彿她忽然停止呼吸了。

「歐唐娜醫師，妳是第一個提出這種看法的人。」馬凱特隊長說。「妳說艾曼爾提亞有一個同夥，她稱之爲怪獸。而且，妳還說，有人幫她殺了妮琪．威爾斯和泰瑞莎．威爾斯。這就是妳告訴艾爾思醫師的，對不對？」

「沒有人相信我的看法。」

「現在我們相信了。」瑞卓利說。「我們認爲，那個怪獸就是她的表哥伊利亞。」

歐唐娜揚起眉毛，臉上的表情似乎覺得很好玩。「表兄妹殺人狂。」

「這應該不是歷史上第一對表兄妹殺人狂。」馬凱特特別強調。

「沒錯。」歐唐娜說。「『山腰絞人魔』肯尼斯．貝昂奇和安哲羅．布諾[8]，他們就是一對堂兄弟。」

「所以說，在表兄弟姊妹同夥殺人狂這方面。」馬凱特說。「他們還是有前輩的。」

「這應該不用我來幫你們上課了。」

「不過，妳是第一個發現『怪獸』的人。」瑞卓利說。「妳一直在調查他，一直想透過艾曼爾提亞找到他。」

「可是我並沒有找到他。所以說，我實在看不出來自己哪有辦法幫你們找到他。而且，警官，既然妳並不重視我的研究，我實在搞不太懂妳找我來這裡幹什麼。」

「我知道艾曼爾提亞告訴過妳很多事。我昨天去找她的時候，她什麼話也不說。可是，警衛告訴我，她會跟妳說話。」

「她是我的病人，我們之間的談話內容必須保密。」

---

[8] 二十世紀七〇年代南加州著名變態殺手，凌虐並謀殺多名女孩。

「不過，她的表哥並不是妳的病人。他是我們要找的嫌犯。」

「呃，那你們知不知道，他上一次出現的地點是什麼地方？你們一定掌握到什麼情報了，才有辦法著手吧。」

「目前我們手頭上幾乎沒有任何資料。我們不知道這幾十年來他究竟在什麼地方。」

「那你們能夠確定他還活著嗎？」

瑞卓利嘆了口氣。「沒辦法。」

「算算時間，他現在應該將近有七十歲了吧？到了這把年紀，就算是連續殺人狂，恐怕也沒力氣再殺人了吧？」

「艾曼爾提亞已經六十五歲了。」瑞卓利說。「可是，她還是殺了泰瑞莎．威爾斯和妮琪．威爾斯。她打碎了她們的頭骨，把汽油倒在她們的屍體上，然後放一把火燒掉。還有人懷疑不是她幹的嗎？」

歐唐娜往後一仰，靠在椅背上。她看著瑞卓利，看了好一會兒。「能不能告訴我，爲什麼波士頓警方要追查伊利亞．蘭克呢？這是很久以前的謀殺案，而且，那個案子甚至不是你們轄區的案子。你們爲什麼這麼有興趣？」

「因爲那可能跟安娜．李奧尼的兇殺案有關聯。」

「怎麼說？」

「安娜遭到殺害之前，曾經問過艾曼爾提亞很多問題。說不定她知道了太多內幕。」瑞卓利又把另一個檔案夾推到歐唐娜面前。

「這是什麼？」

「聯邦調查局犯罪資料中心，妳應該很熟吧？那裡保留了近一百年來所有的失蹤人口資料。」

「沒錯，我知道國家犯罪資料中心。」

「我們請他們幫忙搜尋一筆資料，關鍵字是『女性』和『懷孕』。那份檔案就是他們搜尋的結果，包括從一九六〇年代到目前爲止，美國本土所有懷孕的失蹤女性。」

「你們爲什麼要鎖定懷孕的女性？」

「因爲妮琪．威爾斯當年懷孕九個月。凱倫．薩德勒懷孕八個月。妳應該看得出她們有什麼共同點了吧？」

歐唐娜翻開檔案夾，看到好幾張電腦列印名單。她抬起頭來看著瑞卓利，一臉驚訝。「總共有好幾十個人。」

「美國一年有好幾千個人失蹤，所以，就算每年偶爾有幾個懷孕的女性失蹤，從整體數字看來，數量上微不足道，並不足以構成警訊。不過，如果以每個月一個女人失蹤來算，四十年加起來，數量就很驚人了。」

「那麼，妳有沒有查到，這些失蹤人口案件和艾曼爾提亞．蘭克和她表哥有什麼關聯？」

「這就是我們打電話請妳來的原因。妳和她見過十幾次面，那麼，她有沒有告訴過妳她去過哪些地方？住過哪些地方？做過什麼樣的工作？」

歐唐娜忽然闔上檔案夾。「妳是要我違法洩露病人的機密嗎？我怎麼可以告訴妳呢？」

「因爲殺人案還在持續發生。兇手還在殺人。」

「我的病人不可能殺人。她在牢裡。」

「可是，她的同夥並沒有在牢裡。」瑞卓利忽然彎腰靠過去，湊近那個女人。她極度厭惡歐唐娜，可是現在她卻需要她幫忙。她拚命壓抑自己的情緒。「妳對那個怪獸很著迷，對不對？妳不是很想多知道一些他的事情嗎？妳不是很想知道他腦子裡在想什麼，不是很想知道他為什麼會殺人嗎？妳不是很想知道所有的細節嗎？這就是爲什麼妳應該幫我們把他找出來。這樣一來，妳的生涯中又可以多一樣戰利品了。」

「說不定我們兩個都猜錯了，會不會？說不定怪獸只是我們兩個一廂情願的想像。」

瑞卓利看了佛斯特一眼。「麻煩你把那台投影機打開好嗎？」

佛斯特調整了一下投影機的角度，打開開關。在這個電腦和 **Power Point** 的年代，透明片投影機簡直就像是石器時代的古董了。不過現在，這個古董可以立刻派上用場，而且立刻會產生效果。接著，佛斯特翻開一個檔案夾，拿出好幾張透明片。那些透明片上有他們用不同顏色的麥克筆畫的記號。

佛斯特把一張紙放到投影機上，銀幕上立刻出現一張美國地圖。接著，他把第一張透明片疊在上面，銀幕的地圖上立刻出現六個黑點。

「那幾個點代表什麼？」歐唐娜問。

「那是國家犯罪資料中心給我們的報告，一九八四年前六個月的案件資料。」佛斯特說。「我們之所以會選擇那一年，是因為聯邦調查局的電腦資料是那一年才開始啓用的。所以，資料應該相當完整。上面的每一個點都代表一個失蹤的懷孕女性。」他用雷射筆指著銀幕。「地點分佈有點零散，有一個在西北部的奧勒岡州，有一個在東南部喬治亞州的亞特蘭大市，不過，請注意，有幾個就比較集中在西南部了。」佛斯特將地圖上西南部那個區域圈起來。「有一個在亞利桑那州失蹤，一個在新墨西哥州，兩個在加州西南部。」

「這樣好像看不出什麼眉目。」

「呃，我們再來看看後面六個月的資料。一九八四年七月到十二月。這樣可能會比較清楚了。」

佛斯特把下一張透明片放在地圖上。這時候，地圖上又多了好幾個點。這次是紅點。

「還是一樣。」他說。「地點分佈還是有點零散。不過，請注意這個區域。」他把幾個紅點圈起來。「加州的聖荷西、沙加緬度，還有奧勒岡州的尤金市。」

歐唐娜喃喃嘀咕著：「開始有意思了。」

「接著看後面的六個月。」瑞卓利說。

第三張透明片放上去之後，地圖上又多了幾個點。這次是綠色。這一來，那種模式已經非常明顯了。歐唐娜不敢置信地看著那張地圖。

「老天。」她輕輕驚叫了一聲。「那塊區域在慢慢移動。」

瑞卓利點點頭，眼睛看著銀幕，眼神很嚴厲。「他們從奧勒岡州往東北方移動。在接下來的六個月裡，華盛頓州有兩位懷孕女性失蹤，另外一個在隔壁的蒙大拿州。」說著，她轉頭看看歐唐娜。「他們並沒有停留在那裡。」

歐唐娜整個人坐直起來，臉上的表情就像一隻虎視眈眈的貓，準備要往前撲了。「接下來呢？那塊區域往哪邊移動？」

瑞卓利看著地圖。「那年夏天到秋天，他們往東移動到伊利諾州、密西根州、紐約州，還有麻薩諸塞州。接著，他們突然轉向南方。」

「哪一月？」

瑞卓利看了佛斯特一眼。佛斯特翻了一下列印名單。「下一個案子在維吉尼亞州，十二月十四日。」他說。

這時候，歐唐娜突然說：「他們的路線是隨著天氣在轉變。」

瑞卓利瞪大眼睛看著她。「妳說什麼？」

「天氣。妳沒發現嗎？夏季的時候，他們橫越北方的中西部。到了秋天，他們跑到新英格蘭區。接下來，到了十二月，他們突然往南邊走。那個時候，天氣已經開始變冷了。」

瑞卓利皺起眉頭看著地圖。老天，她心裡吶喊著，這個女人說對了，我們竟然沒發現。

「接下來呢？」歐唐娜問。

「接下來就繞了完整的一圈。」佛斯特說。「他們橫越南方，從佛羅里達州到德州，最後又回到亞利桑那州。」

這時候，歐唐娜猛然站起來，走到銀幕前面，在那邊站了好一會兒，打量著地圖。「那時間週期呢？他們繞一圈，總共花了多少時間？」

「那一次，他們總共花了三年半在全美國繞了一圈。」瑞卓利說。

「他們的行程並不緊湊。」

「是啊。不過，妳有沒有發現，他們從來不會在同一州停留太久，不會在同一個區域下手太多次。他們不斷的移動，這樣一來，警方就不會發現那種模式，也永遠不會知道，這種模式已經持續了很多很多年了。」

「什麼？」歐唐娜忽然轉過身來看著她。「妳是說，這種週期會重複嗎？」

瑞卓利點點頭。「他們會從頭再來一次，路線完全相同。那種感覺就像遊牧民族在追蹤水牛群。」

「警方一直都沒有發現這種模式嗎？」

「因爲這兩個獵人一直在移動。不同的州，不同的轄區。他們會在某個地區待幾個月，然後就離開，到下一個狩獵區去。然後，他們一次又一次的回到相同的地點。」

「那是他們熟悉的地盤。」

「我會去某個地方，是因爲我們熟悉那個地方。我會熟悉某個地方，是因爲我們去過那個地方。」瑞卓利引用的是地緣犯罪學的名言。

「有沒有屍體被發現？」

「完全沒有。這些案子都沒有結案。」

「所以說，他們一定有埋藏屍體的祕密巢穴。他們把被害人藏在那些地方，把屍體丟棄在那些地方。」

「我們推測，那應該是很偏僻的地方。」佛斯特說。「鄉下地方，或是河邊湖邊海邊。因爲這些被害女性的屍體一直都找不到。」

「不過，他們找到了妮琪和泰瑞莎的屍體。」歐唐娜說。「而且，她們的屍體並沒有被埋起來，而是放火燒掉。」

「那兩姊妹的屍體是十一月二十五日被發現的。後來，我們回頭去比對氣象資料，發現那個禮拜有一場突如其來的暴風雪——一天當中，積雪高達十八英寸。麻薩諸塞州根本就措手不及，好幾條公路都封閉了。說不定就是因爲這樣，他們沒辦法到平常的埋屍地點去。」

「所以說，那就是爲什麼他們會把屍體燒掉？」

「就像妳剛剛提醒我們的，失蹤案件的發生地點是隨著天氣在移動。」瑞卓利說。「只要天氣一變冷，他們就會往南邊走。可是那年十一月，新英格蘭區天氣轉變得太突然。沒有人想到這麼早就開始下雪。」她轉頭看著歐唐娜。「那就是妳所說的怪獸。地圖上顯示的就是他的蹤跡。我認爲這一路上艾曼爾提亞一直都跟他在一起。」

「那妳到底要我做什麼？妳要我幫他們做心理分析嗎？妳要我解釋他們爲什麼會殺人嗎？」

「其實，我們已經知道他們爲什麼要殺人了。他們殺人，並不是爲了好玩，也不是爲了找刺激。事實上，他們並不是妳在尋找的那種典型的連續殺人狂。」

「那他們的動機是什麼？」

「歐唐娜醫師，他們的動機是百分之百的俗氣。事實上，對妳這種喜歡追蹤怪物的人來說，說不定妳會覺得他們很無聊。」

「我覺得謀殺一點都不會無聊。說吧，妳認爲他們爲什麼要殺人？」

「艾曼爾提亞和伊利亞兩個人都沒有任何工作紀錄，妳知道嗎？我們查遍了他們社會安全號碼的紀錄，發現他們沒有做過任何工作，也沒有任何收入，也沒有繳稅。兩個人的資料都查不到。他們沒有信用卡，沒有銀行帳戶，幾十年來，他們就像隱形人一樣，活在社會的最邊緣。所以說，他們吃什麼？他們拿什麼來買食物，買汽油？拿什麼付房租？」

「應該是現金吧。」

「那麼，現金是哪兒來的？」瑞卓利又轉頭看著地圖。「那就是他們的謀生方式。」

「我不懂妳的意思。」

「有些人靠捕魚維生，有些人靠採蘋果維生。而艾曼爾提亞和她的夥伴也是靠採集東西維生的。」她瞄了歐唐娜一眼。「四十年前，艾曼爾提亞把兩個剛出生的女兒賣給別人收養。那兩個小嬰兒賣了四萬塊美金。我不認爲那是她自己的小孩。」

歐唐娜皺起眉頭。「妳說的是艾爾思醫師和她妹妹嗎？」

「沒錯。」看到歐唐娜那種驚訝的表情，瑞卓利忽然暗暗有點得意。她心裡想：這女人根本沒搞清楚狀況。這位平常只喜歡和怪物打交道的精神科醫師竟然也會被人嚇住。

「我檢查過艾曼爾提亞。」歐唐娜說。「還有別的精神科醫師也認爲——」

「認爲她是精神病患？」

「沒錯。」歐唐娜猛吁了一口氣。「剛剛這些案例——這是一種完全不同類型的怪物。」

「不過，她不太像是精神異常的怪物，對不對？」

「我不知道。我不知道要怎麼形容他們這種類型。」

「她和她表哥殺人，是爲了錢。爲了白花花的鈔票。這種行爲應該不是瘋子的行爲。」

「可能不是……」

「歐唐娜醫師，妳比較懂得跟殺人犯打交道。妳有辦法跟他們交談，有辦法跟華倫．霍伊特這種人聊天，一聊就是好幾個鐘頭。」說到這裡，瑞卓利停了一下。「妳很懂他們這種人。」

「我是很努力想多了解他們。」

「那麼，妳認爲艾曼爾提亞是哪一種殺人兇手？是怪物殺人狂嗎？或只是一個生意人？」

「她是我的病人。別的我就不想再多說了。」

「可是妳剛剛明明也在質疑自己的診斷，不是嗎？」瑞卓利指著銀幕。「上面顯示的是正常人的行爲模式。他們就像遊牧民族一樣，追蹤獵物下手。所以說，妳還認爲她是瘋子嗎？」

「我再說一次，她是我的病人。我必須保護她的權益。」

「我們有興趣的不是艾曼爾提亞。我們想抓的是伊利亞。」說著，瑞卓利慢慢靠近歐唐娜，最後走到她面前。「妳知道嗎，他還在殺人。」

「什麼？」

「艾曼爾提亞坐牢已經差不多五年了。」說著，瑞卓利看看佛斯特。「你把那張片子打出來給她看看。那是艾曼爾提亞．蘭克被捕之後所發生的案件地點。」

佛斯特把前面那幾張透明片拿掉，換一張新的疊在地圖上。「一月。」他說。「南卡羅來納州有一位懷孕女性失蹤。二月，有一位在喬治亞州失蹤。三月，佛羅里達州的戴托納比奇。」接著，他又疊上另一張透明片。「六個月後，在德州。」

「那幾個月的時間，艾曼爾提亞．蘭克一直都在牢裡。」瑞卓利說。「可是，失蹤案件持續在發生，那個怪獸並沒有停手。」

歐唐娜盯著銀幕上持續累積的點。一個點代表一個女人。一條人命。「現在那個圓圈進行到什麼位置了？」她問得很小聲。

「一年前。」佛斯特說。「他抵達加州，然後又開始往北走了。」

「那現在呢？現在在哪裡？」

「到目前爲止，上一個提報的失蹤案件是在一個月前。在紐約州的阿爾班尼。」

「阿爾班尼？」歐唐娜瞪大眼睛看著瑞卓利。「那不是……」

「也就是說，他現在人就在麻薩諸塞州。」瑞卓利說。「那隻怪獸就在我們的地盤上。」

佛斯特關掉投影機，風扇的嗡嗡聲戛然而止，整間會議室裡忽然陷入一片寂靜。銀幕上的地圖雖然不見了，但那影像卻彷彿依然歷歷在目，烙印在每個人的腦海中。這時候，佛斯特的手機忽然響起來，在靜悄悄的會議室裡聽起來格外驚心動魄。

佛斯特說：「不好意思。」然後他就走到會議室外面去了。

瑞卓利對歐唐娜說：「那個怪獸的事，不管妳知道多少，就盡量告訴我們吧。我們要怎麼樣才找得到他？」

「看妳平常是怎麼找人的，就怎麼去找啊。那不就是你們警察的工作嗎？妳不是已經知道他叫什麼名字了嗎？那就去找啊。」

「他沒有信用卡，沒有銀行帳戶，很難追蹤。」

「那妳當我是獵犬嗎？用聞的就可以聞得到他在哪裡？」

「有一個人和他很親近，而妳和那個人交談過。那個人可能知道要怎麼樣才找得到他。」

「我們談話的內容不能洩露。」

「她有沒有提到過他的名字？她有沒有無意間提到過那個人是她的表哥伊利亞？」

「我和病人交談的內容是一種隱私，我無權洩露。」

「伊利亞．蘭克不是妳的病人。」

「但艾曼爾提亞卻是我的病人，而且妳打算對她提出告訴，控告她多起謀殺罪名。」

「我們對艾曼爾提亞沒興趣。他才是我想抓的人。」

「我沒有義務幫妳抓人。」

「他媽的，妳身為公民，難道沒有責任嗎？」

「瑞卓利警官，冷靜一點。」馬凱特提醒了她一聲。

瑞卓利眼睛還是死盯著歐唐娜。「想想那張地圖吧。想想地圖上那些點，那些女人。現在，他跑到這裡來了，正在尋找下一個獵物。」

歐唐娜低頭看看瑞卓利圓滾滾的肚子。「這麼說來，警官，妳自己不是應該也要小心一點嗎？」

說著，歐唐娜伸手去拿公事包。瑞卓利冷冷地盯著她。「我好像已經沒有什麼好說的了。」她說。「就像妳剛剛說的，兇手是正常人，行兇的動機是現實的，並不是出於殺人的慾望，並不是以殺人為樂。他也必須賺錢謀生，就這麼簡單。差別在於，他選擇的職業跟平常人有點不太一樣。犯罪心理學對妳是沒什麼用的，沒辦法幫妳逮到他，因為他不是殺人狂。」

「不過，我相信如果妳有機會接觸到，一定認得出來。」

「我確實有經驗，不過，話說回來，妳不也是一樣嗎？」歐唐娜轉身走向門口，走到一半忽然停住腳步，回頭朝瑞卓利冷笑了一下。「說到怪物，警官，每次我去探視妳的老朋友，他都會拜託我問候妳一下。」

不需要歐唐娜指名道姓，瑞卓利也知道她說的是誰。她說的就是華倫·霍伊特。雖然事隔兩年，那個人至今依然是瑞卓利揮之不去的夢魘。她兩手上還留著他用手術刀劃下的傷痕。

「他對妳還是念念不忘。」說著，歐唐娜又露出一種淡淡的、狡猾的笑容。「我只是想跟妳說一聲，讓妳知道有人還記得妳。」說完，她就走到會議室外面去了。

瑞卓利感覺到馬凱特在看她。他似乎想看看她有什麼反應，不知道她會不會當場情緒失控。過了一會兒，他也走出去了，那一剎那，瑞卓利忽然鬆了一口氣。會議室裡只剩下她一個人收拾投影機。她把那些透明片堆成一疊，拔掉插頭，把電線捲在線軸上。她一邊把電線纏在手上，一邊把氣都出在電線上。然後，她把投影機放在推車上，推到外面的走廊，差一點就撞到佛斯特。當時佛斯特正好闔上手機。

「我們走吧。」他說。

「去哪裡？」

「去納迪克。他們那邊有個女人失蹤了。」

瑞卓利皺起眉頭看著他。「她是不是……」

他點點頭。「她懷孕九個月。」

25

「如果你要問我。」納迪克的警官薩曼多說。「那我會告訴你，這根本就是《與殺手共枕》那部電影的翻版，婚外情，老公金屋藏嬌。」

「他親口承認自己有女朋友嗎？」瑞卓利問。

「沒有，不過我聞得出那個味道。」薩曼多摸摸鼻子笑起來。「另一個女人的味道。」

前面有一整排辦公桌，桌上的電腦螢幕都開著。薩曼多帶著她和佛斯特從辦公桌旁邊一路走過去。瑞卓利心裡想：是啊，搞不好他眞的「聞」得到女人的味道。看他那副樣子，好像眞的對女人很有一套。走起路來抬頭挺胸，充滿自信，右手臂會不自覺的微微往外張，前後搖擺的時候有一種弧度，因爲長年以來，他的槍都是佩在腰際。那種姿態彷彿在大聲嚷嚷著說：讓路讓路，警察來了。她從來沒看過巴瑞．佛斯特走路會像他那樣大搖大擺。站在那個身材魁梧、滿頭灰髮的薩曼多旁邊，佛斯特看起來簡直就像那種典型的公務員，手上老是拿著筆，筆記型電腦形影不離。

「失蹤的女人叫做瑪蒂達．普維斯。」薩曼多說。他走到他的辦公桌旁邊，停下腳步，把桌上的檔案夾拿起來交給瑞卓利。「三十一歲，白種女性，七個月前和杜恩．普維斯結婚。他是本市 BMW 的代理商。他說，上禮拜五，他還有見到他太太，因爲她跑到店裡去找他。他們顯然大吵了一架，因爲有目擊者看到，他太太是哭著離開的。」

「那麼，他是什麼時候報案說太太失蹤的？」佛斯特問。

「禮拜天。」

「太太都已經失蹤兩天了，他才發現？」

「他說，兩個人吵了一架，他想找個地方讓自己靜一靜，所以就跑去住飯店，一直到禮拜天才回到家。回到家的時候，他發現太太的車在車庫裡，而禮拜六的郵件卻都還放在信箱裡。他覺得事情好像有點不太對勁。禮拜天晚上，他打電話報案。後來，今天早上，我收到你們發出的公告，要我們特別留意懷孕的失蹤女性。不過，在我看來，這比較像是家庭糾紛。」

「你有去查過他住的那家飯店嗎？」瑞卓利問。

薩曼多傻笑了一下。「上次我找他問話的時候，他說他想不起來自己住的是哪一家飯店。」

瑞卓利翻開檔案夾，看到瑪蒂達．普維斯和她丈夫的照片。那是結婚當天拍的。假如他們才結婚七個月，那麼，拍這張照片的時候，她應該已經有兩個月身孕了。新娘長得甜甜的，一頭棕髮，眼睛也是棕色的，臉蛋圓圓的，長得有點孩子氣。她笑得很燦爛，洋溢著幸福。看她那種表情，彷彿她終於實現了多年的夢想。杜恩．普維斯站在她旁邊，看起來一臉不耐煩，好像很無聊。這張照片實在可以下個標題：**凶多吉少**。

薩曼多帶著他們沿著走廊走進一間黑漆漆的房間。隔著那一面單向鏡面窗，她們可以看得到隔壁的偵訊室，裡面沒有人。偵訊室的牆壁是白色的，牆面上光禿禿的，裡頭有一張桌子，三張椅子，有個牆角天花板的位置裝了一部攝影機。這個房間是用來逼問真相用的。

接著，隔著那扇鏡面窗，他們看到門開了，兩個男人走進去。其中一個是警察，虎背熊腰，頂上無毛，面無表情。看到那種臉真的會令人不寒而慄。

「這次讓李吉特警官出手。」薩曼多嘴裡喃喃嘀咕著。「看看這次有沒有辦法擠出點東西來。」

「請坐。」他們聽到李吉特說。杜恩坐下來，面對著鏡面窗。從他的角度看過來，那只是一面鏡子，不過，不知道他是否心裡有數，知道此刻有人正隔著鏡子在監視他？有那麼一剎那，瑞卓利感覺他的眼睛彷彿正盯著她。她忽然有一股衝動想往後退，退到後面那團黑暗中。但她還是忍住了。不過，她之所以會有這種反應，倒不是因爲杜恩·普維斯有那麼可怕。那個人大概三十出頭，穿著一件老式的白襯衫，一條棕色的黃斜紋褲，沒有打領帶。他手上戴的是瑞士「百年靈」錶——這對他恐怕很不利，因爲，面對警察的偵訊，手上卻戴著警察根本買不起的名貴手錶。杜恩長得很體面，有一種趾高氣揚、充滿自信的氣質，可能對某些女生會很有吸引力——如果有女生喜歡那種戴名牌手錶炫耀自己的男人。

「他大概賣掉了不少 BMW 。」她問。

「他根本就是一屁股債。」薩曼多說。「房子都已經抵押給銀行了。」

「他有幫太太買保險嗎？」

「二十五萬美金。」

「沒多少錢，他應該還不至於爲這點錢殺她。」

「不過，嚴格說來，二十五萬也不能算是小數目了。不過，要是屍體找不到，他恐怕也拿不到那些錢。到目前爲止，我們還沒找到屍體。」

而在隔壁的偵訊室裡，李吉特警官說：「好了，杜恩，我只想回頭再問你一點細節。」李吉特的口氣跟他的表情一樣冷冷的。

「我已經跟另外一位警察說過了。」杜恩說。「我忘了他叫什麼名字。那傢伙看起來很像那個電影明星，演過《迫切的危機》那個班傑明．布萊特。」

「你說的是薩曼多警官嗎？」

「是的。」

瑞卓利聽到站在她旁邊的薩曼多有點得意的笑了一聲。聽到有人說你長得很像班傑明．布萊特，任何人應該都會覺得有點飄飄然。

「我不知道你爲什麼還要浪費時間。」杜恩說。「你應該趕快去找我太太。」

「我們已經在找了，杜恩。」

「找我問話有什麼幫助嗎？」

「很難說。說不定你會突然想到某些細節，對我們的搜尋工作可能會有很大的幫助。」說到這裡，李吉特停了一下。「比如說……」

「比如說什麼？」

「比如說，當時你住的是哪一家飯店。你還是想不起來嗎？」

「反正就是某一家飯店。」

「你是用什麼付錢的？」

「這跟案子有什麼關係！」

「你是刷卡嗎？」

「應該是吧。」

「什麼叫應該是？」

杜恩很不高興的吼了一聲。「是啊，好啦，就是刷卡啦。」

「這麼說來，你信用卡的帳單上應該會有那家飯店的名字。我們去跟銀行調一下資料就知道了。」

杜恩遲疑了一下。「好吧好吧，我想起來了，是『皇家廣場』飯店。」

「是納迪克這家嗎？」

「不是，是威勒斯里那一家。」

這時候，站在瑞卓利旁邊的薩曼多突然拿起牆上的電話。「喂，我是薩曼多警官。幫我接皇家廣場飯店，在威勒斯里那邊……」

隔壁的偵訊室裡，李吉特問：「跑到威勒斯里那邊去，你不覺得有點遠嗎？」

杜恩嘆了口氣。「我需要一點喘息的空間，如此而已。尋找一點屬於自己的空間。反正你應該也明白是怎麼回事，瑪蒂達這陣子黏人黏得很緊。而且，我每天還要去上班，店裡開銷很大。」

「過日子確實不容易，是吧？」李吉特口氣聽起來很誠懇，完全不會讓人有冷嘲熱諷的感覺。

「客人都愛討價還價。客人漫天砍價的時候，我還得堆笑臉。我怎麼可能賣那種價錢呢？BMW 這種車怎麼可能是便宜貨呢？其實，最令我受不了的是，他們都很有錢。他們明明就很有錢，可是偏偏還要吸乾我的血，逼得我血本無歸。」

這時候，瑞卓利心裡想：他太太失蹤了，說不定已經死了，而他卻還在忿忿不平，只因為客戶買 BMW 的時候跟他討價還價。

「我就是因為這樣才大發脾氣，跟她大吵了一架。」

「你是說跟你太太嗎？」

「是啊。不過，那不是因爲我們兩個有什麼問題，而是公司的問題。你應該知道吧？財務壓力很大。就是這麼回事。壓力太大了。」

「可是，你公司的員工說，他們看到你們吵架——」

「哪個員工？你說的是誰？」

「有一位是業務員，另外一位是修車師傅。他們都說你太太離開的時候非常生氣。」

「唉，女人大肚子嘛。她常常莫名其妙生氣。都是荷爾蒙在作怪，她根本控制不了自己的脾氣。大肚子的女人根本沒辦法講道理。」

瑞卓利忽然臉紅了。她不知道佛斯特對她是否也有同樣的感覺。

「更何況，她很容易累。」杜恩說。「動不動就哭，一下子背痛，一下子腳痛，每隔十分鐘就要跑廁所。」他聳聳肩。「以她這樣的狀況，我想我對她已經夠寬容了。」

「還眞有同情心。」佛斯特說。

薩曼多突然掛斷電話，走到外面去。隔著窗戶，他們看到薩曼多探頭進偵訊室，朝李吉特比了個手勢。於是，李吉特就走出了偵訊室。現在，偵訊室裡只剩下杜恩一個人了。他坐在桌子旁邊的椅子上，看看手錶，扭捏不安地動來動去，眼睛瞪著窗戶，皺著眉頭。他從口袋裡掏出一把梳子，認眞梳起頭髮來，把頭髮梳得完美無瑕。老婆失蹤了，這位傷心欲絕的丈夫卻忙著梳妝打扮，彷彿準備要上鏡頭播報晚間新聞。

接著，薩曼多又回到隔壁房間，朝瑞卓利和佛斯特做了個鬼臉。「逮到了。」他嘀咕了一聲。

「查到什麼了嗎？」

「你們等著看。」

隔著窗戶，他們看到李吉特又走進偵訊室。他關上門之後，就這麼站在那裡盯著杜恩。杜恩一動也不動，不過，隔著他襯衫的領子，他們甚至看得到他脖子上的脈搏跳得好厲害。

「好了。」李吉特說。「你要老實招供了嗎？」

「招什麼？」

「你在皇家廣場飯店住了兩晚。那兩晚你做了什麼？」

杜恩突然笑起來——以目前的情況，他這種反應實在有點奇怪。「我聽不懂你在講什麼。」

「薩曼多警官剛剛打電話到皇家廣場飯店去。他們已經確認，你在他們那邊住了兩晚。」

「嗯，你看吧，我不早就告訴過你——」

「杜恩，那個和你一起登記住房的女人是誰？那個金髮美女。連續兩天早上，她都和你一起在餐廳吃早餐。她是誰？」

杜恩忽然不說話了。他嚥了一口唾液。

「你太太知道這位金髮美女嗎？你和瑪蒂達就是因爲她才吵起來的，對不對？」

「才不是——」

「你是說，她根本不知道有這個女人？」

「不是！我的意思是，我們不是因爲她才吵起來的。」

「絕對是。」

「你們這樣根本就是陷害我！」

「你說什麼?你的意思是，你的女朋友是我們憑空捏造的，是嗎?」李吉特逐漸逼近杜恩，他的臉幾乎快要貼到杜恩臉上了。「告訴你，要找到她並不難。說不定她還會打電話給我們。只要她打開電視，在電視新聞裡看到你的臉，她一定會迫不及待想從實招來。」

「這是兩碼子事，跟那個根本沒有關——我的意思是，我知道事情看起來很奇怪，可是——」

「確實怪怪的。」

「好吧好吧。」杜恩嘆了口氣。「好吧，我承認我是有點不太規矩，可以嗎?天底下，像我目前這種處境的男人不都是一樣嗎?老婆忽然變那麼胖，實在很難跟她辦事情。頂著那個大肚子，實在很難，而且，她也提不起勁。」

瑞卓利狠狠地瞪著正前方，心裡想：不知道佛斯特和薩曼多現在有沒有在偷瞄她。是啊，那傢伙說的就是我。我也是頂個大肚子。而且，我老公也到外地去放牛吃草了。她看著杜恩，恍恍惚惚中彷彿看到坐在椅子上的是嘉柏瑞，聽到他開口說出那些話。老天，她心裡吶喊著，不要折磨自己了。嘉柏瑞不會這樣。眼前那個人是一個叫做杜恩．普維斯的爛人。他跑到外地去跟情婦幽會，卻被逮個正著，結果就一不做二不休。老婆發現你身邊多了個小狐狸精，於是，你忽然想到：這樣一來，瑞士名錶就沒了，接著，房子賣了一人一半，還要付十八年的子女贍養費。怎麼辦?肯定是這王八蛋幹的。

這時候，她轉頭看看佛斯特。佛斯特搖搖頭。他們兩個都心知肚明，這是一齣老掉牙的八點檔連續劇，早就見怪不怪了。

「那麼，她有沒有威脅你要離婚?」李吉特問。

「沒有。瑪蒂達根本不知道我和她之間的關係。」

「你的意思是，她就這麼跑到你辦公室去，莫名其妙找你吵架？」

「她就是會幹這種傻事。所有的經過我都已經告訴過薩曼多警官了。」

「那你為什麼會生她的氣呢，杜恩？」

「因為她的車子爆胎了，她竟然沒發現，還一直開一直開！我的意思是，輪框都已經在地上磨了，而她竟然沒有發現？她是不是笨得像豬一樣？當時公司有一位業務員也親眼看到的，全新的輪胎，整個都爛了，沒救了。我一看到那樣，忍不住就開始吼她。她被我罵哭了，我看了更火大，好像變成我是王八蛋。」

瑞卓利心裡想：你確實是個王八蛋。她看了薩曼多一眼。「可以了，懶得再看他表演了。」

「接下來需要我怎麼配合呢？」

「要是有什麼新的發展，能不能麻煩你通知一聲？」

「沒問題，沒問題。」薩曼多又轉頭看看杜恩。「這傢伙是個笨蛋，不難應付。」

於是，瑞卓利和佛斯特轉身朝外面走。

「輪胎都爛了，她還一直開，天曉得她這樣開了幾公里？」杜恩還在嚷嚷著。「他媽的，搞不好車子開到診所的時候，輪胎就已經扁了。」

那一剎那，瑞卓利立刻停住腳步，轉身走回窗戶旁邊，皺起眉頭看著杜恩。她感覺到太陽穴怦怦狂跳。*老天，輪胎，差點就錯過了。*

「他說的是哪個醫生？」她問薩曼多。

「費雪曼醫師。我昨天已經去找過她了。」

「普維斯太太為什麼要去找她？」

「只是例行產檢吧。沒什麼特別的。」

瑞卓利盯著薩曼多。「費雪曼是婦產科醫師？」

他點點頭。「她在貝肯街那邊開了一家『女權婦產科診所』。」

蘇珊．費雪曼醫師在診所裡忙了一整夜，幾乎都沒睡，看起來一臉疲憊。她沒有時間洗澡，一頭棕髮隨便在後面紮了個馬尾。她身上穿著一件皺巴巴的手術袍，外面披著一件白袍，口袋鼓鼓的，塞滿了各種檢查用具。白袍的重量彷彿快要把她的肩膀壓垮了。

她帶著瑞卓利和佛斯特從掛號櫃檯走向裡面的走廊，腳上的網球鞋踩在油布毯上，嘎吱嘎吱響。她邊走邊說：「保全公司的警衛賴瑞拿了幾捲監視錄影帶過來。後面房間那套錄影設備就是他幫我弄的。還好沒有人指望我去弄這些東西，我自己家裡連台錄影機都沒有。」

「妳的診所一個禮拜前的錄影帶還有留著嗎？」

「我們和『閃電保全公司』有簽合約，錄影帶必須保存至少一個禮拜。考慮到潛在的威脅，我們要求他們必須做到這一點。」

「什麼樣的潛在威脅？」

「妳應該知道，我們這裡是主張墮胎合法化的診所，雖然我們診所並沒有幫別人墮胎，不過，既然我們的招牌上寫著『女權婦產科診所』，那就意味著某些右派團體會對我們不滿。所以，我會盡量留意有誰在這家診所裡進出。」

「這麼說來，妳從前碰到過麻煩囉？」

「妳想得到的都碰過。有威脅信函，有號稱裝著炭疽病毒的包裹。那些渾球在附近鬼鬼祟祟，拍我們病人的照片。所以我們才會在停車場上裝監視攝影機。我們必須提高警覺，看看有什麼可疑份子靠近我們診所。」她帶他們轉到另一條走廊，牆上掛滿了各種賞心悅目的海報，似乎都是一般婦產科醫院常見的。比如說，如何餵母乳的圖解，懷孕營養須知的圖解，還有「家暴的五種危險指標」。另外有一張懷孕婦女解剖圖，上面是一張腹部的剖面圖。看著牆上那張海報，而佛斯特又在她旁邊，瑞卓利感到很不自在，彷彿牆上那些身體結構的圖形畫的就是她自己。腸子、膀胱、子宮，蜷曲的胎兒四肢交纏。就在上個禮拜，瑪蒂達．普維斯也曾經從這些海報前面走過。

「想到瑪蒂達，我們都很難過。」費雪曼醫師說。「她眞是個很好的女孩子，肚子裡有寶寶，她好興奮。」

「她上次來的時候，一切都正常嗎？」瑞卓利問。

「噢，很正常。胎兒心跳很健康，很有力，胎位也很正常。所有的狀況看起來都很好。」費雪曼回頭瞄了瑞卓利一眼，冷冷地問了一句：「妳覺得是那個丈夫幹的嗎？」

「妳爲什麼會這樣問？」

「呃，會幹這種事的不都是丈夫嗎？他只陪她來過一次，懷孕初期。那天他一副很無聊的樣子，後來再複診的時候，都是瑪蒂達自己一個人來。孩子既然是兩個人共同的結晶，那麼，他媽的做丈夫的當然也應該要一起來。不過，這是我個人的觀點。」說著，她打開門。「這裡就是我們的診療室。」

閃電保全公司的賴瑞已經在那裡等他們。「錄影帶已經準備好了。」他說。「我已經把帶子快轉到你們想看的時間點。費雪曼醫師，妳要注意看畫面，一看到妳的病人，馬上告訴我們。」

費雪曼嘆了口氣，一屁股坐到螢幕前面的椅子上。「我從來沒看過這種東西。」

「那妳真是好命。」賴瑞說。「大部分都很無聊。」

瑞卓利和佛斯特分別坐在費雪曼兩邊。「好了。」瑞卓利說。「我們開始看吧。」

賴瑞按下播放鍵。

螢幕上立刻出現望遠鏡頭拍攝的診所大門畫面。看得出來天氣很好，陽光普照，停在門口的汽車在陽光的照耀下閃閃發亮。

「這台攝影機裝在停車場的燈柱頂端。」賴瑞說。「畫面底下可以看得到時間，下午兩點〇五分。」

畫面中有一輛Saab開進來，停進車位裡。駕駛座的車門打開，一個深褐色頭髮的女人從車子裡鑽出來，慢慢朝診所走過去，走進大門，人就不見了。

「瑪蒂達預約的時間是一點三十分。」費雪曼醫師說。「帶子應該往前面倒退一點。」

「先繼續看吧。」賴瑞說。「有了，下午兩點三十分，那是不是她？」

畫面上，一個女人從診所裡走出來，在大太陽底下站了一會兒，伸手揉了一下眼睛，彷彿太陽太大了，曬得她有點頭暈。

「是她。」費雪曼叫了一聲。「她就是瑪蒂達。」

這時候，瑪蒂達開始往前走，走起路來腳開開的。懷孕的女人身體笨重，走路都是那個樣子。她走得很慢，一邊把手伸進錢包裡找車鑰匙，根本沒有在注意看前面的路。接著，她忽然停住了，轉頭看看四周，一臉茫然，彷彿忘了自己把車子停在什麼地方。瑞卓利心裡想：沒錯，像她這種人，就算輪胎破了，她也毫無知覺。接著，瑪蒂達轉身往相反的方向走過去，消失在畫面中。

「錄影帶只錄到這個嗎？」瑞卓利問。

「妳不是只想看這個嗎？」賴瑞說。「妳不是只想確定她是幾點離開診所的嗎？」

「可是，她的車在哪裡？我們沒有看到她上車。」

「妳懷疑她根本就沒上車嗎？」

「我只是想確定她有沒有離開停車場。」

賴瑞站起來，走到錄影系統前面。「我可以給妳看另外一個角度，那台攝影機架在停車場的另一角。」他一邊說，一邊換錄影帶。「不過，我是有點懷疑，對妳是不是眞的有用，因爲距離太遠了。」說著，他拿起遙控器，又按下播放鍵。

螢幕上出現另一個畫面。這次，診所的建築只看得到一角，整個畫面上全是停著的車子。「這座停車場是和對面的外科診所共用的。」賴瑞說。「所以才會有這麼多車。好，妳看，那是她嗎？」

畫面裡，遠遠看得到瑪蒂達的頭。她正沿著一排車子旁邊往前走。接著，她彎下腰，畫面上就看不到她了。過了一會兒，一輛藍色的車子倒退出車位，然後就開出了畫面。

「我們就只錄到這些了。」賴瑞說。「她從診所裡走出來，坐上車，然後開車走了。不管她出了什麼事，反正不是在停車場裡發生的。」說著，他又伸手去拿遙控器。

「等一下。」瑞卓利叫了一聲。

「怎麼了？」

「倒帶一下。」

「倒多長的時間？」

「大概三十秒。」

賴瑞按下倒帶鍵，螢幕上的影像忽然出現一陣雜訊，過了一會兒，車子的畫面又出現了。他們又看到瑪蒂達彎下腰鑽進車子裡。瑞卓利忽然站起來，走到螢幕前面，盯著瑪蒂達把車子開走。接著，她忽然看到一團白白的東西從畫面的角落閃過，移動的方向和瑪蒂達的 BMW 相同。

「停住。」瑞卓利喊了一聲。螢幕上的影像忽然靜止了，瑞卓利用手去摸螢幕。「在這裡，那輛白色的廂型車。」

佛斯特說：「他和被害人的車開往同樣的方向。」被害人。瑞卓利不自覺地說出這個字眼，彷彿認定瑪蒂達已經是凶多吉少了。

「然後呢？」賴瑞問。

瑞卓利看看費雪曼。「妳認得出那輛車嗎？」

醫生聳聳肩。「我很少注意車子。我根本搞不懂車子是什麼型號，什麼年份。」

「妳之前有沒有看過那輛白色的廂型車？」

「我不知道。在我看來，每一部白色廂型車看起來都一樣。」

「妳為什麼對那輛廂型車那麼有興趣？」賴瑞問。「我是說，妳不是已經親眼看到她開車走了嗎？」

「麻煩你再倒帶一下。」瑞卓利說。

「妳要再重播這個片段嗎？」

「不是，往前面再多倒一點。」接著，她看看費雪曼。「妳剛剛說，她預約的時間是一點三十分？」

「對。」

「好，把帶子倒轉到一點鐘。」

賴瑞按了一下遙控器。螢幕上又開始出現雜訊。過了一會兒，畫面底下顯示的時間跑到 1：02。

「可以了。」瑞卓利說。「開始播放吧。」

時間開始往前跑，他們看到畫面上車子來來去去，看到一個女人把兩個小孩從車子裡抱出來，然後看著那兩個還在學走路的小朋友，他們的小手抓著她的大手，搖搖晃晃走過停車場。

1：08，一輛白色廂型車出現了。它沿著整排的車子前面慢慢往前開，最後開出攝影機的拍攝範圍。

1：25，瑪蒂達．普維斯那輛藍色的 BMW 開進了停車場。她的車子和攝影機中間隔著一排車，她的身影被那排車擋住了，所以，她從車子裡鑽出來，沿著那排車旁邊朝診所走過去的時候，畫面上只看得到她的頭頂。

「這樣可以了嗎？」賴瑞問。

「繼續播放。」

「妳到底在找什麼？」

這時候，瑞卓利忽然感覺心跳加速。「就是那個。」她輕輕叫了一聲。

畫面上，那輛白色廂型車又出現了。它從那排車子前面慢慢開過去，然後忽然停在攝影機和藍色的 BMW 中間。

「該死。」瑞卓利罵了一聲。「視線被擋住了！我們看不見那個開車的人在幹什麼！」過了一會兒，那輛廂型車又開走了。他們根本看不到那個駕駛人的臉，也沒看到車牌。

「你們到底在找什麼？」費雪曼問。

瑞卓利轉頭看看佛斯特，那一剎那，心照不宣，兩個人都心裡有數，知道剛剛停車場上是怎麼回事。輪胎破了。當年，泰瑞莎・威爾斯和妮琪・威爾斯也是輪胎破了。

她已經明白他是怎麼找上那些受害者的。婦產科診所的停車場。懷孕的女人進診所去看醫生。在輪胎上劃一刀。接下來就等著甕中捉鱉了。目標對象離開停車場之後，一路跟蹤。等到她把車子停到路邊，來了，他就跟在後面。

他好心停下來幫忙，請她搭便車。

佛斯特開車的時候，瑞卓利坐在旁邊。她忽然想到自己肚子裡那個小生命。她忽然想到，保護著小生命的那層肚皮，是多麼的薄，多麼脆弱。刀子只要輕輕一劃，根本不必用力，從胸骨沿著肚子一路劃到恥骨。他根本不在乎會不會留下疤痕，不在乎傷口會不會痊癒，也不在乎那位母親的死活。母親只不過是個容器，切開之後，拿出裝在裡面的寶貝，然後就可以拋棄了。瑞卓利摸摸自己的肚子，忽然感到一陣噁心，因爲她剛剛突然想到瑪蒂達・普維斯此刻可能正在遭受什麼樣的折磨。當然，之前瑪蒂達看著鏡中的自己時，當然不可能想像得到這種可怕的畫面。說不定，當她看到自己肚子上那蜘蛛網般的妊娠紋，她會覺得自己失去了女性魅力，會忽然感到很淒涼。她發現丈夫看著她的時候，根本提不起勁，眼神中不再有慾望，不再有愛。那時候，她一定覺得很悲哀。

妳知道杜恩有外遇嗎？

她轉頭看看佛斯特。「他需要有人幫他牽線，販賣嬰兒。」

「妳說什麼？」

「每次弄到小嬰兒之後，他要怎麼處理？他一定要去找人仲介。那個人必須見證領養的程序，準備文件，然後把現金交給他。」

「范．蓋斯。」

「據我們所知，他從前至少幫他經手過一次。」

「那已經是四十年前了。」

「從那次以後，他又經手過幾次領養手續？後來又有多少嬰兒交到他手上？又有多少領養父母付錢給他？他一定收了不少錢的。」一定有很多很多的錢，才養得起一個穿著粉紅色韻律裝的花瓶老婆。

「范．蓋斯一定不會乖乖配合的。」

「想也知道，別做夢了。不過，至少我們已經知道誰會去找他了。我們可以盯著他。」

「那輛白色的廂型車。」

好一會兒佛斯特都沒有再說話，默默開著車。「妳應該明白。」他說。「如果那輛廂型車出現在他家門口，那很可能意味著……」說到後來，他忽然沒聲音了。

瑞卓利心裡想：那意味著瑪蒂達．戴維斯已經死了。

26

瑪蒂達背頂著一邊的箱壁，腳頂著另一邊的箱壁，用力推擠。她一秒一秒的計算時間，一直算到兩腿顫抖發軟，滿頭大汗。加把勁，再撐五秒鐘。十秒鐘。沒多久，她已經全身癱軟，氣喘如牛，小腿和大腿感覺彷彿火在燒。自從被關進箱子之後，她的小腿和大腿就很少有機會使力。她老是整個人蜷曲成一團，自艾自憐，暗自飲泣，一動也不動。結果，她的肌肉越來越鬆弛。她想到，有一次感染了流行性感冒，病得很重，整個人躺在床上起不來，發高燒，渾身發抖。過了幾天，她爬下床，忽然發覺自己虛弱得站不起來，只好用爬的進浴室。在床上躺太久，結果就是這樣：你會變得虛弱無力。再過不久，她的肌肉就要派上用場了。在他回來之前，她必須先準備好。

他一定會回來的。

好了，休息夠了。她又用腳頂住箱壁，用力推！

她呻吟著，滿頭大汗。她忽然想到《魔鬼女大兵》那部電影。黛咪．摩兒舉重的時候，看起來多麼強壯，身體的曲線多麼賞心悅目。瑪蒂達用力推擠箱壁的時候，腦海中拚命想像那樣的畫面。鍛鍊肌肉，反擊，收拾那個王八蛋。

接著，她倒抽了一口氣，肌肉又放鬆下來，不過，休息的時候，她的腳還是踩在箱壁上。她緩緩地深呼吸，大腿肌肉的痠痛慢慢消退。當她正準備要再次推擠箱壁的時候，忽然感到肚子一緊。

又收縮了。

她停了一下，屏住氣，心裡暗暗祈禱，希望這次子宮收縮很快就過去。過了一會兒，那種緊縮感慢慢消失了。彷彿子宮也在鍛鍊肌肉，就像她自己也在鍛鍊肌肉一樣。子宮收縮的時候並不會感覺到痛，不過，那是一種跡象，時候快到了。

寶寶，等一等吧。你一定要等一等。

27

這一次，莫拉又把所有的證件全部掏出來。她把錢包放進置物櫃裡，然後把手錶、皮帶、車鑰匙也都放進去。她忽然想到，就算我有信用卡，有駕駛執照，有社會安全號碼，我一樣不知道自己究竟是誰。只有一個人知道眞正的答案。而那個人正在鐵欄杆裡面等我。

她走到訪客安檢區，把鞋子放在櫃檯上等候檢查，然後穿過金屬探測門。探測門另一邊有一個女警衛在等她。「是艾爾思醫師嗎？」

「是的。」

「妳申請使用單獨會客室嗎？」

「我必須和囚犯私下談一談。」

「必須先提醒妳，會客室裡還是有裝置監視錄影機。」

「只要談話的內容不被外人聽到就可以了。」

「單獨會客室就是囚犯和律師會面的地方，所以談話的內容可以保有隱私。」警衛帶莫拉穿越娛樂廳，然後轉進一條走廊。接著，她打開一扇門的鎖，揮手示意她進去。「請坐。我們等一下會帶她進來。」

莫拉走進會客室，發現裡面有一張桌子和兩張椅子。她面向門口坐下來。門上有一扇樹脂玻璃窗，窗外就是走廊。兩部監視攝影機架設在天花板上兩個相對的角落裡。她等著。雖然會客室有開冷氣，但她的手心還是一直冒汗。接著，她猛一抬頭，嚇了一跳，因爲她看到那扇窗口忽然冒出艾曼爾提亞那張黝黑的臉。那雙茫然的眼睛楞楞地看著莫拉。

警衛把艾曼爾提亞帶進來，扶她坐下。「今天她不太說話。我不知道她會不會跟妳說話。好了，反正我人帶到了。」接著，警衛彎腰蹲下去，用手銬銬住艾曼爾提亞的腳踝，另一頭銬住桌腳。

「有必要嗎？」莫拉問。

「這是規定。爲了妳的安全。」說著，警衛站起來。「等一下談完了，請妳按一下牆上對講機的按鈕，我就會來帶她。」說著，她拍拍艾曼爾提亞的肩膀。「好啦，妳跟這位小姐聊聊，好不好？她可是大老遠專程跑來看妳的。」然後，她用一種「祝妳好運」的眼神默默瞄了莫拉一眼，然後就走出去，把門鎖上。

會客室裡沉默了一會兒。

「我上次來看過妳。」莫拉說。「妳還記得嗎？」

艾曼爾提亞坐在椅子上彎腰駝背，低頭盯著桌子。

「那一次我要走的時候，妳跟我說了一句話。妳說：妳也死定了。那句話是什麼意思？」

沒有反應。

「妳在警告我，對不對？叫我不要再來找妳。妳不希望我把妳的過去挖出來。」

還是沒有反應。

「艾曼爾提亞，不會有人聽到我們講話。這裡只有我和妳兩個人。」莫拉把手擺在桌上，表示她沒有帶錄音機，沒有筆記本。「我不是警察，也不是檢察官。妳可以暢所欲言，想說什麼就說什麼，絕對不會被別人聽到。」說著，她忽然湊過去，悄悄的說：「我知道妳聽得懂我說的話。所以，王八蛋，眼睛看我。少跟我來這一套。」

雖然艾曼爾提亞沒有抬頭，不過，莫拉注意到她手臂上的肌肉忽然緊繃起來，抽搐了一下。她聽到了，她眞的聽到了。她在等著看我接下來要說什麼。

「妳是在威脅我，對吧？上次妳告訴我，我死定了，意思是在警告我，叫我離妳遠一點，否則下場就會跟安娜一樣。我本來以爲那只是精神病患在喃喃自語，不過，看起來妳是說眞的。妳在保護他，對不對？妳在保護那個怪獸。」

這時候，艾曼爾提亞頭慢慢抬了起來，黑黝黝的眼珠子死盯著莫拉，那種眼神好冷，好空洞，莫拉不由得往後一縮，起了一陣雞皮疙瘩。

「我們已經查出他的身分了。」莫拉說。「我們已經查出你們兩個的底細了。」

「你們知道什麼？」

莫拉沒想到她眞的開口了。她說得好小聲，莫拉甚至沒把握是不是眞的聽到她在講話。莫拉嚥了一口唾液，深深吸了一口氣。她那雙黑洞般的眼睛令人毛骨悚然。她根本就沒有瘋，眼神深不可測。

「妳根本就是正常人，跟我一樣。」莫拉說。「只不過，妳打死都不想讓別人知道。精神分裂症是一種很方便的掩護。裝瘋賣傻，事情就好辦多了，因爲沒有人會找瘋子開刀。警方甚至懶得偵訊妳。他們沒有再逼問，因爲他們認爲妳滿腦子都是妄想，問了也是白問。現在，妳連藥都不用吃了，因爲妳實在演戲演得太像了，連副作用妳都裝得出來。」莫拉打起精神，逼自己死盯著那雙黑洞般的眼睛。「他們不知道那個怪獸是眞有其人。不過，妳心裡很清楚，而且，妳知道他在哪裡。」

艾曼爾提亞一動也不動，不過，她臉上已經開始浮現出不自在的神情，嘴角開始緊繃，脖子上青筋暴露。

「妳已經別無選擇了，對不對？以被告人患有精神病抗辯。罪證確鑿——鐵撬上的血跡，偷來的錢包。不過，妳假裝神經病，居然騙過了他們，所以就逃過了進一步的偵訊。這樣一來，或許他們就不會發現另外那些被你們殺害的人了。那些被你們殺害的女人，有的在佛羅里達州，有的在維吉尼亞州，還有德州、阿肯色州。那幾個州都有死刑。」莫拉又更湊近她。「艾曼爾提亞，妳爲什麼不乾脆把他供出來呢？妳這樣不是在幫他揹黑鍋嗎？他還在外面殺人。他把妳一個人丟在這裡，自己在外面逍遙，繼續到從前那些地方，到從前那些地盤尋找獵物。不久之前，他又在納迪克綁架了一個女人。艾曼爾提亞，妳可以阻止他的，妳可以結束這一切。」

艾曼爾提亞似乎屏住了氣，在等她往下說。

「看看妳自己，蹲在牢裡的人是妳。」莫拉笑了起來。「妳還眞是窩囊。憑什麼妳要窩在這裡，而伊利亞卻在外面逍遙？」

艾曼爾提亞眨了一下眼睛，那一剎那，她全身緊繃的肌肉似乎突然放鬆了。

「說吧。」莫拉繼續低頭。「這裡沒有別人。只有妳和我。」

這時候，那個女人抬頭瞄了一下牆角天花板的攝影機。

「沒錯，他們看得見我們。」莫拉說。「不過，他們聽不到我們講話。」

「每個人都聽得到我們講話。」艾曼爾提亞輕聲說。她盯著莫拉，那深不可測的眼神忽然變得好冷酷，好鎭定。她彷彿突然清醒過來，彷彿突然變了一個人，彷彿有某種邪靈突然附在她身上，透過她的眼睛盯著莫拉。「妳來這裡幹什麼？」

「我想搞清楚，是不是伊利亞殺了我妹妹？」

好一會兒，她沒有說話，後來，她眼神中忽然露出一絲詭異的笑意。「他何必殺她？」

「妳應該很清楚，安娜爲什麼會被殺，對不對？」

「妳爲什麼不問那個我能夠回答的問題？我心裡有數，妳眞正想問的是另一個問題。」艾曼爾提亞的聲音聽起來很低沉，很親切。「那是和妳自己有關的問題，對不對，莫拉？妳眞正想知道的是什麼？」

莫拉瞪著她，心頭怦怦狂跳。有一個問題一直哽在喉嚨問不出口。「我要妳告訴我……」

「怎麼樣？」她的聲音好輕柔，聽起來簡直就像莫拉自己腦海中的聲音。

「我眞正的親生母親是誰？」

艾曼爾提亞嘴角泛起一抹微笑。「難道妳看不出來我們兩個很像嗎？」

「妳還是老實說吧。」

「妳仔細看看我，然後再看看鏡子。這就是實話。」

「我不覺得自己有什麼地方像妳。」

「可是我卻看得到妳有很多地方像我。」

莫拉冷笑了一聲。她沒想到自己居然有辦法笑得出來。「我眞不知道自己跑到這裡來幹什麼。我根本是在浪費時間。」說著，她把椅子往後一推，慢慢站起來。

「莫拉，妳是不是整天和死人混在一起？」

聽到這問題，莫拉楞住了，一下子說不出話來，忽然不知道該站起來還是坐下。

「妳就是做那種工作的，對不對？」艾曼爾提亞說。「妳把死人開膛破肚，把內臟挖出來，切開死人的心臟。妳爲什麼要做這種事？」

「因爲那是我的工作。」

「那妳爲什麼要選擇這種工作？」

「我不是來跟妳交代身家背景的。」

「錯了，這才是妳來的目的。妳想搞清楚自己的身世，妳想搞清楚自己究竟是誰。」

這時候，莫拉又慢慢坐下來。「妳乾脆有話直說吧。」

「妳把死人開膛破肚，兩手沾滿血腥。妳不覺得我們很像嗎？」那個女人一直不知不覺的湊近她，這時候，莫拉才猛然驚覺，艾曼爾提亞幾乎已經快貼到她臉上了。「去照鏡子，妳就會看到我的影子。」

「至少我還是人類，妳是嗎？」

「如果妳寧可自欺欺人，我說什麼有用嗎？」艾曼爾提亞還是盯著莫拉，眼神毫不退縮。「不是還有DNA可以比對嗎？」

莫拉吁了一口氣，心裡想：她一定是在虛張聲勢。艾曼爾提亞一定在等著看我的反應，看看我是不是眞想知道答案。DNA就是鐵證。只要在她口腔裡刮一點組織樣本，答案就出來了。很快就會知道，我內心最深的恐懼會不會變成眞的。

「反正我就在這裡，跑不掉的。」艾曼爾提亞說。「等妳心理準備好了，眞想知道答案了，隨時可以來找我。」說完，她站起來，腳上和桌腳的手銬撞得叮噹響。然後，她抬頭看了攝影機一眼，意思就是告訴警衛，她想走了。

「如果妳眞的是我媽媽。」莫拉說。「那麼，告訴我，我爸爸是誰。」

艾曼爾提亞回頭瞥了她一眼，嘴角忽然又泛起一抹詭異的微笑。「妳還沒想通嗎？」

這時候，門開了，警衛探頭進來。「妳們沒事吧？」

她臉上那種神色的轉變眞是驚人。片刻之前，艾曼爾提亞看著莫拉的時候，眼神冷冰冰的，充滿算計。而此刻，那個怪物忽然不見了，她的表情忽然又變得空洞茫然，傻呼呼的扯自己的腳踝，彷彿搞不懂自己爲什麼走不動。「走。」她喃喃嘀咕著。「要——要走。」

「好，親愛的，沒問題，我們走。」警衛看了莫拉一眼。「妳們兩個應該聊完了吧？」

「今天先聊到這裡。」莫拉說。

瑞卓利根本沒想過查爾斯．卡塞爾會來找她，所以，當服務台的警員通知她，卡塞爾博士在大廳等她，她嚇了一跳。她一跨出電梯就看到他了。她嚇了一跳，因爲他幾乎完全變了一個人。才不過一個禮拜，他似乎老了十歲，而且顯然瘦了很多。他臉色蒼白，神情憔悴。他身上穿的雖然是名牌西裝，但穿在身上卻顯得鬆垮垮的，彷彿一個痲袋掛在肩上。

「我一定要跟妳談一談。」他說。「我想知道究竟是怎麼回事。」

她朝服務台的警員點點頭。「我帶他到樓上去。」

她和卡塞爾才一跨進電梯，他立刻就說：「你們什麼都不肯告訴我。」

「你應該明白，案件偵辦的過程中不便奉告，這是標準程序。」

「你們打算控告我嗎？巴拉德警官說那是早晚的事。」

她盯著他。「他什麼時候告訴你的？」

「他每次他媽的打電話來，都會跟我講一次。警官，那是你們的策略嗎？想嚇唬我，看我會不會自動招供，是不是？」

她沒吭聲。她不知道巴拉德爲什麼一直打電話給卡塞爾。

他們走出電梯之後，她帶他走進會議室，然後走到桌角那邊，面對面坐下來。

「你還有什麼新的資料要告訴我嗎？」她問。「如果沒有，那你來找我根本就是浪費時間。」

「我沒有殺她。」

「這你已經說過了。」

「可是你們根本不相信我。」

「你還有別的事嗎？」

「你們應該去查過航空公司的紀錄了吧？資料我都已經給你們了。」

「西北航空已經證明你確實是搭乘那班飛機。可是就算這樣，安娜被殺的那天晚上，你還是沒辦法提出不在場證明。」

「還有，有人在她的信箱裡放了一隻死鳥——你們有沒有去查過，那件事發生的時候，我人在什麼地方？我自己很清楚，當時我在外地。我的祕書可以作證。」

「可是你應該明白，那還是不足以證明你的清白。你可以買通別人弄死一隻鳥，然後叫他把死鳥放在安娜的信箱裡。」

「我可以坦蕩蕩的承認自己做過什麼事。沒錯，我是跟蹤過她。沒錯，我故意開車從她家門口經過，大概有五、六次。沒錯，我是打過她——雖然我很後悔，但我承認。不過，我從來沒有威脅要殺她。我從來沒有把死鳥放在她信箱裡。」

「你跑來找我，就為了跟我說這些嗎？如果是這樣的話——」她慢慢站起來。

這時候，他忽然抓住她的手臂，嚇了她一跳。他抓得太用力，於是，出於一種自衛的本能反應，她立刻抓住他的手腕，用力一扭，把他推開。

他痛得呻吟起來，往後一倒坐回椅子上，一臉驚訝。

「你不怕我扭斷你的手嗎？」她說。「下次你敢再這樣試試看。」

「對不起。」他喃喃嘀咕了一句，瞪大眼睛看著她，露出一種受傷害的神色。片刻之前，他本來已經開始動怒，但此刻，那股怒氣似乎已經煙消雲散。「老天，對不起……」

她看著他整個人坐在那裡縮成一團，心裡想：他是真的很悲傷。

「我只是想搞清楚究竟怎麼回事。」他說。「我只是要弄清楚你們現在調查得怎麼樣了。」

「卡塞爾博士，我目前完全按照標準的程序在偵辦。」

「可是為什麼你們只知道要調查我？」

「沒這回事。我們偵辦的範圍很廣。」

「可是巴拉德說——」

「這個案子不是巴拉德警官負責的——我才是。相信我吧，目前我正朝各種可能的方向偵辦。」

他點點頭，深深吸了一口氣，然後站起來。「這就是我想知道的，該做的都做了，而且妳沒有忽略任何線索。不管妳對我有什麼偏見，至少有一件事我可以對天發誓：我愛她。」他伸手撥了撥頭髮。「失去心愛的人，那種感覺真的很可怕。」

「沒錯。確實很可怕。」

「如果你愛一個人，你一定會不由自主的想緊緊抓住她。你會去做一些匪夷所思的事，不顧一切——」

「比如說殺人？」

「我沒有殺她。」他凝視著瑞卓利的眼睛。「不過，沒錯，如果她叫我去殺人，我一定會去。」

這時候，她的手機響了。於是，她立刻站起來。「抱歉。」說完，她就走到外面去了。是佛斯特打來的。「監視小組的人剛剛在范．蓋斯家附近看到一輛白色的廂型車。」他說。「大概十五分鐘前，那輛車從他家門口開過去。爲了怕他可能會發現有人在監視，所以我們的人就沿著那條路開遠一點。」

「你爲什麼會認爲一定是那輛車？」

「車牌是偷來的。」

「什麼？」

「他們瞄到了車牌號碼。那張車牌登記的車型是 Dodge Caravan，三個禮拜前，車牌在匹茲菲爾被人偷走了。」

匹茲菲爾，她心裡想：阿爾班尼過了州界就是匹茲菲爾了。

上個月有個女人就是在阿爾班尼失蹤的。

她不由得用力抓住聽筒，緊貼在耳朵上，心臟怦怦狂跳。「那輛車現在在哪裡？」

「小組的人還待在原地，沒有跟蹤他。後來，他們聽到總部回報車牌資料的時候，那輛車已經不見了，一直沒有再回來。」

「好，把那輛監視車調到房子後面那一條平行的街上，前門的位置再另外派一組人去替補。如果那輛廂型車再回來，我們就採取兩部車輪流的方式跟蹤他。」

「好，我馬上趕過去。」

她掛斷電話，轉頭一看，看到查爾斯．卡塞爾還在會議室裡，坐在桌子旁邊，低垂著頭。她忽然很納悶，眼前那個人，究竟是愛，還是執迷？

有時候，愛和執迷還眞的很難區分。

28

瑞卓利開到戴翰街的時候，太陽已經快要下山了。她看到佛斯特的車，於是就把車子停到他車子後面，然後走下車，坐上他的車，坐在右邊的乘客座上。

「後來呢？」她問。「後來怎麼樣了？」

「沒動靜。」

「該死。都已經過了一個鐘頭了。該不會是他發現我們在監視吧？」

「說不定那根本就不是蘭克的車。不能排除這種可能性。」

「白色廂型車，車牌是在匹茲菲爾偷來的。有可能不是嗎？」

「呃，反正那輛車並沒有逗留，而且一直都沒有回來。」

「范．蓋斯他們夫妻上一次出門是什麼時候？」

「大概中午的時候，他和他太太到超市去買東西，之後就沒有再出門了。」

「我們去繞一圈，我想看看房子裡面有沒有什麼動靜。」

佛斯特開車從門口經過，開得非常慢，讓瑞卓利可以仔細看看那棟《亂世佳人》莊園大宅風格的房子。他們從監視小組的車子前面經過，開到那條路的轉角，然後轉個彎，停到路邊。

瑞卓利問：「你確定他們眞的在家嗎？」

「中午過後，監視小組就沒看到他們夫妻出門了。兩個都沒有。」

「屋子裡怎麼那麼暗？」

他們在車上坐了一會兒。天色越來越暗了，瑞卓利心裡也越來越不安。她看不到屋子裡有人開燈。兩個人都在睡覺嗎？或者，會不會兩個人溜出去了，而監視小組沒有注意到？

那輛廂型車跑到這個社區來幹什麼？

這時候，她轉頭看看佛斯特。「夠了，我等不下去了，我們進去看看。」

佛斯特把車子掉頭開回原來的地方，停好車。兩個人下車按門鈴，然後又敲敲門。沒有人來開門。瑞卓利走下門廊，退到步道上，抬頭看著那南方大莊園式的外觀，看著那幾根宏偉的白色柱子上方。樓上也沒有人開燈。她心裡想：那輛廂型車來這裡一定有什麼目的。

佛斯特問：「妳在想什麼？」

瑞卓利感覺得到自己心跳得好厲害，感覺很不安。她把頭一揚，佛斯特立刻就明白她的意思了：我們繞到後面去。

她繞到側院，打開一扇小欄杆門，看到前面有一條窄窄的磚頭步道，旁邊是一道籬笆。這裡的空間只夠塞兩個垃圾桶，算得上是庭院嗎？她走進那扇門。他們並沒有申請搜索令，不過，裡頭好像不太對勁，管不了那麼多了。她的手感到一陣隱隱的刺痛。當年，華倫．霍伊特的刀子曾經在她手上留下兩道疤痕。當一個怪物在你身上留下記號，給你的本能留下記號，這將是一種永久留存的記號。從此以後，只要一有怪物靠近，妳一定嗅得出那個味道。

佛斯特緊跟在她後面。她從一扇窗戶前面經過，裡頭黑漆漆的，中央空調的風扇噴出一股熱氣，吹在她冷冰冰的皮膚上。別出聲。別出聲。他們現在已經等於是侵入民宅了，不過，她只是想看看窗戶裡面，到後門去看一眼。

她繞過轉角，看到一片小小的後院，外面圍著一道籬笆。籬笆的門開著。她走到籬笆門前面，探頭看看外面的小巷子。沒看到人影。接著，她慢慢朝房子走過去，快靠近後門的時候，她注意到門半開著。

她和佛斯特互看了一眼，兩個人都把槍掏出來了。那只是短短一瞬間的動作，幾乎是本能反應，她都不知道自己是什麼時候把槍拔出來的。佛斯特推了一下後門，門板慢慢晃開，看到裡面廚房的磁磚地面。

一灘血。

他跨進門裡，打開牆上的電燈開關。廚房燈一亮起來，他們立刻就看到，牆上、流理台上，到處都是血。那種觸目驚心的畫面嚇得瑞卓利倒退了幾步。那一剎那，她感覺肚子裡的寶寶踢了她一下。

佛斯特跑出廚房，往走廊那邊跑過去，而她卻站在那裡一動也不動，低頭看著泰倫斯·范·蓋斯。他躺在血泊中，乍看之下好像溺斃的人浮在血紅的水面上，眼神呆滯。血甚至都還沒乾。

「瑞卓利！」她聽到佛斯特的大叫。「他太太——她還活著！」

她立刻往廚房外面跑，但肚子實在太大了，行動變得很笨拙，差一點就滑倒。走廊上也是滿眼怵目驚心的景象，整片牆上沿路都是動脈噴濺出來的血跡和甩手的血滴。她跟著那一整排的血跡一路衝到客廳，看到佛斯特跪在邦妮·范·蓋斯旁邊，手裡抓著無線電大叫，要人派救護車來，另一隻手按住邦妮的脖子。血從他的指縫間湧出來。

瑞卓利立刻跑到她旁邊跪下來。邦妮眼睛睜得大大的，眼珠倒吊，一臉驚恐，彷彿看到死神正在她頭頂上盤旋，等著要帶她走。

「我止不住血！」佛斯特大叫。血還是一直從他的指縫間湧出來。

瑞卓利從旁邊沙發的扶手上抓了一條布墊，用手揉成一團，然後彎腰把那團布壓在邦妮脖子上。就在瑞卓利還沒有壓住傷口之前那一剎那，佛斯特把手放開，一股血箭立刻噴出來。那團布才按到傷口上，立刻被血浸濕了。

「她的手也在流血！」佛斯特說。

瑞卓利低頭一看，看到邦妮的手掌上有刀痕，血流如注。**我們沒辦法同時幫所有的傷口止血……**

「救護車呢？」她問。

「在路上了。」

這時候，邦妮忽然抬起手，抓住瑞卓利的手臂。

「躺好不要動！千萬不要動！」

邦妮抽搐了一下，忽然伸出兩手在空中揮舞，彷彿一頭驚慌失措的小動物拚命掙扎，抵抗攻擊牠的猛獸。

「佛斯特，把她按住！」

「老天，她力氣好大。」

「邦妮，不要動！我們正在想辦法救妳！」

這時候，邦妮又拚命猛揮雙手，把瑞卓利手上那團布打掉了。溫熱的血噴濺在瑞卓利臉上，她嘴裡嚐到鹹鹹的血腥味。這時候，邦妮忽然猛力一扭，身體往側邊一翻，雙腿瘋狂猛踢。

「她抽筋了！」佛斯特大叫一聲。

瑞卓利用力把邦妮的臉頰按在地毯上，然後趕快把那團布按回傷口上。血已經噴得到處都是，噴到佛斯特的襯衫上。瑞卓利拚命想按住她的傷口，結果身上的外套已經被血濺濕了。老天，流太多血了，她還能撐多久？

這時候，他們聽到有人衝進屋子裡的腳步聲。是監視小組的人。他們的車停得比較遠，在馬路的另一頭。那兩個人衝進客廳的時候，瑞卓利連頭都沒抬一下。佛斯特大喊起來，叫他們來幫忙按住邦妮。只不過，來不及了。劇烈的抽搐已經慢慢減弱了，變成臨死前的顫抖。

「她已經沒有呼吸了。」瑞卓利說。

「把她翻過來！加油，加油。」

佛斯特對著邦妮的嘴巴吹氣，幫她做人工呼吸。過了一會兒，他抬起身體的時候，嘴唇上沾滿了血。

「沒有心跳了！」

有一位警察用手按住她的胸口，開始急救。他雙手按在邦妮高聳的雙乳中間，一邊加壓，嘴裡一邊計數。只不過，他每壓一下，就會看到傷口滲出一點血。她血管裡的血已經差不多流乾了，無法再支撐重要器官的機能了。那種感覺彷彿他們在枯井裡抽水。

這時候，救護車的急救人員也衝了進來，手上拿著插管、監視螢幕，還有好幾瓶點滴。瑞卓利立刻退後，讓他們急救。那一剎那，她忽然感到一陣暈眩，要趕快坐下來。於是，她跌坐在一張休閒椅上，把頭垂下來。這時候，她忽然想到自己坐在白色椅套上，衣服上的血說不定會把椅套弄髒。過了一會兒，她抬起頭來，看到邦妮嘴裡已經插滿了管子。她的衣服已經被撕開，胸罩也被扯掉。心臟電擊器的電線交叉在她胸前。才不過一個禮拜前，瑞卓利還覺得那個女人簡直就像芭比娃娃，身上穿著緊身衣，腳上穿著高跟涼鞋，看起來笨笨的，像個塑膠玩偶一樣。而此刻，她臉色慘白，雙眼無神，看起來眞的就像一具塑膠玩偶了。這時候，瑞卓利看到幾公尺外的地上有一隻邦妮的涼鞋，忽然想到，不知道她剛剛在逃命的時候，腳上是不是還穿那種鞋子。她想像著，邦妮腳上穿著那雙高跟鞋，沿著走廊喀噠喀噠的拚命跑，鮮血沿路噴在牆上。後來，急救人員用輪床把邦妮推出去了，而瑞卓利卻還是楞楞地盯著那隻涼鞋。

「她恐怕不行了。」佛斯特說。

「我知道。」瑞卓利看著他。「你的嘴巴沾到血了。」

「也許妳自己應該去照照鏡子。我們兩個不知道都已經感染到什麼東西了。」

這時她忽然想到，血液可能會傳染某些可怕的疾病。比如說愛滋病、肝炎。「她看起來好像很健康。」她也只能這樣自我安慰了。

「話雖如此。」佛斯特說。「不過妳還是要小心一點，畢竟妳懷孕。」

所以，她到底還待在這裡幹什麼？妳怎麼還會在這裡，泡在一個死人的血泊裡？她心裡想：妳不是應該把這兩條水腫的腿蹺在桌上，窩在客廳沙發上看電視嗎？此刻，一個懷孕的媽媽不應該待在這種地方。事實上，不管是誰都不應該待在這種地方。

她在椅子裡掙扎了半天，想站起來，結果，佛斯特朝她伸出手。自從她懷孕以來，這是她第一次讓他拉她站起來。她忽然想到，有時候，人生難免也需要別人伸出援手。有時候，你也不得不承認，單打獨鬥是辦不到的。她衣服上的血都已經乾掉，變得硬邦邦的，而兩手上也全是乾掉的血。鑑識科的人應該很快就會來了，接著就是媒體。那些該死的媒體永遠陰魂不散。

該去把身上洗一洗，然後準備幹活了。

莫拉一跨出車門，發現無數的攝影機和麥克風忽然從四面八方蜂擁而來，殺氣騰騰。警方的封鎖帶旁邊擠滿看熱鬧的人群。巡邏車的警燈一閃一閃的，把他們的臉照耀得一陣藍一陣白。她毫不遲疑，趁那些媒體還來不及包圍她，立刻就一個箭步往房子的方向衝過去，朝那個負責封鎖現場的警察點了個頭。

他也朝她點點頭，表情顯得有點迷惑。「呃——柯斯塔醫師已經來了——」

「我也來了。」她一邊說，一邊從封鎖帶底下鑽進去。

「艾爾思醫師嗎？」

「他在裡面嗎？」

「對，可是——」

她知道他不會攔她的，於是就逕自往裡面走。她那種充滿權威的氣勢所向披靡，很少有警察敢質疑她。她走到門口，停下來戴上手套和鞋套。每次一到血淋淋的犯罪現場，這些配備是少不了的。接著，她走進屋子裡，現場鑑識科的人幾乎都沒有看她一眼。他們都認識她，也沒有理由質疑她跑到這裡來幹什麼。她一路從玄關走到客廳，沒有人攔她。她看到客廳裡血淋淋的地毯，還有急救人員用剩的醫藥用品。滿地都是針筒、包裝袋，還有一坨坨用過的紗布。奇怪的是，看不到半個人。

她沿著走廊往裡面走，沿路看到血淋淋的牆壁，不難想像當時的場面有多麼血腥殘暴。一邊的牆上是動脈噴出來的血，另一邊是兇手揮舞刀子的時候飛賤的血。

「醫生嗎？」瑞卓利站在走廊的另一頭。

「妳爲什麼不打電話通知我？」莫拉問。

「這個案子已經指派給柯斯塔。」

「我剛剛聽說了。」

「妳實在不需要來。」

「珍，妳應該要通知我的。妳應該要讓我知道。」

「這案子並沒有指派給妳。」

「可是這牽涉到我妹妹。牽涉到我。」

「這就是爲什麼他們不把案子指派給妳。」瑞卓利朝她走過去，眼神很堅定。「這應該不需要我來告訴妳吧。妳自己很清楚。」

「我並不是要他們指派我當這個案子的法醫。我在意的是，爲什麼沒有人打電話通知我。」

「我忙到沒時間打電話，這樣妳滿意了嗎？」

「妳只編得出這樣的藉口嗎？」

「去妳的，我是說眞的！」瑞卓利朝牆上的血跡揮揮手。「這裡有兩個人被殺了，我忙到連晚飯都還沒吃，忙到沒時間把沾到頭髮上的血洗乾淨。老天，我甚至連上洗手間的時間都沒有。」說著，她猛一轉身。「我還有一大堆事要忙，幹嘛在這邊跟妳解釋半天？」

「珍。」

「回家去吧，醫生。我還有一堆事要忙。」

「珍！對不起。我剛剛不應該說那種話。」

瑞卓利又轉過來看著她，這時候，莫拉才發現，剛剛竟然沒有注意到，瑞卓利的眼神好失落，看起來垂頭喪氣。她好像快要站不住了。

「我也很對不起他們。」瑞卓利看著滿牆的血跡。「就差那麼一點點，我們就逮住他了。」說著，她伸出食指和拇指，比了一個差一點的手勢。「我們派了一組人在門外監視。我眞搞不懂，他怎麼有辦法認出我們的車。他就這麼從門口開過去，然後從後門溜進屋子裡。」說著，她搖搖頭。「反正，不知道爲什麼，他知道。他知道我們在找他。那就是爲什麼他非殺了范・蓋斯滅口不可……」

「是她警告他的。」

「誰？」

「艾曼爾提亞。一定是她。可能是打電話，或是寫信。她可能透過某警衛幫她傳信。她在保護她的同夥。」

「妳認爲她有這麼清醒嗎，有辦法幹這種事？」

「她可以。」莫拉遲疑了一下。「今天我去看過她。」

「那妳打算什麼時候才告訴我？」

「她知道我的祕密。她知道答案。」

「老天，那全是她的幻覺。她會聽到奇怪的聲音。」

「妳錯了。我很確定她絕對是一個正常人。她很清楚自己在幹什麼。珍，她在保護她的同夥。她絕對不會背棄他的。」

瑞卓利默默看著她，看了好一會兒。「好吧，那妳最好過來看看這個。妳有必要知道一下我們在對付什麼樣的人。」

莫拉跟著她走向廚房，走到門口，她忽然楞住了。眼前那種大屠殺的血腥畫面實在太令人驚駭了。她看到她的同事柯斯塔醫師正蹲在屍體旁邊。他抬頭瞄了莫拉一眼，表情顯得有點困惑。

「他們有指派妳到這裡來嗎？」他問。

「沒有。我只是想來看看……」說著，她瞪大眼睛看著泰倫斯・范・蓋斯，嚥了一口唾液。

柯斯塔站起來。「殺人手法眞是又狠又準。完全沒有反抗造成的傷口。被害人根本沒機會反抗。一刀劃下去，幾乎把脖子割斷了。兇手從被害人後面下手，從脖子左邊偏高的位置下刀，割斷氣管，一路割到右邊偏下方。」

「兇手慣用右手。」

「而且力氣很大。」柯斯塔彎下腰，把屍體的頭輕輕往後拉，露出脖子裡一圈環狀的軟骨切口。「兇手這一刀深及脊柱。」說完，他放開手，屍體的頭又往前俯，脖子的斷口又接合起來了。

「這簡直像在執行斷頭死刑。」

「差不多。」

「第二位被害人——在客廳——」

「他太太。一個鐘頭前，急診室已經宣告她死亡了。」

「殺她的時候，手法就比較沒那麼乾淨俐落了。」瑞卓利說。「我們判斷兇手是從丈夫先下手的。說不定范・蓋斯根本就是在等兇手。說不定就是他把兇手帶進廚房的，以爲兇手只是來談生意。然而，他沒想到他會猛下殺手。他身上找不到抵抗所造成的傷口，也沒有掙扎的跡象。他根本就是背對著兇手，然後像一頭被宰殺的羊一樣倒在地上。」

「那他太太呢？」

「邦妮的情況不太一樣。」瑞卓利低頭看著范．蓋斯的頭髮。那一頭染色的植髮象徵著老人的虛榮心。「根據我的判斷，邦妮是無意間撞見殺人的場面。她走進廚房，看到滿廚房的血，看到丈夫倒在血泊中，脖子幾乎斷了。而當時兇手也在廚房裡，手上還拿著刀子。當時屋子裡開著冷氣，窗戶全部緊閉，而且爲了隔音，窗戶是雙層玻璃。所以，那就是爲什麼監視小組的車停在路上，卻根本沒聽到屋子裡的慘叫聲。只不過，我不確定她有沒有機會慘叫就是了。」

這時候，瑞卓利轉頭看向通往走廊的門口，楞了一下，彷彿看到那個死去的女人站在那裡。

「她看到兇手朝她衝過去。不過，和她丈夫不一樣的地方是，她有反抗。刀子刺向她的時候，她很本能的抓住刀刃。刀刃刺穿她手上的皮肉，刺穿肌腱，深及骨頭，深及動脈。」

瑞卓利指向門口，指著門外的走廊。「她往那邊跑過去，手上鮮血狂噴。他緊追在她後面，追到客廳，把她困在牆角。而那時候她還在反抗，抬起手臂抵擋，不過，結果他還是一刀割斷了她的喉嚨。那一刀割得不像她丈夫的傷口那麼深，不過也已經夠深了。」說著，瑞卓利看著莫拉。「我們發現她的時候，她還活著。妳看看，我們只差一步就逮到他了。」

莫拉低頭看著倒在櫃子上的泰倫斯．范．蓋斯，忽然想到那間森林裡的小木屋。那對邪惡的表兄妹就是在那裡結合爲一體。*那種邪惡力量的聯繫一直延續到今天。*

「妳第一次去找艾曼爾提亞的時候，她跟妳說的話，妳還記得嗎？」瑞卓利問。

莫拉點點頭。*妳也死定了。*

「當時我們兩個都以爲那只是精神病患在胡言亂語。」說著，瑞卓利低頭看看范．蓋斯。「現在看來，那句話顯然是在警告妳，在威脅妳。」

「爲什麼？我跟你們一樣，他們的底細我知道的也不多啊。」

「醫生，也許那是因爲妳的身分。妳是艾曼爾提亞的女兒。」

莫拉忽然感到背脊竄起一股涼意。「那我爸爸……」她囁囁嚅嚅地說。「如果我眞的是她女兒，那麼，我爸爸是誰？」

瑞卓利並沒有開口說出伊利亞．蘭克這個名字。根本不需要。

「妳是活生生的證據，證明他們兩個的存在。」瑞卓利說。「妳的DNA有一半是他給妳的。」

她把大門鎖起來，然後把門閂也拉上。她在門口楞了一下，忽然想到緬因州山上那棟小木屋，想到安娜屋子裡加裝了好幾道鎖鏈。她想到，原來她也和安娜一樣，淪落到相同的命運。再過不久，我會變得越來越畏縮，整天躲在門禁森嚴的碉堡裡，要不然就是逃之夭夭，躲到另一個城市去，變換自己的身分，變成另一人。

這時，她忽然感覺到車子的大燈光線穿過客廳的窗簾。她掀開窗簾瞄了外面一眼，看到一輛警車慢慢開過來。那不是布魯克萊恩區的警車，因爲她看到車身上噴著波士頓警察局的字樣。她心裡想，一定是瑞卓利向局裡申請，派人來保護她。

她走進廚房，調了一杯雞尾酒。今天晚上她也懶得太講究了，隨便弄了一杯簡單的，伏特加調柳橙汁加冰塊。她坐在餐桌前，一口一口啜飲著，冰塊碰撞著杯子，叮噹作響。一個人喝酒可不是什麼好兆頭，不過也管不了那麼多了。她需要麻醉一下，讓自己忘掉今天晚上看到的那些畫面。她聽得到天花板上的冷氣孔咻咻作響，感到一陣清涼。今天晚上不能開窗戶了。門窗緊閉，全部上鎖。手指頭抓著冷冰冰的杯子，感覺涼颼颼的。她放下杯子，盯著自己的手掌，盯著那無數淡紅色的微血管。我身上流的眞的是他們的血嗎？

這時，門鈴響了。

她的頭猛抬起來，轉過去看著客廳那邊，心臟怦怦狂跳，全身肌肉忽然緊繃起來。她慢慢站起來，踮著腳步沿著走廊走到大門口。她遲疑了一下，忽然想到子彈很容易就可以穿透木板。於是，她立刻閃到旁邊的窗口，往外瞄了一眼，看到巴拉德站在門廊上。

她鬆了一口氣，把門打開。

「我聽說范．蓋斯的事了。」他說。「妳沒事吧？」

「受到一點小驚嚇，不過還好。」不好，一點都不好。我根本就嚇壞了，只好自己一個人窩在廚房裡喝酒。「你要進來嗎？」

他從來沒有進過她家。她走進門，把門關上。他注意到門上加裝了一道門閂，就把門閂也拉上了。「莫拉，妳最好裝個保全系統。」

「我是有這個打算。」

「越快越好，知道嗎？」他凝視著她。「我可以幫妳挑一家最好的。」

她點點頭。「謝謝你的建議。對了，想喝一杯嗎？」

「今天晚上不喝了，謝謝。」

他們走進客廳的時候，他突然停下腳步，看著牆角那台鋼琴。「我不曉得妳會彈鋼琴。」

「小時候就開始彈了，不過後來練得不夠勤快。」

「妳知道嗎，安娜也會彈鋼琴……」說到一半，他遲疑了一下。「妳可能不知道吧。」

「我確實不知道。理察，那種感覺實在有點毛骨悚然，每次我多聽到一件她的事，就會覺得自己似乎跟她越來越像。」

「她彈得很棒。」他走到鋼琴前面，掀開琴蓋，彈了幾個音，然後又把琴蓋蓋回去，楞楞地盯著那黑黑亮亮的光澤。接著，他看著她。「我很擔心妳，莫拉，特別是今天晚上，范．蓋斯出了那種事。」

她嘆了口氣，坐到沙發上。「我已經沒辦法主宰自己的生活了。睡覺的時候，我甚至連窗戶都不敢再開了。」

他也坐了下來，不過，他坐在對面那張椅子上，這樣一來，如果她抬起頭來，就一定會看到他。「我覺得妳今天晚上還是不要自己一個人比較好。」

「可是這裡是我家，我不想走。」

「那就別走。」他遲疑了一下。「妳要我留下來陪妳嗎？」

她抬起頭來凝視著他。「理察，你爲什麼要這樣做？」

「因爲我覺得妳需要人保護。」

「而你就是那個要保護我的人嗎？」

「還有誰能保護妳？想想看！妳的生活實在太孤獨了，這麼大的一間房子，只有妳一個人。一想到屋子裡只有妳一個人，我就很害怕，不知道妳會出什麼事。安娜需要我的時候，我沒有在她身邊。不過這次，我終於可以陪在妳身邊了。」他伸出手，握住她的手。「只要妳需要我，我隨時都會在妳身邊。」

她低下頭，看著他的手握住她的手。「你愛她，對不對？」他沒有回答。於是，她忽然抬起頭凝視著他。「對不對，理察？」

「她需要我。」

「我不是問你這個。」

「我沒辦法眼睜睜看著她受傷害。特別是，我不能眼看著那個男人傷害她。」

這時候，她忽然想到：我一開始就應該明白了。他看著我的那種眼神，他碰觸我的那種方式，原來，他一直都愛著她。

「假如妳跟我一樣，那天晚上在急診室裡看到她。」他說。「她眼睛又黑又腫，臉上全是瘀青。我一看到她的臉，忽然很想揍扁那個打她的傢伙。很少有什麼事情會讓我失去理智，莫拉，可是，只要一看到男人打女人——」他猛吸了一口氣。「我絕不允許有人再動她一根寒毛。可是，那個卡塞爾就是不肯放過她。他還是一直打電話給她，一直騷擾她，所以，我不得不插手了。我幫她裝了幾個鎖，每天去她家看一下，看看她有沒有怎麼樣。後來，有一天晚上，她請我留下來吃晚飯，然後……」他聳聳肩，一副很無奈的樣子。「事情就是這麼開始的。她很害怕，她需要我。我覺得那是一種本能反應，警察的本能。你不由自主的就會想去保護別人。」

尤其是，如果那個女人長得很漂亮的話。

「我想保護她，就這麼回事。」他看著她。「所以，沒錯，結果我愛上她了。」

「所以現在你在想什麼，理察？」她看著他的手。他的手握著她的手。「現在是怎麼回事？你愛的是她，還是我？我不是安娜。我不是替代品。」

「我來找妳，是因爲妳需要我。」

「這就像是重演。你只是再重新扮演一次同樣的角色，守護神的角色，而我只不過是一個替補的演員，代替安娜演出她的角色。」

「沒這回事。」

「假如你不認識我妹妹，假如你和我只是在一場宴會上偶然相遇，你還會像這樣對我嗎？」

「會，我一定會。」他湊近她，緊緊握住她的手。「我知道我一定會。」

有好一會兒，兩個人都沒有說話。她心裡吶喊著：我很想相信他。相信他，一點都不難。

可是她卻說：「今天晚上你還是不要留在這裡比較好。」

他慢慢坐直起來，眼睛還是盯著她，然而，兩個人之間彷彿突然出現了一種無形的距離，還有失望。

她站起來，而他也跟著站起來。

他們默默走到門口，這時候，他忽然停下腳步，轉身看著她。他慢慢抬起手，捧住她的臉。這一次，她沒有退縮。

「妳自己要小心一點。」說完，他就轉身走開了。

她關上門，把門鎖起來。

29

瑪蒂達吃掉了最後一條牛肉乾。她啃食肉乾的模樣，彷彿一頭猛獸在啃食屍體，只是爲了補充蛋白質，補充體力，戰勝對手。她想到那些準備跑馬拉松的運動員，他們拚命鍛鍊身體，準備展現他們的生命力。她告訴自己，她即將面對的，也是一場馬拉松。她只有一次機會戰勝對手。

如果輸了，妳就死定了。

牛肉乾咬起來像在咬牛皮，吞下去的時候差一點就哽住了。她趕快喝了一口水，硬吞下去。第二瓶水也已經快要喝光了。她心裡想：我已經快要山窮水盡，快要撐不下去了。而且，現在又多了另一件事令她操心：子宮收縮的感覺開始越來越不舒服了，感覺上很像肚子上挨了一拳。雖然還說不上是痛，可是，那已經是一種徵兆了。

該死，他跑到哪裡去了？他爲什麼這麼久沒來找她？她沒有手錶可以看時間，不知道自從他上次來過以後，已經過了幾個鐘頭了，還是已經過了好幾天了。他上次來的時候，她對他大吼大叫，他會不會生氣了，所以藉此懲罰她？還是說，他想嚇嚇她，藉此教訓她，叫她要乖一點，要把他放在眼裡？她這大半輩子都很乖，結果呢，看看自己的下場吧。乖女孩注定要被人欺負。她們總是被人踩在地上，退無可退，沒有人把她們當一回事。她們嫁的男人根本就當她們不存在。呃，我受夠了，我不想再當乖寶寶了。只要能夠逃出去，我一定會硬挺起來。

只不過，那也要先逃得出去。那意味著，我還是要先假裝乖一點。

她又啜了一口水，但很奇怪的是，她忽然有一種很飽的感覺，彷彿剛剛吃了一頓大餐，而且還喝了紅酒。她告訴自己，耐心等吧，等待時機來臨，他會回來的。

她把毯子披在肩上，閉上眼睛。

後來，她忽然醒過來，感覺到子宮又在收縮了。噢，她心裡吶喊著，慘了，這次會痛，眞的會痛。四周一片漆黑，她汗流浹背，拚命回想拉梅茲課程教的方法，可是那一剎那，課程所教內容的記憶忽然變得好遙遠，彷彿那已經是上輩子的事了，彷彿是別人的記憶。

吸氣，呼氣。淨化……

「小姐？」

一聽到那個聲音，她忽然全身僵直，立刻抬頭看看通氣孔。聲音是從那裡傳過來的。她心臟開始怦怦狂跳。魔鬼女大兵，時候到了，該行動了。然而，四周一片漆黑，她躺在地上，喘著氣，感覺空氣中彷彿瀰漫著一股恐懼的氣息。她心裡想：我還沒準備好，我根本就還沒準備好。我怎麼會以爲自己辦得到？

「小姐，妳聽到了嗎？」

這是妳唯一的機會了，動手吧。

於是，她深深吸了一口氣。「救救我。」她說得很小聲。

「怎麼了？」

「我的寶寶……」

「怎麼樣了？」

「他快要出來了。我好痛。噢，求求你趕快放我出去！我快要忍不住了……」說著，她啜泣了一聲。「放我出去。不出去不行了。寶寶快要生出來了。」

此時外面突然沒了聲音。

她立刻抓緊毯子，緊張得不敢呼吸，很怕自己沒聽到外面的動靜。他爲什麼沒有回答呢？他又走了嗎？接著，她聽到砰的一聲，還有窸窸窣窣的摩擦聲。

那是圓鍬。他開始挖了。

她告訴自己，這是唯一的機會。我只有一次機會。

接著，她又聽到一陣砰砰聲，聽得出來圓鍬越挖越深了，泥土被一鏟一鏟的挖掉，圓鍬已經刮到木板了，那種嘎吱嘎吱的聲響聽起來很像粉筆在黑板上刮。她的呼吸越來越急促，心臟越跳越猛烈。她心裡想，生死一瞬間，已經面臨最後關頭了。

這時候，那嘎吱嘎吱的聲音忽然停了。

她抓著被在肩上的毯子，手冷冰冰的，手指僵硬。她聽到木板摩擦的嘎吱聲，然後是鉸鏈轉動發出很尖銳的吱呀一聲，接著，泥土開始撒進箱子裡，撒到她眼睛上。噢，老天，噢，老天，這樣我眼睛會看不見！泥土撒在她的頭髮上，她立刻猛轉頭，避免泥土撒到她臉上。她一次又一次的拚命眨眼睛，把剛剛撒到眼睛上的沙粒擠出來。此刻，他已經站在她頭頂上方，可是由於她的臉朝向地面，所以還沒看到他。至於他呢？當他凝視著底下那個土坑時，他看到了什麼？他看到他的獵物整個人裹在毯子裡，渾身髒兮兮的，脆弱無助。她快要生了，正飽受疼痛的折磨。

「該出來了。」這一次，他的聲音已經不再是從通氣孔傳過來的了。他的聲音聽起來好平靜，口氣完全就像一般人在講話。爲什麼這麼邪惡的人，講起話來卻這麼正常？

「可是沒辦法。」她啜泣著說。「我自己爬不出去。」

這時候，她聽到木頭摩擦的聲音，感覺到好像有什麼東西落在旁邊。是梯子。她睜開眼睛，抬頭一看，卻只看到一個黑影輪廓，還有他背後那片繁星滿天的夜空。箱子裡原本是一片漆黑，現在打開了，夜空看起來忽然顯得無比明亮。

他打開手電筒，照在梯子的橫桿上。「上來吧，兩三步而已。」他說。

「可是我好痛。」

「我會拉妳上來。不過，妳的腳要先踩在梯子上。」

她一邊啜泣，一邊慢慢站起來，可是站到一半，她忽然搖晃了一下，然後又跪了下去。她已經好幾天沒有站了，此刻她才猛然驚覺，自己竟然變得這麼虛弱。儘管她已經拚命在運動，儘管此刻她很激動，但沒想到還是這麼虛弱。

他說：「如果妳想出來，那妳就要先站起來。」

她呻吟了一聲，掙扎著站起來，那模樣看起來像一頭剛出生的小牛。她的右手還包在毯子裡，舉在胸口，然後用左手抓住梯子的橫桿。

「這就對了，爬上來吧。」

她的腳跨上最底下那根橫桿，停了一下，穩住身體，然後左手才伸向下一根橫桿，就這樣往上爬了一格。那個洞並不深，再往上爬幾格就到地面了。這時候，她的頭和肩膀已經到了他腰部的高度了。

「我爬不動了。」她說。「拉我上去。」

「把手上的毯子丟掉。」

「可是我好冷。求求你拉我上去！」

這時候，他把手電筒放在地上。「手伸出來。」他一邊說，一邊彎腰湊近她。他整個人看起來像一團黑影，看不到臉，而那隻伸出來的手看起來就像怪物的觸鬚。

時候到了，他已經靠得夠近了。

他的頭已經快要碰到她的頭了，已經進入攻擊範圍了。那一剎那，她突然猶豫起來，一想到自己馬上就要做的事，忽然畏縮起來。

「不要浪費我的時間。」他厲聲說。「手伸出來！」

那個人低頭盯著她，這時候，她開始想像那張臉是杜恩的臉，想像那是杜恩的聲音在斥責她，不停地對她冷嘲熱諷。她彷彿聽到他在說：形象比什麼都重要，瑪蒂達，看看妳自己那副樣子！瑪蒂達這隻母牛只會抓著梯子，不敢往上爬，不敢救她自己，不敢救自己的孩子。我要妳有什麼用。

有用。我當然有用！

這時候，她忽然放手，毯子從肩頭滑掉，露出底下抓在手上的東西。那是一隻襪子，裡頭塞著那八顆手電筒的電池。她的手猛力一揮，像甩鏈球一樣把襪子甩出去。憤怒化爲力量，襪子在空中劃出一個弧形。她並沒有瞄得很準，而且動作有點笨拙，不過，電池還是砰的一聲結結實實砸中了他的腦袋。

那個身影往旁邊一歪，倒在地上。

她很快就爬上樓梯，爬出了洞口。人的動作並不會因爲恐懼而變得笨拙，相反的，恐懼使人變得更靈敏，變得像瞪羚一樣敏捷。踩上地面那一剎那，她立刻就看清楚了四周環境的每一個小地方。頭頂上有一大片樹蔭遮住了天空，枝葉的空隙間隱約看得到半輪月亮。空氣中瀰漫著泥土味和潮濕樹葉的味道。此外，她也看到了樹。四面八方都是樹，彷彿一群巨大高聳的衛兵在她四周圍成一圈，只看得到頭頂上一圈繁星點點的天空。原來這裡是森林。在那短短的一剎那，她轉頭看了四周一圈，立刻就把四周的環境看得清清楚楚，於是，她立刻就做了決定。她看到樹林間似乎有一道空隙，於是立刻就向那邊衝過去。沒多久，她發覺自己正沿著一條陡峭的山溝往下跑，穿過無數的黑莓叢和細細的樹苗。她穿越樹苗的時候，樹苗並沒有並沒有被她衝斷，反而像鞭子一樣甩到她臉上，彷彿在報復。

她絆倒了，跪趴在地上，但她立刻掙扎著站起來，又開始往前跑，可是腳卻已經一跛一跛的，因為她的右腳踝扭到了，很痛。她心裡想：我跑步的聲音太大了，簡直就像大象在踱步。一直跑，不要停——他很可能就緊追在妳後面。不要停。

然而，天上只有黯淡的星光，月亮若隱若現，在森林裡，她幾乎什麼都看不見，根本搞不清楚方向。四周一片黝黑，也看不到什麼明顯的地標，她根本搞不清楚自己在哪裡，也不知道該往哪個方向跑才找得到人救她。她根本不熟悉這個地方，感覺自己彷彿在夢遊，而且是一場噩夢。她在矮樹叢中穿梭，本能地朝下坡的方向跑，讓大自然的重力為她引導方向。有山嶺就有山谷，有山谷就有溪流，有溪流的地方就會有人。該死，聽起來好像很有道理，可是真的是這樣嗎？剛剛跌倒之後，她的膝蓋已經變得僵硬，萬一再跌倒一次，她可能就沒辦法再走路了。

這時候，她忽然感覺到另一種痛，那一剎那，她倒抽了一口氣，整個人忽然楞住不動。那是子宮收縮的陣痛。她立刻彎腰抱住肚子，等陣痛消退。過了一會兒，她終於站了起來了，但也已經滿頭大汗。

這時候，她聽到背後傳來一陣窸窸窣窣的聲音。她猛一轉身，看到的是一團漆黑，彷彿一堵無法穿透的黑牆，感覺到一股邪惡的力量席捲而來，把她團團圍住。她心裡一陣驚慌，立刻往前衝，樹枝從她臉上劃過。快一點，跑快一點！

她往下坡的方向跑，腳好像又絆到了什麼東西，整個人立刻往前倒。那一剎那，要不是她立刻抓住一株樹苗，很可能肚子就撞到地面上了。*可憐的小東西，差點就把你壓扁了！*此刻雖然聽不到後面有腳步聲，但她心裡明白，他一定在後面窮追不捨。一陣恐懼湧上心頭，她立刻往前衝，穿越那片如蜘蛛網般纏繞的樹枝。

接著奇蹟出現，樹林似乎越來越稀疏。她穿越了一團藤蔓之後，忽然感覺地面變硬。那一剎那，她倒抽了一口氣，楞了一下，瞪大眼睛看著月亮倒映在水面上，波光粼粼。這裡有一條路，還有一片湖。

另外，她看到前面遠處有一團黑影輪廓。那是一棟小木屋。

她往前跑了幾步，忽然停住了，開始呻吟起來。又開始陣痛了。實在太痛了，她痛得喘不過氣來，整個人立刻蹲下去。一陣胃酸湧上喉嚨，她差一點就吐出來。她聽到水花拍打在湖岸上的聲音，湖面上傳來陣陣鳥鳴。她感到一陣暈眩，差一點就跪倒下去。*不能在這裡！不能停在這裡。路中央目標太明顯了。*

她搖搖晃晃地往前走，此時陣痛慢慢減弱。她掙扎著往前走，心裡抱著一絲渺茫的希望，希望小木屋裡有人。接著，她開始往前跑，然而，每當她的鞋子在泥土路面上踩一下，她的膝蓋就會刺痛一下。她心裡吶喊著，跑快一點。湖面上有月光的倒影，形成一片明亮的背景。在湖面的襯托下，站在馬路上，身影會很凸顯，會被他看到。趕快跑，趁下一次陣痛還沒有來襲之前，趕快跑。不知道距離下一次陣痛還有幾分鐘？五分鐘？十分鐘？那棟小木屋看起來好遙遠，好遙遠。

她已經快要筋疲力盡，兩條腿卻重得像鐵砧，氣喘如牛。然而，心中那絲希望就像火箭的燃料，支撐著她往前衝。我要活下去，我一定會活下去的。

小木屋的窗戶裡一片漆黑。她拚命敲門，卻不敢喊叫，因爲怕她的聲音會傳到馬路那邊去，傳回到山上去。屋裡沒有反應。

這一次，她只遲疑了一下，然後就在門旁邊的地上撿了一塊石頭。她心裡吶喊著：管他去死，何必再當乖寶寶呢？把窗户砸破不就好了嗎？於是，她舉起石頭，往窗口用力一砸。玻璃碎裂的聲音劃破了夜晚的寧靜。接著，她用那塊石頭把夾在窗框裡的碎玻璃打掉，把手伸進去，打開門鎖。

好了，魔鬼女大兵，破門而入吧！

屋子裡瀰漫著一股松木味和尿騷味。這應該是一間度假小屋，不過已經太久沒有人住了，也沒有整理。她伸手到牆上摸索了半天，找電燈開關，鞋子踩在玻璃上，發出嘎吱嘎吱的聲響。接著，當電燈亮起來那一剎那，她才猛然想到：他會看見的。然而，已經太遲了，管不了那麼多了，趕快找電話吧。

她轉頭看看四周，看見屋子裡有一座壁爐，一堆木柴，還有格子圖案布套的桌椅。可是，沒有電話。

她又跑到廚房，看到流理台上有一具電話。她拿起話筒，開始撥911，可是撥到一半，她才想到話筒裡根本就沒聲音。電話已經斷線了。

這時候，她忽然聽到客廳那邊傳來玻璃碎裂的聲音。

他進來了。趕快跑，趕快出去。

她立刻從廚房後門溜出去，輕輕關上門。接著，她發現自己站在一座小小的車庫裡。車庫只有一扇窗戶，淡淡的月光從窗口照進來。車庫裡有幾團黑影輪廓，在昏暗的光線下，勉強看得出來那是一輛拖車，上面有一艘划艇。除此之外，車庫裡根本沒有地方可以躲。她從門口退開，盡量退遠一點，躲進陰影裡。這時候，她的肩膀忽然碰到一座架子，聽到一陣金屬碰撞的聲音，揚起沉積多年的灰塵。她伸手到架子上摸索了一下，想摸摸看有沒有什麼武器。她摸到幾個油漆罐，罐蓋黏得死死的。另外，她摸到幾把油漆刷，刷毛都硬掉了。接著，她摸到一把螺絲起子，立刻握住把柄拿起來。這也算得上武器嗎？殺傷力大概跟修指甲的銼刀差不多。而且，那把螺絲起子還是最小號的那一種。

接著，門縫底下的光忽然閃了幾下，一道黑影沿著門縫底下的光線慢慢移動，然後忽然停住了。

那一剎那，她也嚇得不敢呼吸了。她慢慢往後退，朝車庫的鐵捲門移動。她心臟怦怦狂跳，幾乎快要從嘴巴跳出來。眼前只剩下一個選擇了。

她伸手抓住門把，往上一拉。門板往上滑的時候，發出刺耳的嘎吱聲，彷彿在向全世界宣告：*她在這裡！她在這裡！*

這時廚房門嘩啦一聲打開了，那一剎那，她掙扎著從鐵捲門底下鑽出去，然後拚命狂奔，衝進無邊的夜色中。她知道亮晃晃的湖面一定會凸顯出她的身影，知道他一定會看到她，知道他一定會追上她。儘管如此，她還是沿著月光閃爍的湖邊掙扎著往前跑，每跑一步，鞋子都會陷進泥巴裡。她聽到背後有鞋子踩在蘆葦草上的聲音，聲音越來越近。她知道，他已經追上來了。這時候，她忽然想到，下水游泳吧。到湖裡面。於是，她立刻轉身跑進水裡。

突然間，陣痛又來了。她整個人彎下去。這次的痛和之前不一樣，這輩子從來沒有這麼痛過。她整個人跪倒在地上。接著，陣痛越來越強烈了，有那麼一剎那，她痛得眼前發黑，身體往旁邊一歪，她整個人摔倒在水裡。還好水深只到腳踝。泥巴跑進她嘴裡，她痛得渾身扭曲，拚命咳嗽，接著，她翻身仰躺，彷彿一隻翻倒的烏龜。過了一會兒，陣痛才逐漸消退，夜空中的星星又開始慢慢恢復明亮。她感覺得到頭髮浸泡在水中，水花輕輕拍打著她的臉頰。水一點都不冷，反而有一種溫暖的感覺，像在泡溫水澡。她聽到他的鞋子濺起水花的聲音，聽到蘆葦草的窸窣聲。最後，她看到一個人從蘆葦叢裡走出來。

接著，他終於走到她旁邊了。她看著他那高聳的身影彷彿刺向那繁星滿天的夜空。他的獵物到手了。

他跪下來，眼中閃爍著粼粼的波光，而他拿在手上的東西也同樣閃爍著光芒：那是刀子銀光閃閃的鋒芒。他蹲下來的時候，似乎知道她已經筋疲力盡了。他已經準備要將她的靈魂逐出那具虛弱的軀殼。

他抓住她身上那條孕婦褲的腰帶，把腰帶拉掉，露出她那圓鼓鼓的肚子。她緊張得快要爆炸了，但身體還是一動也不動，彷彿已經投降了，彷彿已經死了。

他用一隻手按住她的肚子，一隻手舉起刀子，慢慢伸向她的肚子，彎下腰，準備割第一刀。

這時候，水面上忽然揚起一陣水花，她的手忽然從泥巴裡飛竄出來，手上的螺絲起子對準他的臉。她的肌肉因憤怒而緊繃，手臂猛然揮起，那把小螺絲起子無比精準的刺進他的眼睛。

王八蛋，刺第一下是為了我自己！

第二下是為我的小寶寶。

她的手再次猛一使勁，螺絲起子刺得更深。她感覺到螺絲起子刺穿了他的骨頭，刺進腦子裡，最後，整根螺絲起子沒入眼眶，再也刺不進去了，只剩下把手露在外面。

他無聲無息的倒下去。

好一會兒，她根本無法動彈。他倒在她的大腿上，她感覺到她的衣服被他溫熱的鮮血浸濕了。死人好重，比活人還重。被他的屍體壓在身上，她覺得好噁心。她用盡全身的力氣，呻吟著，拚命想把他推開。後來，她終於把他推開了。他的屍體往旁邊一翻，倒在蘆葦叢裡。

她掙扎著站起來，搖搖晃晃的離開水邊，離開那灘血泊，往高處走。走了幾步，到了高一點的岸邊，她整個人倒下去，倒在一片草地上。她就這樣躺著，沒多久，陣痛又來了，然後又消退。接著，又是另一次陣痛。一次接著一次。她痛得眼前一片模糊，隱隱約約看到半輪明月掛在夜空裡。不知道過了多久，她看到星星慢慢消失，東邊的天際泛出淡淡的紅暈。

當太陽從地平線上升起那一剎那，瑪蒂達．普維斯的女兒也來到這個世界。

30

禿鷹在空中緩緩盤旋。那是死神的黑翼使者，死亡的宣示者。死者的軀體總是很快就會受到大自然的眷顧。腐爛的氣息會引來綠頭蒼蠅、甲蟲、烏鴉，和齧齒動物。牠們齊聚一堂，準備享受死亡的盛宴。莫拉正朝著湖岸邊的草地走過去，那一剎那，她忽然想到，我和牠們有什麼不同嗎？她一樣也是被死者引來的。就像那些以腐肉為食的動物一樣，她也是要來啄食冰冷的屍體。然而，儘管她要做的事是如此冷酷可畏，而眼前的景象卻美得如詩如畫。蔚藍的天空萬里無雲，湖面清澈如銀鏡。唯一比較突兀的，是岸邊那一團白布覆蓋的東西。那正是天空盤旋的禿鷹虎視眈眈的目標。

有幾個人站在那裡，包括珍．瑞卓利、巴瑞．佛斯特，還有兩個緬州的州警。瑞卓利看到莫拉，立刻朝她走過去。「屍體離水邊只有幾十公分，倒在蘆葦叢裡。我們已經把屍體拖上岸了。先告訴妳一聲，屍體已經被我們移動過了。」

莫拉低頭看了一眼覆蓋著白布的屍體，但她並沒有蹲下去碰屍體。她還沒有心理準備，還不知道要如何面對覆蓋在白色塑膠布底下的東西。「那個女人沒事吧？」

「我剛剛已經在急診室看過普維斯太太了。她受了一點傷，不過還好。嬰兒很健康。」說著，瑞卓利指向岸邊，那裡有一片羽毛般柔軟的野草。「她就是在那裡生的，全靠她自己一個人。今天早上七點鐘左右，公園巡警開車經過，看到她坐在路邊給嬰兒餵奶。」

莫拉凝視著岸邊，腦海中想像著那個女人在這荒郊野外，一個人孤零零的獨力生孩子，哀聲慘叫，卻沒有人聽得見，而二十公尺外還有一具冰冷僵硬的屍體。「他把她關在什麼地方？」

「關在一個土坑裡，距離湖邊大概三公里。」

莫拉皺起眉頭，瞪大眼睛看著她。「她靠兩條腿走了這麼遠？」

「沒錯。妳有辦法想像嗎？那個女人快要生了，已經開始陣痛了，卻一個人在黑漆漆的森林裡奔跑，沿著那片山坡跑下來，跑出森林。」

「我眞的無法想像。」

「妳眞的應該去看看那個用來關她的箱子，那簡直就像一具棺材。被人這樣活埋了一整個禮拜——她竟然沒有發瘋，眞不知道她是怎麼撐過來的。」

莫拉忽然想到很多年以前那個年輕的艾莉絲·羅絲。她也是一樣被埋在土坑裡。然而，才不過一個晚上，那種無止盡的黑暗和絕望卻成爲她後來短暫的一生永遠的夢魘。到後來，她終於還是死了。然而，瑪蒂達·普維斯不但沒有發瘋，而且還計畫要反擊，要活下去。

「我們找到那輛白色的廂型車了。」瑞卓利說。

「在哪裡？」

「停在山上一條養護道路上，距離埋她的土坑大概三、四十公尺。這種距離，我們根本不可能找得到她。」

「你們有找到屍體嗎？附近一定埋了不少被害人。」

「我們才剛要開始找。這裡全是森林，搜尋的範圍很大。要翻遍這整座山，尋找埋屍的地點，恐怕需要很長很長的時間。」

「這麼多年來，那麼多失蹤的女人。其中一個很可能就是我……」說到這裡，莫拉忽然停下來，抬頭看著山坡和森林。其中一個可能就是我母親。說不定我根本就不是那個怪物的孩子。說不定我眞正的母親已經死了很多年了。她是其中一位被害人，被埋在這片森林裡的某個地方。

「不要先急著瞎猜。」瑞卓利說。「妳最好先看看屍體。」

莫拉皺起眉頭看著她，然後低頭看看腳邊那具覆蓋著白布的屍體。她蹲下來，手伸向那塊白布的一角。

「等一下。我要先提醒妳——」

「什麼？」

「不是妳想像中的那個人。」

莫拉遲疑了一下，手舉在半空中。蟲子在四周嗡嗡盤旋，迫不及待想開始享用大餐。她深深吸了一口氣，然後掀開那塊白布。

有好一會兒她說不出話來，楞楞地盯著剛露出來的那張臉。她看到屍體左眼血肉模糊，看到螺絲起子插在眼眶裡，不過，令她感到震驚的並不是這個。對她來說，那種恐怖的景象只不過是一個必須注意的細節，只不過是錄音機口述驗屍報告的一個項目，一項科學資料。不，眞正令她感到驚駭的是那個人的長相。

「他太年輕了。」她嘴裡喃喃嘀咕著。「這個人太年輕了，不可能是伊利亞．蘭克。」

「看起來大約是三十到三十五歲。」

莫拉吁了一大口氣。「我搞不懂——」

「妳還看不出來嗎？」瑞卓利輕聲地問。「黑頭髮，綠眼睛。」

就像我一樣。

「我的意思是，沒錯，天底下黑頭髮綠眼睛的人少說也有幾百萬個，可是，眞的太像了……」她遲疑了一下。「佛斯特看得出來，每個人都看得出來。」

莫拉把那塊白布蓋回去，然後站起來，往後退了幾步。她實在無法面對那個事實。死者的長相眞是無可辯駁的鐵證。

「布里斯托醫師已經在路上了。」佛斯特說。「我們是想，也許妳不願意解剖這個死者。」

「那爲什麼要打電話給我？」

「因爲妳說妳想參與這個案子。」瑞卓利說。「因爲我答應過妳，我會讓妳參與。而且，因爲……」說著，瑞卓利低頭看了一眼那具覆蓋著白布的屍體。「因爲，反正妳早晚也會發現這個男人的身分。」

「可是，我們並不知道這個人是誰，不是嗎？妳只是覺得他跟我長得很像，但妳沒有證據。」

「還有別的資料。我們今天早上才拿到的。」

莫拉瞪著她。「什麼資料？」

「我們一直在追蹤伊利亞．蘭克的下落。我們查詢過很多單位，看看有沒有機會發現他的名字。例如警方的逮捕紀錄，交通違規案件，什麼都查。今天早上，北卡羅來納州某個郡的職員傳了一張文件過來。那是一張死亡證書。伊利亞．蘭克八年前就死了。」

「八年前？這麼說來，泰瑞莎和妮琪．威爾斯遭到殺害的時候，他並沒有和艾曼爾提亞在一起。」

「沒錯，不過當時，艾曼爾提亞已經有了一個新夥伴。有人接替了伊利亞的位置，繼承了家族事業。」

莫拉轉頭凝望著湖面，此刻，湖面已經亮得有點刺眼了。她心裡吶喊著：我不想再聽了，我不想知道眞相。

「八年前，伊利亞心臟病發作，死在格林威爾醫院。」瑞卓利說。「他抵達急診室的時候，說他胸痛。根據院方的紀錄，送他到急診室的是他的家人。」

「他太太艾曼爾提亞。」瑞卓利說。「還有他們的兒子，山姆。」

莫拉倒抽了一口氣，那一剎那，她忽然覺得空氣中彷彿同時瀰漫著腐朽的氣息和夏日的氣息。

「很遺憾。」瑞卓利說。「很遺憾妳必須面對這樣的眞相。不過，我們還是有可能搞錯這個人的身分。說不定他和他們之間根本沒有血緣關係。」

然而，莫拉心裡明白，他們並沒有搞錯。

一看到他的臉，我就心裡有數了。

那天傍晚，瑞卓利和佛斯特一走進「道爾保安官」酒吧，那群警察立刻把他們圍在中間，尖叫呼嘯，大聲喝采，掌聲雷動，搞得瑞卓利臉都紅了。老天，就連那些並不特別喜歡她的傢伙也在拍手。他們站在警察同僚的立場對她的成就表示讚許。此刻，吧檯上方那台電視正在播報五點的夜間新聞，正在報導他們的消息。接著，佛斯特和瑞卓利朝吧檯走過去，那群警察一起用力跺腳。酒保滿臉笑容，吧檯上已經擺好兩個杯子了。一杯是威士忌，要給佛斯特的。而要給瑞卓利的是……

一大杯牛奶。

全場爆出一陣哄堂大笑，這時候，佛斯特忽然湊到她耳朵旁邊悄悄說：「欸，我的胃不太舒服，要不要跟我換？」

好笑的是，佛斯特是眞的喜歡喝牛奶。於是，瑞卓利把那杯牛奶推到佛斯特面前，叫酒保倒一杯可口可樂給她。

那些警察開始擠上前來，輪流跟他們握手擊掌。她和佛斯特一邊嗑花生，一邊喝牛奶，喝可樂。瑞卓利忽然很想念平常喝的「亞當斯啤酒」。今天晚上，她忽然想念起很多的東西——她的丈夫、她的啤酒，還有，她的腰圍。不過，不管怎麼樣，好歹今天也算是個好日子。她心裡想，撂倒壞蛋的那一天，永遠都是好日子。

「嘿，瑞卓利！賭注已經加到兩百了，賭妳生女的。另外，一百二賭妳生男的。」

她瞥了旁邊一眼，看到范斯警官和鄧利維警官已經走到吧檯前面，站在她旁邊。那兩個哈比人，一胖一瘦。他們一人端著一罐 Guinness 啤酒。

「假如我生出來的是一男一女呢？」她問。「雙胞胎？」

「呃。」鄧利維說。「這我們倒沒想到。」

「那算誰贏？」

「應該算沒有人贏吧。」

「或者說，大家都贏？」范斯說。

被問到這個問題，那兩個傢伙開始頭痛了，彷彿《魔戒》裡的山姆和佛羅多在末日火山上陷入天人交戰。

「嗯。」范斯說。「也許我們應該再增加一個選項。」

瑞卓利大笑起來。「是啊，你們確實應該好好考慮。」

「噢，對了，幹得好。」鄧利維說。「等著瞧吧，接下來你們可能要上《時人雜誌》的封面了。想想看你們逮到的是什麼人物，想想看死了多少女人。眞不得了。」

「你想知道眞相嗎？」瑞卓利嘆了口氣，把手上那杯可口可樂放下來。「壞蛋不是我們撂倒的。」

「怎麼會？」

佛斯特轉頭看看范斯和鄧利維。「不是我們撂倒的，是那個被綁架的女人。」

「而且，她只是一個家庭主婦。」瑞卓利說。「一個大肚子的女人，一個嚇壞了的女人，一個平凡的家庭主婦。沒有槍，沒有警棍，她只是在襪子裡塞了幾顆電池。」

這時候，電視裡的新聞已經播完了，酒保立刻轉台，轉到HBO。畫面上出現一個穿迷你裙的女人，纖細的腰圍曲線畢露。

「對了，黑魔爪彈呢？」鄧利維問。「有查出什麼關聯嗎？」

瑞卓利啜著可口可樂，好一會兒都沒有說話。「我們還沒有查出來。」

「你們有找到兇器嗎？」

她轉頭一看，發現佛斯特也在看她。兩個人心裡忽然泛起一絲不安。這個小細節上的漏洞令他們兩個感到很困擾。那輛廂型車上找不到槍。車上有打結的繩子，有血跡已經乾掉的刀子，還有一本很乾淨的筆記本，裡面有幾個名字和電話號碼。那是全國各地販嬰仲介的電話號碼。泰倫斯．范．蓋斯只是其中之一。此外，筆記本裡還有好幾筆現金收入的紀錄，那是蘭克夫妻多年來販賣嬰兒的收入。那本筆記本簡直就像一座大礦場，夠警察忙個好幾年了。可是，車子裡卻找不到殺害安娜．李奧尼那把兇槍。

「呃，算了。」鄧利維說。「說不定過一陣子就會跑出來，也說不定那把槍被他丟掉了。」

也許吧，或者也有可能是我們漏掉了什麼。

她和佛斯特走出酒吧的時候，天色已經暗了。她沒有回家，而是開車回施洛德廣場。一路上，范斯和鄧利維的話一直在她腦海裡盤桓。回到辦公室，她坐下來。辦公桌上是堆積如山的檔案，最上面是國家犯罪資料中心的資料。那是他們在追查怪物的期間，資料中心送來的，幾十年來的失蹤人口紀錄。事實上，安娜．李奧尼的兇殺案正是這整件案子的源頭，彷彿一顆石頭丟進水裡，激起陣陣漣漪。因爲安娜的死，他們才會追查到艾曼爾提亞，而最後逮住了怪獸。然而，安娜的案子依然懸而未決。

瑞卓利把桌上那些資料中心的檔案清掉，把壓在底下的安娜．李奧尼檔案夾找出來。儘管那份檔案她已經反反覆覆讀過好幾次，但她還是從頭到尾又翻了一次，看看證人的證詞，看看驗屍報告，看看頭髮和纖維的檢驗報告，指紋報告，還有DNA檢驗報告。接著，她看到彈道報告，視線不自覺地被黑魔爪彈那幾個字吸引住了。她忽然想到安娜頭部X光片上那個星形的痕跡，也想到那顆子彈對她的腦部所造成的傷害。

黑魔爪彈。那麼，發射那顆子彈的槍呢？

她闔上檔案夾，低頭看看辦公桌旁邊那個紙箱。那個紙箱已經在那邊放了一整個禮拜了，裡頭擺著范斯和鄧利維借她的檔案，也就是瓦西里．迪托夫兇殺案的檔案。過去這五年裡，整個波士頓地區只有兩個人被黑魔爪彈打死，而他就是其中之一。她把檔案夾從箱子裡拿出來，堆在桌面上。後來，她看著桌面上那些堆積如山的檔案，不由得嘆了口氣。就連這樣一個迅速結案的案子也弄出這麼多的文件。稍早之前，范斯和鄧利維已經幫她把這個案子整理出一個綱要，而她讀過他們的報告之後，心裡也已經認定他們眞的沒有抓錯人。而後續的審判很快就將安東尼．列昂諾夫定罪判刑，更證實了這個案子偵辦方向沒有錯誤。這個案子已經無庸置疑，壞人已經繩之以法，然而此刻，她又要把這些檔案重新看過一次。

鄧利維警官最後的結論很周密，言之成理。警方接獲密報，中亞的塔吉克斯坦那邊有一批海洛因要進來，而列昂諾夫準備要接貨。警方已經監視他一整個禮拜了。兩位警官坐在車子裡，親眼看到列昂諾夫把車停在迪托夫家門口，到門口敲門，然後就進屋子裡去了。沒多久，屋子裡傳來兩聲槍響，然後列昂諾夫衝出來，上了車，正準備要開走的時候，范斯和鄧利維立刻圍上去，逮捕了他。接著，他們進了屋子，發現迪托夫死在廚房裡，被兩顆黑魔爪彈貫穿腦部。後來，彈道試驗的報告出來了，確認那兩顆子彈都是列昂諾夫的手槍發射的。

結案了。壞人定罪了，兇器也已經在警方手裡了。瓦西里．迪托夫和安娜．李奧尼這兩個案子，除了兇手都使用黑魔爪彈之外，瑞卓利實在看不出有什麼關聯。這是非常罕見的彈藥，可是，光是這一點並不足以找出這兩件案子之間有什麼關聯。

然而，她還是繼續翻閱那些檔案，讀到忘了吃晚飯。後來，她終於讀到最後一個檔案夾，但她已經累到沒力氣翻開了。她告訴自己，打起精神，把這份檔案讀完吧，然後就可以把這些檔案收拾收拾，準備結案了。

她翻開那個檔案夾，發現那是安東尼．列昂諾夫倉庫的搜查報告。報告裡，范斯警官描述了搜索的過程，並且將逮捕到的列昂諾夫的手下列出一份名單。另外還有一張清單列出了所有搜查到的物品，包括條板箱、現金、帳冊等等。她跳著往下看，最後看到現場執行任務的警察名單。總共有十名波士頓警局的警察。這時候，她看到一個名字，突然楞住了。一個禮拜前，她看這份報告的時候，並沒有留意到那個名字。應該是巧合吧，那並不一定代表……

她坐在那裡想了一會兒，忽然想到很久以前擔任巡警的時候，曾經參與過一次突擊毒犯的任務。現場一片嘈雜，大家都很緊張，而且亂成一團——想像一下，那棟房子裡，歹徒火力強大，而幾十個處於亢奮狀態的警察準備攻堅，大家都很緊張，每個人都提心吊膽。這時候，你大概不會去注意你的同僚在幹什麼，不會去注意他有沒有把什麼東西塞進口袋裡，比如說現金、毒品，或是一盒子彈。拿走了，就不會列入紀錄了。拿個紀念品，那種誘惑永遠都有。而且，那個紀念品之後可能會用得著。

她拿起電話，打給佛斯特。

31

跟死人爲伍實在不是什麼樂事。

莫拉坐在顯微鏡前面，透過接目鏡看著底下的組織切片。有肺組織、肝組織、胰腺組織——從一個自殺的人的遺體上採取的。切片已經透過蘇木精伊紅組織染色處理過了，染成鮮豔的粉紅色和紫色，用玻片夾著。除了偶爾會有玻片碰撞的聲音，還有冷氣孔送風的嘶嘶聲，整間實驗室裡靜悄悄的。不過，倒不是說整棟法醫部大樓都沒有人，事實上，樓下的冷藏櫃裡有五、六個沉默不語的人。他們都用袋子封著。每個人都有各自的故事，迫不及待想告訴你。只不過，你必須切開他們的身體，才會知道他們的故事。

這時候，她桌上的電話響了。她沒有接，讓下班時間的答錄系統自動接聽。*這裡除了我之外，沒有半個活人了，只有死人。*

此刻，莫拉看著顯微鏡，看到了一個故事。不過，那也是老掉牙的故事了。年輕的器官，健康的組織，這具軀體本來應該還要再活很多年的，如果靈魂願意活下去。假如當時他內心的聲音告訴他：*再等一下，傷心只是暫時的，痛苦總會過去的，總有一天，你一定會再遇見一個值得愛的女孩。*

她終於檢驗完最後一塊樣本玻片，把玻片放進盒子裡。然後，她繼續在那邊坐了好一會兒，心裡想著剛剛在顯微鏡裡看到的玻片，但腦海中浮現的卻是一幕畫面：她看到的是一個黑頭髮、綠眼睛的年輕人。今天下午，布里斯托醫師解剖那個年輕人的遺體，當時她並沒有在現場觀看。

她待在樓上的辦公室裡。後來，到了晚上，她用顯微鏡檢查組織切片，一邊口述錄音作報告。這時候，她滿腦子想的都是那個年輕人。我眞的想知道他眞正的身分嗎？其實，她心裡還在猶豫。她站起來，把桌上的檔案抱起來，拿起錢包，從辦公桌前面走開。這時候，她還是沒有下定決心。

這時候，電話又響了。她還是不想接。

她沿著靜悄悄的走廊往前走，經過一扇又一扇關著的門，經過一間又一間空蕩蕩的辦公室，忽然想到不久前那天晚上，她也是這樣走出空蕩蕩的大樓，結果卻發現車門上有三個爪痕。這時候，她的心臟開始越跳越快了。

可是他已經不在了。怪獸已經死了。

她從大樓後門走出去。夏日的夜晚暖烘烘的，感覺很舒服。她在門口站了一會兒，藉由門口昏暗的燈光掃視著黝黑的停車場。飛蛾被燈光吸引過來，繞著燈光飛舞。她聽到翅膀拍擊燈泡的嗡嗡聲。這時候，她忽然又聽到另一種聲音：車門關上的聲音。接著，她看到有個黑黑的人影朝她走過來。當他逐漸走近燈光照耀的範圍，她漸漸認出了他的身形，認出了他的臉。

是巴拉德。那一剎那，她鬆了一口氣。「你在等我嗎？」

「我看到妳的車停在停車場。我剛剛有打電話給妳。」

「五點過後，我就不接辦公室的電話了。」

「可是我打妳的手機，妳也沒接。」

「我關機了。理察，你實在不需要一直保護我。我沒事。」

「眞的沒事嗎？」

他們一起朝她的車子走過去，這時候，她嘆了口氣。她抬頭看看天空，遠處的城市燈火輝煌，相形之下，天上的星光顯得有些黯淡。「我一直在考慮，要不要把眞相搞清楚，要不要做DNA比對。」

「那就做呀。妳跟他們有沒有血緣關係，有那麼重要嗎？妳是一個什麼樣的人，跟妳是不是艾曼爾提亞的女兒有關係嗎？」

「從前我一定會這樣告訴自己。」但現在呢，我已經知道自己和什麼樣的人有血緣關係了。現在，我已經知道我可能來自一個怪物家庭。

「邪惡的基因是不會遺傳的。」

「即使如此，一旦你知道自己的家族裡有殺人不眨眼的屠殺兇手，那種感覺還是很不舒服。」

她打開車門鎖，坐進車子裡。她才剛把鑰匙插進鑰匙孔，巴拉德忽然低頭探進車子裡。

「莫拉。」他說。「陪我吃晚飯好不好？」

她猶豫了一下，眼睛不看他。她盯著儀表板上綠色的燈光，考慮該不該接受他的邀請。

「昨天晚上。」他說。「妳問了我一個問題。妳問我，假如我從來沒有愛上妳妹妹，那麼，我還會不會喜歡上妳。可是，就算我回答我會，妳相信嗎？」

她轉頭看著他。「我永遠沒辦法確定你是不是眞心的，對不對？因爲你確實愛過她。」

「那麼，妳應該給我機會，讓我多了解妳。那天，我們在山上的森林裡，我感覺到某種東西。我相信，那種感覺並不是我憑空想像的。我感覺到了，而我相信妳也感覺到了。妳我之間確實有些什麼。」他湊近她，很輕柔地對她說。「莫拉，就只是陪我吃頓飯，好不好？」

這時候，她忽然想到，剛剛在冷冰冰的實驗室裡工作了好幾個鐘頭，陪伴她的只有屍體。她心裡想：今天晚上，我不想再自己一個人了。我希望有個活生生的人可以陪伴我。

「中國城就在這條路上過去一點，離這邊不遠。」她說。「我們去那裡好不好？」

於是，他坐進右邊的乘客座。他們看著對方，看了好一會兒。停車場的燈光斜斜的照在他臉上，他半邊的臉被陰影遮住了。他伸出手輕撫著她的臉，接著，他的手臂圈住她，慢慢把她的身體拉向他，這時候，她自己也已經湊過去了。其實，她幾乎已經靠在他身上了。他吻了她。她輕輕嘆了一聲，感覺到他溫暖的懷抱。

突然間，她聽到一聲爆炸的巨響，渾身一震。

接著，她看到理察那邊的車窗破掉，玻璃四散飛濺，劃過她的臉頰。她整個人往後一縮。接著，她又睜開眼睛看看他。此刻，他的臉已經變成一個血窟窿了。他的身體慢慢往下倒，頭倒在她大腿上，她腿上的褲子立刻浸泡在血泊中。

「理察！理察！」

接著，她感覺到車窗外好像有什麼東西在動，嚇了一大跳。她立刻抬頭一看，看到一個黑色的人影從夜色中浮現，朝她走過來，動作迅速敏捷。

他要來殺我。

趕快開車。趕快開車。

他的屍體倒在排檔桿上，鮮血像泉水一樣從他臉上湧出來。她的手被血浸濕了，抓著排檔桿，感覺滑滑的。她掙扎著用力把屍體推開，把排檔桿拉到倒車檔，然後猛踩油門。

Lexus立刻往後一衝，退出車位。

這時候，殺手似乎從車子後面的方向逐漸朝她逼近。

她啜泣著，用盡全力把理察的臉從排檔桿上推開，感覺手指頭陷進一團模糊的血肉裡。接著，她把排檔桿推到前進檔。

這時候，後車窗猛然炸開，玻璃四散飛濺，噴到她的頭髮上。她整個人立刻縮成一團。

接著，她把油門踩到底，輪胎發出一陣尖銳的吱吱聲，那輛Lexus開始往前衝。沒想到，那個殺手已經堵住了停車場距離最近的出口。現在，她只剩下一個方向可以逃。她只能把車子開向隔壁波士頓大學醫學中心的停車場。兩座停車場中間只隔著一排邊石。她朝著那排邊石開過去，擺好姿勢準備撞擊。當輪胎撞到水泥邊石時，她緊咬牙關，車子彈了起來。

這時候，殺手又開了一槍，擋風玻璃應聲碎裂。碎玻璃四散飛濺，如雨水般灑在莫拉頭上，劃破她的臉。她立刻低下頭。Lexus搖搖晃晃的往前衝，她抬頭一看，看到正前方有一根燈柱。躲不掉了。她立刻閉上眼睛，接著，安全氣囊爆開，把她整個人頂到椅背上。

她驚魂未定，慢慢睜開眼睛。汽車喇叭聲響個不停。過了一會兒，安全氣囊氣消了，她推開車門，搖搖晃晃的滾下車，倒在地上，汽車喇叭聲還是響個不停。

接著，她搖搖晃晃的站起來，被驚天動地的喇叭聲震得耳朵裡嗡嗡響。旁邊停著一輛車，她彎腰躲在那輛車後面。她雙腿痠軟無力，站都站不穩，但她還是硬撐著，沿著一整排的車子旁邊往前走。接著，她突然停住腳步。

眼前忽然變成一大片空地。

她趕快蹲下去，蹲在一輛車子的輪胎旁邊，從保險桿旁邊偷瞄外面。這時候，她看到那個黑色的身影從陰影中慢慢浮現，像機器人一樣朝那台撞爛的Lexus走過來。那一剎那，她忽然感覺全身的血液彷彿瞬間凝固了。在路燈的照耀下，那個身影一步步逼近。

莫拉看到一頭金髮，看到後面的頭髮紮成一個馬尾。

殺手拉開乘客座的車門，彎腰鑽進去看看巴拉德的屍體。接著，她突然又抬起頭，慢慢轉動，銳利的目光掃視著停車場。

莫拉立刻壓低身體，躲到輪胎後面，感覺到太陽穴的血管怦怦狂跳，嚇得猛喘氣。她看向那片空地。在路燈的照耀下，那片空地顯得無比明亮。再過去，馬路對面看得到一座紅色的燈箱招牌，上面寫著「急診室」。那裡就是醫學中心的急診室。可是，想跑到那邊去，必須先越過那一片空地，然後還要再穿越艾班尼街。不過，剛剛車子的喇叭聲想必已經驚動醫院裡的人了。

這麼近。援助就在眼前了。

她心臟怦怦狂跳，整個人往後仰，用腳跟撐著地面。她不敢動，卻又不敢留在原地。接著，她的身體慢慢向前傾，從輪胎旁邊往外偷瞄。

一雙黑色靴子已經走到車子的另一邊。

趕快跑。

那一剎那，她整個人彈起來，開始往那片空地衝過去。她沒有想到要閃避子彈，沒有想到要左右移動身體，只顧著拚命往前衝。「急診室」的燈箱招牌已經近在眼前了。我辦得到，她心裡吶喊著，我一定——

這時候，子彈貫穿了她的肩膀，她感覺肩膀彷彿受到猛烈的撞擊。她整個人往前一倒，趴在地面上。她掙扎著想跪起來，可是左手臂卻已經癱軟了，沒辦法使力了。她心裡納悶著：我的左手怎麼了，爲什麼左手臂動不了？她呻吟了一聲，翻身仰臥在地上，看到刺眼的路燈就在她頭頂上。

接著，她看到卡門．巴拉德的臉了。

「我已經殺過妳一次。」卡門說。「沒想到我還要再殺妳一次。」

「求求妳，理察和我——我們從來沒有——」

「他不是妳可以碰的。」說著，卡門把槍舉起來。槍口彷彿一隻黑洞洞的眼睛，死盯著莫拉。「臭婊子。」這時候，她的手開始用力，準備要扣扳機開槍了。

這時候，莫拉忽然聽到另一個聲音——男人的聲音。「把槍放下！」

卡門嚇了一跳，猛眨了幾下眼睛，瞄了旁邊一眼。

旁邊幾公尺外有一個醫院的警衛舉槍對準卡門。「小姐，聽到了嗎？」他大吼。「把槍放下！」

卡門槍口晃動了一下，低頭看了莫拉一眼，然後又轉頭看看警衛。看得出來她陷入天人交戰，一邊是憤怒和一股復仇的渴望，一邊則是現實上行爲的後果。

「我們根本就不是情人。」莫拉說。她的聲音好虛弱，而遠處的汽車喇叭聲還在響，所以，她不知道卡門有沒有聽到她的聲音。「而他們兩個也沒有偷情。」

「騙鬼。」卡門對莫拉大吼了一聲。「妳跟她一模一樣，他爲了她離開我。他拋棄了我。」

「那不是安娜的錯——」

「就是她害的。現在又換妳了。」她還是死盯著莫拉。這時候，又有車子靠近了，輪胎發出刺耳的吱的一聲，停下來。接著，又有另一個人的聲音在大喊：「巴拉德警官！把槍放下！」

是瑞卓利。

卡門瞄了旁邊一眼，彷彿在盤算接下來該怎麼辦。現在有兩個人舉槍對準她。她已經輸了。無論她選擇怎麼做，她的人生已經完了。接著，卡門又回頭死盯著莫拉，那一剎那，莫拉看到她的眼神，立刻就知道她做了什麼決定。莫拉看到卡門挺直雙臂，穩住手上的槍，槍口對準莫拉，準備最後致命的一擊。她看到卡門雙手用力握住槍，準備扣扳機開槍了。

接著，她聽到驚天動地的砰的一聲，嚇了一大跳。她看到卡門身體往旁邊一歪，然後搖搖晃晃的倒下去。

接著，莫拉聽到砰砰的腳步聲，聽到救護車的警笛由遠而近，然後聽到一個熟悉的聲音在她耳邊輕聲驚呼：「噢，老天，醫生！」

她看到瑞卓利的臉在她面前搖晃著，看到旁邊的馬路上燈光閃爍。接著，她感覺到一團陰影籠罩過來。那是鬼魂，他們要把她帶到另一個世界去了。

32

此刻眼前的景象，是從另一種角度看到的。那是病人的角度，而不再是醫生的角度。輪床沿著走廊快速移動，而她躺在輪床上，看著天花板上的燈光飛快地向後流逝。她看到戴著船形帽的護士低頭看著她，眼中流露出關切的神色。輪床發出嘎吱嘎吱的聲響，穿越那道雙扇門，進入手術室。護士看起來有點喘。接著，頭頂上出現另一種燈光，更亮，更刺眼，看起來很像解剖室裡那種燈光。

莫拉閉上眼睛，避開那種刺眼的燈光。手術室的護士把她抬到手術檯上，那一剎那，她忽然想到安娜也曾經赤身露體躺在同樣的燈光下，在一群陌生人眾目睽睽之下被人開膛破肚。此刻，她彷彿看到安娜的靈魂在半空中盤旋，凝視著她，就像當時莫拉也曾經這樣凝視著安娜。有人把戊巴比妥鈉鹽注射進她的血管裡，她眼前開始陷入一片黑暗，那一剎那，她心裡吶喊著：妹妹，妳在等我嗎？

然而，當她醒過來的時候，發現那個看著她的人並不是安娜，而是珍·瑞卓利。瑞卓利彎腰看著莫拉，陽光從半開著的遮陽簾照進來，在瑞卓利臉上映照出一條條橫向的光線。

「嗨，醫生。」

「嗨。」莫拉有氣無力地說。

「妳覺得怎麼樣？」

「不太好。我的手臂……」莫拉臉上抽搐了一下。

「好像打止痛藥的時間到了。」說著，瑞卓利伸手按了一下護士呼叫鈴的按鈕。

「謝謝妳。謝謝妳爲我所做的一切。」

過了一會兒，護士走進來，把一劑嗎啡注射進她的點滴管裡。這時候，她們兩個都沒有說話。後來，護士走了，兩個人還是沒有開口。接著，藥效開始發作了。

莫拉輕聲細語地說：「理察……」

「很抱歉。妳應該知道他……」

她眨了幾下眼睛，以免眼淚掉出來。*我知道*。「我們一直都沒機會。」

「她不會讓你們有機會的。妳車門上那個爪痕——那就是因爲他的緣故。她在警告妳，離她的丈夫遠一點。被割爛的紗窗，信箱裡的死鳥——安娜誤以爲那是卡塞爾在威脅她。我認爲那就是卡門幹的，她想嚇唬安娜，逼她離開這個城市，逼她離開她的丈夫。」

「可是後來安娜又跑回波士頓了。」

瑞卓利點點頭。「她跑回來，是因爲她查到她有一個姊姊。」

那就是我。

「所以卡門發現那個野女人又跑回來了。」瑞卓利說。「還記得嗎？安娜在理察家的答錄機裡留言，結果被他女兒聽到了，跑去告訴她媽媽。卡門本來抱著希望，希望和理察復合，這下子，希望破滅了。那個野女人又跑回來了。*她又回來侵犯她的地盤，侵犯她的家人*。」

莫拉忽然想到卡門曾經說過：*他不是妳可以碰的*。

「查爾斯．卡塞爾告訴過我，什麼叫做愛情。」瑞卓利說。「他說，有一種愛是不計一切代價，絕不放棄。聽起來很浪漫，不是嗎？至死不分離。難怪有那麼多人會被殺害，因爲他的愛人不肯放手，說什麼都不肯放棄。」

這時候，嗎啡的藥效開始發作了。莫拉閉上眼睛，漸漸沉入嗎啡的懷抱裡。「妳是怎麼知道的？」她喃喃嘀咕著。「妳怎麼會想到是卡門？」

「因爲黑魔爪彈。我一開始就應該追這條線索——子彈。不過，中途被蘭克的案子岔開了。那個怪獸。」

「我也一樣。」莫拉喃喃低語著。她感覺到嗎啡開始把她拖向昏沉的夢鄉。

「珍，我覺得我已經準備好了。我準備要找出最後的答案了。」

「什麼答案？」

「艾曼爾提亞。我一定要搞清楚。」

「搞清楚她是不是妳媽媽？」

「對。」

「就算她是妳媽媽，那也不代表什麼。那只是一種血緣關係。就算妳知道了，對妳又有什麼好處呢？」

「眞相。」莫拉嘆了口氣。「至少我能夠知道眞相。」

瑞卓利朝車子那邊走過去，走著走著，忽然想到，其實，很少有人喜歡聽眞話。她一定很希望自己不是怪物的子女。儘管希望很渺茫，然而，緊緊擁抱著希望，不要放棄，那樣不是比較好嗎？不過，莫拉卻寧願選擇面對眞相，而瑞卓利知道，眞相是很殘酷的。警方的搜索人員已經在那片山坡的森林裡找到了另外兩具女人的遺骸，距離活埋瑪蒂達．普維斯的箱子不遠。究竟有多少懷孕的女人曾經被關在那口箱子裡，嚐過那種恐怖的滋味？有多少人曾經在黑暗中醒過來，發現自己被困在一個根本逃不出去的地方，猛抓箱子，哀聲慘叫？有多少人知道，一旦她們的身體失去利用價值之後，自己會遭受到什麼樣的悲慘命運？

那種極其恐怖的處境，我熬得過去嗎？我想，除非我自己眞的被人關在那口箱子裡，否則，我永遠不會知道答案。

她來到車庫，走到車子旁邊。這時候，她發覺自己竟然不自覺的在檢查四個輪胎，看看有沒有破，而且，她還不自覺地看看四周的車子，看看有沒有人在監視她。她告訴自己，這就是幹警察對妳所造成的影響。妳開始會覺得邪惡無所不在，即使邪惡並不眞的存在。

她坐進那輛速霸陸，發動引擎，然後就這樣坐著，坐了好一會兒。冷氣孔吹出來的風開始慢慢變涼。她把手伸進錢包，掏出手機，心裡想：我好想聽聽嘉柏瑞的聲音。我必須確定自己不是瑪蒂達．普維斯。我必須確定我的丈夫還愛我，就像我愛他一樣。

才響了第一聲，電話就接通了。「我是特派員狄恩。」

「嗨。」她輕輕喊了一聲。

嘉柏瑞忽然大笑起來，嚇了她一跳。「我正要打電話給妳呢。」

「我好想你。」

「就是等妳這句話。我現在正要去機場。」

「機場？你是說——」

「我要搭下一班飛機回波士頓。所以說，今天晚上想不想跟妳老公約個會呢？怎麼樣，有沒有辦法排個時間給我？」

「今天晚上的時間都給你。趕快回來吧，好不好？趕快回家。」

電話裡，嘉柏瑞楞了一下，然後輕聲細語地問：「珍，妳還好嗎？」

眼淚已經開始在她眼眶裡打轉了。「噢，都是該死的荷爾蒙在作怪。」她揉揉眼睛，笑著說：「我好希望你現在就在我身邊。」

「再忍耐一下，我已經在路上了。」

她開車到納迪克去。一路上，她嘴角不由自主地泛著微笑。她要去另一家醫院，看另一位病人。這件血腥的案件裡還有另一位倖存者。她忽然想到，這兩位傳奇女性，她居然都認識，真是榮幸。

醫院的停車場裡擠滿了電視公司的轉播車，大廳門口擠滿了新聞記者，這樣的陣仗，顯示媒體也把瑪蒂達．普維斯當成是大人物了。瑞卓利掙扎著從一大群新聞記者中間擠過去，好不容易才進了大門。被活埋在木箱裡的女人，這已經變成全國性的頭條新聞了。瑪蒂達病房門口站著兩個警衛。瑞卓利亮出證件，讓兩個警衛都看過之後，警衛才允許她敲門。她敲敲門，裡面卻沒有人回答，於是她就自己開門進去了。

電視機開著，可是卻沒有聲音。有畫面，瑪蒂達卻沒在看。她躺在床上，閉著眼睛，那副模樣看起來和結婚照片裡那位幸福洋溢的新娘截然不同。她的嘴唇腫起來，滿是瘀青，臉上到處都是傷痕。一隻手上插著一條彎彎曲曲的點滴管，指頭上滿是疙瘩，指甲都斷了。那隻手看起來很像某種猛獸的爪子，只不過，瑪蒂達的表情卻是那麼安詳。她睡得很甜。噩夢已經過去了。

「普維斯太太？」瑞卓利輕輕喊了她一聲。

瑪蒂達睜開眼睛，眨了幾下，最後終於看清楚是誰來了。「噢，瑞卓利警官，原來是妳回來了。」

「我想回來看看妳的狀況。今天還好嗎？」

瑪蒂達長長吁了一口氣。「好多了。現在幾點了？」

「快中午了。」

「老天，我睡了一整個早上嗎？」

「妳本來就應該好好睡一覺。不不，不要坐起來，躺著就好。」

「可是，躺這麼久，我已經快要受不了了。」說著，瑪蒂達推開被子，坐起來，凌亂的頭髮立刻披散下來。

「我在育嬰室那邊看到妳的寶寶了。她好漂亮。」

「眞的嗎？」瑪蒂達露出笑容。「我已經幫她取好名字了。她叫羅絲。我一直都很喜歡那個名字。」

羅絲。瑞卓利不由自主地打了個寒顫。天地宇宙眞是奧妙，總是有那麼多無法解釋的巧合。艾莉絲．羅絲。羅絲．普維斯。第一個羅絲已經死了很多年了，而另一個羅絲的人生才剛要開始。雖然相隔數十年，這兩個女孩的生命之間彷彿有某種無形的聯繫。儘管那種聯繫是如此的神祕微妙。

「妳還有什麼問題要問我嗎？」瑪蒂達問。

「呃，其實……」瑞卓利把一張椅子拉到床邊，坐下來。「瑪蒂達，昨天我已經問過妳很多問題了。不過，有一個問題我一直沒有問。我很想知道，妳究竟是怎麼辦到的？」

「辦到什麼？」

「保持清醒，沒有發瘋。沒有放棄。」

這時候，瑪蒂達臉上的笑容消失了。她瞪大眼睛看著瑞卓利，露出一種困惑的眼神，嘴裡喃喃咕著：「我也不知道自己是怎麼辦到的。我根本無法想像自己能夠……」說到一半，她遲疑了一下。「我想活下去，就是這樣。我希望我的寶寶能夠活下去。」

好一會兒，兩個人都沒有再說話。

接著，瑞卓利說：「我得先警告妳，那些媒體。他們會把妳榨乾。外面已經是人山人海，我費了很大的勁才擠過來。到目前爲止，醫院還不肯讓他們靠近妳，可是，等妳回到家之後，情況恐怕就不一樣了。特別是自從……」說到一半，瑞卓利忽然停住了。

「自從什麼？」

「沒什麼，我只想提醒妳一下，讓妳有心理準備。還有，不要太委屈自己，被逼著做一些自己不想做的事。」

瑪蒂達皺起眉頭，然後抬頭看看那台沒有聲音的電視。這時候，電視上正在播報午間新聞。

「每個頻道都看得到他。」她說。

畫面上，杜恩．普維斯面對著數不清的麥克風。瑪蒂達伸手去拿遙控器，把音量放大。

「這是我這輩子最快樂的一天。」杜恩對滿場的媒體記者說。「我那位偉大的太太回來了，我的女兒也回到我身邊了。我實在無法形容，過去那幾天，我承受的是什麼樣的折磨。那是一場沒有人能夠想像的夢魘。謝天謝地，謝天謝地，這一切總算圓滿落幕了。」

瑪蒂達按下按鍵，把電視關掉，但她的眼睛卻還盯著電視。「我實在很難想像這是眞的。」她說。「我覺得自己好像在做夢，這一切好像從來沒有發生過。這就是爲什麼我有辦法這麼平靜，因爲我根本不相信那一切曾經發生過。我根本不相信自己曾經被關在那個箱子裡。」

「那些都是眞的，瑪蒂達。我想，妳可能需要多一點時間才有辦法適應吧。妳可能會做噩夢，妳可能會回想起某些畫面。每當妳走進電梯，或是看著衣櫃裡，妳可能會突然感覺自己又被關進箱子裡了。不過，相信我，那會慢慢過去的。別忘了——那一切都會慢慢過去的。」

瑪蒂達看著她，眼中閃爍著晶瑩的淚光。「原來妳眞的懂。」

是的，我懂。瑞卓利心裡吶喊著，不自覺地摸摸自己手掌上的疤痕。這就是她自己的夢魘所留下的痕跡。她曾經艱苦奮戰，讓自己保持清醒。活下來只是一種開始。

這時候，忽然聽到有人在敲門。瑞卓利才剛站起來，杜恩·普維斯就走進來了。他懷裡抱著滿滿的紅玫瑰，直接走到床邊。

「嗨，寶貝。我本來可以早點過來的，可是外面簡直就像馬戲團一樣。他們搶著要訪問我。」

「我們在電視上看到了。」瑞卓利說。一看到他，她立刻回想起納迪克警察局那場偵訊。儘管如此，她還是努力讓自己的口氣保持中立。噢，瑪蒂達，她心裡吶喊著。這個男人實在配不上妳。

這時候，他轉頭看著瑞卓利。她看到他身上那件手工襯衫，看到他那條絲質領帶的領結打得很漂亮。他身上散發出一股強烈的古龍水香味，已經把玫瑰花的香味都掩蓋住了。「妳覺得我表現得怎麼樣？」他迫不及待地問。

她倒是難得說了一句實話。「你眞是天生上電視的料。」

「眞的？眞沒想到，外面的攝影機多得嚇人。大家都很興奮。」說著，他看看他太太。「妳知道嗎，親愛的，我們一定要把所有的經過都記錄下來，留作以後的紀念。」

「這是什麼意思？」

「比如說，此時此刻，妳躺在醫院的病床上，而我爲妳獻上一束花。我們現在應該馬上拍一張照片，把這一刻記錄下來。我已經幫我們的女兒拍過照片了。我叫護士把她抱到窗口。可是，我們還得拍一些特寫鏡頭。說不定妳可以抱著她，我來拍。」

「她的名字叫羅絲。」

「而且，目前我們還缺妳的照片，還有我們兩個的合照。我們兩個的合照一定不能少。我已經把照相機帶來了。」

「杜恩，我的頭髮都沒梳，亂七八糟。我不想拍照片。」

「哎呀，沒關係啦。他們一定會想要這些照片的。」

「誰？照片是誰要的？」

「過些時候我們再決定照片要給誰。我們可以慢慢來，評估一下誰出的價錢高。要是有照片，我們的故事就更值錢了。」說著，他從口袋裡掏出一台相機，拿給瑞卓利。「對了，能不能麻煩妳幫我們拍照？」

「要不要拍，應該由你太太來決定吧？」

「沒問題的。沒問題的。」他的口氣很堅持。「幫我們拍就對了。」說著，他湊近瑪蒂達，把那束玫瑰花舉到她面前。「這個姿勢怎麼樣？我獻花給她。看起來一定很棒。」他咧開嘴笑起來。深情的丈夫保護自己的妻子。

這時候，瑞卓利看看瑪蒂達，不過，她眼中看不出反對的意思，反而閃爍著一種深邃奇異的光芒。她看不透那種眼神有什麼含義。於是，她舉起相機，對準他們夫妻，按下快門。

閃光燈閃了一下，那一剎那，她看到瑪蒂達．普維斯把那束玫瑰花砸在她丈夫臉上。

33

四個星期後。

這次她沒有再表演了，沒有再裝瘋。艾曼爾提亞．蘭克走進單獨會客室，走到桌子旁邊，坐下來。她凝視著莫拉，眼神清澈，神智清明。先前，每次看到她，她的頭髮總是亂成一團，而此刻，她的頭髮梳得很俐落，後面紮了一個馬尾，這樣的打扮，使得她的五官看起來格外鮮明。莫拉看著艾曼爾提亞高聳的顴骨，看著她銳利的眼神，心裡想：爲什麼我故意視若無睹？實在太明顯了。此刻，看著眼前的她，就像看著二十五年後的我。

「我就知道妳一定會回來的。」艾曼爾提亞說。「妳果然來了。」

「妳知道我爲什麼要來嗎？」

「DNA比對的結果已經出來了，對不對？雖然妳心裡有一萬個不願意，不肯接受這個事實，不過，現在妳已經知道我說的都是眞的。」

「我需要證據。人會撒謊，但DNA不會。」

「不管怎麼樣，就算比對結果還沒出來，妳一定也已經心裡有數了。」艾曼爾提亞彎腰湊向前，凝視著她，臉上露出一種親切的笑容。「莫拉，妳知道嗎？妳的嘴巴長得跟妳爸爸一模一樣。還有，妳的眼睛，妳的顴骨，跟我一模一樣。在妳臉上，我看到了伊利亞，也看到了我自己。我們是一家人，我們血濃於水。妳、我、伊利亞，還有妳弟弟。」說到這裡，她遲疑了一下。「妳應該知道他是妳弟弟了吧？」

莫拉嚥了一口唾液。「知道。」妳只留下了這個孩子。妳把我和我妹妹賣掉，可是卻把兒子留下來了。

「妳還沒告訴我山姆是怎麼死的。」艾曼爾提亞說。「那個女人是怎麼殺了他的。」

「那純粹是自衛。妳只要知道這個就夠了。她別無選擇，只好反擊。」

「那個瑪蒂達．普維斯，她是什麼樣的人？我想多知道一點她的事。」

莫拉沒吭聲。

「我在電視上看過她的照片。她看起來好像沒那麼了不起。我真搞不懂她怎麼有辦法殺了我兒子。」

「為了要活下去，沒有什麼事是辦不到的。」

「她住在哪裡？哪一條街？電視上說，她住在納迪克。」

莫拉看到她母親那深邃黝黑的眼睛，忽然不由自主地打了個寒顫。她並不是為自己害怕，而是為瑪蒂達．普維斯感到害怕。「妳為什麼想知道？」

「身為母親，我當然要把事情弄清楚。」

「母親？」莫拉差一點笑出來。「妳真的認為自己夠資格當母親嗎？」

「不管怎麼樣，我還是山姆的母親。而妳是山姆的姊姊。」艾曼爾提亞忽然又湊近她。「我們當然應該要知道。莫拉，我們是他的家人。血濃於水。」

莫拉凝視著她的眼睛。她的眼睛看起來實在太像自己的眼睛了，就連眼中閃爍的那種聰慧的光芒，也一模一樣。然而，那卻是一種扭曲邪惡的光芒，就像破碎的鏡子裡反射出來的扭曲的影像。

「血濃於水並不代表什麼。」莫拉說。

「那妳爲什麼要來找我？」

「因爲我想來看妳最後一眼。從此以後，妳就再也看不到我了。因爲，我已經下定決心，不管DNA比對的結果是什麼，我都不承認妳是我母親。」

「那麼，誰是妳母親？」

「愛我的女人才是我母親。妳根本不懂得什麼叫做愛。」

「我愛妳弟弟。我也可以愛妳。」艾曼爾提亞忽然從桌子對面伸手過來，摸摸莫拉的臉。那種撫觸好輕柔，好溫暖，感覺眞的很像母親的手。「只要妳給我機會。」她輕聲呢喃著。

「再見了，艾曼爾提亞。」莫拉忽然站起來，按下按鈕，叫警衛過來。「我們聊夠了。」她朝著對講機說。「我要走了。」

「妳還會再回來的。」艾曼爾提亞說。

莫拉沒有看她。她走出會客室的時候，甚至不想回頭看她一眼。她聽到艾曼爾提亞在她後面大喊：「莫拉！妳一定會回來的。」

她走到訪客置物櫃前面，跟服務人員要回自己的錢包，還有駕駛執照、信用卡。這些都是她這個人身分的證明。她心裡吶喊著，不過，我已經知道自己眞實的身分了。

而且，我也知道自己絕對不是某種人。

走到外頭，夏日的午後瀰漫著一股燠熱。莫拉停下腳步，深深吸了一口氣。剛剛在監獄裡，她吸進了不少監獄裡那種特有的腐朽氣息，此刻，她感覺到白天溫暖的氣息驅散了肺裡面那股腐朽氣息。而且，她還感覺到，艾曼爾提亞·蘭克那種邪惡的氣息也已經從她的生命中消失了。

她的臉，她的眼睛，這些都是活生生的鐵證，證明她的血統出身。而她體內流的血是殺手的血。然而，邪惡的基因是不會遺傳的。儘管她的基因裡或許有某種潛在的邪惡因子，然而，每個新生的孩子都一樣。從這個角度來看，我和別人並沒有什麼不同。我們都是某種怪物的後裔。

她一步一步往前走，慢慢遠離那棟囚禁著無數靈魂的建築。前面是她的車，還有一條回家的路。她沒有再回頭。

Storytella 09

莫拉的雙生

Body Double

莫拉的雙生 / 泰絲.格里森著；陳宗琛譯. – 二版. – 臺北市：春天出版國際, 2019.07
面；　公分. – (Storytella ; 9)
譯自：Body Double
ISBN 978-957-741-225-6(平裝)

874.57　　108011556

ISBN 978-957-741-225-6
Printed in Taiwan

作　者　泰絲・格里森
譯　者　陳宗琛
總編輯　莊宜勳
主　編　鍾靈

出版者　春天出版國際文化有限公司
地　址　台北市大安區忠孝東路四段303號4樓之1
電　話　02-7733-4070
傳　眞　02-7733-4069
E－mail　frank.spring@msa.hinet.net
網　址　http://www.bookspring.com.tw
部落格　http://blog.pixnet.net/bookspring
郵政帳號　19705538
戶　名　春天出版國際文化有限公司
法律顧問　蕭顯忠律師事務所
出版日期　二〇一九年七月二版
二〇二三年十二月二版十三刷

定　價　410元

總經銷　楨德圖書事業有限公司
地　址　新北市新店區中興路二段196號8樓
電　話　02-8919-3186
傳　眞　02-8914-5524
香港總代理　一代匯集
地　址　九龍旺角塘尾道64號 龍駒企業大廈10 B&D室
電　話　852-2783-8102
傳　眞　852-2396-0050